本书是国家社会科学基金一般项目《〈桐旧集·续集〉整理与编纂》（批准号：19BZW043）的阶段性成果

桐城诗派述论

◎ 杨怀志 著

北京师范大学出版集团
安徽大学出版社

图书在版编目(CIP)数据

桐城诗派述论/杨怀志著. —合肥:安徽大学出版社,2023.10
(桐城派文库)
ISBN 978-7-5664-2541-6

Ⅰ. ①桐… Ⅱ. ①杨… Ⅲ. ①桐城派—文学流派研究 Ⅳ. ①I207.62

中国版本图书馆 CIP 数据核字(2022)第 247435 号

桐城诗派述论
Tongcheng Shipai Shulun

杨怀志 著

出版发行:	北京师范大学出版集团 安 徽 大 学 出 版 社 (安徽省合肥市肥西路 3 号 邮编 230039) www.bnupg.com www.ahupress.com.cn
印　　刷:	合肥远东印务有限责任公司
经　　销:	全国新华书店
开　　本:	710 mm×1010 mm　1/16
印　　张:	19.75
字　　数:	292 千字
版　　次:	2023 年 10 月第 1 版
印　　次:	2023 年 10 月第 1 次印刷
定　　价:	65.00 元

ISBN 978-7-5664-2541-6

策划编辑:汪　君　　　　　　　　装帧设计:王齐云
责任编辑:汪　君　　　　　　　　美术编辑:李　军
责任校对:范文娟　　　　　　　　责任印制:陈　如

版权所有　侵权必究
反盗版、侵权举报电话:0551—65106311
外埠邮购电话:0551—65107716
本书如有印装质量问题,请与印制管理部联系调换。
印制管理部电话:0551—65106311

序

杨怀志先生一辈子致力于教育与文化事业,执教桐城中学,爱生如子,桃李天下;教学之余和退休以后,一直耕耘在桐城派研究的田园之中,乐此不疲,成果丰硕,令人钦佩。我走上工作岗位不久,就有幸结识了杨怀志先生,特别是在1998年安徽省炎黄文化研究会召开的"吴汝纶与近代教育学术研讨会"上,他对吴汝纶先生办学、治学精神的钦敬,让我感动不已。此后我们编写《可爱的桐城》,主编《桐城派名家评传》等书,一路走来,携手合作几十年,因桐城文化而结缘,因共同事业而相依为伴,彼此情深义厚,刻骨铭心,永志不忘。特别是杨怀志先生于我,亦师亦友,相知相助,在文献整理或学术讨论中,观点时有相左,但从不影响彼此之间的感情,在交流讨论中愈加互信。这些年来,从桐城市桐城派研究会筹建,到安徽省桐城派研究会成立,无论是炎天暑热,还是数九寒冬,我们几个人行走在合肥街头,或邀请领导、专家支持,或找相关部门办理手续,杨怀志先生从不因为自己行动不便而推辞,总是乐意而为,积极参与。从国家清史工程《桐城派名家文集》的整理出版,到张英、张廷玉、姚文然全集的点校问世;从编撰《桐城历史文化丛书》,到撰写《安徽名片丛书——桐城派》;从整理出版《桐旧集》,到申报国家社科基金项目"《桐旧集·续集》整理与编纂",出版成果一千多万字,我与杨怀志先生之间没有名利之争,只有心心相印,彼此相悦。

2011年,我们主编《桐城历史文化丛书》,杨怀志先生撰写了《桐城文派概论》,那时,他就觉得很有必要写一本关于桐城诗派的著作,但迫于手头事多,此事就耽搁下来。等我们整理的《桐旧集》出版后,他下定决心,要完成此愿。每次见面,就和我谈论撰写诗派述论的事,我虽然不懂古代诗学,但是非常赞同杨怀志先生的想法和理念,并答应帮助搜集相关资料,圆他心愿。此时,杨怀志先生年事已高,但做事非常执着,开笔不止,夜以继日,奋笔疾书。每次去他府上,他都非常高兴地畅谈写作进度、写作收获及新的想法。不到一年的时间,就完成了初稿,令我敬佩不已。书稿完成后,我立即帮助联系出版事宜,安徽大学出版社的领导和编辑都鼎力支持,将《桐城诗派述论》列入出版计划。杨怀志先生非常客气,希望我能写篇小文放置前面,我自己非常纠结,因为我对古代诗学知之甚少,不敢轻言妄谈,怕写得文不达意,贻笑大方。但思虑再三,抛弃所有的顾虑,认真拜读之后,谈谈自己的学习体会和认识。

桐城文化博大精深,内容丰富,影响久远;桐城文化对学界和后人来说,它是一片乐园,常耕不厌,历久弥新。经过学术界的长期努力,桐城文派已经深入人心,桐城派研究越来越成为学界关注的热点。如何深入推进桐城派研究,拓展桐城派研究领域,成为当下学界值得认真思考的问题,杨怀志先生撰写《桐城诗派述论》,给学界提供了新的视野和借鉴。桐城诗歌创作有悠久的历史,唐代诗人曹松的诗句"凭君莫话封侯事,一将功成万骨枯",千古传颂;宋代画家李公麟画引诗出,歌颂龙眠,流传诗坛;明清诗家辈出,家传户习,声震寰宇,誉满天下,后世对桐城诗歌兴盛之因及其盛况多有评说。特别是潘江编纂《龙眠风雅》、徐璈编纂《桐旧集》,梳理出桐城诗人一千多人,选诗一万多首,桐城诗家队伍规模宏大,盛况空前,令世人羡慕,也是其他州县无可比拟的。对此,桐城诸多先贤也曾表达过自豪与喜悦之情,戴名世说:"江淮之间,士之好为诗者莫多于桐。"(《戴名世集》卷二《郭生诗序》)方孝标在《龙眠风雅》卷首《与潘木厓书》中说:"仆尝谓吾乡人文之盛,唐、宋以前尚矣;即自明洪、永而后,皇皇秩秩,岂亚汉之扶风、三辅,唐之博陵、陇西?而诸先正生当治世,敦本力行,辄不欲以虚声动海内,故当时之以诗文提衡月旦,如所谓茶陵、华亭、五子、七子、晋江、震泽、竟陵、公安辈,诸先正亦多与之同朝同官,兄事弟事。向使曲籍标榜,岂不焕然?而诸先正之不肯为此者,其意盖谓有得于古,可无求于今;有得于今,则必传于后。"陈焯在《龙眠风雅序》中说:"龙眠之为山深秀而回复,蟺蜒百里,自为奥区,于天柱诸峰无所附丽。士生其间,禀山川苍迥沉郁之气,人尚实学,不竞浮名。尚实学,则含英咀华,先求根柢,风、骚、乐府户习家传,虽闺阁童孺之言必无粗俚寒俭之态。不竞浮名,则适性缘情,各摅才致,外诱莫夺,世趋莫移。故有明三百年来诗体三变,龙眠之名卿硕士,与四方分坛立埠者未尝不声光相接,而坚守朴学,一以正始为归者,固自如也。"吴道新在《龙眠风雅序》中说:"吾桐先哲诗比于唐有三盛:以洪、永、宣、成四朝为初,弘、正、嘉、隆、万五朝为中,启、祯两朝为晚。亦不乏《箧中》《搜玉》辉映梨枣,而矜慎自娱,如扁鹊之兄,誉不越乎闾里,是以蜚声寰宇者鲜,犹之湮没而无所表著耳。"刘开见当时桐城诗坛之盛况,喜不自禁,非常豪迈地说:"夫诗至近日难矣,海内之好尚与吾桐之趋向亦互有得失,所胜于世人者,大体雅正风气遒上耳。然吾桐之近为诗者,所造亦不一焉。以吾所见三人论之,力追往哲,得其精华,而七言短章尤为超绝,盖悔生之所得也;雄健瑰丽,调悲节壮,盖芥生之所得也;高秀雄阔,跌宕生姿而情韵深婉,盖勖园之所得也。三君并崛起枞阳,扬声江表,使后进有所观感,吾桐之诗派其遂盛矣乎!"(《刘孟涂集》卷七《张勖园明府诗集序》)由此可见,从《龙眠风雅》到《桐旧集》,无论是编者,还是参与者,或是作序者,都对桐城诗坛盛况感到无比自豪,充满着无限自信。方东树感叹说:"以为桐城山川灵淑之气所钟孕于一方者,瑰异日新,殚所未见,若是其无尽藏焉。天下名都大邑蔚然以能诗著望者有矣,求其以一乡一邑,其人至数百千之多,其诗至数百千篇之富,如兹数君子之所选者,亦可以观止耳矣。"(《考槃集文录》卷四《孙苏门诗序》)姚鼐树帜文坛之后,桐城诸家更领诗坛风骚,以致梅曾亮说"是时文派多,独契桐城师"(《柏枧山房诗集》卷七《书示张生端甫》)。晚清程秉钊说"论诗转贵桐城派,比似文章孰重轻"(《国朝名人集题词》)。综上所述,无论是桐城派学者,还是桐城籍文人,从诗歌创作角度来看,都是有历史、有渊源、有成就、有影响的。

"桐城诗派"之说由来已久,所指范畴也非常模糊,众说纷纭,莫衷一是。姚莹在《桐旧集序》中说:"窃尝论之:自齐蓉川廉访以诗著有明中叶,钱田间振于晚季,自是作者如林。是以康熙中潘木厓有'龙眠诗'之选,犹未极其盛也。海峰出而大振,惜翁起而继之,然后诗道大昌。盖汉、魏、六朝、三唐、两宋以及元、明诸大家之美无一不备矣。海内诸贤谓古文之道在桐城,岂知诗亦有然哉!"这是较早对桐城诗歌创作发展历史的一个描述。苏惇元在《校刊桐旧集后序》中说:"吾桐城之诗,康熙间木厓潘氏曾辑之。今几二百年,诗家辈出,而卷帙浩繁,或有选辑一乡一族之诗,而合邑通选未有。续其事者,吾舅氏徐樗亭先生……兹集实吾邑文献所关,为不可少之书,亦庶几备一邑之风,且为综录海内之诗者取资焉尔。"由此可见,徐璈继承潘江重视乡邦文献整理编纂之优良传统,编纂《桐旧集》,对桐城诗歌创作历史及创作群体作了一次全面总结,进一步廓清桐城诗歌发展脉络,记述其盛况,彰显其特色与成就,但都未正式打出"桐城诗派"之旗号。而姚鼐弟子刘开在给张勋园诗集作序时说"吾桐之诗派其遂盛矣乎",算是亮明己意,直接道出了"桐城诗派"。现代学人钱钟书先生认为"桐城诗胜于文",他在《谈艺录》中专论"桐城诗派"。吴孟复先生在《桐城文派述论》中,特用一节来讨论桐城诗派之先驱、开山、大振等,认为桐城诗派的特点是"以古文之法为诗",再以诗的神韵入文,"使散文诗化",诗文并举,各尽其妙。著名文史专家、诗人刘世南先生在《清诗流派史》中,列"桐城诗派"专章,阐述桐城诗派的形成、诗论、流派与影响及重要作家的诗。他也认为"桐城诗派所取得的成就和所产生的影响是超过桐城文派的"。著名学者蒋寅先生在《清代诗学史》中,列专章讨论"桐城派的诗学建树",论述桐城诗学的命名与渊源、发展、特点及影响,虽然没有把"桐城诗派"放在一个特定概念中去探究,但是肯定桐城文派作家在清代诗歌发展史上的地位与影响,当属新见。山东大学王启芳博士在《晚清桐城诗派研究》中,用一章内容"追溯了晚清桐城诗派的诗学渊源,从钱澄之、方苞、刘大櫆、姚范及姚鼐的诗学思想出发,论述了前期桐城诗派的诗学主张,认为他们的诗学观主要体现在诗歌要反映诗人的真情、重视诗人的品德及以文为诗之上"。上述这些观点除刘开外,都是建立在以桐城文派作家为中心的考察基础之上,诗作者群体超越桐城一邑之限,并且诗文兼论,重在论诗。

杨怀志先生书中所论"桐城诗派",探究的范围及时限,和上述诸家不同,呈现出以下几个方面的特点:一是研究对象仅限桐城本籍,但时间跨度长。从诗派之先河到余绪,通篇都以桐城著名诗人作为考察对象,阐述其贡献与影响,由此可窥桐城诗歌之阵势。齐之鸾在桐城文学发展史中的影响极大,钱澄之在《齐蓉川先生集序》中说"公有诗文名,开吾乡风气之始",认为其诗有气力精思,往往造语出人意表;姚莹认为"自齐蓉川廉访以诗著有明中叶,钱田间振于晚季,自是作者如林";马其昶认为"公天才宏丽,桐城文学推公先导"。这些都为杨怀志先生开篇以齐之鸾作为桐城诗派之滥觞者,提供了立论依据。二是章节设置合理,女性诗人专章论述。全书把桐城诗派分为先河、奠基、崛起、鼎盛、赓续、后劲、余绪七个专章,分别阐述相关作者的诗歌创作成就、地位及其影响,征引丰富,卓见迭出,读后回味无穷。杨怀志先生在书中专章论述桐城女诗人,认为她们"心胸开阔,诗境高尚,诗韵隽永,诗篇足以流传,称得上巾帼不让须眉"。大量女诗人存在,大量女诗人作品流传后世,可以看出在桐城的优秀教育传统中,对女性的教育与关怀从未缺失,这是桐城文化历久不衰的重要原因之一,从一个侧面看出桐城文化、教育的包容性、开放性和民主性,更具有时代的进步性。三是论述精辟新颖,引用文献资料丰富,具有很高的学术价值和史料价值。蒋寅先生说:"(方贞观)《辍锻录》开宗明义即将诗歌别为三类,'有诗人之诗,有学人之诗,有才人之诗'。才人之诗敏捷而少含蕴,时过境迁则不耐咀嚼;学人之诗功力虽深而终乏天分,难以动人;唯有诗人之诗言近旨远,为风雅正传。"应该说桐城之诗大多属于"风雅正传"。其实桐城诗歌除此三类之外,还有官宦之诗、平民之诗等。所以,杨怀志先生将桐城诗派分为两大主体,即名臣兼诗人和布衣加名士,并认为"他们都具有强大的影响力,有力地促进了桐城诗歌创作的发展"。诸如此论,既客观实际,又多创见,论述精彩纷呈,引人入胜。全书征引文献资料极其丰富,除所涉作家诗文集外,广引《明史》《清史稿》及省志、郡志、府志、县志等官修文献和众多他人评述等私家密语,给人耳目一新之感。我坚信《桐城诗派述论》作为桐城文化研究中的最新成果,必将会引起学界的高度关注和赞许。在《桐城诗派述论》即将付梓之际,赘述数语,以示祝贺和敬仰。

是为序。

江小角
2023 年 8 月 18 日于滨河苑

前言

一

　　桐城山川秀美,代起人豪,诞生了桐城派,有"文都"之誉。著名学者吴孟复先生在《桐城文学渊源考》序中说:"桐城文派之外,还有个桐城诗派。"并在其《桐城文派述论》中辟有"桐城诗派"一章。晚清学者程秉钊在《国朝名人集题词》中说:"论诗转贵桐城派,比似文章孰重轻?"当代著名学者钱钟书先生在《谈艺录》中说:"桐城诗胜于文。"还在《现代中国文学史》引言中说:"桐城亦有诗派,其端自姚南菁范发之。"吴怀祺先生在《桐城学术与时代》中亦说:"近年来,学人都意识到桐城派不只是'文派'(还有'诗派'),更是'学派'。""诗派"一说,最早始于刘开,他在《张勔园明府诗集序》中说:"自海峰先生卜居枞阳以风雅导启后学,而枞阳诗派遂盛于桐城。"枞阳位于桐城东南隅,濒临大江,鱼米之乡,人杰地灵之区,为桐城一部分,所谓枞阳诗派,岂不就是桐城诗派吗?所以刘开说:"吾桐之诗派其遂盛矣乎!"可见,桐城有诗派是不争的事实。只是在清代,桐城文派之文誉太盛,掩盖了诗派和学派。姚莹在《桐旧集序》中说:

　　　　自齐蓉川廉访以诗著有明中叶,钱田间振于晚季,自是作者如林。是以康熙中潘木厓有龙眠诗之选,犹未极其盛也。海峰出而大振,惜翁起而继之。然后诗道大昌。盖汉、魏、六朝、三唐、两宋以及元、明诸大家之美,无一不备矣。海内诸贤谓古文之道在桐城,岂知诗亦有然哉!

桐城诗派之远祖,可追溯到唐之曹松、宋之李公麟、明之方法。而齐之鸾为桐城诗派的滥觞者,马其昶在《桐城耆旧传》中称齐之鸾"天才宏丽,桐城文学推公先导"。明末清初,桐城诗歌创作兴旺起来,有钱澄之、潘江、方文、方以智、马之瑛等,诗作繁富,大放异彩,奠定了桐城诗派坚实的基础。其后,有李雅、姚康、许来惠、周岐、祝祺、方仲舒、吴道新、姚孙森、姚孙棐、姚文然、姚文燮、方拱乾、方亨咸、孙元衡、吴道约、方贞观等。群星灿烂,蔚然大观。于是桐城诗派崛起东南,其诗被称为"东南之美",在清代诗坛上产生重要影响。

康乾时期,桐城诗歌创作掀起高潮,形成繁荣昌盛的局面。戴名世以文著称,诗作不多,但他的诗歌创作的理论有卓识,切中诗歌创作时弊,为桐城诗歌创作起到了引领作用。而张英、张廷玉、方观承、姚范、刘大櫆、姚鼐,不仅是桐城诗坛的巨子,还是清代诗坛中的翘楚。嘉道时期,桐城诗派赓续辉煌,再创佳绩。吴贻诚、吴贻咏、马朴臣、史培、王灼、张敏求、朱雅等诗人不论是鸿篇巨制,还是简约短章,都写得光彩照人。稍后,方东树、姚莹、徐璈、姚元之、姚柬之、左匡叔、马瑞辰、光聪谐、刘开、张聪咸、胡小东、苏惇元等为桐城诗派后劲,他们才雄笔健,谱写华章,传承发展,再现繁荣鼎盛的新景象。同光时期,桐城诗歌创作势头仍盛,姚濬昌、徐宗亮、戴钧衡、姚永朴、姚永概、方守彝、方守敦、唐尔炽、苏艺叔、姚孟振、吴闿生等奋力创作,其中姚永概为"同光体"巨子,是标杆式人物。

特别值得一提的是,桐城才媛是桐城诗坛一支生力军,她们以女性特有的性情、才智,写出了许多多姿多彩、感怀伤时的诗篇,为桐城诗歌创作增光添彩,其功甚伟。

综上所述,显而易见,桐城诗派数百年走来十分顺畅,与文派不同。桐城文派先河为钱澄之先生,到了康熙中期,戴名世、方苞崛起,文誉大盛。但《南山集》案发,戴名世被杀,又株连了一大批桐城文人,桐城文坛一度沉寂。到了雍正年间,桐城文人孙学颜因为吕留良文集作序被杀,桐城文人产生了寒蝉效应,心有余悸,桐城文坛再度陷入沉寂,文学创作跌入低谷。直到乾隆中期,刘大櫆、姚鼐复出,开创了桐城文学创作新局面,"天下文章其在桐城乎",形成了"家家桐城,人人方姚"的景象,自此文派重新崛起,演绎辉煌。诗派则不然。如孙学颜被关进西台监狱,仍坚持写诗,与狱外亲友唱和,其诗集存诗近百首。又如方拱乾与其子方亨咸等被流放宁古塔,于绝域荒彻之地,居土屋之中,仍不废吟哦,开创了奇特的东北"流人文化"的奇观。诗歌能泄愤,能消愁解忧,诗歌创作成了桐城诗人生活中不可或缺的一部分。方大任自序其诗云:"生而有吟癖,未尝一日废。"方兆弼晚年患病,乃以酒客为医人,以诗简代药碗,逍遥觞咏,卒不少废。方授说:"诗是吾家事。"桐城女诗人亦钟情于诗,所谓"皆孤猿寡鹄,自写其忧伤哀怨之音"(《龙眠风雅》卷五十五《章有湘》)。守贞与寂寞为伴,贫困与疾病为侣,借诗遣怀,"其境愈苦,其节愈坚,其诗亦愈工"(《龙眠风雅》卷六十二《姚凤仪》)。

桐城读书人爱诗、读诗、写诗,形成一种风气。这种风气从蒙童时就开始培养。数百年间,此种风气长盛不衰。钱澄之在《江上诗人集序》中说:

> 黄口稚孺,甫授章句,即讲音律,学吟咏;才能成声,即思凌前辈而上之,而为父兄者不禁也。故其诗童而习之,视举子业为余事,专欲以诗成名,而其父兄师友又为之扬扢而鼓吹之,唯恐其名不彰,宜其争之日起,而学之所由盛也。

方孝标在《龙眠诗传序》中说:

> 盖吾乡重名教,耻轻肥,父兄之教子弟,不仅制艺,自其初学,即训以音切对偶,为诗赋古文之学,故自都邑以达乡里,虽妇人童子,多能操觚吟咏,而士大夫立德立功者,又皆言满天下,人皆以为生材之异。由今观之,岂非原本于先教乎?

此种风气一旦形成,就会变成一种良好的社会风尚。所以桐城读书人多半先诗后文,写诗的人远比作文的人多,有"人人写诗,户户有集"之美誉。由此可以看出,桐城诗派的形成是有广泛而坚实的基础的。世代传承,此风渐长,因而桐城诗歌创作长盛不衰。

二

桐城诗派有两大主体,即名臣兼诗人和布衣加名士。他们都具有强大的影响力,有力地促进了桐城诗歌创作的发展。

名臣兼诗人。他们科举成功,仕途顺畅,其中不少人成为达官显贵。政务之暇,不废吟咏,都有诗集行于世。

齐之鸾,官至河南提学副使。其为诗精思果力,造语出人意表,大抵孤行其意,无所依附。诗多遒劲之气,慷慨宏丽。

方佑,官至监察御史,廉洁自律,两袖清风。其诗正气凛然,词清句洁,类其为人。

钱如京,明弘治中曾任监察御史、保定巡抚,历任户部、刑部、兵部尚书。政暇喜觞咏自娱。诗格高雅,音韵秀美。

阮鹗,官至浙江提学副使。子阮自华、孙阮以鼎,三世科第,诗书传家。

何如宠,官至礼部尚书,拜武英殿大学士。其操行洁雅,与物无竞。诗如其人,综叙时境,寄慨尤深,忧国忧民之心见之于诗。

左光斗,官至左佥都御史,慷慨悲歌,浩然正气。大节炳青史,不必以诗传。其子左国柱、左国材、左国棅和侄子左国斌都工诗,有"左门四杰"之称。

方孔炤,官至湖广巡抚,生平忧患坎坷之时多,优游泮涣之日少。其诗时作庄语,时作谐语,时作痛哭语,时作怒骂语,全是其性情的写照,真实感人。

姚文然,官至刑部尚书。早有文名,入清为官,政务繁忙,不废吟咏。少以诗文显,晚以功业著。其忧人之忧,急人之急,往往发之于诗。姚文然有子五人,个个能诗,有"姚门五虎"之称,尤以姚士基、姚士堂称著。

程芳朝,官至太常寺卿。奉使安南,宣畅德威,不抗不抑。其为人平易正直,悃愊无华,天性淳厚。其为诗不求工于声律,然偶一兴寄,舂容大雅。方文《程立庵寓宅诗》:"昕夕惟闭门,读书穷四部。墨妙宗平原,艺苑称独步。

守己最矜廉,接物转谦恕。"

张英、张廷玉父子贵为大学士,身在庙堂之上,而眷恋山林泉石,不恋权位而厚优游。其识度旷远,超然尘俗尤为可贵。父子二人仰蒙知遇,妙笔雍容,典雅和平,至于言情赋景之作,又多抒写性灵,清微淡远,有烟霞之气。

方观承,官至直隶总督,公事之余,执书研读,虽案牍如山,从不释卷,奋笔为诗。其为诗超轶闳肆,词达理明,自进于古;其叙述温雅,直达胸臆,自能兼包古今。

方维甸,官至兵部尚书、闽浙总督。性喜读书,勤于写作,为诗甚富,汇存一筐,被家人误以为是废纸,悉焚之,惜哉!后汇录遗稿,厘为二卷,刊以行世。

桐城名臣兼诗人众多,不胜枚举。他们因性情不同,学识有异,兴趣不一,诗格诗风亦不相同。各逞其才,各放异彩,为时人乃至后世起了示范的作用。他们不仅为国家建功立业,而且为中华文化谱写出华章,留下了一笔宝贵的精神财富。

布衣加名士。布衣诗人大抵为两类:一是科举失利,入仕无门;一是无意入仕,拒不应试。但他们都有一个共同特点:穷。胸藏万卷,家徒四壁。他们中大部分人靠授徒养家,少数人入幕糊口。然而他们绝大多数品格高尚,洁身自好。贫不失志气,贱不改操守,保持独立的人格,不为权势折腰。合则留,不合则去。奉行"穷则独善其身"的哲学。

方文,布衣终生,少负时誉,饮誉清一代诗坛。他思想中的遗民意识使他拒不应试。其为人潇洒,有天趣,不为贫困所累。其为诗陶冶性灵,流连景物,含咀宫商,日锻月炼。其声名与侄子方以智相颉颃,名震天下,漫游东南各地风景名胜,喜与文朋诗友往还,不入名公卿之幕,不屑为人驱使,是一位极有个性的诗人。

方学渐,不应乡试,终身讲学,为桐城方氏学派创始人。以笔耕自给,不戚于贫。工诗善文,诗风近陶渊明、白居易,多反映民间疾苦。

方仲舒,国子监生,布衣终其生,除课授其子方舟、方苞、方林(早卒)外,便饮酒、会友、写诗,逍遥自在,无日不乐。诗作三千余首。儿子方苞要刊其集,他不同意,将诗稿付之一炬。后由女婿曾退谷口述五百余首,里人箧藏壁揭者近百首刊之。

方其义,方以智弟,诗与其兄齐名,天资警敏。臂力过人,能挽强弓,横槊赋诗,顾盼自喜。为诗文不假思索,即席数十首,援笔立就。性情真至,神似古人;雄心浩气,耿耿如见。国变后,以悲愤卒,年仅三十五岁。

姚康,博通经史,诗文兼擅,名重一时。相国何如宠雅重之。崇祯末以贤良方正举者,他不慕荣利,谢不就。史可法单骑造访,延为记室,军务奏章多出其手。扬州危急,他脱身归里。晚年苦贫,与左光先谈经论史,词旨超隽。

方若洙,方学渐长孙,本家学,敦孝友。天才骏发,不应试,无意仕途,以诸生终。居贫不问生产,文辞出入韩欧,诗祖《风》《骚》。游览所至,皆赋之于诗,感慨时事,慷慨悲壮,其《军城歌》一卷可当诗史。

祝祺,博学,善文工诗,醇厚端雅。下笔千言,卓荦自喜。屈于科场,终生授徒养家,娱志吟咏。诗淡雅飘逸,音韵悠绵。远近名流争相负笈请益,张英为其门下士。

吴询,幼读《论语》即有所悟,年十三作《儒佛仙论》,乡先辈咸伟之。博述古诣,独究宋学。中年开始漫游,历齐鲁、闽粤、豫章、钱塘,登匡庐、武夷,以探览古圣贤栖息之迹以归,诗稿盈囊。其咏史、写景诗尤佳。其后授徒讲学,与同里汪志伊、张裕煐、吴贻咏、吴璆、张野人、顾询、左炎、张之泰、张锡相切磋。门下士吴赓枚、叶玢、吴庭辉辈数十人,莫不得其要领,一代名师,为世推重。

姚士陛,丰标玉立,有光明磊落之概。其诗不名一家,灵心浚发,藻采横流,而缘景绘情,曲折善肖,为张廷玉所赏识,著文序其诗。后因急人之难赴闽,卒于钱塘,年仅三十六岁。

吴虬,聪慧绝人。嗜学,耽吟咏,家赤贫,尝累日不举火,坐斋中吟咏不辍。忘其腹之饥,邻人知其绝粒而馈之,竟食而不谢。家藏书甚富。一日见其架上蠹鱼,往来检视,已啮其半,叹曰:"吾平生以书为命,书之伤,死之兆也。"乃焚其书于白湖之滨,为文以送之,恸哭而返,果于是年卒。他为诗而生,为诗而死。诗作繁夥,著有《囊中草》十卷、《江上草》四卷、《杏园草》六卷、《春闺思集唐》一卷、《咏梅集唐》百首。

能以科名而入仕为官,毕竟是少数,科场失意而无由入仕则成为布衣者是多数,而布衣之士能成为名士者亦是少数。但布衣诗人是桐城诗派的主力军。布衣之名士诗人对桐城诗歌创作贡献尤大,因为他们影响力大,成为人们追慕的样板。如刘开,他是布衣诗人中的佼佼者。他虽囊无余资,但胸藏千卷,保持高尚人格,漫游四方,入重山,俯深谷,纵心孤往,穷岩壑之幽遐;走高原,驰旷野,悲歌慷慨,见风沙之骤起;过战场,历关塞,指陈九州险要,激昂论古;登层台,览胜迹,咏歌千载之成败,挥斥无前;涤清流,沐惠风,见云日开霁,鱼鸟闲适,有自得之趣。他得江山之助,胸襟开拓,视野扩大,于是乎直以厄穷不遇,志发而不扬,道屈而不光,无以泄奇骋怪,遂并其悲愤抑塞之思,磅礴兀臬之气,激说放恣之状,所以横溢四出不可一世者,尽发之于诗,所以他的诗痛快淋漓,慷慨激昂,雄辞奇语,凌厉无前,气吞群岳,拔出侪类,酣畅遒劲而光芒四射。他负盛名,所到之处,名公巨卿奉为上宾。他在《赠陆子愉序》中不无得意地说:"江右士大夫多与余有旧,闻余之来而欲道故者争相待矣!"刘开对同辈桐城诗人的创作起到了鼓舞、激励的作用,扩大了桐城诗派的影响,可惜英年早逝,不尽其才,惜哉悲哉!

晚清至民国,桐城诗坛由布衣诗人唱主角。左匡叔、苏惇元、戴钧衡、文汉光、马命之、郑福照、姚孟振、方守彝、方守敦、潘田、唐尔炽、苏艺叔等活跃在诗坛上。他们大多以教书为业,或穷游四方,虽是诗派的余晖,但仍绚丽多彩。

三

桐城诗歌创作长盛不衰,薪火相传,人才辈出,代有闻人,原因是多方面的,主要因素是传承。传承有两个层面,从纵的方面说,是家族传承。家族传承首先是精神传承,励志为学,自强不息,世代坚持,持之以恒。如姚希廉,为嘉靖间处士,门庭冷落,世代清寒。潘江说:"公尝以麦饭不充追呼到门,感怀作诗,乃延师课子孙,致敬尽礼,凡致束脩必陈拜于庙。厥后自观察公芳麓而下,遂极一门科第之盛云。"(潘江《龙眠风雅》卷二《姚希廉》)姚希廉《感怀诗》:

予少治章句,长习躬耕。顾以世族之后,恐遂式微,用羞厥绍,训子尊师,既忠且敬。单衣粝食,终窭且贫。詈语盈庭,空怨天高自局;追呼在野,敢云门设常关?予无马氏之白眉,徒羡鱼而结网;身似曹家之黄雀,甘见鹞以投罗。率尔成章,少宣抑郁,亦以示后世子孙"苟富贵,毋相忘"云尔。

四十年来光景殊,蹉跎岁月竟何如?儿童五六饥寒迫,家计萧条事业孤。爨火烟余蒸麦熟,竹篱掩罢听征呼。重重乐事人间有,寥落凄凉似我无。

自其子姚自虞作《奉和先君子感怀诗》后,姚家十多代人都有和作,桐城民间称《感怀诗》为"麦饭诗",至今仍是桐城人的美谈。尊师重教,蔚然成风,姚家这种励志为学、自强不息的精神和尊师重教的良好行为不断发扬光大,效果显著。姚门自姚希廉子侄辈开始,蕊榜珠联,瑶篇玉缀,科第之盛,前所未有。由其子姚自虞至姚之骐、姚之兰兄弟,再至姚孙森、姚孙棐、姚孙榘、姚孙棨、姚孙林等,再至姚文然、姚文燮、姚文燕、姚文烈、姚文熊、姚文勋等,再至姚士墅、姚士蒕、姚士堂、姚士珍、姚士基等,再至姚孔钢、姚孔锽、姚孔镛、姚孔钦等,真可谓瓜瓞绵绵,代有传人。著名诗人范当世写诗颂扬姚家:"顺康元老(指姚文然)家,乾嘉大儒(指姚范、姚鼐)系。道咸名公(指姚莹)孙,同光诗人(指姚濬昌)子。蔼蔼敦诗媛(指姚倚云),持以配当世。"姚濬昌之子姚永朴、姚永概,为著名学人和诗人。

方氏亦然。自方法而下,从方学渐始,至方大镇、方大任、方大铉、方大美兄弟辈,再至方孔炤、方拱乾、方文、方思兄弟辈,再至方以智、方其义、方孝标、方亨咸兄弟辈,再至方中德、方中通、方中履、方中发兄弟辈,再至方登峄、方正瑗、方正珏、方正玭、方正瓀、方正璆、方正珌、方正玢、方正璐兄弟辈,连绵不绝,代有闻人,且人人有集。桂林方氏为桐城诗歌创作第一大户。张、马、左、吴诸大姓无不如此,代有名家,著述颇丰。世代传承是一股强大的力量,有辐射效应,有力地促进了桐城诗歌创作的发展。

从横的方面说,则为师友传承,文朋诗友互相砥砺,切磋交流,共同提高,形成一种浓厚的文学氛围。如刘大櫆师事吴直,姚鼐师事刘大櫆;方东树、刘开师事姚鼐,方宗诚、戴钧衡师事方东树;陈澹然师事方宗诚,薪火相传,绵延不绝。诗友相传,多半以结社的形式出现。他们志同道合,兴趣相投,关系密切,自然而然相聚在一起,结成诗社文会。明清两朝桐城诗社文会如雨后春笋,层出不穷。如汐社、环中社、瑟玉堂文会、闻鸡文会、竹林会、率真诗社、射蛟台文会、潜园十五子之会等,活动频繁,觞咏酬唱,影响巨大,产生连锁群体效应,有利于诗歌的创作。

值得注意的是,在诗文结社活动中,都有标杆式人物领袖诗坛。领军人物周围聚集了一大批文朋诗友。领军人物学富才雄,极有人望,有超强的号召力、影响力和凝聚力。榜样的力量是无穷的。较远者可上溯至明正德年间,余珊诗"沉雄高古,与何、李同时,极为所推"(《龙眠风雅》卷二《余珊》),对里中诗人颇具影响。齐之鸾"歌行体力追少陵,近体直逼初盛,洵词坛巨匠也。朱之蕃称其遒劲"(《龙眠风雅》卷二《齐之鸾》)。马其昶亦曰:"公天才宏丽,桐城文学推公先导。"(《桐城耆旧传·齐之鸾传》)余、齐两先生实开桐城诗派之先河,带动了钱如京、钱如畿、方见、方充、姚希廉、吴檄、盛汝谦、方点、方兼、吴一凤、赵钘、林有望、方学渐、赵鸿赐、方学聪、吴用先、何如申等人的诗歌创作,桐城诗派已现雏形。明末清初,钱澄之、潘江、方文、方以智崛起,周围聚集了李雅、姚康、许来惠、方拱乾、汪国士、吴国琦、方畿、王杰、白瑜、蒋臣、周岐、祝祺、钱秉镡、夏统春、光时亨、杨臣诤、邓森广、赵相如、孙如兰、江中龙、吴德操等人,掀起了桐城诗歌创作的第一波高潮,为桐城诗派的诞生奠定了坚实的基础。

康乾时期,由刘大櫆等领衔,掀起了桐城诗歌创作的第二波高潮,为桐城诗派鼎盛时期。康熙朝有张英、张廷玉父子为先导;乾隆年间,以刘大櫆为主轴,集结了一大批桐城诗人。方东树说:"刘氏名弗耀于远,而其说盛行一时。

及门暨近日乡里后进私淑者数十辈,往往守其微言绪论以道学,肖其波澜意度以为文及诗者,不可胜纪。"(方东树《刘悌堂诗集序》)如王灼、陈家勉、左坚吾、叶酉、王洛、吴中兰、朱雅、张水容、李仙枝、杨家礼、张敏求、张鹄、方怀萱、刘琢、杨含英、谢廷、许畹、许国、吴孙琨等人。师事刘氏,为诗为文。嘉庆朝,以姚鼐为核心,聚集了一大批桐城诗人,如刘开、张聪咸、左匡叔、胡虔、左眉、疏枝春、章甫、姚宪、左朝第、许鲤跃、姚柬之、姚元之、张元辂、姚通意等人,或及门受教,或私淑为师。

道光年间,以姚莹、方东树为标杆,团结了一大批诗人,如胡小东、苏惇元、方昌翰、叶毓桐、马瑞辰、光聪谐、戴钧衡、文汉光、马起升、马树华、方宗诚、张勋、刘健、江有兰、马三俊、孙宅俊、张泰来、胡淳、郑福照、胡思溥等人。才人济济,诗作繁富,创作势头不减乾嘉时期,堪称桐城诗派创作的第三波高潮。

同光两朝,在吴汝纶的直接教育和影响下,后劲辈出,人才奋兴,桐城诗派创作气势不减,再度崛起,赓续辉煌。如苏求庄、苏求敏、方和甫、方深甫、陈澹然、徐宗亮、姚濬昌、方守彝、方守敦、马复震、吴康平、刘元佐、方涛、吴汝绳、杨澄鉴、姚永朴、姚永概、姚孟振、唐尔炽、苏艺叔、吴闿生等人。桐城诗派后继有人。虽是暮景余晖,但是绚丽多彩。诚如钱钟书先生所言:"桐城诗胜于文。"

四

桐城诗派有诗论,虽不如文派那么完整、全面、系统,但卓识精当。桐城诗派的诗论多散见于桐城诗人们的零篇散论中。这些论述,既有对前人诗歌创作经验的总结,又有自己创作实践的体会,不乏真知灼见,能切实指导诗歌的创作。我们不妨稍作梳理,汇集于斯,以一斑窥全豹。

方仲舒曰:"诗之为道,无异于文章之事也。今夫能文者,必读书之深而后见道也明,取材也富,其于事变乃知之也悉,其于情伪乃察之也周,而后举笔为文,有以牢笼物态、包孕古今。诗之为道亦若是而已矣。吾未见夫读书者之不能为诗也,吾未见夫不读书者之能为诗也。世之人不于读书之中求诗,而第于诗中求诗,其诗岂能工乎!"(《桐旧集》卷二《方仲舒》)方仲舒强调读书的重要性。他无书不窥,尤好老庄之书,所以他的诗写得"跌宕淋漓,雄浑悲壮"。

潘义炳在《复汪师韩书》中曰:"一代有一代之风气,一人有一人之怀抱。蛾眉不同貌而俱动于魄,芳草不同气而皆悦于魂。其各抒性情一也。"又曰:"学诗者,沉酣乎经史,以裕其原;浸淫乎汉魏,以厚其质;涵泳乎六朝、唐、宋,以腴其华滋。"又曰:"诗贵立体,而忌俗者五:一曰俗体,二曰俗意,三曰俗句,四曰俗字,五曰俗韵。"(《桐旧集》卷三十四《潘义炳》)潘义炳为潘江之孙,其秉诸庭训者既详且备,而其形诸诗歌者亦典以则。他参与《龙眠风雅续集》的编辑工作,出力尤多。他指出时代风气不同,各人怀抱不同,但通过诗歌抒发自己的性情是一致的。他力主创新,反对陈言俗调,这是很有见地的。其诗炼格炼句,直入少陵之室。叙事切合实情,绘物惟妙惟肖。委婉虚夷而气体舒畅遒劲。

钱澄之在《与云间张寄亭论李杜诗说》中说:"然吾观杜之好苦吟而欲与李(白)细论者,皆在律诗。其曰:'赋诗新句稳,不觉自长吟。'盖穷幽造险,其必有极不易稳之句而忽得稳,非今之但协律叶韵之为稳也。又曰'晚节渐于诗律细',盖一句而有数折,一字足当数转,中无不尽之义,而外无可见之痕,故律之细,古今惟子美独也。"他在《诗说赠魏丹石》中说:"诗也者,文事中之最精者也。凡文字中数百十言所不能尽者,诗以一句尽之;一句中常有数转,凡文字须数百十言转者,诗惟以一字转:故其事至难,而其法甚巧……为诗者,有天事焉,有人事焉。若夫性情、气韵、声调之间,皆天之为也,不可强也。至于谋篇、造句,则人事之所由尽矣。夫篇有长短大小之不同,而起结开合,变化无端,顿挫抑扬,自然节奏,行乎不得不行,止乎不得不止,皆不可以有意为也。惟造句,则心欲细而功欲苦,是以诗贵于苦吟也。苦吟无他,情事必求其真,词义必期其确,而所争只在一字之间。此一字确矣而不典,典矣而不显,显矣而不响,皆非吾意之所许也。于是惨淡经营,索之久而不得,而置之,而此一字忽然现前,乃真不可易矣。然非读书研理、体物尽变者,求此一字,终不可得。何则？无其本也。"

钱澄之从杜甫"赋诗新句稳"说起,极言叶其律、押其韵,求一字之安、一句之稳何其不易,诚如贾岛所言"吟安一个字,捻断数茎须"。他赞赏杜甫苦吟,通过"不觉自长吟",能发现字句、气韵、声调乃至谋篇布局、起结开合的问题,所以"诗贵于苦吟也"。他还强调读书穷理的重要性。他在《陈官仪诗说》中说:"然非读书穷理,求此一字,终不可得。盖理不彻则语不能入情;学不富则词不能给意。"所以他深有体会地说:"故吾四十年来,矻矻于经史之学不倦者,非以为诗,而诗亦因有资矣。"

钱澄之在《文灯岩诗集序》中又说:"诗之为道,本诸性情,非学问之事也。然非博学深思,穷理达变者,不可以语诗。当其意之所至,而蓄积不富,则词不足以给意;见解未彻,则语不能以入情。学诗者既已贯通经史,穷极天人之故,而于二氏百家之书无有不窥,其理无有不研,然后悉置之,而一本吾之性情以为言。于斯时,不必饰词也,而词无有不给;不必缘情也,而情无有不达。是故博学穷理之事,乃所以辅吾之性情,而裕诗之源也。"

钱澄之强调诗以道性情。他在《叶井叔诗序》中说:"诗也者,发乎情,止乎礼义,准礼义以为情,则情必本诸性。"又言:"夫诗之为教,非徒以流连光景、愉悦志气已也。类皆贤人君子不得志于时之所为:或忧在国家,或事属天伦,中有不便于深言者,因托之歌咏以见志,庶几闻之者因以感发兴起而不敢为非,于是乎始贵有诗。"他对"流连光景、愉悦志气"之诗不看好,更反对无病呻吟之诗。

钱澄之关于"称诗者必主于温厚和平"之说,有自己独到的见解。他在《温虞南诗序》中说:"此非词义之说,而声音之说也。夫声音之道本诸性情。古人审音正乐,必求端于性情,而后声音应之。是故,性情正者,风气之所不得而偏也。自乐府失官,声音之道不传,性情之事,惟于气韵之间遇之。夫气韵,无色声之可迹,无义理之可寻,可得而喻也,不可得而传也。非是物者,虽雕缋满眼,犹被橐驼以文绣,而饰嫫母以朱粉耳,乌足尚哉？吾之以气韵论诗,犹之古人以声音论诗之道也……夫词义之事,与性情气韵,不相为而相为者也。肆力既久,则厚者益以厚,和者益以和,且知古人之所为温厚和平,正不妨杂出于激昂,而非以柔曼为工也。"指出诗之温厚和平与声音、气韵和词义之间的关系。

钱澄之强调写诗既要有才,又要有学识,并指出诗人之别才与别学的特点。他在《说诗示石生汉昭赵生又彬》中说:"文章之道,至于诗而才与学黜焉;非谓才与学不足以为诗,谓诗非才与学之可以为也,而有其才焉,有其学焉。有才人之才,有诗人之才;有学人之学,有诗人之学。才人之才在声光,诗人之才在气韵;学人之学以淹雅,诗人之学以神悟。声光可见也,气韵不可见也;淹雅可习也,神悟不可习也。是故诗人者,不惟有别才,抑有别学。"

综上所述,我们可以看出钱澄之对诗歌创作有自己深刻独到的体会,议论精深,为桐城诗派理论的建构奠定了基础,不愧为桐城诗派的奠基人。

姚文燮自序其诗曰:"诗者,才情理法也,兼之而后成。盖情至而法见焉。情能藏法,法能宣情,抑惟才能用情与法。古今未有诗人而不能穷理者,抑未有不为才人而能为诗人者。"他强调写诗要有才能,亦要读书穷理,即天才加勤奋。以才穷理,以法宣情。才、情、理、法,四者互为因果,兼之而后诗成。姚文燮聪明颖异,才情兼备,故其为诗能独辟堂奥,冠绝流辈,被誉为"东南雄"。晚年诗风为之一变,敛华就实,质朴自然,渐造平淡,而意旨深远温厚。

方东树在诗论方面用力尤深,用工尤勤,建树尤多。他的《昭昧詹言》就是一部完整的诗歌理论专著,将桐城诗派理论推向一个新的高度,与姚永朴的《文学研究法》并称为桐城文学理论之双璧。以古文法论诗乃是桐城诗派的传统,而方东树更深得其中三昧。他在《昭昧詹言》中以桐城古文家眼光评判诗歌,以"古文义法"论诗,多独出机杼,见解卓越。他总结了学诗的六种方法,即创意、造言、选字、隶事、文法、章法。六法旨在:创意,须避凡俗浅近习熟近腐常谈;造言,应当言简意赅,自铸伟词;造字,务必清新典雅;隶事,惟陈言之务去,翻新致用;文法,以断为贵,气势峥嵘;章法,起承转合,横截纵通,运用自如。他明确指出:"汉、魏、六代、三唐之熟境、熟意、熟词、熟字、熟调、熟貌,皆陈言不可用。"要"下语必惊人,务去陈言"(《昭昧詹言》)。同时,方东树强调诗要有"阐道翼教""助流政教"的功能。为诗者,必须务本重道,适时尚用,"体之为道德,发之为文章,施之为政事"(《与罗月川太守书》)。他在《昭昧詹言》中说:"诗以言志。如志无可言,强学他人说话,开口即脱节,此谓言之无物,不立诚。""学人好为高论,而不求真知,尽客气也。"

他强调立德为诗之本。他在《徐荔庵诗集序》中说:"然而诗以言志,古之立言以蕲不朽者,必以德为之本。故曰:'有德者必有言。'自汉魏以来,至于今日,其间贤人君子、高才硕士、英敏异量之徒,或以悯时病俗,或以抒情见素。百世而下,使人读之,得以考其身世,睹其性情,如接其衣冠、笑语、声音、面目。其高者至并其时之风俗治理、贞淫盛衰,罔不载之以见,如孔文举、曹子建、王仲宣、刘越石、陶渊明、杜子美、韩退之诸贤,犹可因以想见,诗之本用如此,故古今重之。"

方东树的诗作大体上体现了自己的诗论思想,他的诗气韵沉酣,格调坚劲,语言质朴无华,有一股兀傲峭厉之气,却无噍杀猛起偾激之响,冲融纡余,敦厚和平,在桐城诗坛上颇具影响。

吴闿生为桐城诗派后起之秀。他特别欣赏用"逆"之法,赞叹《葛覃》为"文家用逆之至奇者也",在诗歌创作理论上颇有独到的见解。他的诗论专著《诗义会通》为时人称颂,对方东树的诗论有所补充,使桐城诗派理论更为完善。

五

桐城诗派阵容强大,流行了数百年,诗人众多,诗作繁富。从内容上看,题材广泛,古今上下,无所不包,但反映社会现实生活仍是主旋律,国家的安危,民族的命运,人民的痛苦,仍是桐城诗派诗人关注的焦点,成为诗歌创作的主题。即使是一些觞咏酬唱之作,也表达了诗人们悯时病俗之感,或对美好生活的渴望和追求,所以具有较深刻的社会性。明清两朝的社会风貌得到真实的反映,这些诗作也是我们研究明清社会的宝贵资料。从艺术风格上看,桐城诗派虽不像桐城文派的文章风格那么鲜明,独具特色,但可以用百花齐放、万木争荣来形容。桐城诗人穷经研史,学富才雄,诗有根底。远祖《风》《骚》,沉浸汉魏、六朝,出唐入宋,融唐宋于一炉,唐音绕梁,宋韵悠悠,能标新立异,自成一家,异彩纷呈,各领风骚。

我们不妨从不同时期,选几位桐城诗派代表人物,对他们的诗作略作评述,以见其概。

齐之鸾,钱澄之在《齐蓉川先生集序》中说:"公有诗文名,开吾乡风气之始。文绝去枝蔓,直摅所欲言;诗有气力精思,往往造语出人意表。大抵皆一路孤行,无所依附,即立朝之风裁,凛然于此见之矣。"其正色立朝,知无不言,言无不尽,凡民生之利病,主术之邪正,贤奸之进退,宗社之安危,无不侃侃敷陈,明白晓畅,言之无讳。其奏疏意诚切直,以金事备兵宁夏,值关内荒旱,其入关,满目荒凉,见百姓皆食蓬子,随取所食封以献,且进《陈民疾苦疏》曰:"环庆而北,山城、萌城、隰宁、小盐池等处,骄阳五年,赤地千里,亩无植禾,居人刈茠蓬,其类有绵蓬、刺蓬二种,皆可为面以食,饥人仰此为命数年矣。臣因取蓬子面自尝啖之,苦恶辛涩,螫口贯心,呕逆竟日。今将二蓬子封题赍献御前。"因陈塞北人疾苦,并言国家有大可忧之事三,庙谟有深可惜之癖四,皆深犯时忌者,而皇上亦不忤者,由奏疏辞气婉美,恳恻动人,世宗亦知其忠而见容。其一身正气,洵骨鲠之臣,以生平大节,卓然千古而不朽!诗如其人。入夏诸诗除描绘山川险隘,恢宏辽阔,大漠风沙,浩瀚无际,风景雄奇,更多的是为民而呼,忧民之忧,急民之急,慷慨激昂,恳切感人,言辞宏丽,多遒劲之气,开桐城诗派之正气。其《入夏录》绘边塞风光,叙风土人情,写人纪事,抒忧国忧民之情。如《宁州晓发》:

> 灯火启严城,戴星行未已。夜来下绝坂,左右崇墉倚。昏黑迷前旌,时顾斗杓指。晨鸡登顿初,蒙昧曙光紫。林泉衍山巅,溪云行地里。陂陀首乾龙,浮立土不滓。所以穴居民,患燥不患水。改邑视井泉,卑栖固其理。耕者百仞上,汲者千寻底。下山阻深沟,上山据高垒。四邻守无虞,塞马徒为驶。民贫独可忧,咸秦此唇齿。

此诗是塞北居民生产艰难,生存环境恶劣,民贫困苦的真实写照。诗人所忧甚巨,"民贫独可忧,咸秦此唇齿",后李自成、张献忠揭竿而起,已于诗意见其端!

潘江,桐城诗派奠基者之一。他的《木厓集》及续集,存诗六千余首,可能是桐城诗派中存诗最多的一位诗人。他十岁开始作诗,被称为"圣童",有"千里驹"之誉。钱澄之先生曰:"以蜀藻之才,驰骤艺林,何所不得?使获一第而居得为之位,又何事不可为?"(《潘蜀藻诗序》)而他决意当世,益专其志于诗。潘江先生含英咀华,才雄笔健,属词命意,寄托深远。远祖《风》《骚》。以汉、魏为渊源,李、杜为风骨,出入香山、放翁,取诸家之长,疏通其微法,搜摘其妙义,深而不凿,新而不巧,可谓善学古人,非徒优孟之衣冠。潘江执桐城诗坛之牛耳,辉映两江,饮誉全国。友人方文称颂潘江"诗文为东南之美"。

潘江博极群书,精研简练,于诸大家已入堂奥,兼综而互出之,探本穷源,得其指归,别开生面,标新立异,独树一帜。虽纵横放逸而不失驰驱,铺陈刻画而不失自然。元气为根,神合古人。所谓风人之赋丽以则,非俗学庸才可以仿佛也。潘江不仅破万卷书,还行万里路,游履所经几半天下,所经山川之险要,兴亡之古迹,风俗之淳浇,政治之得失,一一皆寓之歌咏,民瘼国恤,情动于中,发为诗歌,慷慨击节,声震寰宇。此全是潘江悯时病俗之所为作也,以资教化,其有益于斯民斯世可谓多矣。潘江诗作题材广泛,内容无所不包,而又兼涉拟古、歌行、赠答、遣兴、述怀、咏物、吊古、讽事,体裁无所不备。潘江诗作不仅是桐城人民的精神财富,还是中华传统文化之精华。

刘大櫆,是桐城诗派鼎盛时期的一位代表人物。他非仕非农,晚年谋得一教谕,实则一介布衣。一生舌耕笔耘。"白发萧然,半盏寒灯,替诸生改之乎者也;黄金尽矣,一支秃笔,为举家谋柴米油盐"。这副对联便是刘大櫆生活的写照。他是一位因诗文而存人的典型。他才雄笔峻,能包括古人之异体,熔以成其体,雄豪奥秘,挥斥出之,其才超群,故其为诗为文洋洋乎才力纵恣,气势豪迈,无所不及,而斟酌经史,未尝一出于矩矱之外。其师方苞曰:"今世韩欧才也。"由此,名声大振。其诗力追昌黎,师其意而不师其词,师其神而不师其貌。诗格高雅,诗境旷远。五言尤多可咏,自李、杜而后能兼汉魏、六朝之长者,明代惟高青丘、徐昌谷,清代惟吴天章、刘海峰诸选体力与之抗。其五言近体以盛唐之格律行中、晚之工致,当与施愚山争衡。七绝高者似李太白,次则刘中山,又兼有宋、元诸家之盛,可谓旷世逸才。七言诗悲歌慷慨而魄力足以达之,有李、杜、韩、苏,投之所向,无不如意。窦东皋评曰:"海峰五言古诗原本魏晋,出入于陈拾遗、李供奉之间,而自成一家。七言淋漓激昂,摆脱常格;五律亦各入妙品,不愧作者。"(徐璈《桐旧集》卷二十五《刘大櫆》)所以程鱼门读其诗集,称刘大櫆"诗胜于文也"(徐璈《桐旧集》卷二十五《刘大櫆》)。

特别值得一提的是,刘大櫆思贤若渴,尤其爱才。他在《王天孚诗序》中说:"余抵牾于世,而好与当世之英贤相结,孜孜焉,汲汲焉,如饥之欲食,如嗜欲之求而未得,毫毛丝粟之材,吾未尝不与之交。"桐城诗派巨子姚鼐、张敏求、王灼、朱雅皆为其门下士。

嘉道时期,桐城诗派再度崛起,赓续辉煌。在方东树、姚莹的影响下,涌现出一群青年诗人,他们志存高远,豪情满怀,奋力为诗,成绩骄人。姚元之,驰骋人物,出入天渊,雄辞奇语,凌厉无前,气吞群岳,志高时贤;朱鲁岑,沉潜理义,入其奥府,珮玉而趋,不失步伍,诗宗杜甫,貌合神似;胡小东,既已从政,身处喧境,不易素怀,规圆矩方,通变之才,有济于物,深于悲喜,则悱恻在中,无往非诗人温厚之致;张聪咸,才高志坚,拔出俦类,为学勇敢精进,识解超绝,为诗古朴典雅,寄托深远;光聪谐,学富才雄,识度旷远,超远尘俗之外,身在轩裳而趣深山林,其诗脱俗雅洁,音韵隽美;左匡叔,磊落慷慨,怀忠贞之性,笃实而有志节,君子儒也。在这群诗人中,刘开最为活跃,最具影响力,诗歌成就亦最高。他在《与郑梦白刺史书》中颇得意地说:"开自游浙后,遍览名胜,山之青,湖之秀,石之奇,海之浩渺,都邑人物之繁盛,亭台池馆之瑰丽,皆取于目而注于心,无以尽其情状,悉举而致之于诗。平居窃自深念,世之爱我者众。"

值得称道的是,明清两朝桐城涌现一大批才媛诗人。桐城女诗人是桐城诗坛的一支生力军,堪称奇葩。《桐旧集》专列一卷,辑录了四十二位女诗人的作品,其中方、张、姚、马、左诸家才媛尤多。她们大多学识渊博,贯穿经史,才情兼备,善文工诗,而命运又多不幸。方守贞以寂寞为伴,以诗书为侣,借诗遣怀,自写其忧伤哀怨,内心的诉求,笔端的咏唱,读之使人泣,使人悲,使人叹。难能可贵的是,她们不仅写个人之苦、之愁、之悲、之思,还能推己及人,写出封建社会女子的悲苦,表达出女同胞共同的心声和诉求,格调高雅。不少作品诗史交融。虽然没有"金戈铁马,气吞万里如虎"的雄风,但却有伟丈夫之气概。如方维仪,其侄方以智说:"嗟乎!女子能著书若吾姑者,岂非大丈夫哉?"(《清芬阁集跋》)时人有评方维仪的诗,说:"近世闺秀多工近体小诗耳。能为古诗者什不二三;能为古文词者百不二三也。夫人独能兼之。"(转引自傅瑛主编《明清安徽妇女文学著述辑考》)不妨读几首诗:

读史

天空风暮吹,孤雁相与随。一声阴云下,莽莽千秋悲。李陵怅已矣,苏武堪称奇。颜色忽已衰,陵谷亦已夷。止为典属国,节旄谁能持?丈夫能如此,女子安所之。

春日同邓何二妹饮

姊妹相逢老大哀,须教畅叙尽余怀。春风不管愁人恨,昨岁桃李今又开。

从军行

玉门关外雪霜寒,万里辞家马上看。昼夜沙场那解甲,报君直欲破楼兰。

一洗胭脂,尽显豪气,诗史兼容,此诗见之。虽是闺中弱女子,但显丈夫气概!

桐城女诗人诗篇不作无病呻吟之语,而是抒情呐喊,忧民生,病国运,关注时代的不幸、人民的痛苦。她们在一些咏史吊古的诗篇里,借古讽今,表达改变命运、追求美好生活的愿望。她们的一些写景诗意境幽清,诗中有画,清词丽句,婉约凄美,音韵绵长,有李清照之风。吴坤元、方孟式、张令仪、张莹、姚凤翙是其中的佼佼者。还有晚清的姚倚云，琴棋书画无一不精，诗文兼擅，堪称才女。她存诗词两千余首，以其忠厚悱恻之意，寓之于诗，温厚尔雅，能协诗教，言词婉约，音韵悠永，老而益工，而诗风渐趋舒纡淡泊。她与丈夫范当世感情甚笃，夫妇唱酬，笔墨横飞，争先斗捷，堪称美满。不幸范当世英年早逝，她悲痛欲绝，但终于走出闺门，投身于社会，兴办教育事业，培养人才，成绩赫赫，为民国期间著名女教育家。吴芝瑛，吴汝纶之侄女。她居京师与秋瑾为邻，二人同有匡时济世之志，遂结为至交。秋瑾遇害，吴芝瑛为其经理后事，并于居宅小万柳堂筑"悲秋阁"以示纪念。她通过怀念秋瑾之诗作，抨击了清廷统治者的罪恶暴行。清廷统治者恼羞成怒，欲加害于她，但慑于国内外舆论压力，未敢贸然行动。她不仅是一位女诗人，她还卖字募款，以纾国难，是一位社会活动家、一位爱国者。

简而言之，桐城女诗人心胸开阔，诗境高尚，诗韵隽永，诗篇足以流传，称得上巾帼不让须眉。

近年来，桐城诗派引起学界重视，评论桐城诗派的文章亦多有发表。我退休后，十多年来亦主要阅读桐城先贤的诗作，与安徽大学江小角教授共同点校出版了《桐旧集》，后又与他共同主编《续桐旧集》，阅读了桐城两千多位诗人五万余首诗，惊叹不已。钱钟书先生说："桐城诗胜于文。"我深信之。十一年前，我出版过一本《桐城文派概论》。七年前，我与江小角教授共同撰写了一本《桐城派》，因此我萌生了再写一部论述桐城诗派之书的想法，并告诉了江小角教授。他竭力支持，并为我提供了大量的资料，后我又与他共同规划了书的体例布局。初稿既成，请他为我的书稿审视一遍，对我的述评不当之处和引文错字予以修正和纠错。说实话，没有他的热情鼓励和大力支持，我很难完成此稿。同时，感谢安徽省桐城派研究会关心本书的出版。我已年逾八旬，老矣。精力不济，思不敏，虑不周，述未必精当，评未必正确，错误更是难免。所以出版行于世，以期抛砖引玉而已。盼读者诸君指正。

杨怀志
2022 年 5 月 1 日

目 录

MULU

第一章　桐城诗派之先河 ………………………………… 1

第一节　正色立朝,风节凛然;铸词宏丽,造意精思
　　　　——名臣兼诗人齐之鸾 ……………………………… 1

第二节　嘉靖四杰,政绩斐然;诗文兼擅,理学名家
　　　　——名臣兼诗人赵钺 ………………………………… 6

第三节　忠昭日月,义薄云天;慷慨鸿篇,千古流芳
　　　　——名臣兼诗人左光斗 ……………………………… 9

第四节　方玉成直声立朝,孤芳自赏　阮坚之独抒襟抱,振奇则古
　　　　——方大任与阮自华 ………………………………… 14

第五节　叶以冲为官清正,学术粲然,诗篇宏富　汪君酬为政静简,诗幽
　　　　峭兀,拔俗超群
　　　　——叶灿与汪国士 …………………………………… 20

第六节　布衣振风教　名节树家风
　　　　——桐城学派创始人方学渐 ………………………… 24

第七节　方潜夫为诗庄谐怒骂,尽显忧思坎壈　方密之忠孝双全,诗擅众美
　　　　——方孔炤与方以智……………………………………………… 27

第二章　桐城诗派之奠基 …………………………………………… 39

第一节　沧海横流尽显诗人本色,田间砚耕诗论卓越超群
　　　　——钱澄之………………………………………………………… 39

第二节　囊无余资足半天下,独领风雅七十四载
　　　　——布衣诗人潘江…………………………………………………… 50

第三节　揽东南之名胜,执诗坛之牛耳
　　　　——布衣诗人方文…………………………………………………… 61

第四节　治理廉卓,万民德之,秩满载道攀留;学尚韫藏,诗篇繁富,体高词雅韵长
　　　　——清白吏诗人马之瑛……………………………………………… 66

第五节　少负才磊落,以匡时济世为己任;为诗含英咀华,有开拓万古推倒一切之概
　　　　——布衣诗人邓森广………………………………………………… 70

第六节　感慨时事,悲愤激惋;泣血吟咏,流难而卒
　　　　——布衣诗人方授…………………………………………………… 73

第七节　周农父有匡时济世之志而厄于遇,无奈诗酒人生　祝山如淡于仕进而终身执教,堪称一代名师
　　　　——周岐与祝祺……………………………………………………… 77

第三章　桐城诗派之崛起 …………………………………………… 82

第一节　李士雅落笔奇气横九秋,长歌短句凌风骚　姚士晋志介行方,隽才卓识,为诗独出机杼,纵横奇肆
　　　　——布衣诗人李雅与姚康…………………………………………… 82

第二节　方南董诗跌宕淋漓，雄浑悲壮　吴汤日诗格高调雅，情韵悠长
　　——布衣诗人方仲舒与清白吏诗人吴道新 …………………… 88

第三节　和平怡愉之意寡，忧幽愤痛之言多
　　——孙临 ……………………………………………………… 93

第四节　姚绳先诗宗少陵，命意深邃　姚纯甫文采风流，诗兼众美
　　——姚孙森与姚孙棐 ………………………………………… 97

第五节　姚若侯文似欧阳，诗胜醉翁　姚经三惊才绝学，健笔奇怀
　　——名臣兼诗人姚文然与清白吏诗人姚文燮 …………… 104

第六节　方肃之流离播迁，不辍吟咏，视诗如命　方吉偶清才兼众妙，墨沈淋漓五夜中
　　——方拱乾与方亨咸 ……………………………………… 112

第七节　孙湘南标新领异，风雅龙眠之秀；宦居宝岛，赋海景奇丽之章　吴博之志存高远，欲效于朝而莫由自致；诗笔沉劲，一切托之于诗以见志
　　——孙元衡与吴道约 ……………………………………… 118

第八节　方履安独标孤诣，情深调古，清妙娟秀而独出群辈　方扶南襟怀高旷，伸纸濡墨，婉转玲珑而层叠尽妙
　　——布衣诗人方贞观与方世举 …………………………… 125

第四章　桐城诗派之鼎盛 …………………………………… 130

第一节　文胜于诗，而诗论精深：以情写诗，凄清幽绝之音；不事雕饰，清真淡雅之风
　　——戴名世 ………………………………………………… 130

第二节　朝廷重臣功在社稷　诗坛巨匠名传后世
　　——名臣兼诗人张英与张廷玉 …………………………… 133

第三节　为文峻洁超拔，得史迁之神；为诗清妙灵隽，沁心而韵美
　　——一代名师吴直 ………………………………………… 143

第四节 少撄家难，赋之于诗，归于和平温厚；晚遇隆恩，为诗超逸闳肆，自能兼备古今
　　——名臣兼诗人方观承 ·············· 146

第五节 姚南青诗追古人，诗论精深，为后学津筏　刘海峰才雄笔健，悲歌慷慨，为后生楷模
　　——姚范与刘大櫆 ·············· 150

第六节 诗词淹雅，婉约清隽，有唐宋法度；诗风淳古，纡徐往复，有阴柔之美
　　——姚鼐 ·············· 159

第五章　桐城诗派之赓续 ·············· 168

第一节 吴荃石发为诗歌，清奇雄杰，语必惊人　吴惠连大器晚成，其诗逸气横飞，有初、盛唐之气象
　　——清白吏诗人吴贻诚与吴贻咏 ·············· 168

第二节 马春迟言语妙天下，诗超轶埃壒　史兰生才思过人，落拓江湖，有"诗文书画四绝"之誉
　　——马朴臣与史培 ·············· 172

第三节 王宾麓为诗沉雄健雅，格高韵胜，清而不寒，华而不缛　张勖园为诗高秀雄阔，跌宕生姿，词清字洁，情韵深婉
　　——王灼与张敏求 ·············· 176

第四节 朱歌堂橐笔南北，江山万里；其诗雄健瑰丽，调悲节壮
　　——朱雅 ·············· 181

第六章　桐城诗派之后劲 ·············· 183

第一节 身无半亩田，心忧万家哭
　　——布衣诗人方东树 ·············· 183

第二节　忍辱负重功在社稷,一代辞章千秋风仪
　　　　——名臣兼诗人姚莹 ………………………… 188

第三节　唐音宋韵温雅淳厚,搜辑遗逸编录韵章
　　　　——清白吏诗人徐璈 ………………………… 196

第四节　清词丽句不绝于篇,绵邈俊思雅托唐音
　　　　——名臣兼诗人姚元之 ……………………… 201

第五节　刘孟涂千古辞章未尽才　张阮林一代才人天吝年
　　　　——布衣名士刘开与张聪咸 ………………… 205

第七章　桐城诗派之余绪 ……………………………… 214

第一节　壮怀激烈,意气风发;诗宗少陵,清逸深远
　　　　——布衣诗人戴钧衡 ………………………… 214

第二节　为诗苍健深稳,性情真挚感人;用意深厚,朴雅不事藻饰
　　　　——清白吏诗人姚濬昌 ……………………… 221

第三节　后起之秀,同光巨子;才气俊逸,传承家风
　　　　——姚永概 …………………………………… 224

第四节　获江山之助,为山河增色
　　　　——布衣诗人方守彝 ………………………… 231

第五节　生于乱世,沧桑沉浮;为诗雄奇峭厉,气势磅礴,堪称桐城诗派之绝响
　　　　——吴闿生 …………………………………… 234

第八章　桐城诗派之才媛 ……………………………… 239

第一节　为诗词温深情真,自抒胸臆;书画兼擅,饮誉海内
　　　　——吴坤元 …………………………………… 239

第二节　方如耀诗书兼擅,气节高尚　方仲贤学贯经史,工诗善画
　　　　——方孟式与方维仪 ………………………………………… 243

第三节　左信芳好学博览,诗有李清照之风,婉约韵美　潘副华妇德高尚,诗凄婉情深,贫而不怨,苦而不悲,读之催人泪下
　　　　——左如芬与潘翟 ……………………………………………… 249

第四节　姚含章家世鼎盛而愈谦让,堪称贤妻良母　张柔嘉经史子集无不披览,触事兴怀,赋之于长章短句
　　　　——姚含章与张令仪 …………………………………………… 254

第五节　诗格调清逸,情真景真,天籁绝响,有李易安之风
　　　　——张嗣谢 ……………………………………………………… 259

第六节　姚季羽幼博经史,诗成盈尺,多谢朓惊人之句　姚陆舟自奉清苦,夙工吟咏,具有风格,有女史之称
　　　　——姚凤翔与姚凝晖 …………………………………………… 261

第七节　章玉筐之诗,孤猿寡鹄自写其忧伤哀怨之音,自抒悲苦贫病之情　陈玉佩之诗,清言娓娓,婉约可诵
　　　　——章有湘与陈舜英 …………………………………………… 266

第八节　张莹诗词洁情深,凄婉动人,多见道语,有须眉男子之气　张鸾宾涉猎书史,含宫咀商,晚景悲凄,以诗歌抒其悲苦之情
　　　　——张莹与张姒谊 ……………………………………………… 269

第九节　姚蕴素诗词婉约,清水芙蓉;兴学育才,堪称教育名家　吴紫英侠肝义胆,匡时济世,为女中豪杰;诗书兼擅,饮誉海内
　　　　——姚倚云与吴芝瑛 …………………………………………… 274

第一章 桐城诗派之先河

第一节 正色立朝,风节凛然;铸词宏丽,造意精思
——名臣兼诗人齐之鸾

齐之鸾,字瑞卿,号蓉川,明正德辛未(1511)进士,官至河南提学副使,按察使,顺天府丞。有《南征纪行》《蓉川集》诸集。

齐之鸾在明武宗朝为给事中。其时何时也?奸臣当道,群小作祟,而他正色立朝,知无不言,言无不尽,凡民生之利病,主术之邪正,贤奸之进退,国家之安危,无不侃侃敷陈,义正词严,明白晓畅。迄今读之,如晤其人,其一往任事之勇气,令人敬佩。至于谏止帝南巡,以消逆藩叵测之谋;请遵旧制,以正李士实诸奸之罪;发镇守毕真等妄行奏保之欺,引绳批根,情罪毕得,因使朱宸濠胆破,密计未定,猝尔称兵,以致旋起旋灭,齐之鸾之功在社稷大矣!

朱宸濠既败,诸奸臣导帝南征,思夺王文成之功,且重加诬蔑,为朱宸濠报仇。赖齐之鸾上疏力争,朱宸濠死党计不得逞。又欲冒滥功赏,他职在纪功,不少假借。又要乘舆久驻南都,以图便其奸私,图谋不轨,齐之鸾力请帝回銮。此数事,皆当时必不可不言,而亦人所当时必不敢言者,而齐之鸾独言之!言非难,当其时之为难也,是以论人者,必论世也。齐之鸾同时都谏汪玄锡曰:"车驾南巡,由宸濠在江南,选龙艘百戏,摇动四方,邀上南幸,图为不

轨。"诸奸臣怂恿之意不可回,齐之鸾与其同官诸君子倡言留驾,畏祸者争目齐之鸾狂,齐之鸾大呼曰:"今日不以死谏,南行必堕贼臣之计。异日吾辈虽寸磔,不足以塞责!"率同官伏阙,号哭不起,台臣某等继之。伏阙累日,人益众,谏疏凡数十上。帝怒挞之,死者十数人。齐之鸾自分一死,会死者多,帝意回,得免,驾亦暂止。迨后,驻跸南都,齐之鸾又疏请还宫,帝素知齐之鸾正直,于己不便,舍之江干,不许入城,齐之鸾作《回銮赋》以自遣。

世宗初,齐之鸾既被谪,由丞而令,而转南都郎中。不久,以佥事备兵宁夏,单骑走塞上,经花马池、小盐池、毛不剌、榆林等地,地瘠民贫。值关内荒旱,飞蝗翳天,齐之鸾忧心如焚,见百姓皆食蓬子,随取所食封以献,为进《蓬子疏》,因陈远人疾苦,并言国家有大可忧之事三,庙谟有深可惜之癖四,皆深犯时忌者,齐之鸾言之无讳。疏上,不报,亦不之罪。有人谓齐之鸾意甚切直,而帝不忤者,由辞气婉美,如陆宣公(贽,谥宣)奏议,恳恻动人,故不重得罪也。齐之鸾自竭其忠,其言而不忤帝,犹之处武宗之朝而独见容,皆未尝计及也。齐之鸾在宁夏,经略边城,前后数载,边城弗固,地故沙碛,版筑既艰,亦旋筑旋圮。齐之鸾命掘沙之余得黄壤,百里外有山,山下有泉,往凿水出引以木枧。又相其山石可裂煨之得灰,匀土和水而甃筑焉。诏限五月,乃三月城成,一军皆惊。都御史举以自代。还朝,夏人遮道如云,号声数百里。观宁夏制抚诸公疏,及齐之鸾所著朔方诸关内记,劳绩历历可睹。终明之世,屹然恃为金汤。然而,齐之鸾竟左迁以去,颇令人不解。齐之鸾之去位,不去于群邪丑正之日,而去于铨宰持公之时。以武宗之昏惑,左右侧目,而竟能见容;以世宗之明断,大臣力荐,而终不见用,岂非天意哉!天固欲齐之鸾以敢言弭东南之乱,以贤劳固西北之圉。其于升沉,固不为意。以齐之鸾之生平大节,卓然千古,读其书疏诗文,及诸同时赠言,述齐之鸾出处本末,历历可见,齐之鸾真不朽也!

《明诗综·系传》:"由进士改庶吉士,授刑科给事中,历吏、兵二科。世宗即位,考察谪崇德县丞,知长兴县,稍迁南京刑部郎中,以陕西按察佥事巡宁夏,升副使,改河南、山东,终河南按察使,有《蓉川集》。"

《明史·本传》:"正德六年进士,官刑科给事中,谏花酒铺之设及帝加'威武大将军'之号,又谏帝巡边及南巡皆不省。宸濠反,张忠、许泰南征,之鸾与偕。王守仁已灭贼,群小潜毁百端,之鸾力白其诬。初姓徐氏,至是复焉。世宗即位,疏谏,帝嘉纳之。后谪崇德丞,转宁夏佥事,进饥民所食蓬子,且言时事可忧者三、可惜者四,语极切至。后擢河南按察使,卒官。"

方学渐《迩训》:"齐瑞卿之先系自魏武宁王。瑞卿举孝廉,魏国走金贺,瑞卿谢曰:'世远人邈,传载恐讹,不敢妄附。'遂更为齐姓。正德间官给谏,江彬等诬王守仁通宸濠,命推问,上疏请以一家数口,为天下第一人赎。朝论韪之。尝于邮亭见族子杰,异之,曰:'后我一人。'又尝奇族子遇,于卯角曰:'此神驹也。'后杰、遇皆成进士。分校省试,郑端简晓实出其门。"

《龙眠古文》:"公救王文成公《疏》曰:'宸濠僭上,畜异志,积有岁月。遽尔举兵,将谓大事可幸成,天位可力取。而王守仁仰仗神算,勠力擒之,遂使奸雄一旦失望,乃欲横加诬构,指擒获之人为同盗。但王守仁忘身殉国,功在社稷,而仇人攀诬如此,将使英雄豪杰戒前车,国家缓急何以使人?'又《陈民疾苦疏》曰:'环庆而北,山城、萌城、隰宁、小盐池等处,骄阳五年,赤地千里,亩无植禾,居人刘莸蓬,其类有绵蓬、刺蓬二种,皆可为面以食,饥人仰此为命数年矣。臣因取蓬子面自尝啖之,苦恶辛涩,蜇口贯心,呕逆竟日。今将二蓬子封题赍献御前。'又《定圣志广言路》《清理芦课》各疏,互详本传。"

潘江《龙眠风雅》卷三:"齐之鸾,字瑞卿,号蓉川。正德辛未进士。本中山王裔也,举孝廉,魏上公厚遗金币,公固却之,因更齐姓。官给事,首发宸濠奸谋,力争武宗留驾。及南幸,复著《回銮赋》以寓讽谏。江彬谮王文成通濠,公前后论救凡十一疏,卒以言谪。寻擢佥宁夏,单骑走塞上,见饥民食蓬子,因封题献御。至花马池、小盐池、毛不剌、榆林等处,城守弗固,公掘沙凿泉,甃石为城,三月工就,一军大惊,都御史举以自代。后迁河南提学,历顺天府丞。所著诗有《南征纪行》《入夏录》诸集。歌行力追少陵,近体直逼初、盛,洵词坛巨匠也,朱之蕃称其遒劲,《明诗选》误为无锡人。"

朱彝尊《静志居诗话》:"蓉川在给谏最敢言,宁庶人造龙艘戏剧,结近习,邀帝南巡,图谋不轨,行有日矣。偕刑给事寰、许给事复礼留驾。及康陵亲征,又作《回銮赋》以讽,且力白王守仁之诬,洵骨鲠之臣也。顾见容于康陵,不见容于永陵,何哉?至入西夏,封进蓬子,言国家可忧者三,可惜者四,斥及议礼大臣,并责永陵不能虚己,尤为言人所不敢言。入夏诸诗山川险隘,诵之有如聚米,与尹金宪耕并工。惜乎志边关者未之及也。"

《四库全书·附存目录·别集类》:"齐之鸾《蓉川集》七卷。"

《江南通志》:"齐蓉川奏疏二卷、《入夏录》一卷。"

朱之蕃《盛明百家诗选》:"蓉川官给谏敢言,有用才也。诗多遒劲之气。"

汪可亭云:"公属文藻丽而不尚奇涩,而语意新妙。诗有一韵叠至数十首者,搜采奇崛,毫末不遗。他人多即难工,公有余力矣。"(引自徐璈《桐旧集》卷十一《齐之鸾》)

钱澄之《田间文集》卷十二《齐蓉川先生集序》:"公有诗文名,开吾乡风气之始。文绝去枝蔓,直摅所欲言;诗有气力精思,往往造语出人意表,大抵皆一路孤行,无所依附,即立朝之风裁,凛然于此见之矣。"

吴客卿曰:"先生在宁夏,以便宜营花马池,边人至今祠祀之。诗文慷慨宏丽,类其为人。"(引自徐璈《桐旧集》卷十一《齐之鸾》)

张英曰:"业师齐古愚先生,其先世为中山族人,后易姓齐。齐绳祖曰高祖,在正、嘉间,正色立朝,遍历中外,凡二百余疏,其《纪功》《蓬子》二疏载在史传。"(引自徐璈《桐旧集》卷十一《齐之鸾》)

齐之鸾是桐城诗派的滥觞者。姚莹在《桐旧集序》中说:"自齐蓉川廉访以诗著有明中叶,钱田间振于晚季,自是作者如林。"齐之鸾才雄笔健,胸襟坦荡。他正色立朝,不计个人得失,言人所不敢言,一身正气,洵骨鲠之臣。诗如其人。其诗格调高雅,高亢精健,旨远情深。五言古诗尤为雄迈,七言近体诗藻丽秀美。叙事有序,跌宕多姿;写景如画,如临其境;咏史奇警,发人深省。诗篇为诸家所选甚多,足见其在当时诗坛中的影响。他的入夏诸诗除描绘塞北山川险隘,大漠风沙,辽阔无际,风景雄奇,读之使人大开眼界外,更多的是为民而呼,慷慨激昂,言辞宏丽,多遒劲之气,有感染力,尤为时人称道,开桐城诗派之正气。其《入夏录》绘边塞风光,写风土人情,抒忧国忧民之情。如写西北风景雄奇。"曙雨飘沙急,秋风卷地寒"(《清平驿坐雨》)。"溪通涧谷方逢水,地近盐硝半不毛。胡马几年空野屋,王宫万木俯荒壕"(《韦州月夜望螺山有作》)。"西风朔马陟重岗,戍鼓屯笳接大荒"(《将至萌城》)。"土屋耕夫墅,云烽战士家"(《将至威武堡》)。如写西北荒凉之景。"池涸四时烹窖水,天倾八月肃溪霜"(《将至萌城》)。"蔬径润含终伏雨,禾田青覆去年沙"(《将至花马池王参将郊迎设食》)。"催归水曲檐蓝女,布谷林中浪稻车"(《视农人王澄堡》)。"萧萧万马西风外,何处青山绿草长"(《到镇三日即出按部沙井道中即事》)。"碧草暗斑遗镞血,黄云平覆战场花"(《赤木山下阅视新堑》)。如写民间疾苦,体恤民瘼。"泛滥民其鱼,岂止桑田溢"(《稠桑道中》)。"麦畦青未了,路有告饥人"(《将至威武堡》)。"禾田南尽见民穷,白碛黄沙一望中"(《到镇三日即出按部沙井道中即事》)。"胡为蟊气独伤农,水旱四虫灾匪一"(《飞蝗歌》)。"民贫独可忧,咸秦此唇齿"(《宁州晓发》)。所以他大声疾呼:"安得地置良有司,食民脂膏恤疮痍。"(《景州道中》)

他在《皮服姁》中感叹天灾人祸、战乱频仍给民众带来的痛苦,他被爱民忧民之心驱使,用情在写诗:

> 老姁发始艾,谍卒偕以来。问之何皮服?泣云胡中回。姁儿鲜兄弟,姁妇初字孩。姁家平羌堡,随儿耕山隈。屯田五十亩,旱久生蒿莱。今年雨泽匀,麦实被根荄。五月趣刈穧,官税恐见催。忽报胡西入,烽烟杂黄埃。旋云救东至,铁骑轰迅雷。以兹不复走,柴门眼恢恢。谁谓贼无惮,对阵掠人财。我军退自保,坚壁城不开。贼东不越渠,渠西家被灾。破户杀我儿,长革系妇腮。驱妇鞭牛羊,孙惧哭声哀。最后缚得姁,马首行崔嵬。追兵无影响,来应静衔枚。明月千山籁,酸风万灶灰。胡言不可解,胡心乃多猜。褫剥我衣衫,皮毳授诡裁。贼悦妇美色,防守雄在嵒。吞声姝少群,华语颜琼瑰。姁别与姁类,并絷囚莓苔。解絷夜奔逸,忍饥诉宪台。永诀儿孙妇,生死两悲哀。闻罢书成篇,以告卫霍才。

第二节　嘉靖四杰，政绩斐然；诗文兼擅，理学名家
——名臣兼诗人赵钺

赵钺，字鼎卿，一字子举，号柱野。明嘉靖庚子(1540)举乡试第一，嘉靖甲辰(1544)登进士。授刑部主事，听谳明允，擢礼科给事中，值母八十岁。时张文隐留赵钺，同考会试，力辞之，竟以册封得便归，称觞。转吏科左给事中。巡视京营，咸宁侯仇鸾占役军卒，赵钺抗疏力争之，勒士归伍，戎政一饬，仇鸾忌恨之，众人危赵钺，赵钺不为动。以父忧归，服阕，累迁太仆寺少卿。时民养种马，凡有镫痕者辄罪之。赵钺曰："畜马不骑坐，是赘物也。"弛令自便，民德之。滁苦旱，赵钺以身祷，大雨如注。滁故有阳明书院，赵钺捐俸新之，聚诸儒阐明良知之学，闻者多来归之。累迁至佥都御史，巡抚贵州。比至，值土舍韩甸攫司印，逐正官，纠党称兵叛乱，三省为之骚动。赵钺命总兵等官会剿之。又条奏便宜六事，作凤嬉、爱山诸堂，曰："使兹土者，释羁思以安职业。"亡何，有娼其功者，调用南京。赵钺辞官回故里，数年后卒于家。讣闻，皇上遣官谕祭以优之。赵钺家居时，罄俸入建祠堂五，以奉先世。岁二举祭。仍置义田一区，为祭费。有余则周三族之不给者。父赵弼，别号一竹，赵钺追慕不置，著《哀竹操》诗以寄思，又与诸昆季敦睦无间，其孝友盖天性也。赵钺之学，以经济为主，尝作宜秘洞，招延宾客，讲学其中，廪食其来学者。其诗跌宕苍劲，典雅古朴，古韵铿然，有李东川、岑嘉州之风。著有《古今原始》《无闻堂稿》《鹦林子》等。子赵鸿赐，字承元，号枞江，亦以诗名于时，有《跪石斋稿》。其孙赵襄国，字以赞，号东岑，能绳其祖，咀嚅道味，诗清真和雅，绝去矜器，其为人恬淡寡欲，志凝气静，绳床经卷，穆然性天，圭组不能为之荣，得失不能易其乐。其诗于世间兴亡、治乱、生死、可歌可泣之事一一记之，为艺林所称许。

潘江《龙眠风雅》卷五："赵钺，字鼎卿，号柱野。嘉靖庚子乡试第一，甲辰登进士。当居给谏，时巡京营，力阻咸宁侯仇鸾占役诸弊。寻转吏掌垣，升南太仆。在滁阳，聚生徒讲学。后命以都御史巡抚贵州，值土舍韩甸叛，督兵剿

平之。有娼其功者，调用南京。遂告归，筑室龙眠，学者多来归之。著有《古今原始》《鹦林子》《九彝古事》等书，《无闻堂稿》。其诗清逸俊爽，谭理而无理障，尤为当时所难。予尝过其曾孙襄国、助国家，见公手记《省吾录》，存省之学已见一斑。又与罗汝芳、王慎中往还。诸书墨迹犹新。理学、经济、文章三者，公殆兼之矣。"

《明诗综·系传》："字子举，官吏科都给事中、南京太仆。"

《江南通志》："南太仆卿署在滁，滁故有阳明书院，钺捐俸修之，聚诸儒阐'良知'之学。巡抚贵州，值土舍韩甸称兵，钺督兵剿之，且奏黔六事，皆议行焉。"

《郡志》："官刑科给谏，时当为会试同考，值母年八十，力辞之，竟以册封，使得归称觞。后抚黔，教民引水为田，黔知水耕自赵始。"

方学渐《迩训》："鼎卿幼受书于其兄，尝言'李令伯愿为人兄，钺愿为人弟'。居省垣，与编修陆树声、臬使余文献、郎曹朱日蕃，俱以能文章名时，称为'嘉靖四杰'。尝辟宜秘洞天，四方学者来馆之，雅谈终日，纚纚不倦。至缙绅广坐中，则惟棋酒诙谐，绝口不及文章。为贵州巡抚日作爱山堂，及归居麒麟山中，日游一山，又为堂于石鼓山，曰'助山堂'。尝制油幕为行亭，题曰'但无风雨日，便是卷舒时'。居常选客及其子鸿赐遨游赋诗为乐。其胜地有宜秘洞、杏花村、鲍园、鹦林、云巢诸名。后居五岭山中，有司欲见之，则以病谢。盖抱冲养和，杜门甘寂居休之体也。"又《先正编序》："何省斋崛起而谈理学，自戴浑庵先生有东林馆，赵柱野有宜秘洞，皆有会以讲学。"

黄宗羲《明文授读大兴寺记后》曰："鼎卿诗文无蹊径，匠心而作，固是能者。"

《四库全书·别集类·附存目》："赵钺《无闻堂稿》十七卷。"

姚康伯曰："正、嘉时，有两名臣，一为廉使齐公蓉川，一为中丞赵公柱野。中丞以解元成进士，官掖垣时，元宰贵臣之窃威福者，颇罗致一时之隽，而中丞独蝉蜕自如。及解黔归，以著述自娱，不通春明一字。"（引自徐璈《桐旧集》卷十八《赵钺》）

赵钱是名臣兼诗人、理学家。他崇尚王阳明"良知"之说，主张学以致用，所以他关注现实，有所感则赋之于诗。即使朋友之间酬唱或纪游之作，亦多触及时局，不作客套话，不作无病呻吟之语。他是理学家，但不尚空谈，诗句寓有哲理，多警句，耐人深思。他尤心系国家安危。嘉靖年间，明朝的外患主要是日本倭寇。倭寇在我国辽宁、山东和东南沿海走私、抢劫，无恶不作，民众深受其害。嘉靖年间，倭寇见沿海防务空虚，便勾结当地土豪、劣绅、奸商、流氓大肆走私、劫掠。嘉靖三十一年（1552）至嘉靖三十五年（1556）前后，被杀害的江浙军民有数十万人，财产损失不计其数。江、浙、闽三省受害最为惨烈。而官军毫无战斗力，沿海人民被迫奋起抗倭，长江下游沙岛上的沙兵，南汇盐民组织的盐兵，都力战有功。后在人民抗倭斗争的推动下，名将戚继光、俞大猷等血战多年，到16世纪60年代，才逐渐解决倭寇的问题。身为朝廷大臣，赵钱面对倭寇劫掠的现实，寝食难安，写下了《募兵行》《从军行》，以抒发忧愤之情。

募兵行

村鼓昼夜鸣，官家催募兵。中国本无寇，寇从东海生。十人困一村，百人困一城。官军不能战，购士远从征。民间久安乐，不识旗与旌。肥丁不肯去，瘦丁不能行。百金得一士，但充尺籍名。去者魄已落，送者各吞声。声断复声起，哀与怨相并。天地生大海，东南为之倾。波涛为山岳，鱼龙长纵横。倭舟何自来？无乃海波平。世运忽如此，陆地走长鲸。一身不自惜，尚虑弟与兄。弟兄有时尽，何时息战争？

从军行

从军有苦乐，从军良不恶。官家选民兵，我军只守城。民兵负戈战，我军立观变。民兵骨如山，将军不汗颜。但得我军在，城堕不称败。我军生死将军命，将军护军如护印。将军有罪犹堪录，行赏我军恐不速。莫叹身无衣居无屋，但报寇入边，我军有马兼有粟，如此从军意亦足！

前一首，徐璈评曰："养兵尺籍，平时则虚縻粮饷，有事则雇募乡兵。读'官军不能战，购士远从征'二语，知其所由来者久矣。"（引自《桐旧集》卷十八《赵钺》）徐璈评语切中要害。

后一首，读"民兵负戈战，我军立观变。民兵骨如山，将军不汗颜"四句，可谓道尽将军的失职，无能无耻；官军只守不战，毫无战斗力，空耗粮饷。如此军队形同虚设，如此将军可悲可叹。如此状况，又怎么不使作者忧心。结语"我军有马兼有粟，如此从军意亦足"，以揶揄之词表达了不满和愤慨。

值得一提的是，赵钺好游，辞官回乡后，除了讲学，便爱出游，桐城山水佳处都有他的足迹，而且赋之以诗，写故乡山水名胜诗的数量在桐城历代诗人中可能最多，体现了他对故乡的热爱。如组诗《龙眠山次苏颖滨韵二十章》《龙门冲九咏》《助山堂杂咏》等。录《龙眠山次苏颖滨韵二十章·秘全庵》：

名山秘已久，来者自依违。君看云埋处，千年无是非。

《龙门冲九咏·丹青峡》：

四山列翠屏，草木自红紫。今朝怪石前，着我看云起。

《助山堂杂咏·小龙峰》：

小龙盘山中，大龙横江上。云气自往还，百里遥相望。

摘句：五言诗："花发银千树，月明玉一林。""夕阳斜岭外，荒店断桥前。""月明如故里，人语是它乡。""两岸皆秋水，千家半夕阳。""清秋度彭蠡，明月挂匡庐。"七言诗："蚕老桑枯两无利，官家催输走群吏。""风送鸡声穿屋出，水吞石径背江回。""迸泉百道常疑雨，芳树千林不辨花。""十里芦花飞白雪，数家茅屋隐黄昏。""迤逦青山束绿溪，家家花竹自东西。"

第三节　忠昭日月，义薄云天；慷慨鸿篇，千古流芳
——名臣兼诗人左光斗

左光斗，字共之，号苍屿。明万历庚子（1600）举人，万历丁未（1607）进

士,两举皆第十一名,海内称诵其诗文。授中书舍人,擢监察御史,视屯,以北方人不知水种畏屯田。左光斗提倡兴修水利,从家乡运来稻种,让北方人种植水稻,其年收入数千钟,季年倍之,民感其德。及改督学政,具人伦鉴,如史可法皆所特拔。官至左佥都御史,赠右副都御史,再赠太子少保,谥忠毅,三代诰命,赐祭葬,官一子。有诗文集行世。

《明诗综·系传》:"公由进士授中书舍人,擢浙江道御史,升大理寺丞,进少卿,终左佥都御史。死珰祸,赠太子少保、右副都御史,谥忠毅。"

《明史·本传》:"万历三十五年进士,选授御史,巡视中城,捕治吏部豪恶吏,获假印七十余,假官一百余人。出理屯田,力兴水利,因条上十四议。光宗崩,李选侍据乾清宫,光斗上言,力请移宫,与杨涟协心建议,排阉奴,扶冲主,宸极获正,由是朝野并称为'杨左'。天启元年拜左佥都御史。是时,韩爌、赵南星、高攀龙、杨涟、郑三俊、李邦华、魏大中,咸居要地。光斗与相得,务为危言核论,甄别流品,正人咸赖之,而忌者浸不能容。会拟奏劾魏忠贤、魏广微三十二斩罪未上,忠贤诇知,先与涟俱削籍,而傅櫆、崔呈秀、阮大铖谋构汪文言狱,入其名,往逮,父老子弟拥马首,号哭声震原野。及诬以熊廷弼赃,容城孙奇逢与定兴鹿正,以光斗有德于畿辅,倡议醵金,诸生争应之,得金数千,谋代输,而光斗与涟已为狱卒所毙,年五十一。"

《通鉴辑览》:"熹宗五年六月,逮前佥都御史左光斗,下诏狱,寻毙之。魏忠贤用徐大化策,坐光斗以纳熊廷弼赃二万,许显纯非法拷掠,血肉狼藉,至七月,光斗与涟同为狱卒所毙。"

王士祯《居易录》:"左忠毅公视北畿学有知人鉴,凡所题品往往奇中。史公可法年少貌寝,公拔之为童子冠,勉之曰:'善自爱,将来社稷臣也。'后卒如其言。"

史可法《史忠正集·祭左忠毅公文》曰:"吾师生平著作,独取法于韩、欧,报国孤忠,尝自方于陈窦,文章气节,盖海内正人君子所共尊也。师提衡冀北,不以某为不才,而拔之以冠郡,且因某之贫而馆之官邸中。每公余即相抵掌时事,辩论古今,不啻家人父子之欢。"

姚康曰："忠毅公生平所讴颂者，一杨公椒山，故颜其堂曰唊椒。"（引自徐璈《桐旧集》卷二十六《左光斗》）

《明史·艺文志》："左光斗《奏疏》三卷、《文集》五卷。"

朱彝尊《静志居诗话》："万忠贞之死，忠毅哭之以诗，有云：'我有白简继君起，与君同游杖下矣。丹心留在天壤间，默默之生不如死。'是亦不愧其言者也。诗多晚唐风韵，如'湿云留野树，晴雪点征衣'；'冻犬迎人返，饥鸟下食齐'；'一觞邀老友，随意发新歌'；'过雨煤钱长，将炎水价添'；'野墙藤盖瓦，村落树为桥'；'问节惊初度，思亲改岁华'；'疲驴冲道路，破帽出都门'。宛然郑都官、姚少监风格。"

宋俊《柳亭诗话》："孙文忠《南阳集》有三十五忠诗，左忠毅其一也。忠毅《送杨大洪归里》诗：'触阶流血君方见，叩阍排帘宫始移。'痛定思痛，亦未知后日之祸如是之烈也。及槛车至濠梁得大洪书诗，含泪看书犹骂贼，同心共请，只呼天观。"

陈黄门《忠毅公集序》："当日情形，讵独一忠贤哉？党恶之罪，舍微、秀，其谁归？"

方震孺《左忠毅公集序》："熹宗朝貂珰乱政，太阿倒持，卒能消移鼎之谋，正参夷之罚，公与杨公折其势也。当鼎湖初升之际，主少国疑之时，武瞾垂帘，浸成房州之祸；公独奋争，典礼弹文首上。由是晨鸡移宫，飞龙正位，取日虞渊，功在社稷。盖公沉深有大略。会京贯交关，腹心爪牙，丝萝蔓引，告密排挤，而憸人以谋，吏垣事泄，教猱逐虎，公与魏公其首也。坐以封疆赃罪，棰偿之，肌肉消蚀，金木杂下无已时，夜半囊沙死矣。甚矣！忠臣可为而不可为也，仁人君子读其书，思其人，有不为之鸣咽流涕者乎？"

戴名世《左忠毅公传》："天启初，与给事中杨涟俱以清直敢言负重望，每国家有大议，公卿大臣辄问：二台省云何，二台省者即光斗、涟也。两人忠公一体，有所举劾，必咨而后行，权贵人皆凛凛畏之，一时海内有道高名之士，皆从之游，而小人之趋利贪权势者，皆弗之便也。巡视中城，搜获假官、假印、假文卷以百数，吏胥宿蠹，为之一清。寻巡视屯田水利，上书言：'国家倚漕东南不可恃,而京以东,畿以南,两河以北,荒原一望,率数千里,高者为茂草,洼者为沮洳。请一切有司首课农政,兴水利。田野不治,即异才高等,亦注考下下。'制曰'可',光斗亲巡行阡陌,督官吏,教民种植桑麻稿秸,仿佛江南……初,大兴人史可法,幼贫贱,奉其父母居于穷巷。光斗为督学,可法以应童子试见光斗,光斗奇之,曰:'子,异人也,他日名位当在吾上。'因召之读书邸第,而时时馈遗其父母赀用。一日,光斗夜归,风寒雨雪,入可法室,见可法隐几假寐,二童子侍立于旁,光斗解衣覆之,勿令觉,其怜爱之如此。及光斗逮系,可法已举于乡矣。可法知事不可为,乃衣青衣携饭一盂,佯为左氏家奴纳橐饘者,贿狱卒而入。见光斗肢体已裂,抱之而泣,乃饭光斗。光斗呼可法而字之曰:'道邻宜厚自爱,异日天下有事,吾望子为国柱石!自吾被祸,门生故吏,逆党日逻而捕之。今子出身犯难,徇硁硁之小节,而撄奸人之锋,我死,子必随之,是再戮我也。'可法拜且泣,解带束光斗之腰而去。阅数日光斗死,可法仍贿狱卒,入收其尸,糜烂不可复识,识其带,乃棺而殓之,得以归葬。后可法果以功名显。"

方苞《左忠毅公逸事》:"乡先辈左忠毅公视学京畿,一日,风雪严寒,从数骑出,微行入古寺。庑下一生伏案卧,文方成草,公阅毕,即解貂覆生,为掩户。叩之寺僧,则史公可法也。及试,吏呼名至史公,公瞿然注视,呈卷,即面署第一,召入使拜夫人,曰:'吾诸儿碌碌,他日继吾志事,惟此生耳。'及左公下厂狱,史朝夕狱门外,逆阉防伺甚严,虽家仆不得近。久之,闻左公被炮烙,旦夕且死,持五十金,涕泣谋于禁卒,卒感焉。一日,使史更敝衣,草屦背筐,手长镵,为除不洁者。引入,微指左公处,则席地倚墙而坐,面额焦烂不可辨,左膝以下,筋骨尽脱矣。史前跪抱公膝而呜咽。公辨其声而目不可开,乃奋臂以指拨眦,目光如炬,怒曰:'庸奴!此何地也?而汝来前。国家之事,糜烂至此,老夫已矣,汝复轻身而昧大义,天下事谁可支拄者?不速去,无俟奸人构陷,吾今即扑杀汝!'因摸地上刑械,作投击势。史噤不敢发声,趋而出。后常流涕述其事以语人曰:'吾师肺肝,皆铁石所铸造也。'……史公治兵往来桐城,必躬造左公第,候太公、太母起居,拜夫人于堂上。"

左光斗,名臣兼诗人,高风亮节,刚正不阿,敢言直谏,忠勇无私,为阉党群奸所忌恨,坐赃下东厂狱,拷掠至死。左光斗被削籍回乡,缇骑往逮,父老子弟夹道二十余里相送,盆盛清水,手举明镜,号哭声震原野。不仅乡亲如此,而且沿途所经,百姓无不拥马首,流涕相送。

左光斗有诗记其被逮后之情事:

别双亲赴诏狱

再别不能去,高堂有老亲。杀身成令子,养志学忠臣。涕泣都成血,生全或仗贫。白云如可望,雷电豁青旻。

遭珰祸道中感怀三首

岂料阴初盛,沉淫昼不开。伤心惟枳棘,触目长蒿莱。争说朋为正,难令鸩作媒。呼天问清霁,直待有风雷。

幸未遭严谴,居然许放还。愿难成栗里,祸恐续椒山。空有安危计,谁开语笑颜?龙眠旧卜筑,长在汨罗间。

暧暧浮云障,冥冥妖祲繁。疲驴冲道路,破帽出都门。抗疏功全少,埋轮志尚存。君王如可悔,幸有老臣言。

畿北道中士民攀槛车持金钱相赠诗以谢之

车指燕山道,徘徊感故人。相逢莫下泪,何事尚攀轮?生死成今古,风雷任鬼神。一钱从未敢,幸不愧焚身。

槛车至濠梁时杨大洪书至

荒郊一带惨风烟,缇骑征车江楚联。含泪开书犹骂贼,同心共请只呼天。此生莫作无家别,万死惟知有剑悬。寄语故人须早发,相期折槛圣君前。

诗如其人,左光斗诗格高雅,感怀纯真,语清词洁,韵味醇厚,诵之如饮甘泉,沁心怡人。其写景抒情之诗尤为清爽可诵,如《西山六首》,录二首:

何异龙眠路?所殊未有樵。野墙藤作瓦,村落树为桥。向背溪流转,有无岚气饶。好风吹向夕,满路发松潮。

望望碧云峰,嶙峋万石封。一筇通曲径,数里发深钟。种杏深成巷,栽松尽作龙。池潭清绝处,尚隔几重重。

摘句:五言诗:"源穷才见屋,山尽忽开田。""羽分双凤阙,心折五羊城。""梅花万里雪,桂子四时秋。""老泪干南岳,柔肠断赤城。""湿云留野树,晴雪照征衣。""丈夫报国家,鸿毛安足论。""积善贵积源,冥修戒无颇。"七言诗:"十载浮沉余傲骨,百年生死总关心。""贾岛苦吟淹古寺,长卿多病滞他乡。""盘堤万柳高低出,乱眼千峰向背明。""忧国可怜双鬓白,焚香为告寸心丹。""屯云古树依城湿,着席寒梅照眼浓。""行吟无地终怀楚,击筑增悲竟去燕。"

第四节　方玉成直声立朝,孤芳自赏
　　　　　阮坚之独抒襟抱,振奇则古
——方大任与阮自华

方大任,字玉成,一字逢吉,号赤城。明万历丙辰(1616)进士,初任河北元城知县。廉正公明,拜监察御史。会魏忠贤坟茔越制,抗疏纠之,被削籍,随后又以他事下抚按逮问罪。崇祯初,阉党败,方大任被平反,召还,复官。寻升都御史,巡关,方大任独出关千余里,与总督袁崇焕经画方略。时督抚王应豸以苛刻激民变,方大任奉旨廉访,皇上复遣中人尾之,及归奏,如出一词,皇上叹曰:"真忠臣也。"遂置王应豸于法。己巳,巡抚顺天,出守通州,城赖以全。一子数龄,方大任作家书,决绝内顾。逻者得之以闻,皇上嗟叹久之。围解,遂得疾,请告归里。方大任憨直孤介,正直无私,不俯仰时趋,天性淡泊,自为诸生时已然。政暇,读书不倦,写诗不辍,所闻所感一一赋之于诗,篇什甚富,著有《霞起楼诗集》十卷、《强舌吟》《胥靡吟》《归田草》《出塞吟》《后出塞吟》《易解》《呓语偶存》等,藏于家。

潘江《龙眠风雅》卷十八:"方大任,字玉成,一字逢吉,号赤城。万历丙辰进士,时已逾艾矣。姜桂之性,弗以晚成少渝。知元城县,爬梳蠹弊,豪右敛迹。以公正廉明奏最,擢监察御史,会逆珰预营生圹,僭侈逾制,特疏纠之,褫籍而归,旋媒糵他故,坐城旦。崇祯初,起河南道御史,寻升佥都御史,巡关最承眷倚。故事:巡关仅弭节关内,公独出关千余里,与总督袁崇焕经画方略,廉督抚某搪克召变,归为上言,置之法。己巳,以副都御史巡抚顺天,出守通州,久之围解,予告,驰驿归里,赐白金纻币,加服俸一级。公学殖该博,工力深厚,匠意铸词,务极底实。尝自序其诗云:'生而有吟癖,未尝一日废。'每岁必裒成一帙,故其集甚夥,若《霞起楼诗草》十卷、《强舌吟》《胥靡吟》《归田草》《出塞吟》《后出塞吟》,皆盛唐之流响也。公薨已五十余稔,吾友程奉常立庵有季女,屡择婿而殇,晚以字新安某,尝与予论枌榆先正,喟然曰:'方中丞严气介性,朝野具瞻,官至开府而家无千金之产。吾知其孙已成立,不知其犹未有室也,惜不以吾女妻之。'呜呼!奉常之为是言,高义固出千古,而公之余风遗泽其被人者远矣!公与大宗伯叶公曾城志趣沂合,自为诸生以迄解巾登仕、挂冠归田,胶漆之谊始终一致,其唱和之盛,比于长庆、松陵,而名位与出处大节亦复相埒,予故排中丞之诗于宗伯之后,都为一卷,以明其契分之深,交相切劘如此。"

《明诗综·系传》:"由进士除元城知县,擢广西道御史。天启末,魏珰营生圹,僭侈逾制,特疏纠之,削籍。崇祯初起官,升佥都御史,巡山海关。寻以副都御史抚顺天。"

《通鉴辑览》:"崇祯二年,御史方大任与巡抚解经传、总兵官杨国栋守通州,大兵越蓟州而西,下顺义。"

《龙眠古文》:"公参魏忠贤,疏曰:'臣高祖给事中方向曾劾巨珰陈祖生于孝宗之朝,臣叔曾祖方克曾劾巨珰丘得于世宗之朝。'公数世以御史著直声如此。"

《江南通志》:"巡抚顺天,以疾告归,著有《易解》《呓语偶存》《诗文集》等书。"

《郡志》:"己巳,巡顺天,守通州,城赖以全。性孤介,不俯仰时趋,官开府而家无千金之产。"

叶灿《赤城行》："故人家住赤城头，故人读书赤城楼。胸罗武库世罕俪，家无担石心不忧。雄饮百斛江湖涸，落笔千言神鬼愁。左手持蟹螯，右手把吴钩。自称绝代豪，唾手取公侯。不然拂衣江海去，三山之上访丹丘，安能悒郁声啾啾！酒酣耳热高歌发，春云凄断成悲秋。乡里小儿不解识，彷徨四顾惊且咻。掀髯长啸神自若，熟睨世间皆髑髅。忽然痛哭复嘻笑，观者疾之如仇雠。丈夫昂藏七尺躯，安能俯仰随时流？相如子云可为友，刘伶阮籍真吾俦。白眼茫茫向九州，弃教龃龉罢即休。夜光翻遭田父咤，天龙颇骇叶公眸。古来英雄寥落不合自如此，流俗悠悠安足谋？"

方大任视诗如命，无日不写诗，尝言"生而有吟癖，未尝一日废"。"曰余无立锥，鼓腹行讴歌"。他"束发慕奇癖，读书万卷余"，经史子集无不精深，功力深厚，匠心独运，神妙之极，务去陈言，自铸新词，超然绝尘。其五言诗尤佳，脱俗拔众，诗格俊朗，诵之如饮甘泉，吟之如春风入怀，观之如芙蓉出水，令人心旷神怡。其七言诗风格超逸，无媚词，无俗语。叙事曲折生姿，有峰回路转之妙；写景诗境有画，有曲径通幽之美；抒情恳切纯真，如清泉流涧之纯。

咏怀

　　束发慕奇癖，读书万卷余。游思缅邈场，削迹纷华途。举世争捷径，欣然笑其愚。禀气固已然，改辙将焉如？孔道耻沟壑，原贫安桑枢。素志亮有托，斯人岂尽迂？掩耳谢时贤，一心抱区区。

　　徘徊方塘上，微风扇轻波。连冈阴青松，仄径冒绿莎。是时秋正深，粳稻蕃陂陀。腰镰朝出陇，捆载夕归家。乌雀啄场圃，牛羊散岩阿。曰余无立锥，鼓腹行讴歌。拾穗瓯篓间，一饱不愿多。嗟彼攘攘子，鼎食终如何！

　　孔雀游层霄，牛角何由触？麒麟可系羁，翻为犬羊辱。伊余类穷猿，投林不择木。悠悠长傍人，顾影伤局促。百炼忤时好，绕指乖素欲。犁锄傥可给，誓息西山麓。

读其诗如晤其人，所咏之怀，坦诚无隐，心迹昭然，表现了他"性孤介，不俯仰时趋"的性格，禀气固然不改辙，素志有托安原贫，一个品德高尚、操守坚定的诗人形象出现在我们面前。所谓读其诗,千载之下如见其人,此诗之谓也。

车箱歌

作马不须良,良马强半服车箱。作士不须才,才士强半困尘埃。龙翰凤雏或饿死,牧儿贾竖登鼎台。忆昔韶年总角时,矢口落笔无不奇。里师一见夸英物,父老流传羡可儿。三冬转益富文史,万里云霄日可俟。那知百折历风波,到来半世淹泥淬。岁岁年年一卷书,东驰西走无宁居。残杯冷炙潜酸楚,穿衣破履行踌躇。出门俗子多嘲笑,入室妻孥常嗟吁。里中少年人所羡,貂裘骏马金玉馔。腹内何曾识一丁?气岸崚嶒光满面。君不见,洛阳才子命迍遭,绛灌无文势震天。夺足予翼岂无分?受大取小不得全。万岁千秋事始定,较计目睫非高贤。

方大任五十多岁才中进士,之前,"出门俗子多嘲笑",遭白眼,受冷落,"那知百折历风波,到来半世淹泥淬",发出"怀抱瑾瑜质,困顿蒺藜樊"(《任丘县》)之叹,对"龙翰凤雏或饿死,牧儿贾竖登鼎台"的丑恶现象表达了强烈的不满,对埋没人才的社会制度表达了谴责,诗情荡漾,几起几伏,曲尽世态炎凉,道尽心中酸楚。诗者,情也,此诗见之。

方大任善于写景抒情,且风格超逸,音韵和谐。如《送灵岳上人之九华》:

吾闻九华胜,九十九芙蓉。问尔从今去,高眠第几峰?泉声清万虑,云影伴孤踪。应念迷津客,风尘事事慵。

又如《同兄君静君节游胡水部山庄》:

一径寻来水石居,沙平草浅步徐徐。何须问主方看竹,倘许为邻好借书。小舫横陂闲系缆,长溪送瀑自通渠。如何作客天涯去,忘却家山画不如。

阮自华,字坚之,号澹宇。阮鹗季子。阮鹗官至副都御史,福建、浙江巡抚,抗倭有功,被诬下狱,削职为民。阮自华天资颖异,力学嗜古,尤喜为诗。明万历戊戌(1598)进士,初授福州推官,再任饶州。丁内艰,服阙,转户部郎中,榷税德州,著廉洁声。痛父被诬夺官下狱,伏阙陈情,卒得昭雪,予祭葬。出守庆阳知府,其郡为崆峒李梦阳桑梓,乃筑祠祀崆峒,并作《怀贤赋》,以寓仰止。崇祯初,再起邵武,兴利剔蠹不遗余力,政声颇佳。后以病乞休,日与海门诸子修禊觞咏,以娱晚节,卒年七十有七,著有《雾灵诗集》,其诗为时贤名家所称誉。

潘江《龙眠风雅》卷十一:"阮自华,字坚之,号澹宇,万历戊戌进士。除福州司理,累迁至户部郎。出守庆阳,其地为李空同桑梓,公构堂三楹祀之,因作《怀贤赋》,以寓景仰。再补邵武,告病归。父中丞公锷事永陵,以征倭罣误下狱死,公伏阙号吁,卒得白,予祭葬。公学殖该博,为诗文振奇侧古,刿心刻肾,力去陈言。少时多忧逸畏祸、魁垒用壮之思。晚为郡,不治吏事,宾客墙进,户屡填咽,分题授简,觞咏移日。尝大宴词客于凌霄台,推屠纬真主坛坫,宴集之盛,流传海内,文采风流,照映一时。所著有《雾灵集》行世,王司寇世贞、于相国慎行序而传之。居恒谓其从孙集之曰:'诗是吾家事,宜单出独树,杍柚予怀。以子之才,不千秋是图,而日与某某相酬唱,吾悲其风之日下也!'言已辄相持涕泗久之,亦可知其厚自期许矣!"

《明诗综·系传》:"由进士除福州推官,历户部郎中,出知庆阳府,再补邵武,罢归卒。"

朱彝尊《静志居诗话》:"坚之跌宕纵饮,为理官入谒巡按,方下拜,酒污御史衫袖,遂挂弹章。晚守邵武,不视吏事,惟与宾客分简赋诗,遨游山水而已。尝大会词客于凌霄台,推屠长卿为祭酒,丝管交作,列炬熏人,复为巡按所纠,庶几狂简之士乎!诗不求工而独抒襟抱,君子诵诗论世,宁舍《永怀堂》而取《雾灵集》也。"

杨古度曰:"先生司理福州,取林茂之冠童子奖许之,卒称诗人。尝大宴名士于乌石山亭,屠赤水戏为渔阳三弄。先生与曹能始赋诗纪其事。"(引自徐璈《桐旧集》卷十六《阮自华》)

白瑕仲曰:"万历己未,坚之先生出守北地,过桐谓余曰:'邑居绣错,门唇矩尾皆火象,不十年桐必烬。'至甲戌之变,焚如突如,果符其言。"(引自徐璈《桐旧集》卷十六《阮自华》)

何存斋曰:"邑中先哲论诗者,多如《雾灵集》《霞起楼集》《寒知阁集》《青莎馆集》《种槐轩集》《江蓠草集》《秋水斋集》《咏怀堂集》《鹧鸪庵集》《简轩人九集》《方素亭集》《吴兵部集》《刘廷评集》《方南淙集》《马秫庄集》《方盦山集》,皆擅四唐之胜,各极一时之长。"(引自徐璈《桐旧集》卷十六《阮自华》)

阮自华才高学富,为人潇洒,笔力雄健,其为诗挥洒自如,满纸唐音。其古体诸作生气垒涌,挥斥纵横,深得汉魏人遗意,较之茶陵、历下诸公仿古,殆为过之,如《拟古诗十二首》。鸿篇巨制,洋洋大观,酣畅淋漓,一气旋转,跌宕生姿。其系事征对,妙极自然,当与子厚、义山抗行,《长庆集》逊其整练,如《福唐叶台山先生拜喜而有作》八十韵。其五言诗意态曲尽,天然高秀,音节意致直逼汉人,故非膺肖可比,如《南箕北有斗》。其七律诗格调圆稳,声调朗畅,气充神完,如《出守庆阳杂作》。

阮自华的诗独树杼轴,振奇侧古,力去陈言,伟词自铸,语新言丽,多为创格之作,对当时桐城诗坛颇有影响。

行路难

春林初花时,百鸟鸣喈喈。长梧离披月惨澹,但见飞雀走空岩。山有木兮木有枝,人心匪石安可移?门施罥网无一雀,庭着韩炉皆死灰。功名在手心护惜,防检畏慎惊蛇杯。西家思妇夜捣砧,扬情激怨谁忍听。泻水地中终到海,男儿能得几回情。

徐璈评曰:"生气沸沸十指间,逼肖鲍参军,不直字句也。"

出守庆阳杂作

入边苦忆江南好,春色谁知塞上多。小妇琵琶随战马,短墙杨柳听燕歌。榆关鹤辔辽城度,瀚海鸿书碣石过。独少金茎共消渴,不堪醉酒奈卿何?

徐璈评曰："七律格意圆稳,声调朗畅,固应齐迹嘉、隆诸子。"

碧云寺泉

秀薄联云起,清流绕寺飞。看泉成五色,就树浣三衣。罄度青城湿,杯浮白足归。汤汤萧瑟意,仿佛丽金徽。

徐璈评曰："天然高秀,摩诘嗣音。"

晚步宣氏庄

群峰回合鸟争飞,曲径迢遥送晚晖。碧岫坐间明月出,青山行处白云归。几家茅屋春多酒,千壑桃花昼掩扉。何事驱车游宛洛,无人知省昨年非。

诗境如画,清静幽美,令人神往,置之《长庆集》中,殆不可辨。

第五节　叶以冲为官清正,学术粲然,诗篇宏富
　　　　汪君酬为政静简,诗幽峭冥兀,拔俗超群
——叶灿与汪国士

叶灿,字以冲,号曾城。明万历庚子(1600)举人,万历癸丑(1613)进士,授编修。己未(1619)为会试同考官,所得皆知名之士,迁国子司业。士习浮竞,叶灿为开示名理,进以古学,士风为之一变。后因魏珰故,落职归里。筑室龙眠山崝峈峰下,潜心读书,治理学,日事讲习,从者甚众。崇祯初,魏珰落败,起掌院事,教习庶吉士,以陶淑人才为务。后转南京吏部侍郎,升礼部尚书。会修凤陵工成,奉命越江告祭,往来劳勤,以病乞休。既致仕,悉屏世缘。累书数万卷,坐卧其中,读书不倦。年七十八卒,谥文庄。著有《天柱集》《南中稿》《庑下草》《读书堂稿》《馆阁试草》《东语西话》《开眼录》等。

潘江《龙眠风雅》卷十八:"叶灿,字以冲,号曾城。万历庚子举人。为孝廉十四年,教授乡里,经其指授,悉有绳尺。登癸丑榜进士,官翰林院编修,较

书秘阁,多所孺染。迁南京国子司业,倡明古学,士风为之丕变。已复召入,充讲官,遭魏奄螫落籍。崇祯初,起掌院事,教习庶吉士,文章、学术粲然有所成就。转南京吏侍,晋礼部尚书,以病请休。公少而凝重,记诵不甚敏给,而颖悟过人。好蓄书,家藏数万卷,皆手自雠勘,装潢大帙,闻某所有异本,必购致之,以必得为慰。既致政,累书若城,坐卧其中。甲戌,里中盗起,至公宅,惟牙签充栋而已,他无所得,盗亦悔之。其学靡所不窥,尤研究性理,诗歌、古文皆真气溟涬,自成家数。南渡后,仪部顾公瑞屏为请于朝,赐谥文庄。所著有《天柱集》《馆阁试草》《南中稿》《庑下草》《读书堂稿》《东语西话》《开眼录》若干卷。公与先曾祖少司马镇朴府君同举于乡,相友善。集中赠镇朴府君诗四首,赠先祖楚星府君诗一首,率得之他本,而《读书堂稿》中皆未及登,岂典记之失载耶?先司马诗不传而公所赠诗有云:'向我吟新句,呼童发旧醅。'意必工于吟咏,予小子生也晚,无从搜讨。从祖映翼犹记其《林居》一联云:'行行看竹木生意,朗朗听儿孙诵声。'洵表薄之雅尚,而惜乎记之弗全也。附识于此,以志吾憾。"

《明诗综·系传》:"由进士改庶吉士,授编修,迁南国子司业,历左中允、左庶子。天启末以魏珰故削籍。崇祯初补少詹事,兼侍读学士、礼部侍郎,进礼部尚书,卒谥文庄。"

方大任《夜雨怀以冲》:"我生落落无与耦,但言俗子便疾首。白眼常满天地间,青袍独缀风尘后。眼底交游能几人?叶生于我情最真。倾肝吐胆无所惜,痛饮狂歌倍有神。""年来苦负道远债,南驰北走无根蒂。故里云山远渺茫,天涯岁月愁逾迈。相思入夜雨沉沉,捡君赠诗吟复吟。何时携手桐陂上,却话江干夜雨心。"又《寄以冲》:"念尔京华客,文章近益雄。已齐枚氏捷,原并马卿工。意气凌梁苑,声名动汉宫。惭予真薄劣,追琢未能同。"

叶灿是理学家、名臣兼诗人。他与方大任一样,逾艾才中进士,遭遇也大体相同。"少年意气取卿相,只今三十成朽腐。计拙无求妻子饥,颠狂反遭俗眼怒"。发出"男儿读书万卷蹭蹬流落有如此,不如归牧西山豕"(《野老行》)的感叹。所以他与方大任成为至交,互相酬唱,倾肝沥胆诉苦衷。不一样的是,方大任中进士之前,南奔北走,游览四方,而叶灿性沉寂,居乡不外出,教授乡里,虽然清贫,但是生活较为安定。叶灿有二子:叶士瑛、叶士璋,随父读书,学有所成。长子叶士瑛崇祯进士,有文名,文章沉博绝丽,诗力摹初、盛唐,可惜未仕而卒,未尽其用。次子叶士璋,荫生,官户部郎中,能诗,有《娱竹山房诗稿》。叶灿喜聚书,好学。其诗真气洋溢,自成一家。如《赠玉成》:

君不见,赤城山人贫欲死,破裙单衣混泥滓。书成沥尽胸中数斗血,世人视之不直一杯水。昨有一奴被人夺,生也垂头袖手无力争不得。狼吞虎攫气力粗,使我闻之三叹息。连朝北风十丈雪,饿豺昼噪人迹灭。忍饥抱腹口微吟,男啼女哭声哽噎。百责无辞子羽头,三寸尚在张仪舌。丈夫失意不足耻,穷愁何必成疮痏?君不见,鸿渐木,凤栖枳,一日骖云排雾羽翩高,乌鸦尚啄园中矢。

其五言诗空灵秀美,语言工丽。如《抱病》:

别业空山里,孤灯独夜身。交游江上泪,风雨病中人。宿鸟翻深竹,溪流响乱榛。居然成小隐,日日白纶巾。

又如《春兴》:

杜门甘避俗,伏枕自经旬。忽见桃花发,方知二月春。村村农事早,日日鸟歌新。乘兴寻芳去,长吟作醉民。

汪国士,字君酬,号简轩。明崇祯辛未(1631)进士,授福建闽县知县。闽县为省会之区,腕睫不容片晷暇,汪国士一以简静治之,全境安然。爱民如子,禁火耗,免羡余,为善政最,民德之。改授揭阳,时海氛未靖,汪国士先赏后罚,严保伍,劝农桑,一邑帖然,奏最,擢户部主事。至京即督运通桥赴边外,汪国士子身持筹尽瘁,日卧堤干,死生得丧俱不暇计。以功升郎中,国储信赖。以参议备兵山东。值岁饥,州邑招买不至,汪国士殚心输济,乃克如期,未几乞骸归里。里中方有贼患,即饷登埤,为士民倡。寻因幼子遇贼害,感痛悲伤得疾,卒于芜阴。汪国士生有异质,聪敏过人。甫童子试,一操笔辄重国内。著有《宓经讲义》《简轩十一集》。门人称为端简先生。子汪鹤龄、汪启龄俱诸生,能诗,有文名。

潘江《龙眠风雅》卷二十五:"汪国士,字君酬,号皖公。崇祯辛未进士。起家闽县令,政尚静简,革火耗,斥羡余,为八闽最。改揭阳,值海氛未靖,严保伍,劝农桑,四境帖然。擢户部主事,督运通关,持筹尽瘁,升本部郎中,以参议备兵山东,旋移疾乞休。公老于公车,岸然自异。其为诗幽峭崒兀,譬之服食,犹桁衣之有火浣,珍厨之有江瑶也。所著《简轩》十一卷,皆呕心琢髓,刊落凡近,不屑屑行墨间。崇祯十四年(1641)冬,贼蟠踞吾桐,弹丸几不保。其《除夜》诗云:'望外忽除兹岁夕,眼中犹见立春天。'未几,爱子陷贼,忧患以终,门人谥端简先生,后之读其诗者,可以论其世矣。"

《龙眠古文》:"汪国士《简轩八九集自序》:'予管津辽海运,新诗腐唱,夙简犹存。因简两集付儿子刻之。予老矣,功名心淡,百念可休。愿于梅园松社之间,以余庚付西坪衲子也。'"

《郡志》:"简轩生有异质,父世澄尝从学于罗近溪,盖有源本云。著《宓经讲义》。子遐龄、鹤龄等。"

汪国士有治理之才,清廉自洁,为人平易,为政以简静治之,造福一方,民感其德。闲暇之余,吟诗自娱,别无深意,自得其乐而已。穷也罢,病也罢,繁忙也罢,战乱也罢,他都能泰然处之,心静如水,波澜不惊,不动声色。"终朝事过皆如梦,偶尔诗成亦有缘"(《署中晚酌》)。"自喜身从贫里出,却将诗作老来娱"(《即事》)。"病后淡无念,乃知身本闲"(《病后》)。此种心境,非深厚修养之人是得不到的。诗成了他生活中不可或缺的伴侣。诗如其人。他的诗大多写身边的人和事,亦有山水之作,而事关国计民生的重大题材则不多见。其诗都自抒心意,无激愤之言,无慷慨之情,无愁苦之悲,无抱怨之意,全都发自肺腑,刊落陈言,不屑屑于雕璋饰藻,自然朴实。诗调和平舒畅,诗味悠然自得。吟之诵之,如春风入怀,赏心悦目。如《辛巳除夜》:

> 银盘送酒烛光圆,一首诗成又一年。望外忽除兹岁夕,眼中犹见立春天。城头不住鸣钲鼓,座上相于捧豆笾。怜取儿孙当乱世,

颂椒传柏亦潸然。

摘句:五言诗:《独坐》"动极不知病,静时方悟功。"《雨后》"渐老因知命,栖迟且放歌。"《雪读》"贫极反无债,病添闲有余。"《投子》"牧唱夕蒲地,花开晚稻田。"《客眼》"渔舠寒烟棹,夕阳荒草汀。"《拟过瑕仲东斋》"怀欢苦时短,立节恨名轻。"七言诗:《首夏共瑕仲小饮》"荷叶如钱渐如镜,杜鹃为鸟又为花。"《道中即事》"荞麦有花方赛雪,豆棚无实已凄风。"《桂花》"人闲得雨尤添静,诗老摅情莫论工。"《万里桥舟中》"四野黄云粳稻好,几枝红映菊花娇。"

第六节 布衣振风教 名节树家风
——桐城学派创始人方学渐

方学渐,字达卿,号本庵。明万历明经,不仕。以讲学、笔耕为生,德高望重,世人敬之,卒后,门人私谥曰明善先生。他是桐城学派创始人。其子方大镇官大理寺少卿,建屋一区曰廷尉第,时人喻为"理窟"。方学渐反对王守仁"心明便是天理"的良知说,维护程朱理学,坚守和弘扬儒家学说,为桐城学派奠定了理论基础。他集学者、诗人、文家为一身,著作繁赜,有《易蠡》《性善绎》《心学宗》《桐彝》《迩训》《桐川语》等。

《道光桐城续修县志·人物志·理学》:"方学渐,字达卿,号本庵。年十三失父,即黾勉志洛闽之道,善属文,不戚戚于贫贱。同邑前辈赵锐择婿,召诸邑人试之,学渐以泥涂布衣往,作拟书一篇,文一首,赵奇其才,遂以女妻之。赵氏有奁田在邑北三十里。学渐以归其兄,曰:'弟笔耨足自给,借是以奉兄耳。'时庭左枫、杞二树□然连理,既开复合,观者以为昆弟之祥,因亭其下曰连理亭。及兄殁,哀涕作《连理赋》。岁讲学桐川会馆,门下士数百人。既又为合族建一本祠,修世谱,清明长至率少长举祀事,作祠规,饮作歌诗,一准古礼。以子大镇官累封文林郎。著有《易蠡》《迩训》《桐彝》《续庸言》诸书。门人称为明善先生。祀邑理学祠。"

高攀龙《性善绎序》曰:"阳明先生始以心体为无善无恶,心体即性也。今海内反其说而复之古者,桐川方本庵先生、吾邑顾泾阳先生也。"

顾宪成《千里同声卷》曰:"先生表章正学,士类向风。"又曰:"德愈盛,心愈下,万顷汪洋,孰窥其际!"又曰:"先生至予邑且数日,邑侯陈石湖闻而造谒,始往报焉。濒发,拟送一舟,谢却之。人以为过。从行者曰:'先生素守如是,不可强。'余辈亦不之强也。"(引自徐璈《桐旧集》卷一《方学渐》)

黄宗羲《明儒学案》曰:"少而嗜学,长而弥敦,老而不懈,一言一动,一切归而证诸心,为诸生祭酒二十余年,领岁荐弃去,从事于讲学。"

《郡志》:"学渐为赵恒庵婿,有奁田在邑北,学渐以归其兄,而己以笔耕自给。时有枫、杞二树连理而生,观者以为兄弟友悌之祥,因为亭其下,曰'连理'。"

朱彝尊《静志居诗话》:"方氏门才之盛甲于皖口,明善先生实浚其源,东南学者推为帜志。"

张英曰:"明善先生以布衣振风教,食其泽者代有传人,至于砥砺名节,讲贯文学,子弟孝友任睦,流风余韵皆先生之谷诒也。"(引自徐璈《桐旧集》卷一《方学渐》)

潘江《龙眠风雅》卷七:"方学渐,字达卿,号本庵,万历间明经,不仕。阐明性学,该贯百家,著书凡数十万言。有《易蠡》《性善绎》《桐彝》《迩训》《桐川语》诸集。同时如高景逸(攀龙)、顾泾阳(宪成)诸先生倡学东南,皆推公为职志,四方学者多归之,盖桐邑讲学之盛,未有右于先生者也。诗歌独宗盛唐。以孝友笃行致庭树有连理之祥,称《连理堂集》。门人私谥明善先生。子大镇、大铉,孙孔炤,曾孙以智辈,一门忠孝文章焜耀联绵,知先生之遗泽远也。"

方学渐反对陆、王心学,维护程朱理学,继承和弘扬儒家学说,力主为学要经世致用,不尚空谈。所以他关心时事,体恤民瘼,于其诗篇多有反映,有较深刻的人民性。如《饥民哀》:

> 冯夷频作东南祟,旱魃今年复为厉。水田灭没恃高田,高田焦涸空云烟。农家作苦望新谷,播种不收况旨畜?磬悬四壁甑蒙尘,

拮据木实厬草根。草木铛中无粒米,肠胃虽充脚力痿。壮夫贸贸瘠沟渠,老稚辗转更谁呼?闭门僵卧不能出,雨雪飘飖风飘飘。愆阳伏阴郁为灾,孑遗扎瘥死蒿莱。不及孤鸿飞千里,犹能一饱江湖水。浮云散去即长空,殍殣征徭隶籍中。追逋悍吏猛于狼,鸣镰连缘驰村乡。小户逃亡追大户,不嗟仳俪还索赂。帝阍万里阻且迂,谁献监门郑侠图?君不见,太仓红粟化为土,啬夫刲羊饲圈虎。

他虽一介布衣,终生不仕,但他视野广阔,留心世事,关注国家安危,体恤民生困苦,难能可贵。《东征》一诗记叙了朝廷为护卫东蕃朝鲜,对海外出兵,抗击日本以绝寇源的战事,表达他的卫国保家的爱国情怀:

朝鲜海外作东藩,长护辽城绝塞垣。岂谓凭陵愁日本,至勤军旅出中原。千艘铠甲冲鲸浪,万里旌旗散蚁屯。闻说釜山新筑垒,控弦未许息辕门。

值得一提的是,方氏家族是桐城诗歌创作的大户。廷尉第既是"理窟",是桐城学派的诞生地,亦是桐城诗派的摇篮。方氏诗歌创作源于明初方法,到方学渐大振,代有传人,诗人辈出,成就炳然。方大镇、方大铉、方大钦;方孔炤、方文;方以智、方其义;方中德、方中发、方中通、方中履;方正瑗等。女诗人如方孟式、方维则、方维仪;潘翟、陈舜英等,人人有集,诗誉甚隆,为艺林所颂,产生一种连锁效应。张、姚、马、左、吴诸家迭出,人才奋兴,桐城诗歌创作队伍不断壮大,诗歌创作蔚然成风,诗社林立,群体效应发挥着愈来愈大的作用,不断地把桐城诗歌创作推向新的高潮。这里面,有师友传承,更有家风家学的传承。随着时间推移,形成一种时尚,如诗人方授说:"诗是吾家事。"方大镇建房时在门楣上题"廷尉第",表明是官邸。到了康熙时方正瑗辞去潼商道,回家后将"廷尉第"易为"潇洒园",由官邸改为民宅,这明显地反映了他们的心迹变化,但家风家学没有变,而是更执着于文学创作,特别是诗歌创作,这也是桐城文学特别是诗歌创作长盛不衰的原因。

第七节　方潜夫为诗庄谐怒骂，尽显忧思坎壈
　　　　方密之忠孝双全，诗擅众美
——方孔炤与方以智

方孔炤，字潜夫，以家有连理之祥，别号仁植。明万历丙辰（1616）进士。初任嘉定州，调福宁，所至有清廉声。入为职方郎。正逢魏忠贤欲封其兄之子魏良卿为伯，方孔炤固执不覆，被削籍。崇祯戊辰（1628）复起尚宝卿。寻丁外艰，庐墓三年。著明三世之学，九经各有精义。又著《全边略记》。崇祯甲戌（1634）民变，焚掠巨室，独不至方孔炤家，方孔炤因以靖乱，抚按上表荐之，起南京尚宝卿，升都御史，巡抚湖广。其时总理熊文灿主抚议，招张献忠于谷城，方孔炤上八策疏，言抚之误，与督师杨嗣昌不合，乃独调楚抚，孤注襄阳，声援不及，致有香油坪之败，遂下大理被逮下狱。方孔炤在楚九战八捷，仅以一衄，遂为杨嗣昌诬陷，天下人为之鸣冤。杨嗣昌死，方孔炤平反获释。寻起河北屯抚。崇祯甲申（1644）南归，隐居白鹿山，著《周易时论》，与邵雍互相发明。手一编，虽病不辍，好学不倦。母丧，守孝，终于墓侧。卒之日，里为罢社，门人私谥为贞述先生。著有《中丞公集》、《周易时论》十五卷、《全边略记》十二卷。

潘江《龙眠风雅》卷十九："方孔炤，字潜夫，以家有连理之祥，别号仁植。万历丙辰进士。初任蜀之嘉定，调福宁，皆有声迹。入为职方郎，会魏珰欲封其兄子良卿为伯，固执不覆，削籍归。崇祯初，起尚宝卿，奉父讳家居，阐明三世之学。岁甲戌，里中偷儿揭竿起，赖公计，歼其渠魁，余党解散，抚按皆尉荐之，起南玺卿，以副都御史巡抚湖广。时总理熊文灿力主抚议，公条上八策，言抚之误，与督师杨嗣昌忤。在楚九战八捷，以督师调守襄阳，声援不及，致有香油坪之败，逮狱。杨死，赐环陛见，屯抚河北。甲申，南归，著《周易时论》，与康节互相发明。母丧，终于墓侧。门人谥贞述先生。"

《明诗综·系传》："由进士除嘉定知州，调福宁州。入为兵部员外，历郎

中。魏忠贤欲封兄子良卿为伯，执不覆，削职。崇祯初起尚宝卿，以副都御史抚湖广，忤杨嗣昌，坐兵败下狱。嗣昌死，屯抚河北卒。"

《明史·郑崇俭传》："孔炤，万历四十四年进士，天启初为职方郎，忤崔呈秀，削籍归。崇祯元年起故官，定桐城民变，还朝。十一年巡抚湖广，击贼李万庆、马光玉、罗汝才于承天，八战八捷。时文灿纳献贼降，处之谷城，孔炤条上八议，言抚贼之误，不听，而阴厉士马，备战守，已而果叛，如孔炤言。贼故畏孔炤，不敢东。文灿檄孔炤防荆门、当阳，遏献贼，有来家河神通堡之捷，献陵得无恙。会川沅兵剿竹山寇，两将深入至香油坪而败，杨嗣昌代文灿，以孔炤主剿，异议，遂劾孔炤，逮下狱。子简讨以智伏阙，讼父冤，膝行沙堤者两年，帝为心动，减孔炤罪，戍绍兴。久之，用荐复官，命督山东军务，命甫下而京师陷，孔炤南奔，归隐十余年，卒。"

《江南通志》："初任嘉定州，发奸如神，以执法忤范侍郎，脱高举人于狱。及巡抚湖广，九战八捷，香油坪之败，为嗣昌所陷，天下冤之。"

余飏《方中丞集序》："潜夫先生初以论珰削籍，后抚荆襄，复以忤枢相下狱，释归后即家召起，行至齐郡，闻国变南归。生平忧患坎壈之时多，优游泮涣之日少。今读其诗，时作庄语也，若思；时作谐语也，若笑；时作痛哭语也，使人哀；时作怒骂语也，使人泣。先生之诗，先生之性情也。"

钱澄之《田间文集》卷二十五《枞阳合祭方中丞贞述公文》："先生立朝为直节之臣，居官为廉干之吏；在家为纯孝之子，在乡为礼义之师。天下望之为日星，为河岳；闾里以之为怙恃，为蓍龟。虽吾侪之囿于阛阓，不足以窥其德之万一，而其卓然难掩者，则时亦得之目击，而听诸口碑。先生之筮仕嘉定也，剔奸厘弊，保民之政不可胜纪。至于撄范尚书之锋，释高孝廉之累，虽古强项吏，何以逾兹？洎以循良高等擢置枢司，法绳悍将，申饬国威，惟魏良卿之冒爵，既盈庭之弟靡，先生死不奉诏，虽由是忤珰以削职，而疾风劲草，至今犹神竦其孤危……先生有功不居，有谤不辨，知公道之在人，复何为郁邑而歔欷？及其开府于楚，楚事已溃，虎方磨牙厉吻，养之者犹欲事其羁縻，惟先生抚剿异议，以致舆曳牛掣，束手莫施。然而一年之间，陵藩不毁，疆域未亏，徒以意旨乖总理,以门户忤督师,用香油坪之一败,赫焉就逮,其不以封疆死市曹者几希?迨先生去楚,构先生者相继获罪,楚人不胜其糜烂,始涕泣以讴思。"

方中履《中丞公集跋》曰:"公,书生也。亲出入行间,日冒矢石,与士卒同甘苦,士卒无不愿为公死,故麾下仅三千人,骑兵不及十一,乃能以寡击众,八战皆破贼,以故藩陵无恙,未失一城。乃即坐此,忤时相。及后召起戍所,则天下之事不可为矣。"

《明史·艺文志》:"方孔炤《周易时论》十五卷、《全边略边》十二卷。"

方孔炤是名臣兼理学家、诗人。他继承祖方学渐、父方大镇之志,深入研究理学,成就斐然。桐城桂林方氏为理学世家,方学渐是桐城学派的创建者,方大镇所居"廷尉第",时人喻为"理窟"。方孔炤在《棘庐述》诗中写道:

> 断事死靖难,其女遂不字。以此启桂林,阀阅十三世。我祖开讲堂,我父善继志。锡山相埙篪,首善诚盛事。通籍四十年,强半丘壑置。晚筮号野同,七十庐墓次。端居归逸篇,启予早自记。悲歌以当号,不孝恐负累。晨起诵《孝经》,一行一洒泪。

他在《哀罪》诗中又写道:"我父一生一卷《易》,首善书院开讲席,高顾邹冯合金石。"其时宪臣高攀龙、顾宪成、邹南皋、冯少虚建首善书院于京师,聚志同道合者讲学,方大镇渊源其父方学渐先生之旨,讲学其中。后阉党及群小排斥理学,毁书院,高、顾、邹、冯皆去位。方大镇筮得"同人于野",遂号"野同翁",回乡隐居白鹿山,与门人讲学不辍,作《居敬论》六篇,著有《闻斯录》《桐川议义》《易意》《诗意》《礼说》《诗文集》等。方中履尝言,方氏四世,著述逾千卷,可谓盛矣。

方孔炤忠君爱国,忧国忧民,而又特别重气节,这就注定了他一生在忧患中度过。他的人生道路坎坷,历经磨难,受排挤,遭诬陷,直至下狱。诗为心声,因而也就决定了他的诗,时作庄语,时作谐语,时作痛哭语,时作怒骂语,全是其性情之流露,读之使人百感交集,与诗人感同身受,为之悲,为之愤,为之叹。

他在《召对之后谨献刍荛感而书此》中写道:

> 当今第一病,所教非所用。岩廊相期许,但可称麟凤。比之宋韩范,便谓祸机动。有司慕台省,台省论资俸。别是上流人,巧享钧天梦。筹兵计何饷,故事毕悾悾。外吏久偃蹇,塞责谓采葑。偶失疆场机,文深不轻纵。安坐讲虚无,圜通暗相奉。所以谈兵家,目为含口赗。抢攘皂白囊,奚补素丝缝。委蛇好容身,忼慨传言讽。骄将赖白驼,卒谁肯饥冻?十库可改折,苜蓿与民共。海运可召商,屯田宜募种。监军徒掣肘,建牙当专控。所言才数事,左右手惶恐。突梯忌直言,植根善隆栋。诸葛躬太轻,胡广道太重。袁安但饮泣,贾生安敢痛?条对稍切骨,他端定巧中。庙堂不虚公,唐虞柱祝颂。天下岌岌矣,坐见庸人送!

此诗可谓庄语,读之令人深思,而他的忧国伤时之情溢于言表。开宗明义,一针见血地指出"所教非所用"为"当今第一病",揭露"安坐讲虚无,圜通暗相奉"的丑恶现象,对"委蛇好容身,忼慨传言讽"提出批评,提出"海运可召商,屯田宜募种"的治理良策。然而"监军徒掣肘""左右手惶恐",以致"袁安但饮泣,贾生安敢痛",结果必然是"天下岌岌矣,坐见庸人送"!这绝非危言耸听,而是切中时弊的金玉良言。

他在《难易》诗中写道:"左则黄金万镒婵娟十,封侯鸣玉食千邑。右则鼎镬沸油火熠熠,哮虎叩刀四围立。慨然脱衣右边烹,不肯回头左边揖。"临危不惧,赴难从容,浩然正气。方氏一门最讲气节,五世祖方法,在建文之难中,投江自殉。方孔炤之子方以智,为清兵所获,诚如方孔炤诗所写,方以智"慨然脱衣右边烹,不肯回头左边揖"。威武不能屈,富贵不能淫,虽是一介书生,但也是顶天立地的伟丈夫。高风亮节,万世流芳,令人肃然起敬。

所谓谐语,如《客传言》:

> 多选中涓办队装,明光甲片日争光。原来第一安边策,只在新开内教场。

崇祯朝朝纲败坏,阉党柄政,而耳目犹寄之阉珰,且使之典兵监纪,以至于沦亡而莫之救也。哀哉悲哉!全诗谐谑,语语击中要害,令人啼笑皆非。

所谓痛哭语,如《香油坪行》:

> 二龙久淬荆江水,八捷一败败即死。死尚杀贼嚼牙齿,恨无救兵发一矢。香油坪,鬼夜鸣,令箭击电如风行,可怜不用平谷城。

方孔炤此诗有序曰:"川、沅、楚三路进剿房县贼,杨世恩、罗安邦先进战胜。贪功深入,而余又奉阁部调回守襄,相去八百里,鞭长不及。川、沅近而不救,二将阵亡,烈哉!哀哉!为之哭祭,特疏自劾请恤。"先是,熊文灿欲纳降兵张献忠,方孔炤进八策,极言不可,后果叛,反而招致熊文灿的忌恨,坐视兵败阵亡,孔炤焉能不痛哭?

所谓怒骂语,如《辛巳出狱自讼》:

> 自从画地后,始更测天宽。微罪遮千古,深文持两端。兵机虽曳屣,臣志竟冲冠。髀肉将消尽,何曾一据鞍?

方孔炤此诗有序,曰:"抚楚一年,陵藩巩固,城池无一失者。八捷一败,败将且恤之,而抚臣遂成命也。越一年而两藩俱失,皇陵震惊,城邑溃败,以视前者何如乎?宫中念之,惟有刻骨。"名曰"自讼",实则表达心中不平之愤怒。"以视前者何如"一语,道尽心中的不平与怒愤。不平则鸣,有功受罚,公理何在?能不鸣冤叫屈、怒骂泄愤吗?

方以智,字密之,号曼公,又号龙眠愚者,方孔炤长子。九岁即善属文,比冠著书已多超十万言,与江左诸贤力倡大雅,以正气名节相推尚,有名于时。与陈贞慧、吴应箕、侯方域等参加复社活动,有"明季四公子"之称。明崇祯己卯(1639)举于乡,崇祯庚辰(1640)成进士。方孔炤抚楚剿贼忤时相熊文灿、军师杨嗣昌,借香油坪兵败,被诬下狱。方以智抗疏请代,膝行流涕者两年,终于感动崇祯皇帝,卒获赐环。崇祯壬午(1642)授翰林检讨。李自成攻陷都城,为逻卒执拿不屈,趁机逃脱,因奔回南。值马阮仇憝柄政,遂流离岭南。

后被清兵所执，诱之降，不屈，削发为僧，后归桐城，改名大智，字无可，别号弘智、药地、浮山愚者、愚者大师、极凡老人等。其后，方以智励志砥行，惟与弟子讲学论道，语不及世事。家世理学，至方以智益集其大成。为人操守平恕，不耻恶衣食。博览群书，天文、地理、礼乐、象数、名物、历史、物理、生物、医药、文学、音韵等，靡不淹洽精贯，是百科全书式的人物。清康熙辛亥(1671)，赴吉安谒文天祥墓，卒于万安旅邸。既殁之后，学者倾慕，称为"文忠先生"，著有《通雅》《物理小识》《东西均》《药地炮庄》《浮山集》等。

方以智子方中通，字位伯，号陪翁，郡诸生，性笃孝，幼随父官京邸。崇祯甲申(1644)，方以智弃家流离，方中通重跻奔侍，父又被仇人所陷，檄至，方中通挺身矢殉。有司上其状，廉使佟国祯大呼曰："忠孝萃一门，非孝子不足为忠臣子！"一时卿大夫感其仁孝。

钱澄之《田间文集》卷十五《方太史夫人潘太君七十初度序》："予因是益感念于太史之生平也。当甲申之变，万死南还，为仇者所媒糵，乃变姓名，由闽入粤，卖药市中，粤人物色久乃得之。会粤继闽兴，以端州为灵武，公义不能去。事既定，遽称疾，屡诏不起，无他，为有老亲在故乡也。自此，踪迹常在粤西菁峒间，间语予曰：'吾归不可，出不可，善吾身，以善吾亲，其缁乎？'岂知予甫别，而遽有平乐之事。公志固已早定，平乐之事，适所以成之耳。公既以缁服就絷，其帅重得公，逼令更服则生，不更则死。袍帽在左，白刃在右，惟其自择。公辞左而受右，帅起，亲解其缚，延之上坐，始听为僧。公之僧固不易为也，然公自此真为僧矣。为僧后，间道归省老亲，随得法于天界。亲没，子事毕，出世青原。吾谓公之得法，因不得之于天界棒喝之箝锤，而早得之于平乐刀斧之锻炼也。"

潘江《龙眠风雅》卷四十三："方以智，字密之，号曼公，自称龙眠愚者。中丞仁植公之长子也。九岁善属文，十五通十三经、《史》《汉》诸书，皆背讽。比冠，著书数十万言。与陈公子龙力倡大雅，复社诸公皆以声气、名节相推。崇祯己卯举于乡，庚辰成进士。会中丞公抚楚，忤时相被逮，公控疏请代，膝行沙坯中两年，卒获赐环。壬午，授翰林院简讨。公素愤时弊，欲痛陈之，适李贼破潼关，乃慷慨请缨。范公景文复荐之，召对德政殿，至夜分，直言不避讳忌，上抚几称善。欲超用之，以执政格，不行。贼陷京师，梓宫陈东华门，公往，伏地哭，为贼执。拘囚廿余日，峻刑楚毒，两髁骨见，至死不污。既南奔，值仇憨柄国，遂流离岭表，十召不受宰相。庚寅，披缁为僧。粤破被絷，环以白刃，终不屈。晚遭患难，谈笑自若，卒于万安。临终，犹与门人讲道，语不及世事，惟以未卒业诸书命少子中履踵成之。风雨大至，遂瞑。公博极群书，天人、礼乐、象数、名物，以及律历、医药、声音、文字、书画、卜算，靡不精研。所著有《周易图象几表》《通雅》《物理小识》《炮庄》《会宜编》《易余》《阳符》《中衍》《东西均》《旁观铎鼎》《薪平衡》《诸子燔痏》《切韵声原》《烹雪录》《删补本草》，凡数百卷。诗文奏议，丧乱后多半散佚，诸子搜求之四方，编成四十卷，分《前集》《后集》《别集》，总名之曰《浮山全集》，行于世。公读书深识力厚，才大笔老，故能驱使古今，奇正因创各极其至。其论诗，主于内发性情，外娴节族，所谓中边皆到。舍声调、字句、雅俗可辨之边，则中有妙意，无所寓矣。故词为边，意为中。而词与意皆边也。素心不俗，感物造端，存乎其人，千载如见者，中也。必陶铸骚雅，蒸涫汉、魏，然后可与解衣盘礴耳。详见《稽古堂诗说》。公大节与断事公略同，而乡举之年亦以己卯，后先若相吻合。故次前朝诸先辈之诗，肇自断事，讫于简讨，以志枌榆一代之盛，政不独为方氏之美谈也。"

陈子龙《博依集序》："明诗衰于万历之季，大约乐便易而苦于修词，尚新异而归于近俗。夫使取办俄顷而袭已成之语，尽放雅言，又去奥渺，其为陋可鄙有以也。余游钱塘，遇桐城方密之，读其诗数百篇，诸体都有，大要归于极古。其才情超列兢兢，体裁勿逾古则，盖悲夫侪俗之音而以为救也。"

徐世传《博依集序》："密之以鼎盛之年，怀超绝之材，盛修学古，著述满车，声闻海内。今读兹集，其乐府深厚雄杰，出奇不穷；古风渊雅，无复浮声，殆骎骎乎汉魏之人矣。而又能备拟历代，兼擅众长，高凉苍郁，一振唐风，三百年所仅见也。"

李雯《流寓草序》："密之避地金陵，其所言者，大约皆悲感乱离、发泄幽愤之作也。密之才锋颖出,熟视天下久矣。不得早见于世,而流连吟叹之间,兴怀离逖之事,世有知者亦将读其诗而怜其志耶!"

吴修《名人尺牍小传》:"号鹿起,巡抚孔炤子,为四公子之一。"

《明人诗钞续集·系传》:"以智,崇祯十三年进士,选庶吉士,授检讨。父孔炤巡抚湖广,忤时相系狱,以智伏阙上书,讼父冤,乃得释。晚为僧,名宏智,字无可,又号药地和尚。"

钱澄之《田间文集》卷二十六《长干寺遇旧中官述往事纪》:"上曰:'朕闻新进士中,有一方以智,其父方孔炤亦以巡抚湖广……闻以智怀有血疏,日日于朝门外候百官过,叩头呼号,求为上达。此亦是人子。'言讫,又叹曰:'求忠臣必于孝子之门。'未几时,释孔炤……孔炤之得生由此,外廷岂知之乎?余闻其语,随到竹关说与以智。以智伏地哭失声,北向九叩头谢恩,甲午秋九月事也。"

《通鉴辑览》:"顺治三年,唐王聿键败死报至,粤尚书丁魁楚与侍郎瞿式耜、旧臣吕大器、方以智等议所立,共推由榔。四年,大兵克肇庆,桂王由榔奔桂林,吴贞毓等从;召吴炳、方以智同式耜为大学士,以智不至。"

徐芳《愚者大师传》:"桐城人,居浮山,称愚者,在天界为无可,入匡庐为五老,在寿昌为墨立、为药地,幼负奇志。时以李长源目之。避地金陵,与杨维斗、陈卧子、夏彝仲善。时海内多故,愚者慷慨鸣咽,其牢骚抑郁一泄之于诗,后遁迹五岭。及粤再溃,遂披缁见客。愚者于书无所不读,著有《前后集》《炮庄》《物理小识》《通雅》百余卷。"

文震孟《博衣集序》:"密之年甫弱冠,著书已数十万言,乐府歌行直追汉、魏,笔阵纵横亦在晋唐间。其人复翩翩俊异,泂一世之铁材也。"

卢见曾《感旧集》:张中畯曰:"密之十岁能诗歌,工书画。长与陈卧子、吴次尾、侯朝宗诸公接武东林,主盟复社,为马、阮所中伤,几不免。既登第,为父伏阙,上书讼冤,晚隐于释。著《通雅》《易袽》《古今性说合观》《一贯问答》《物理小识》《炮庄》等书。"

全绍衣《鲒埼亭集》:"方公祠碑,桐城方氏自明初断事公以逊志高弟,与于革除之难,三百年中世济其美。明季密之先生尤以博学称。"

《思旧录》:"密之,吴子远之甥,明敏多艺,言河洛之数别出新意。"

周农父《密之文稿序》:"密之所读必周、汉之书,所赋必汉、魏之诗,耽古修词,言必尔雅。其才自天授,又敏捷于事,若可为,若无不可为。"

张英《笃素堂文集》卷六《方母潘夫人七十寿序》:"今海内宗密之先生,盖五十余年矣。先生为才人、为学人、为忠臣、为孝子,博闻大雅,高风亮节,为近代士人之冠。其生也,气运之所关键,山川灵秀之所结聚,累世家学之所师承,海内贤士大夫之所观摩渐染,以克成此始终之美,固其然也。"

朱彝尊《静志居诗话》:"先生纷纶五经,融会百氏。插三万轴于架上,罗四七宿于胸中。早推许、郭之人伦,晚给宗雷之净社。乐府古诗磊落嵚崎,五律亦无浮响,卓然名家。"

宋俊《柳亭诗话》:"方学士以智,题正学先生祠句'十族可怜无姓字,三杨终不是功名',为一时传诵。甲申后遂剃发为僧,盖其志意早见于翰墨中矣。"

朱笠亭《明人诗钞续集》:"密之读书甚富,著书数十种,其诗乐府以古调写时事,读之感怆,五律亦沉着。"

《四库简明目录》:"方以智《通雅》五十二卷,考证训诂、音声为主,而旁及名物度数、艺术之类,援据奥博,条理分明,有明一代考证之书莫与并驾。又《物理小识》十二卷,乃《通雅》之绪余,大致本《博物志》《物类相感志》而衍之,更推阐其所以然耳。"

王士禛《居易录》:"近见药地禅师所著《物理小识》,可补赞宁《物类相感志》所未及。"

姚文燮曰:"先生天资绝世,读书十行并下,又好学覃思,自童年迄白首,手不释卷。每有所得,辄登诸绸素。《通雅》一书引据古文,旁稽谣俗,博而通之,实后学之津梁也。"(引自徐璈《桐旧集》卷二《方以智》)

徐璈曰:"山阳王文端公尝谓璈曰:'密之先生学博而精,所著《通雅》实开本朝考订学之门径。'先生诗集甚富,兹辑八十余首,虽较他选为备,然遗珠固多矣。"(引自徐璈《桐旧集》卷二《方以智》)

钱澄之《田间文集》卷十二《通雅序》:"往予与愚道人同学时,窃见其帐中恒有秘书，不以示人，间掩而遽览之，则皆所手钞成帙，凡生平父师所诂，目所涉猎，苟有可纪者，无不悉载，即一字之疑，一音之讹，一画之舛，亦必详稽博考，以求其至是。人言道人生平手不释卷，搦管处为之肿，要其三十年心血尽在此一书矣。"

方以智少而天才卓荦，幼承家学渊源，早有文誉。出则交天下贤俊，登坛坫，执牛耳，与四方贤人君子相酬酢，有"明季四公子"之称。既而成进士，官检讨，海内翕然崇之。后因遭时多艰，父方孔炤罹于厄而下狱，方以智叩头号呼，膝行两年得请，事白。国事不支，遂弃身世，披缁衣，遁空门，树奇男子志节，终遂其百折不屈之志，为忠臣孝子，成一代完人。读其诗知其人。他年轻时，也曾渴望太平，人民安居乐业。他在《对酒》诗中写道：

> 对酒即当倾，何时庆太平？今幸五谷成。但有天子圣且明，使农家父母兄弟尚躬耕。安能得，罕开冒顿不犯，边京钱谷皆满盈。将军校尉，不复用兵。自丞相以下中大夫，守吏二千石，三公九卿尽廉洁不争。置观立学诸儒荣，令跅弛踶驾咸成名。下无催科并征，各乐其业，刑罚得重轻，外户不闭夜不惊。今皆不然，何以为生？

美好的愿望被残酷的现实彻底粉碎。李自成率起义军攻破京师，崇祯皇帝朱由检在煤山自缢而亡。方以智眼流泪，心淌血，写下《哀哉行》：

> 奔城南，走城北，雷声轰轰天地黑。女墙擐甲皆中官，司马上城上不得。乱传敌楼铁骑从至尊，宫人夜出华林园。须臾中官大开东直门，贼营四匝如云屯。比时张牙禁出入，蓬首陋巷阴风泣。居民畏死争焚香，父老衣衫暗沾湿。吁嗟乎！先皇帝，烈丈夫，万岁山前从者无，神灵九庙长悲呼。却忆去年雷震奉先破寝室，宝座赤蠓飞三日。享庙卫士鬼夜惊，黑牛十丈端门出。九卿大老无愁容，金紫得意长安中。谈兵献策者仇寇，只引旧例相朦胧。日夕甘泉烽火至，沙河土关纷贼骑。犹然阁试新门生，品第人情出名次。伤心此辈送国家，师生衣钵求清华。一旦薰莸尽膏火，昆冈玉石谁争差？

可怜慷慨忠义士,前后只合横尸死。难如冯信藏青盲,空羡子真在吴市。已焉哉!哀勿哀,仰天气绝魂归来。十年误国登鼎台,子孙累毂高门开。小臣拜禄十七石,却生此日当其灾。

起义军兵临京城,而"九卿大老无愁容,金紫得意长安中",可悲可恶至极;"犹然阁试新门生,品第人情出名次",荒唐可笑之至。城破国亡,"中官大开东直门"而投北,或作鸟兽散,可耻之尤;而"先皇帝,烈丈夫,万岁山前从者无",可悲可叹。此诗为甲申败亡时事之实录,有史家不尽载者。杜甫为诗圣,其诗为诗史,而方以智此诗近之。读之令人悲伤,亦使人悲愤而扼腕。诗痛斥鼎台之泄沓误国,中涓之欺误蒙骗,而诗人嫉恶之情益深。方以智感"三世君恩",抚棺痛哭而被逮,在《纪难》诗中写道:

拘囚二十日,乘间得脱走。黎黑蒙土灰,蓝缕出左肘。妻孥跪涕泣,斯须且相守。天地已颠覆,行路平安否?余命当万死,雪耻在马首。但得脱虎穴,暇计出门后?会面杳无期,黄昏日落酉。痛哭与我诀,持刀向心剖。汝死复何益?汝善视黄口。大海生桑田,或得见老叟。心知死别离,结发断箕帚。但道长相思,吞声一挥手!

夫妻恩爱,儿女情怀,万难割舍。然而不得以"但道长相思,吞声一挥手"开始了他后半生的流离生涯,经历九死一生的磨难。方以智与潘翟结发为婚,相亲相爱,膏火笔砚,相守二十余年。自通籍以来,方以智未尝有一日仕官之乐,唯是生平患难与共。流离危难之中,无日不思妻念子。此时此刻,妻子携稚子不远万里,历经千辛万苦,跋涉万水千山,突然来到自己身边,意外之喜,感激之情,一起涌上心头,情不能已,他在《妻孥至》诗中写道:

九日悲远望,妻孥忽然至。万里风波中,刀镞蔽天地。牵衽如再生,惊定坐垂泪。稚子前稽首,口叙台州事。何用别高堂?南都知乱避。龙山藏深壑,林薮早安置。两兄各有托,屡寄思亲字。疾风荡飘蓬,天末浮云坠。霜雪重松柏,岩石依薜荔。感汝烈丈夫,成我封刀志。重念生别离,沉痛啮两臂。间关抱手笔,恨走娥江弃。

著簪日以短，缟衣日以悴。努力推鹿车，幸慰平陵意。

方以智一生多灾多难。诗言志，歌永言。借诗歌以抒怀，这是必然的。然而"不惜歌者苦，但伤知音稀"（《古诗十九首》），真知方以智诗者，除了妻孥外，大抵便是钱澄之、潘江等人。方以智论诗，主于内发性情，外娴节族，即所谓中边。边者词也，中者意也。中边融洽，妙意毕出。他在《与姜如须论诗》中说："宋元以来学老杜，小则鄙薄大窘步……自此旁开杜撰门，枵腹凑泊翻自尊。剽贼窜窃固鼠璞，冥趋倒行真覆盆。杜陵别裁有六绝，嗤点多师曾论列……此谓大家收众长，风雅正变求真诀……《骚》《雅》汉魏合陶铸，协律唐宋穷乃工。"他认为写诗者必陶铸《骚》《雅》，蒸滀汉、魏，如此方能得心应手。而"剽贼窜窃""冥趋倒行"，结果只能是"真覆盆"。他流离岭南，窜身菁峒，终日行吟于巉岩怪壑、蛮烟瘴雨之间，意有所会，心有所得，一寓之于诗，故其诗全是性情之作，发自肺腑，真挚感人，读其诗而知其人。

悲愤出诗人。他的诗大多为伤时悲愤之作。而他对明朝的眷恋往往流露于字里行间。如《看月》：

一片钟山月，那从岭外看。昔尝临北阙，今独照南冠。万里天难指，三更影易寒。梦中儿女路，莫忆旧长安。

字字含情，语语有意。"昔尝临北阙，今独照南冠"，借看月叙事言情，虽不着一字，而道尽眷恋明朝之深情，意在不言之中，何其高妙。"梦中儿女路，莫忆旧长安"，目下"长安"已是清朝的天下，不堪回忆了。虽说"莫忆"，却是诗人挥之不去的情结，不能不忆啊！读之令人伤感。难怪此诗《明诗综》《别裁集》《明人诗钞续集》《御选明诗》等选本都录了，确实是百读不厌、回味无穷的佳作。

第二章　桐城诗派之奠基

第一节　沧海横流尽显诗人本色，田间砚耕诗论卓越超群
——钱澄之

钱澄之，字饮光，原名秉镫，字幼光，号田间。明崇祯间诸生。弱冠时，尝面斥阉党巡按御史某，并洒尿污其服以辱之，名闻四方。是时，几社、复社始兴，钱澄之与陈子龙、夏允彝交最善，遂成立云龙社，以联吴淞，冀接武于东林党。宏光福王时，马士英、阮大铖柄政，党祸大作，钱澄之为追捕对象，不得已避难闽中。黄道周赏其才学，荐诸隆武唐王，授吉安府推官，寻改延平府推官。永历桂王时，擢礼部主事。清顺治己丑(1649)特试，授翰林院庶吉士，兼诰敕撰文。钱澄之为人刚正不阿，遇事直言，皆切时弊，于是忌者日众，乃于顺治庚寅(1650)年，请假间道归里。其间为避祸，剃染披缁为僧。旋返初服，归隐结庐田间。后出游燕、齐、吴、越，所交俱名贤，声满大江南北。覃思撰述，卓识精义，俱探古人之微。著有《田间易学》十二卷、《田间诗学》十二卷、《庄屈合诂》八卷、《藏山阁集》《田间诗文集》等。

姚范《援鹑堂笔记》："钱饮光生于万历辛亥，与方无可同岁。"

钱大昕《疑年录》："钱饮光卒于康熙三十二年，年八十有二岁。"

《郡志》:"与同邑方密之、云间陈卧子、夏彝仲结社应和,文誉籍甚,后避党祸,南遁至闽、越,剃染为僧,旋返初服,归结庐田间。"

郑方坤《国朝诗人小传》:"钱秉镫,桐城人,崇祯时屡上书言时政,南渡崎岖闽峤,不忘初志。迨后绳床土室,埋照终年,酒德琴心,达生用老,斯咏斯陶,或默或语,格每进而益上,思屡出而不穷。要其流派,深得香山、剑南之神髓,而融会出之。昔人论陶靖节诗云:'心存忠义,地处闲逸。'情真、景真、事真、意真,读饮光一集庶几得之。"

《四库书目》:"《田间易学》十二卷、《田间诗学》十二卷。附存书目:《庄屈合诂》八卷。"

李富孙《鹤征录》:"钱田间与魏学渠提学交最深,感德不谖,至名其楼曰'怀青',魏号青城也。"

徐乾学《憺园集·序饮光全集》曰:"先生自甲申变后,南都拥立新主,奸邪柄国,群小附之,浊乱朝政,而为之魁者,其乡人也。先生以夙负盛名,慷慨好持正论,与之迕。及其得志,修报复,固欲得而甘心焉,刊章捕治,特兴大狱,先生于是亡命,走浙、闽,入粤崎岖绝险,数从锋镝间支持名义,所至辄有可纪。既岭外削平,穷年归隐,乃肆力著书。今年余与之遇于惠山,年七十九矣。登山渡涧,上下相羊,不异强壮少年。饮酒谈笑,与十五六年前无异。庄生所云:'受命于地,惟松柏独也,在冬夏青青然。'先生之谓也。"

韩菼《有怀堂集·钱饮光集序》:"龙眠钱田间先生,当吾世,学之博者鲜及焉。自少负盛名,为诸生祭酒,明季根株党人,以最着名字,几不免,跳身远游。崎岖丧乱之余,卷怀屠主之世,与时消息,全生远害,其用至妙,弗易窥也……尝读先生之诗,冲淡深粹,出于自然,度王、孟而及于陶矣。"

沈德潜《别裁集》评:"幼光自抒情性,无意工诗,五言似陶,亦在神理,不在字句,与高忠宪、归待诏,所谓异曲同工者也。"

朱笠亭《明诗钞正集》评曰:"余钞明诗至陈黄门而一代之运已终。其故国遗老诸诗更博综之,得八家焉。昔陶渊明避晋乱,有《归田园居》诗,息营止竞,返诸自然。此道最为尊矣。故以饮光田园弁其卷。"

《昭代名人尺牍小传》:"先生尝问《易》于漳浦黄氏,撰《田间易学》,又撰《田间诗学》,持论精核。诗得香山、剑南之神髓,有《藏山阁稿》。"

王灼《枞阳诗钞系传》:"先生弱冠为诸生时,有御史,逆阉党也,巡按至皖,盛威仪,谒孔庙。先生忽扳车前,御史大骇,命停车,而溲溺已溅其衣矣。徐正衣冠,昌言责之。御史方自幸脱逆案,惧其声之著也,漫以为病癫而置之,由是名闻四方。是时,几社、复社始兴,先生与陈卧子、夏彝仲最善,遂为云龙社以应,冀接武于东林。及归自闽粤,杜门著述,学者称为田间先生。所为诗本之性情,渊然入古,有《藏山阁》《饮光集》。"

姚文燮《无异堂集·饮光诗集序》:"饮光南渡时,遭党锢,亡命流滞岭峤,迄辛卯始归。归则幡然老头陀矣。好饮酒诙谐,放浪山水间。每酒后谈说平生,声泪俱下,听者不能仰视。呜呼!烈丈夫也。时时吟诗,诗不拘一格。上自汉、魏,下迄中、晚,随兴怀所至即为之。吾党读其古诗,感慨讽谕,婉而多风,真得古《三百篇》之旨,而于性命之理,当世之故,往往托以自见焉。自归里,得诗千余首,辑之曰《饮光集》。田间,饮光学《易》处也。"

唐甄《田间文集序》:"出于险,终于穷,不丧所守,而能成其学,吾罕见其人,饮光先生有焉。在昔,南京嗣位,阉孽缘作,猛兽出槛,将肆咥人,先生亡匿吴中,旦夕不保,清侧之兵突兴,钩党之捕乃缓。已而南京溃,避之福州,又之桂林,周旋五载,天之所废,不可复支,于是髡缁间行,归老江村,其志良苦矣。嗟乎!以先生之才,显名数十年,交游遍京省,公卿折节,士林景从,孰不乐为之先后者?惟时征召之命遍于岩穴,而先生晦迹远引,能令当世荐贤者齿不之及,可谓善藏其用者矣。先生通六艺,尤长于《易》与《诗》,进退百家,尤好屈、庄之书。自甲申以来,遭大变,蒙大难,窜瘴乡,能善其用,不瑕不害,以至于老。盖以《易》制行,贞而不至于固;以《诗》用情,和而不至于流;又能以濠上之怀济泽畔之志。与之处者,无贵贱方圆,莫不敬而爱之,以是善全其身而免于难,其得于学者然也。"

姚永概《重印钱田间先生文集序》:"吾邑田间先生,明季为诸生,负气忼慷,中遭党祸,避难吴中,妻子被祸。已而从亡闽、粤,思立功名,以济世难。

故其诗多激昂之音,文则指陈利害,深切事理,不第以著述自见也。天眷既定,圣圣相承,向之负隅抗阻冀延祚命者,均已冰解而云消,先生亦知事不可为,遁迹髡缁,窜归故里,荒江之上,闭门课耕,乃都集生平之所著,整理编次,蔚为巨帙……先生之文,才气俊发,不可控抑,一扫明季之习。诗尤杰出,刘海峰《历朝诗选》于吾县之诗,登先生一人。"

方苞《田间先生墓表》:"先生姓钱氏,讳澄之,字饮光,苞大父行也。苞未冠,先君子携持应试于皖,反过枞阳,宿家仆草舍中。晨光始通,先生扶杖叩门而入,先君子惊问,曰:'闻君二子皆吾辈人,欲一观所祈向,恐交臂而失之耳!'先君子呼余出拜,先生答拜。先君子跪而相支拄,为不宁者久之。因从先生过陈山人观颐,信宿其石岩。自是,先生游吴、越,必维舟江干,招余兄弟晤语,连夕乃去……先生形貌伟然,以经济自负,常思冒危难以立功名。及归自闽中,遂杜足田间,治诸经,课耕以自给,年八十有二而终……先君子闲居,每好言诸前辈志节之盛,以示苞兄弟,然所及见,惟先生及黄冈二杜公耳。"

钱澄之诗论精深,散见于论杜诗诸篇及为他人诗集作的序言中。其论杜诗,有《与方尔止论虞山说杜书》《与云间张寄亭论李杜诗说》《陈二如杜意序》等。钱澄之诗尊崇杜甫,其于杜诗不啻寝馈于中,却又入而能出,既服其炉锤之工,格律之细,而又不讳言其失。他在《与方尔止论虞山说杜书》中说:

> 杜诗之佳,在于格力气韵迥绝诸家,至其体物尽变,造险入神,幽奇屈曲之境,琐屑酸楚之情,一字匠心,生面逼出,千载而下,读之如当其时,如见其事,故其诗千载犹新。

他在《与云间张寄亭论李杜诗说》中说:

> 韩退之云:"李杜文章在,光焰万丈长。"终唐之世,李与杜并尊……则以李才非杜所可及,而杜惟以学力胜之,千载而下,李遂不能与杜争。若夫文章之光焰,李得诸天生,摇笔即出,正如明月之珠,出海遂已照乘。杜则经百炼而得者也。干将之剑,精光愈久愈新,任其沉埋,其气直上烛牛斗之间。此其浅深远近,盖有不可同日

而论者,然而两公各有其长也。

李讥杜作诗"太苦",杜亦讽李曰:"何时一尊酒,重与细论文。"李之不细,由其不能苦耳。然吾观杜之好苦吟而欲与李细论者,皆在律诗。其曰:"赋诗新句稳,不觉自长吟。"盖穷幽造险,其必有极不易稳之句而忽得稳,非今之但协律叶韵之为稳也。又曰"晚节渐于诗律细",盖一句而有数折,一字足当数转,中无不尽之义,而外无可见之痕,故律之细,古今惟子美独也。

杜甫尚苦吟,他在《与云间张寄亭论李杜诗说》中又说:"诗亦多苦吟,然琢炼太过,锋锐俱尽,有光无焰。自谓至矣,然子美曰'语不惊人死不休'……大抵惊人处即光焰所在。然则苦吟之功,固有在此不在彼者,吟久当自知之。"这就是所谓"以学力胜之""经百炼而得者也"。关于苦吟,他在《诗说赠魏丹石》中说:

诗也者,文事中之最精者也。凡文字中数百十言所不能尽者,诗以一句尽之,一句中常有数转;凡文字须数百十言转者,诗惟以一字转:故其事至难,而其法甚巧。自古昔所传坟、典、丘、索,大抵皆诗体也。为诗者,有天事焉,有人事焉。若夫性情、气韵、声调之间,皆天之为也,不可强也。至于谋篇、造句,则人事之所由尽矣。夫篇有长短大小之不同,而起结开合,变化无端,顿挫抑扬,自然节奏,行乎不得不行,止乎不得不止,皆不可以意为也。惟造句,则心欲细而功欲苦,是以诗贵于苦吟也。苦吟无他,情事必求其真,词义必期其确,而所争只在一字之间。此一字确矣而不典,典矣而不显,显矣而不响,皆非吾意之所许也。于是惨淡经营,索之久而不得,而置之,而此一字忽然现前,乃真不可易矣。然非读书研理、体物尽变者,求此一字,终不可得。何则?无其本也。贾阆仙有云:"吟安一个字,撚断数茎须。"杜少陵亦云:"赋诗新句稳,不觉自长吟。"所谓"安"与"稳"者,岂不在此一字乎?求之甚难,得之乃足快耳。

此为心得之言,由此亦可见钱澄之写诗用力之精勤,惨淡经营,坚持不懈。他在《陈二如杜意序》中再次强调杜甫气力绝人,而又不讳其弊,不曲为回护。真知杜诗者也。他说:

> 吾谓诗本性情,无情不可以为诗。凡感物造端,眷怀君父,一情至之人能之,不独子美为然……夫子美之诗,则元微之所为尽得古人之体势,兼昔人之所独专。然吾以为:其奇在气力绝人,而不在乎区区词义之间也。如以辞而已,则今集中有句涩而意尽者,有调苦而韵凑者,有使事错误者,有出词鄙俚者,有失占者,有失韵者,有复韵者,其弊至多。唯是其气力浑沦磅礴,足以笼罩一切,遂使人不敢细议其弊。

由此可见,钱澄之对杜诗研究之深之细,但瑕不掩瑜,杜诗"光焰万丈长"。

钱澄之以性情为诗,然亦强调博学穷理。他在《文灯岩诗集序》中说:

> 诗之为道,本诸性情,非学问之事也。然非博学深思,穷理达变者,不可以语诗。当其意之所至,而蓄积不富,则词不足以给意;见解未彻,则语不能以入情。学诗者既已贯通经史,穷极天人之故,而于二氏百家之书无有不窥,其理无有不研,然后悉置之,而一本吾之性情以为言。于斯时,不必饰词也,而词无有不给;不必缘情也,而情无有不达。是故博学穷理之事,乃所以辅吾之性情,而裕诗之源者也。

钱澄之在《叶井叔诗序》中说:

> 诗以道性情。而世有离情与性而二之,是乌足与语情乎?诗也者,发乎情,止乎礼义,准礼义以为情,则情必本诸性……夫诗之为教,非徒以流连光景、愉悦志气已也。类皆贤人君子不得志于时之所为:或忧在国家,或事属天伦,中有不便于深言者,因托之歌咏以见志,庶几闻之者因以感发兴起而不敢为非,于是乎始贵有诗。

钱澄之在《送江在湄擢守巩昌序》中又说：

> 政以人情为本，达乎情，斯可以达于政耳。诗也者，情之至也，吾达吾情，亦因以达人之情，而政不外是矣。

此言性情与礼义之关系，"夫天下未有离情以为道者。非道之情，妄情也。非情之道，伪道也"（《重刻青箱堂集序》）。指出情是为政之本。"读其诗而生人感发兴起之心者，谓之正声；读其诗而生人慆淫放逸之志者，谓之淫声"（《叶井叔诗序》）。所以"诗者性情之事，非缘饰藻缋者之可为，故力求其真率"（《潘蜀藻诗序》）。如果一味艳思藻句，柔情溢于字里行间，则非"正声"。关于诗之温厚和平之旨，钱澄之有自己的独到见解，不从义理着墨，而从气韵论诗。他在《温虞南诗序》中说：

> 然称诗者必主于温厚和平，此非词义之说，而声音之说也。夫声音之道本诸性情。古人审音正乐，必求端于性情，而后声音应之，是故性情正者，风气之所不得而偏也。自乐府失官，声音之道不传，性情之事，惟于气韵之间遇之。夫气韵，无色声之可迹，无义理之可寻，可得而喻也，不可得而传也。非是物者，虽雕缋满眼，犹被橐驼以文绣，而饰嫫母以朱粉耳，乌足尚哉？吾之以气韵论诗，犹之古人以声音论诗之道也……夫词义之事，与性情气韵不相为而相为者也。肆力既久，则厚者益以厚，和者益以和，且知古人之所为温厚和平，正不妨杂出于激昂，而非以柔曼为工也。

钱澄之论诗之要归于"本色"。"予尝谓古今之人品诗文不定一格，大抵以本色为佳"（《容斋集序》），他称许别人"一路孤行，无所依附"（《齐蓉川先生集序》），"不名一家，因势立体"（《求是堂集序》），"独持所是，无所瞻顾"（《陈椒峰文集序》），总之，他反对依傍，重独创，表现诗人的特有个性，即"本色"。他在《与张敦复学士书》中说：

> 今之为诗者，大抵缘饰汉事，规摹唐音，不顾其所当之时，所处之地，务为陈言，全失本色，虽格调俨然，而真义尽矣，而犹斤斤号于

人,以为不如此,则不可名风雅。呜呼!是亦未有《国风》《小雅》之义告之者矣。

钱澄之以情论诗。他在《吴震一诗序》中说:

> 诗也者,人之自言其情也。情不能直致,于是托物比类,泛滥旁引而曲达之,使览之者初不之觉,反复循绎而得其情,而后叹其妙也,故善为言者莫如诗。

钱澄之在《重刻青箱堂集序》中说:

> 言之不能直陈,引物连类,反复顿挫,使人自得诸言外,斯为诗。

关于诗穷而后工,钱澄之有自己的说法。他在《喻武功诗序》中说:

> 夫诗也者,世间穷愁之士不得志于时者之所为也。惟其穷,故能体物以极情,穷理以尽变,故其吟甚苦,而语始工。若士大夫居官为之,聊以摅怀适性而已,无所于苦也。而况居官日久,谀之者众,士之集于其门者,皆有求焉,亦惟恐谀之不至也。以是,凡甫成篇,皆有美无疵,盖终身无有指其弊者,而其人居然名诗,亦终其身不知己之弊所在也,亦足悲矣!

钱澄之在《潘俨思诗引》中又说:"昔人谓诗穷人,非也。惟穷而诗乃工耳。而今之达者,类好为诗,则必其能外声利,薄嗜欲,意思萧闲,不以俗见累其胸,虽达,要不失穷耳。"

穷途末路之士,有志不能伸,积忧愤于胸,不得已苦吟,以抒其情,所以诗始工。而养尊处优之官员,众人谀之惟恐不及,有美无疵,何来苦吟?其弊不知,又何来工?

关于才与学,钱澄之在《说诗示石生汉昭赵生又彬》中说:

> 文章之道,至于诗而才与学黜焉;非谓才与学不足以为诗,谓诗非才与学之可以为也,而有其才焉,有其学焉。有才人之才,有诗人之才;有学人之学,有诗人之学。才人之才在声光,诗人之才在气

韵;学人之学以淹雅,诗人之学以神悟。声光可见也,气韵不可见也;淹雅可习也,神悟不可习也。是故诗人者,不惟有别才,抑有别学。

钱澄之所言才与学指的就是读书,读书"理明而气自足,故养气莫如穷理,穷理莫如读书"(《追雅堂记》)。钱澄之身体力行,无书不读,终生不渝。他在《陈官仪诗说》中说:

> 吾学诗五十年矣。其前此十余年,皆以才情、气调为时所称。自后四十年,身废无事,益专志于此,见三唐近体诗之设辞造句,洵是良工心苦,乃知古人以诗成名,未有不由苦吟而得者也。是故古人有十年始成一句,或一生仅得一句,句称绝唱,其工只在一字之间。此一字无他奇,恰好而已。诗既成,持以示人,即人人皆如其意之所欲出。所谓一字者,现成在前。然非读书穷理,求此一字,终不可得。盖理不彻则语不能入情,学不富则词不能给意。

此为钱澄之心得之言,足见其四十年来,矻矻于经史之学不倦,为诗苦吟之不疲。

钱澄之在《田间集自序》中说:

> 钱子游十年归,归十年始有庐,庐在先人墓傍,废瓜田盈亩为之,环庐田也,故名曰"田间"。其未有庐前,往来鸠兹、白下、天柱、龙眠间,足迹不出五百里,所至有诗,诗且千数百首。既居田间,则覃心学《易》,自谓于图象外别有得也,故又名其居曰"乐易堂"。乐《易》之暇,间有吟咏,咏其所得耳,志不在诗也,而同人顾独好余诗。
>
> 儿子法祖间取十年来所有诗,汇成帙,号《田间集》,藏诸家。左子子直、子厚见之,谓钱子曰:"子游十年归,其十年诗既不肯传矣。今《田间》诸什,大半播人口耳间,子乌能终藏乎?是不可以不传。"钱子曰:"不可,吾诗悲,非世所乐闻,其声往往激楚也。"二左子曰:"删之,删其过悲者可矣。"钱子曰:"嗟乎!夫诗言志,子谓我遭遇如

此,欲不悲得乎?吾学《易》者也,尝谓诗通于《易》。《易》无体,以感为体;诗有音,感而成音。彼无所感而吟者,无情之音,不足听也。是以论诗者当论其世也,论其地也,亦曰观其所感而已。吾不知世所为温厚和平者何情也?悲从中来,郁而不撼,必遘奇疾,何则?违吾和尔。风也者,所以导和而宣郁也,吾极悲而情始和也。吾宁诗不传尔,其悲者不可删也。且吾又安知其悲也?"二左子顾谓潘子蜀藻、孙子喈公曰:"钱子悲不自知,吾党知之。其悲之极者,其情之至者也。情之至者,不能自删,吾党代为删之。"……梓成,为卷十,为诗八百五十有奇。钱子览之,叹曰:"嗟乎!删之是也。然是集也,是诸子之志,非吾之志也!"

诗言志。文章憎命达,悲愤出诗人。钱澄之历经明弘光、隆武、永历三朝,在明朝的残山剩水中颠沛流离,历经磨难,九死一生,其境遇之险恶非人世所能堪,诚如诗人所言:"我遭遇如此,欲不悲得乎?""悲从中来,郁而不抒"是不可能的,因此他的诗,写其行役之苦,抒其幽忧悲愤之情,"其声往往激楚",抒发了自己对明朝的眷恋,也揭露了清朝官吏的残暴和贪腐。显然这种悲愤交集的诗篇不合时宜,因而子直、子厚建议"删其过悲者",但诗人不同意。他说:"吾宁诗不传尔,其悲者不可删也。"这表明了他对诗歌创作的见解。他说:"论诗者当论其世也,论其地也,亦曰观其所感而已。吾不知世所为温厚和平者何情也?"他反对无病呻吟、矫揉造作、虚情假意,而主张诗人创作要"真率",要直面社会现实,"论其世""论其地",率性而为,写真情实感。他在《叶井叔诗序》中说:"夫诗之为教,非徒以流连光景、愉悦志气已也,类皆贤人君子不得志于时之所为:或忧在国家,或事属天伦,中有不便于深言者,因托之歌咏以见志,庶几闻之者因以感发兴起而不敢为非,于是乎始贵有诗。"诗之为道,本诸性情,对此他坚定不移,所以他在《田间集自序》文末重申:"然是集也,是诸子之志,非吾之志也。"

钱澄之诗尊杜甫,始学陶渊明,晚学白居易、陆游,全在神理,不在字句。词皆己出,自成一体。冲淡深粹,自然清真,与陶、白有异曲同工之妙。

仿渊明饮酒诗十二首之一

寄生大块中,何者为我故?譬如逆旅物,暂有安足据。在世虽百年,毕竟舍之去。临去岂不恋?恋亦不得住。所以达观人,淡然随所遇。委顺生死间,不厌亦不慕。日饮一杯酒,所以全此趣。

为人达观,淡然处世,如自陶出,全在神髓,而非字句也。

田园杂诗十七首之一

仲春遘时雨,既雨旋亦晴。百草吐生意,众鸟喧新声。纷纷群动出,各各有其营。孰是形骸具,而怀安居情。秉耒赴田皋,叱牛出柴荆。耒耜非素习,用力多不精。老农悯我拙,解轭为我耕。教以驾驭法,使我牛肯行。置酒谢老农,愿言俟秋成。

娓娓而叙,亲切有味,真正陶公也,此首诗置陶集中亦为上乘之作。

同家兄饮田家作

新酒家家熟,兴来随步过。烟村经乱少,债户到秋多。山簇诗中料,水吹画里波。阿兄防我醉,红树已先酡。

"烟村"二句,情词凄怆;"山簇"二句,别开生面。五律朴易,自是白格。

杂诗十首之一

朝入城南门,经过冠盖里。门扉日中闭,乌雀檐下喜。高楼既以倾,花榭亦以毁。石笋青峨峨,争为势家徙。问此为谁居?畴昔门如市。只手覆邦家,海内不敢指。国事一朝坏,名败身亦死。赫赫曾几时,至今人切齿。惟有霍家奴,犹称富人子。

此诗当为怒斥阮大铖而作,词锋凌厉,揭露阮氏"国事一朝坏"的罪恶,鞭挞其"名败身亦死"的可耻可悲的下场,表达了诗人"切齿"之愤怒,痛快淋漓!

柳絮篇

长干二月柳花飞,拂巷穿街乱扑衣。闲逐游丝扬紫陌,急随花片度罗帏。人家晓起纷纷白,委地盈阶扫不惜。暗妆老树认为花,斜舞回廊疑似雪。莫笑杨花性太狂,无情无绪漫悠扬。谁家庭院非新主,何处园林是故乡? 佳人不道花轻薄,世事由来无定着。讵惜桃花随水流,更伤霜叶归根落。飘飘不自定东西,懒学人间着处迷。便欲乘风轻渡水,惟愁带雨湿沾泥。往还岂借吹嘘力,倏忽升沉浑莫测。阶下儿童捉未能,梁间燕子捎难得。飞去飞来江水头,春风春水使人愁。即教化作浮萍草,依旧无根水上浮。

结语二句点题,感叹身世苍茫,浮踪漂泊,感寄遥深,借咏物以言情,读之令人感伤而泪潸然也。

第二节　囊无余资足半天下,独领风雅七十四载
——布衣诗人潘江

潘江,字蜀藻,亦字耐翁,别号木厓。潘江生于明万历四十七年(1619),卒于清康熙四十一年(1702),享年八十四岁。其同乡好友、时任文华殿大学士兼礼部尚书张英题碑文曰"诗人河墅先生之墓"。崇祯二年(1629),潘江补博士弟子员。清顺治年间,奉母命参加科举考试,顺治八年(1651)、顺治十一年(1654),两次参加乡试,均名列前茅,但"诡得复失"。从顺治七年(1650)到康熙六年(1667),其先后游历梁园、徐州、济宁、毗陵、黄州等地,拜谒了时任黄州知府、同乡好友何应珏等人。为生计所迫,亦曾入友人山东备兵金事方兆及幕。康熙八年(1669),游太学。康熙十年(1671),赴吏部授职,曾考授州司马,因年逾五十,不赴任。康熙十八年(1679),举鸿博,以母老年高辞。康熙二十八年(1689)、康熙三十一年(1692),朝廷两次征遗逸,皆以老病辞。潘江说:"余穷于天下久矣。处静以窥动,居逸以观劳,而世道之升降已不知其几变也。从事形迹之间,与人世角逐,争一旦之荣利,吾不安焉。谢绝人事,托迹林壑,而力不能买山以隐,每望龙眠诸峰在烟云缥缈之间,未尝不神往也。日闭户著书,论古人成败,其于有韵之言尤笃好焉者,谓可写吾之忧思,

以终余年而娱余志，此亦见其老而无倦焉，不忍弃也。"（戴名世《潘木厓先生诗序》）于是隐居不出。潘江于邑西北古塘筑河墅别业，一水临门，板桥如带，嘉树文石错落有致，清流环绕有出尘之幽。前有园，后有圃。园中翠竹千株，圃中四季有花。杂花丛树，莺歌燕舞。耕读其中，自得其乐。潘江自署曰："耐翁。"他说："吾少而耐孤，长而耐丧乱、耐困厄，老而耐穷、耐贱、耐诟辱。耐，吾性也。吾安之，故有取尔也。"又说："其性又耐病、耐闲、耐寂寞。"（张英《木厓续集序》）

潘江父亲潘金芝，明崇祯朝太学生。母亲吴坤元，幼即皈依佛门，聪慧绝人，工书画，善弈及精音律，诗文兼擅，才名盖世。如大诗人王士禛读她的诗赞赏不已，不远千里来桐城登门拜访并谈诗论文。有诗集《松声阁前后三集》《续集》行世。潘母日取素所服习者以授其子，潘江以成就诗文者，奉母之教良多。

潘江善文工诗，尤以诗称著，方文称其"诗文为东南之美"。潘江含英咀华，才雄笔健，属辞命意寄托深远，以汉魏为渊源，李杜为风骨，出入香山、放翁，取诸家之长，疏通其微法，搜摘其妙文，深而不凿，新而不巧，可谓善学古人，非徒优孟衣冠而已。潘江博极书史，精研简练，其于诸大家已入堂奥，兼综而互出之，探本穷源，得其旨归，别开生面。唐音宋韵，皆在神髓，不屑字句，自成其体。虽纵横放逸而不失驰驱，铺陈刻画而不失自然。元气为根，神合古人。所谓风人之赋丽以则，非俗学庸才可以仿佛也。潘江游履所经几半天下，得江山之助良多。其所经山川之险峻，兴亡之古迹，风俗之淳浇，政治之得失，一一皆寓之歌咏，民瘼国恤，情动于中，发为诗歌，慷慨击节，声震寰宇。此仁人君子悯时病俗之所为作也，以资教化，其有益于世事人心可谓多矣，岂仅以风云月露称雄艺林哉！

钱澄之在《潘蜀藻诗序》中说：

> 吾乡潘蜀藻，以诗文称于世者三十余年。凡吾乡论名士，必推蜀藻。而四方称吾乡之名士，亦必首推蜀藻。予之知蜀藻，盖知之于四方之士也。垂老，始与蜀藻交。读其诗与文，因以渐习其为人，

然后知四方之誉果不虚,而士之有盛名于当世者,固不妄得也。是时,蜀藻与方尔止学为白香山诗,因见予之诗间有似于香山者,而好焉。予之于香山,非有意以似之也。予以为诗者性情之事,非缘饰藻绩者之可为,故力求其真率,而不自知其间有似也。而蜀藻之为香山,亦时出入于钱、刘之间,其论诗多与予合。故与尔止同学香山,而吾乡独以香山名尔止。且尔止好苦吟,其有似乎香山者,必经累日构思,摹拟刻画,久而后近之。蜀藻之诗,多得诸应酬纷杳之余,或即席唱和,或酒罢挑灯,率援笔而成,而亦无不似者,则其才不可及也。

以蜀藻之才,驰骤艺林,何所不得?使获一第,而居得为之位,又何事不可为?而乃以明经入太学,为选人,以聊自解于太夫人,志良苦矣。既罢举,则益肆力于诗文,因搜罗同乡先辈及诸亡友逸士之遗囊,盈数千篇。欲悉为之论定而表章之,其意甚厚。吾观蜀藻,平生耽嗜风雅,遇人有一语之善,歌舞赞叹,不自知其吟之于口而诵之于人,盖天性使然。而其诗学之老而弥深,殆亦由此其进也。今将梓其集,以应四方之求,语予曰:"吾且老矣,吾无以见于世,所可见者此耳。子知我者,其序焉。"

吾犹记蜀藻甫十岁,应童子试出,合郡传诵其文,目以圣童。当时见者,争以为潘氏千里驹矣。及其以诗交于予也,年正壮盛,方以全力攻制举之文,而讲求用世之学,诗特其余事耳。而今乃以诗名也,悲夫!

好友李雅在《木厓诗集序》中说:

潘子尚论古人,尚论古诗,冷眼闲情,应窥及此,且潘子内奉太夫人之教,太夫人称诗于海内者有年。潘子自制艺、古文词外,称诗于海内者亦有年。余见其诗与笔合,未尝相分,即就潘子一人之心与手而言,有时诗在笔先,笔在诗先者矣。盖诗在笔先,诗至而笔随至,此杜之诗与笔也,非王维之走入醋瓮、裴佑之袖手至穿也。笔在诗先,笔来而诗随来,此李之笔与诗也,非江洪、萧文琰之刻烛扣铜草也。呜呼! 前之而沈约,后之而李、杜。潘子之诗与笔兼数公而有之,则潘子于是为古今所不多见者矣……若潘子则洵有两枝笔已。其制艺原本经术,根极理要,丹黄墨腴房稿洁内,读书人奉为指南,无论其古文词盖出入庄、骚、左龙门而右扶风,兄事韩、欧、弟畜介甫、子固,此为一枝笔,所谓易奇而法者也。但以为学眉山之疏宕,浅之乎窥潘子也。再论其风雅、乐府,生平所长,古题今题,即离变化绝类李茶陵,不似北地。信阳之印板鼓吹横吹,诸曲至于即席、即景、即事,赠送酬答,掀髯便就,叉手辄成,如陈马风櫩,驰骤于汉、魏、齐、梁、初、盛、中、晚之际,此又一枝笔,所谓诗正而葩者也。但以为学香山之真率,浅之乎窥潘子者也。潘子之为潘子,若此宁独诗与笔合,伯仲沈休文;诗在笔先,颉颃杜子美、李太白也耶!

好友许来惠在《木厓诗集序》中说:

潘子笔墨妙天下,方今海内之士知与不知,莫不知吾龙眠之有潘子蜀藻者,其人一以绩学力行为本,一切声华靡丽之习无所濡染,诗文其著者也……昔蜀藻之言曰:"某七八岁时侍先大人侧耳,其与先生长者言诗,退即学为之,奔之襟带筐衍间,不令一人知也……嗣是十龄入胶序,年日升,名实日益闳拓。风雨晨夕之候,缀文之暇,与同人谈心论道,酒酣耳热,刻烛分韵,每即席浩唱,意自得也。尝慨甲申以前所著诸诗,兵燹乱离,篇稿散佚。十之存者不及三四,逮壮而出游四方,历齐、鲁、燕、赵、宋、魏、江、楚之墟,观先师先圣林墓庙堂礼乐之盛,泰华黄河之大且险,帝王宫阙陵寝之壮丽,讲求地利、要害、水道、沟洫,古今风气政治之同、不同,以及汉唐来凡名贤烈士遗迹,往往著为诗歌记序以致吾慨慕,然亦间为四方名士持去而不可复记矣。"……余观蜀藻自少及壮以至于老,篇体之每变益上者屡矣。少喜声律骈俪之辞,长而沉酣三唐、高、王、岑、孟、李、杜诸家,薄宋、元以下诗人不为也。今其诗皆上溯汉、魏以来,撮建元、黄初之英华,抒以己意,而弃去其残骚余沉,一言一什必有关于人心风俗、性情学术之故……其讽谕闲适,忧时悯事,俯仰悲歌,天然旨趣之所存,徒侏僫暗昧,袭其声律之轻俗者曰:"吾元、白也。"

张英在《潘木厓诗集序》中说:

> 英获与蜀藻交,在二十年前。是时蜀藻以诗文负盛名,为诸生祭酒。英甫束发,补博士弟子员。蜀藻挈之坛坫,教之为诗文,朝夕奉余诲,故读蜀藻之诗最久,而殊未能测其涯涘也。自少壮以来,为诗不下数千首。大约体凡数变,变而益上。每与同人把卷太息,决蜀藻之诗之必传。今年春,书来京师,谓且裒辑全篇,镂之于板,为喜而不寐者累日。蜀藻诗少宗少陵,中年沉酣于香山。少陵雄浑苍深,体兼众妙;香山排宕潇洒,自为一家。要皆不束缚于声律、比偶之中,独抒写其性情,务为极言竭论,穷变尽妍。凡所为忧乐欢戚之言,千古而下,犹如即乎其人,见其事而闻其声。此则杜与白旨趣之所以同,亦即蜀藻所以宗二家之意也……蜀藻天才高卓,沐浴于诗学者三十余年。天复啬其遇,而老之于诗。游齐兖,陟泰岱,登戏马,吊梁园。两入京华,又南浮江楚。泛赤壁,过浔阳,望匡庐山。所至登临览观,与海内诗人相酬答,以发抒其卓荦抑郁之气。其遇稍类少陵,而性复恬裕闲远,善于缘情写物,又于香山为近。故其为诗能兼二家之胜,长篇短章皆直写其胸臆,几于极言竭论,穷变尽妍,而不伤其涵蓄高淡者,由其气足以包举融贯,韵足以掩映舒徐。此所以得古人之深,而非与貌似形肖者比也。蜀藻母夫人,予姑之子也。高节博学,有《松声阁前后集》行于世。蜀藻少孤,奉母夫人教为多。今七十余矣。白华兰陔,蜀藻其以诗养乎?吾邑僻处江上,蜀藻与母夫人独以诗文名海内,四方文学之士莫不宗之。

《江南通志》:"江为诗学少陵、昌黎,晚兼涉香山、剑南,年八十四卒,著有《名宦乡贤实录》《诗韵尤雅》,而《龙眠诗选前后集》,罗遗文于既坠,发潜德之幽光,三百年来,诗人借以不泯,厥功尤巨矣。"

张英《贻潘木厓书》:"博学鸿词之举未及推荐,遂成有生一大憾事。然三公不易之一日,名山不朽之千秋,终不当以区区一官间,先生富贵不与之乐也。"

齐邦直《潘蜀藻诗集序》:"蜀藻天才敏妙,而衷于情者深,禀经酌雅,不溢前人矩矱,得意疾书,不苟为同异,风雅之卓然成家者也。"

吴道新在《寄怀蜀藻》中云:"尽阐幽光遴百氏,重编丽帙勤千秋。"又云:"拥书万卷斯为贵,下笔千言信有神。"又云:"元礼正文宜此日,太冲索序重他年。"又《赠蜀藻六十寿》:"声气文章四十年,香山纪岁并诗传。社中牛耳仍推长,海内龙头不让先。五粒著书鳞已老,千龄食字蠹成仙。琅嬛地有长生乐,为介云腴酒似泉。"(引自徐璈《桐旧集》卷十二《吴道新》)

徐璈曰:"先生荐举鸿博,以亲老辞。生平肆力于诗,晚年渐臻放翁胜境。七言律体佳句尤多,如《登岱》云:'雀才飞处云俱白,鸡未鸣时日已红。石洞烟迷龙蜕骨,芝田花暖麝留香。'《晚春杂咏》云:'睡起门生刚送酒,诗成小婢旋焚香。事少方知春昼永,山多渐觉晚春寒。乍减寒衣犹复着,偶尝新酝已微酣。'《挽吴无斋》云:'天上少微空黯淡,枕边鸿宝尚轮囷。'此类可采入锦囊。"(引自徐璈《桐旧集》卷三十四《潘江》)

以上对潘江德行、学识、才华、阅历和文德诗品的评述,都是有识之言,诚为确评。潘江抒写性灵,钩陶物类,言人之所不能言和人所欲言,极唐诗人之变化,洗尽词家之饾钉窠臼。张英评曰:"潘子之富于诗也,古诗人卷帙之侈者,唐惟白傅,宋则放翁,潘子素涵咏于两家之间,故其诗以浣花为胚胎,以履道为眉目,以剑南为神髓,兼综众妙,不名一家。"(张英《木厓续集序》)诚哉斯言,潘江出唐入宋,唐音宋韵兼容,全在神理,自成一家,为桐城诗派开宗立派之代表人物。

潘江另一大贡献即为桐城诗坛留下了一部诗歌选集——《龙眠风雅》,向世人昭示桐城诗派的辉煌。

钱澄之《潘蜀藻六十初度序》中说:

蜀藻今年称六十,《龙眠风雅》之选适以告成,于同乡之先辈亡友,以及山林遗逸,有一字之美,无不表扬,子美所谓"应待老夫传"也。夫蜀藻已立之言既不朽矣,又欲与斯人同其不朽,是于立言之中,兼有功德之事也。然则,天为龙眠而生蜀藻,而使之甚不得志,盖非为蜀藻一人不朽之计而已,蜀藻亦可以自解矣。

潘江著作繁富,而于《龙眠风雅》及续集的编刊用力最勤,影响最大,其功甚伟。如果从顺治五年(1648)"有志兹选"算起,到康熙三十年(1691)最终完成续集的刊行,前后竟长达四十三年之久。潘江如果没有对乡邦文学的热爱,如果没有大公无私的奉献精神,如果没有坚韧不拔、锲而不舍的顽强意志,怎么能完成如此鸿篇巨制!

《龙眠风雅》的编纂历经艰难,可谓好事多磨,一波三折。顺治五年(1648)秋,潘江与好友方授首倡编纂《龙眠明诗选》,"仅掇前代,不列今朝",网罗放矢,猎秘搜遗,得已刻、未刻诗稿六十余种。其间潘江承母命忙于科举应试,时编时停,迁延日久,时阅一纪。顺治十七年(1660)至顺治十八年(1661)之间,钱澄之和姚文燮两先生慨然共事,又"广综已逝,采及时流",但钱、姚在诗编命名取义上产生了分歧,姚曰"诗传",盛推昔人著作;钱曰"诗存",严持一己之见。因分歧而搁置,钱、姚合作未成,潘江于是独担重任。宗旨是:"宽以收之,严以选之。收宽则诗不拘于一途,而无惩噎废食之弊;选严则人不流于过滥,而无鱼目混珠之疑。"(吴道新《龙眠风雅序》)潘江折中钱、姚的意见,亦选家执中无方之要道,且准"《国风》好色而不淫,《小雅》怨诽而不乱"的"风雅"之义,于是"凡名山之藏,通都之副,故家之秘笥,兔园之残箱,刌编蠹翰,断楮废缣,莫不罗而致之几席。甚至藩溷间亦着笔墨,朱黄错互,衿袖皆污;手目旁皇,形神价俱敝。移日分夜,矻矻不休。其搜访之专勤,荟集之弘备,近代采风家所罕见也"(许来惠《龙眠风雅序》)。在方文、陈式等一班同乡文朋诗友的支持下,康熙十七年(1678)春,《龙眠风雅》付梓。续集的编纂,则直接缘于姚文然之子姚士塈,《龙眠风雅》告成之年,姚文然去世,姚士塈编其父《姚端恪公全集》,请潘江作序,潘江摘抄姚文然诗篇入续集。七年后,姚士墅之子姚孔钦去世,姚士墅又邮姚孔钦诗篇托请入续集,而姚文然又是《龙眠风雅》刊刻的主要捐资者,而搜讨之责,整比散逸,勘正舛伪,潘江诸子孙出力为多。续集最终完成,距正编刊布又恰恰过了一纪,其时潘江已是七十三岁的老人了。

《龙眠风雅》正编共六十四卷,收录了三百九十九人九千零一十一首诗篇(联章体按一章一首计),续编二十八卷,收录一百五十四人五千八百七十四首诗篇。

综观《龙眠风雅》,其特点有四:一是以时为序。不分作者诗歌成就大小,依次排列。二是以类相从。一卷之内,人为群分,显现群体效应,反映桐城诗派的特点。妻随夫后,顺理成章。三是详近略远。如明末清初为桐城诗歌创作的鼎盛时期,达五十八卷之多,诗篇比例大体同步。四是借诗存人。为"阐潜德之幽光,表哲人之孝思",《龙眠风雅》为作者立传,潘江"率采诸国史,副以家乘",并经过殚力搜求,用功良苦,至踵门再四,不异私求,久经时日,认真考证,力求真实无伪,资料不足者付之阙如,庶免实行没据。小传一般包括姓名字号、家庭出身、科举功名、人生大节、个性德行、文学成就、学术造诣及身后状况。五百五十三位诗人小传集中展现了有明三百年特别是万历以来到清初时桐城一邑知识分子群体的众生相,反映了桐城诗坛这一时期诗歌创作的繁荣景象,亦反映了易代鼎革之际封建社会的现实状况,不仅是研究桐城文化的宝贵资料,还是研究明末清初政治、经济、文学乃至军事的宝贵资料。潘江在《龙眠风雅·发凡十六则》中说:"予虽身职其劳,而方(授)、钱(澄之)、姚(文燮)三子权舆兹集,表章往哲,实归首庸,予其敢贪为己乎?"潘江何等谦虚。

钱钟书说:"桐城诗胜于文。"通过《龙眠风雅》全编可窥其一斑,足以展现桐城明末清初诗歌创作的盛况。这一盛况的主要原因有三:一是文学世家诗书继世的优良传统。钱澄之在《江上诗人集序》中说:"吾邑之诗文……黄口稚孺,甫授章句,即讲音律,学吟咏;才能成声,即思凌前辈而上之,而为父兄者不禁也。故其诗童而习之,视举子业为余事,专欲以诗成名,而其父兄师友又为之扬抚而鼓吹之,唯恐其名不彰,宜其争之日起,而学之所由盛也。"由此可知,学诗写诗是桐城的一种时尚。明代以来,在桐城一邑逐渐形成一些读书兴业的望族,由读书而入仕,由入仕而励志读书,代代相传,形成良性循环,如方氏、姚氏、张氏、吴氏、左氏、马氏等。如方氏,自明善先生方学渐开始,至方大镇、方大任、方大铉、方大美兄弟辈,至方孔炤,方拱乾、方文、方思兄弟辈,至方以智、方其义、方孝标、方亨咸兄弟辈,方以智以其博学多闻直接熏陶教育了方中德、方中通、方中履及从子方中发兄弟,有"四世家学之书近千卷"之誉(方中履《时述堂遗诗跋》)。方以智姑母方孟式、方维则、方维仪号称"三节",均有诗集。方孔炤与兄方文、弟方思诗名在伯仲之间。方文与从子方以智声名相颉颃,饮誉诗坛。方授与兄方仪、弟方藻号称"灵岩三方子",名闻两江。方拱乾与其子方孝标、方亨咸、方育盛等于绝域荒彻仍不废吟哦,开拓了奇特的东北"流人文化"景观。再如姚氏,自姚希廉子侄辈始,蕊榜珠联,瑶篇玉缀,一门科目之盛,桐城前所未有。诗书传家,代有闻人。晚清著名诗人范肯堂颂曰:"顺康元老(指姚文然,即姚范曾祖父)家,乾嘉大儒(指姚范、姚鼐)系,道咸名公(指姚莹)孙,同光诗人(指姚濬昌、姚永概)子。"二是诗社文会的促进。桐城明末清初诗社文会如雨后春笋,层出不穷。一群文人诗友志趣相投,于是自发地组织起来,觞咏唱酬,切磋琢磨,发挥着巨大的群体效应,有力地推动了诗歌的创作。如"潜园十五子""桐城三姚""桐城八骏""龙眠三珠树""南溪十子""姚门五虎""龙眠四左""马家四骏""龙眠五子"等,他们相聚,饮酒赋诗,相互劘切;又如文社,如中江社、汐社、真率文会、环中社、竹林会、射跤台文会、闻鸡堂文会、瑟玉堂会等,这些"社""会"有名或无名,但都有凝聚力、影响力,对促进诗歌创作繁荣发展的作用不可小觑。三是社会变革的驱动。所谓文章憎命达,悲愤出诗人,在桐城诗文创作中得到了最好的诠释。改朝换代,使知识分子心灵经历了一场洗礼,故国之思萦怀难忘,创伤平复亦需时日。面对现实,相当一批文人学士消极悲观,绝意仕途,选择退隐,或啸歌林泉,寓兴诗酒;或闭门却扫,锐意著述,这在客观上壮大了创作队伍,丰富了诗文作品。当然,改朝换代的沧桑巨变,烽火连天,流离失所,也给诗文作品的保存流传造成了巨大损失,其间真不知有多少文家诗人的篇什至于尽烬。潘江在《龙眠风雅》初编卷二十四《程冲然传》中说:"吾桐自甲戌(崇祯七年,1634年)民乱,乙亥(崇祯八年,1635年)寇至而后,兵火流离,卷帙委散。"即如《龙眠风雅》全编所著录当时之已刻刊行诗集,如今又有多少保存下来了呢?姚文燮说:"名山重传人,不忍没风雅。"明清两朝桐城先贤诗作赖《龙眠风雅》以存,而不与腐草荒烟共消沉,诚可谓不幸之中万幸也,潘江其功何其伟大。

特别值得一提的是,编纂《龙眠风雅》不仅耗费了潘江大半辈子时光,而且因《龙眠风雅》卷帙繁富,刊行费时费力,所需资金巨大,非潘江一人所能承担得了。筹募资金途径有二:一是靠热心乡邦文学事业的名宦贤达之倡捐;二是由被收录诗作的诗人后人,依据收录诗作的篇数出资相助。但有些被收录作品的后人家贫无资可出,如李雅生前家贫如洗,只有一女已死。所以资金缺口仍然较大,潘江"不得不割薄田之入独力工程"(方孝标《与潘木厓书》)。方孝标感叹:"足下此举,诚可不朽于家邦矣!""此岂非仁人学者斯文自任之道乎?"而此书告成,里中父老子弟踏门求购,以为三百年来未曾有之盛举,欢喜赞叹,如出一声。海内有识之士,亦赞不绝口。然而盛誉之中,难免出现杂音,间有二三不知者呶呶议其后,好友许来惠在《龙眠风雅序》中安慰说:"庸何伤?彼呶呶者吾知之矣。其弊有二:一曰贡高,二曰媢嫉。贡高则好上人,谓一世莫己若,区区弹丸,焉得如许陶、谢乎?媢嫉则忌人之能,谓事不必自己立,功不必自己居,有竖子成名之叹。嗟乎!是何其不广也。夫天之生才,何地何时蔑有?贡高而不可为也。己则不能,何必忌人之能?媢嫉而不可为也。彼呶呶者适足形其不广而已矣,庸何伤?"诚哉斯言,若潘江内吝钱刀,外畏谤忌,则乡贤诗作岂不与腐草荒烟共消亡,败纸退笔同其委弃吗?潘江因《龙眠风雅》流芳百世,是桐城诗派当之无愧的中坚人物。

明末文衰,但桐城却是例外,桐城读书人受儒家思想熏陶,有积极入世的态度,家国情怀与民族忧患在易代鼎革之际表现得特别强烈,他们往往情不自禁地用手中的笔抒写情怀。动乱的社会现实为他们提供了丰富的诗文题材,拓宽了诗文创作的意境,并增强了诗文的社会性,反映了时代的悲哀、百姓的痛苦,出现了诗文创作的繁荣景象,为桐城文派的诞生和诗派的发展与壮大提供了良机。

潘江的诗歌题材广泛,内容丰富,尤善写身边的人和事,意到笔随,冲畅明快,韵悠味醇,读之如甘泉润燥物,心爽神悦。如《送女于归》:

> 十七闺中秀,登车顿远离。可怜一弟幼,相送尚儿嬉。俭岁香奁薄,贫家竹筥宜。更无犬可卖,此际尔应知。

家人语,儿女情,真挚入微,亲切温厚,近似杜甫《月夜》《岁暮》诸篇。潘江尊杜甫、学白居易。他在《读白香山诗十韵序》中说:

> 白香山,善学杜者也。杜词宛,而白过直;杜意蓄,而白过尽;杜用事隐约,而白过分明。或疑学杜之过,然不如是不足见香山之杜,以为必似杜之宛、之蓄、之隐约,则有似有不似,有小似有大不似矣。香山入蜀,望浣花里而祀之。元微之亦云:"诗人以来,未有如子美者。"则元、白意中,何尝不好杜?抑何尝袭杜哉?今人盛毁长庆,谬䄡少陵,乌知其异世同揆也?元学杜而白学杜胜之,白学陶而其学杜胜之。予尝谓:香山学杜类狂,北地学杜类狷,今诗家则杜之乡愿而已,恶其似也?秋斋萧远,朗咏连句,爱其冲畅明快,意到笔随,不似今人点窜故实,蒙昧性灵,惟于杜微有不及,而吾即取其宁直、宁尽、宁分明,不屑屑似杜为工,则犹《广陵散》之未绝耳。爰举其大意,质我同心,无智出鸡林国相下也。

学杜甫若在字句,貌合神离,潘江不屑。他学白居易在神理,"取其宁直、宁尽、宁分明",所以他的诗以白居易为近。

潘江一介布衣,情系民众,喜民之喜,忧民之忧。如《喜雨》七夕后一日:

> 春夏恒患涝,梅雨断复续。预恐秋前后,黄土罕霢霂。果雁叹干灾,五旬旱何酷!非无风霆动,知向何山谷?邻壤不斩施,焚惔此乡独。老农勤竭作,踏车响河澳。力尽禾仍枯,得水不盈匊。妇孺

饐饷还,牵衣循畛哭。自分生理艰,唤客估黄犊。何意七月初,逡巡过三伏。黑雾压投子,邑北山名。潜蛟起王屋。邑西山名。檐溜渐硁硐,不舒亦不促。喜色动三农,生机回百谷。草木皆含润,枕簟亦如沐。天其哀斯民,锡此一方福。早禾已结实,既槁不可赎。晚禾未出穗,犹可获什六。县知稊秠收,足以供饘粥。不见沟塍间,田夫笑追逐。磨镰望黄云,洗甑待白玉。虽非大有年,差不失中熟。且办酒与诗,呼儿召邻曲。

此诗风格近陶渊明、白居易,词直、意尽、事分明,此诗见之。

第三节　揽东南之名胜,执诗坛之牛耳
——布衣诗人方文

方文,字尔止,号明农,别号淮西山人。明天启末诸生,布衣。晚年隐于秦淮间。方维仪《六弟尔止归舍有赠》:"当时文苑擅才华,谁信东门学种瓜?只为乾坤变沧海,遂令木石老烟霞。萧条生计尝为客,放浪形骸不顾家。最是骑鲸人去后,永怀兰玉涕交加。时挺之侄初殁。"这首诗真实地反映了方文的人生态度和生活状况。钱澄之在《与方尔止论虞山说杜书》文末曰:"己酉秋,困厄皖上,尔止自白门来,曰:'与辨难,聊以解忧。'因作此书。书甫成,而尔止病,未几返棹,遂死。此书亦竟未见。悲夫!惠子既死,庄生无其质矣。见之,益增老友之恸。"他一生客游四方,闻于士大夫,誉满艺林,名传天下。囊无余资,靠笔耕糊口,然清贫自许,晚景尤为凄凉。终生笔耕不辍,诗作繁富,有《嵞山集》五十卷。

潘江《龙眠风雅》卷三十三:"方文,字尔止,号明农,别号淮西山人。天启末诸生,司农玉峡公之子也。为人状貌魁杰,赋性亢爽。少负时誉,高自标表,好结纳四方知名士,与从子以智声名相颉颃。崇祯中,江上选家林立,杨廷枢维斗、钱禧吉士、刘城伯宗、吴应箕次尾诸名士狎主艺林,国门一悬,千金

不易。尔止支柱其间,所选《讯雅》一书,坛坫相望,并重鸡林。既因世变,不就博士弟子试,锐志著述。其为诗,陶冶性灵,流连物态,不屑为章绩句绘之学。间有径率之句,颇为承学口实,然尔止实苦吟,含咀宫商,日锻月炼,凡人所轻忽视之者,皆其呕心刻腑而出之者也。好改人诗,与人辩论,至面赤背汗不少休。人亦以此嗛之,而尔止已语罢辄忘,不复省记矣。所著《嵞山集》五十卷,武林吴百朋锦雯欲为镂行之而不果。一时词坛耆宿若钱牧斋、林茂之、施愚山、孙豹人、宋玉叔、王涓来、顾与治、王阮亭、纪伯紫诸公,皆盛相推许,以为必传。今其诗具在,如'万劫不烧惟富贵,五伦最假是君臣';'年少才如不羁马,老来心似后凋松';'性情最是游不倦,富贵何如诗可传';'卜肆尚能言孝弟,医方犹可立君臣'。天下后世,必有诵其诗而知其人者,顾可以径率少之耶?"

张英《存诚堂诗集》卷二《重晤方明农先生赋赠》:"桃渡诗人宅,春水生柴门。未到已七年,相忆劳晨昏。壁间画梅竹,斑剥今尚存。百卷《嵞山诗》,古调无纤尘。高吟石城烟,妻子同小园。僻巷连野寺,萧然如山村。入室古人在,闭门吾道尊。赋诗饮醇酒,世俗安可论。"

郑方坤《诗人小传》:"方文,桐城人,赋性亢爽,少负时誉,与从子以智声名相颉颃。尝撰《讯雅》一书,坛坫珍重。既遭事变,锐志著述。其为诗陶冶性灵,流连景物,含咀宫商,日锻月炼,凡人所忽视之者,皆其呕心刻腑而出之者。好改人诗,争之至面赤。著有《尔止集》五十卷。一时如施愚山、林茂之、孙豹人、宋玉叔、顾与治、纪伯紫诸公,皆盛相推许。其诗如'卜肆尚能言孝弟,医方犹可立君臣';'性情最是游无倦,富贵何如诗可传'?后世必有诵其诗、知其人者。"

吴德旋《闻见录》:"尔止布衣,侨居金陵。其为人赋性开朗,状貌魁梧。少有才华,晚岁为诗学白乐天,尝作《四壬子图》。其诗愚山为之序。"

陈僖曰:"明怀宗时,士君子以文章名节相尚。江北人物,首推桐城,而桐城人物以方氏为最,如尔止、密之皆声震天下。"(引自徐璈《桐旧集》卷一《方文》)

王士禛《池北偶谈》："盦山以己壬子生,命画师作《四壬子图》,中为陶渊明,次杜子美,次白乐天,皆高座,而己伛偻于前,呈其诗卷。余为题罢,语坐客曰:'陶坦率,白令老妪能解,皆不足虑。惟杜陵老子文纲峻密,恐盦山不免吃藤条耳'。"

施闰章《盦山游草序》："近之论者,惟尚声律噌吰,气象轩朗,取宫制典故、图经胜迹缀辑为工,稍涉情语,辄訾以降格。于是前可移后,甲可赠乙,郛郭虽雄,中实弊陋。尔止为诗,虽民谣里谚,途巷琐事,皆可引用。兴会所属,冲口成篇。故其诗款曲如话,真至浑融,自肺腑中流出,绝无补缀之痕。"

王士禛《渔洋诗话》："尔止潇洒,有天趣。每见人诗,辄为窜改,其人不乐,亦不顾也。然退,未尝不称其长而掸其短也。"又《居易录》："康熙乙巳解郡后,客金陵,与方尔止共游牛首祖堂、栖霞花山。"

朱彝尊《静志居诗话》："尔止间作可笑诗句,颇为时揶揄,然如嘉谷登场,或舂或揉,秕糠终少于粒米。"又《感旧集》："盦山,户部郎中大铉之子,有《西江游草》《尔止集》。"

李调元《雨村诗话》："方尔止有《京师竹枝词》云:'清晨旅舍降婵娟,便脱红裙上炕眠。傍晚起来无个事,一回小曲一筒烟。'堪绝倒也。"

王阮亭《分甘馀话》："'乌衣巷口多芳草,明日重来又早春'。亦佳句也。"

方观承《宜田汇稿·读尔止集十四韵》："盦山高祖行,诗法追香山。词惟任澹朴,意本出咀研。櫽括尽纤毫,绪理常安闲。栗里并夔州,参观得其诠。绘《四壬子图》,名流艳争攀。沧桑历世变,飘荡凋朱颜。遗民见悲咏,鹦鹉非句妍。自订《四游草》,谅节光山川。欹崎三十载,身贱名益传。明农晚易号,意与明圃宣。药庐标巍行,同志老益坚。文章根至性,历历吾宗贤。伤哉际劫火,客死终狂颠。无儿当不恨,异代争斯编。"

方拱乾《坦庵集·四壬子图为尔止弟题》："开辟以来四壬子,支干若为诗人使。曹刘沈宋几时生,茫茫岁月谁缕指。哲弟称诗世共传,堕地同符岂偶然?衰愚莫怪难方驾,自悔先生十七年。"

马孝思《江宁集盦山草堂》："柴门曲径柳阴遮,地僻真成处士家。柘圃近厨蔬带露,束芦为架豆争花。荒池水满凫频浴,晚巷人稀犬不哗。镇日晴窗无俗事,苦吟薄醉是生涯。"又《哭外舅方盋山先生》:"生计常言与愿违,但逢行处便忘机。身来故国俄惊病,骨幸苍头早护归。酒店尚留当日债,诗名不救阖门饥。酸辛舟过三山峡,昏黑江天失少微。"

方文无意于仕途,布衣终生,或缘于他眷恋明朝,他写了不少诗歌颂明朝与清兵交战而殉难的人,如《润州访杨龙友兵宪》,极见其颂扬杨龙友,引为知己,由此可见其心迹。他在《田居杂咏》之一写道:"我亦负奇气,渺视乡里俦。侈志营四海,岂肯潜一丘?不幸逢世变,怀璧无所投。发愤去京邑,湖山恣遨游。"所谓"世变",就是明清朝代更替,他"发愤去京邑,湖山恣遨游",不仕新朝,"非不爱富贵,但恐违平生"(《金川门卒》),民族情结昭然若揭。

方文虽一生清贫,但坦荡自得,不介于心。他在《田居杂咏》之三写道:"我本廉吏后,田园故不腆。世乱复荒芜,吟身逐蓬转。至戚每揶揄,斯人合偃蹇。节操挺松筠,文词集瑶琬。中怀浩自得,何必谐世眼?"他是一位有个性的诗人,坚持节操,注重名节。他"平生好结交,雅多同气友。相见辄称诗,诗罢即呼酒"(《田居杂咏》之二)。然而"家贫苦无钱","有时酤不得,颦蹙循墙走"(《田居杂咏》之二)。有时甚至家里断炊,而他漂泊在外,"家书盼不到,书到转愁人。数纸无非怨,千言只是贫"(《家书》)。有时不得不靠朋友周济渡过难关。穷且益坚,不改秉性,他潇洒得很。他在《自题小像》中写道:

  山人一耒字明农,别号淮西又忍冬。年少才如不羁马,老来心似后凋松。藏身自合医兼卜,涉世谁知鱼与龙?课板药囊君莫笑,赋诗行酒尚从容。

他永远乐观,真正体现了诗能穷人,穷而后工。他好发议论,难免招惹是非,但他并不介意,该说的还是要说,该写的还是要写,含凄吐怨之声不绝于耳,愤世嫉俗之言屡见辞章。他在《客有教予谨言者口占谢之》诗中写道:

  野老生来不媚人,况逢世变益嶙峋。诗中愤懑妻常戒,酒后颠狂客每嗔。自分余年随运尽,却无奇祸赖家贫。从今卜筑深山里,朝夕渔樵一任真。

他的诗多姿多彩,变化多端。诗格诗风,高雅脱俗。清风高节,与古为徒。诗皆古调,词必己出。"格意律调,闯然苏、黄之室,固可平揖晁、张,俯视秦、米"(徐璈语)。或苍浑遒健,挥洒自如;或诗骚作对,妙极自然;或兴趣无端,生趣迥出。他在《秋日归里过潘蜀藻小饮谈香山诗甚快赋此》诗中言及作诗之甘苦:

> 野老攻诗二十年,诗中警句亦流传。贪看酷嗜无如尔,短讽长吟不论篇。自是性情真契合,岂因朋好故周旋?往时刻画杜工部,近日沉酣白乐天。异地何曾相告语,同心不觉自钻研。君才通敏摹应似,我笔粗疏恨未全。别后乾坤谁解此?归来闾里特欢然。乍窥草舍三间小,重睹芳词七字妍。欲展客怀须命酒,忙分母馔已烹鲜。客非陶侃客堪比,母较茅容母更贤。况有方干从弟井公。为妹婿,也偕潘岳共留连。今宵偶聚黄花下,古调高歌翠竹边。长庆风光如在眼,香山肌骨本来仙。三人咏叹知非苟,百遍过从期莫愆。只恐浮踪犹未定,明朝又泛五湖船。

摘句:五言诗:《梅墩杂咏》"发白有穷日,愁多无尽时。"《夜坐》"渐老世情淡,愈贫诗律工。"《补寿范眉生三十二首》"服药非关病,忧时感万端。""浊世求荣易,闲居免祸难。"《摄山绝顶》"夕阳千岭秀,春水一江明。"七言诗:《桃花潭短歌》"云阴不见古人面,水深曾照古人心。"《将归别内》"烟波笠泽随孤艇,风雨梅墩隐数椽。"《午日书怀》"文字浮名花共落,美人薄命草同枯。"《题烟波独钓图》"临流高咏有时有,触景暗伤无处无。"《过彭泽》"沧海不知经几变,春风五柳尚含情。"《都下竹枝词三首》"自古长安似奕棋,一番客过一番悲。"《野泊》"喜见人家隔溪语,愁闻风霰打篷声。"《九月十五夜即事》"一年月色今宵好,偏是囊空乏酒钱。"

第四节　治理廉卓,万民德之,秩满载道攀留;
##　　　　学尚韫藏,诗篇繁富,体高词雅韵长
——清白吏诗人马之瑛

马之瑛,字倩若,号正谊,少孤,依祖父太仆马孟祯,侍惟谨。居承重丧,哀毁骨立。祖父课读,曾作诗《示学者》:"为学如登万仞山,层岩须用小心攀。前途尽有无穷路,只在工夫不断间。"马之瑛铭记终生,嗜学不倦,学业大进,尤喜为诗。明崇祯庚辰(1640)进士,授广东阳江知县,洁己爱民,卓有殊绩,以行取值乱,道梗,弃官归里。清顺治中,荐授山东定陶知县,筑城兴学,垦荒劝农。散李化鲸之余氛,使归田亩,成为良民;发朱小仁之诬陷,释无辜数百人,人感其恩。旧例有里社挂总、村集牙行杂税等千金,悉予罢革。旧协夏镇坝夫新增十七名,岁破中人产无数,乃援例力请裁免。旧河决派车运柳,富家每挟以市利,乃加意清厘,豁免旧额。地隐占三万余亩,摊地加空粮,乃履亩清丈核免,陶民积困得赖以生,民德之。竟积劳成疾。擢兵部主事,未之任乃卒。陶人祀之名宦。马之瑛生平博学工诗,政暇为诗甚富,从不示人。著有《秫庄诗集》四十卷。论者谓为少陵门径,律体尤博丽沉雄,足配江左三家矣。

潘江《龙眠风雅》卷二十九:"马之瑛,字倩若,号正谊。崇祯庚辰进士。授广东阳江知县。用廉卓行取,值乱,道梗,弃官归里。顺治九年,以江督马国柱荐,起左长芦鹾幕,稍迁山东定陶知县,洁己爱民,蔚有声望。予尝至刘家口渡河抵曹县,距陶四十里许,道遇曹父老,问:'曹民安否?'曰:'噫嘻!曹何敢望陶?陶,天堂也!'询其故,曰:'陶自马公下车来,上官但以教下县,胥隶不敢至;即至,亦怵令清严,无敢犯。向者,陶塾地,多加空粮,半为豪右隐占,公为豁减之。陶旧例,如里社挂总、村集椿木、驵侩杂税之类,岁不下千金,公为罢裁之。夏镇坝夫旧有协济若干名,滨河夫柳富者脱而贫者倍,公为请于上,释免而厘别之。陶天堂也!'吁!观曹民之叹慕如此,即陶民可知矣。公为太仆六初公冢孙,早失怙,育于祖,代父养志,执丧尽礼,凡皆太仆公之教

也。公口不言诗,卷帙盈尺,从不示人。予尝乘酒酣微言话之,则面赤坟起,谢无有。公殁后,始得《秣庄诗集》四十卷于叔子继融之手。为节录其什一。盖吾乡实学率尚韫藏,公尤深自敛晦,不贾虚名者也。"

《大清一统志》:"知定陶,值李化鲸陷城后,民物凋敝,招集拊循数年,渐复其旧。又以伪印事,邑中株连数百人,委曲移讯,无辜尽释,邑人感之。"

《广东通志》:"知阳江,接士以礼,作兴学校,催科一意抚字,民甚德之。秩满迁去,载道攀留不绝。"

《江南通志》:"知阳江,以廉卓征。知定陶,尽革陋例,均滨河夫柳之役。陶地多豪右侵占,丈实匿地二千余顷,豁免空粮,为陶永利。擢兵部主事,以劳卒官。"

《赖古居诗话》:"《秣庄集》诗篇繁富,体格高迈。"

方东树《跋》:"五言古佳处出入陶、杜,得骨得髓,淡语愈浓,浅言弥深,近世作家鲜臻此境。七言古兴象高华,气体豪骏,极似高常侍。七律导源辋川、东川,多与梅村、定山相近。其五律绝句两体皆佳,同时诸公未之或逮,而顾不甚有诗名,可谓艺林怪事。"(引自徐璈《桐旧集》卷二十四上《马之瑛》)

徐璈曰:"公集最富,惜未锓板。今其原稿藏元伯水部家。又公有《自祭述怀》七言长排诗一首,至一百二十韵,中多警句,惜篇幅太长,未能全录。"(引自徐璈《桐旧集》卷二十四上《马之瑛》)

马之瑛,明朝进士,授广东阳江知县,明亡后,他一直在家闲居。顺治九年(1652),江南总督马国柱荐其入仕清朝。他与邑中诗友方文、方以智、姚康、钱澄之不同,他们不愿与清朝合作,拒绝入仕,"君亡甘就隐,国破自无家"(马之瑛《哭冯夫子》),民族意识很强烈。姚文然也是明朝进士,但未入仕为臣,他因举隐逸而事清朝,方维仪对他有异议,其实无可厚非,因为姚文然不属"二臣"。马之瑛顺势而为,是因为"强仕本因贫",还是识时务者为俊杰?不得而知。但有一点是肯定的,他非常关心时局,忧国伤时,他在《示室人桂氏》诗中写道:"我生饱忧患,四十鬓如丝。"强烈的忧患意识使他白了头发。他不惜背负"二臣"之名而入仕事清,显然希望为国分忧,为民纾困。他在定陶的所作所为便是印证了这一点。

马之瑛卸任阳江知县，便在家闲居。但"秀才不出门，能知天下事"。当时战乱频繁，民不聊生，苦不堪言。此时，他写了很多反映当时社会生活的诗篇，如《山居行》："昨日兵忽过，百物无一存。"《长夫叹》："户口渐见少，井邑更就芜。"《山间杂作示友》："野空兵大掠，人徙寨谁联？"《赴毓之招因步城外》："常作俘人惧，江南共避兵。"《叛兵》："丁男被逐妇女悲，安得鸡鸣天即曙？"《吊古》："万里戍烟横羃篥，千村寒女废机丝。"《弃妇吟》："空房张灯妇独泣，车马皆在门前立。"《和姚休那自祭诗百二十一韵聊以述怀》："遍观烽火魂先夺，回首疮痍痛入脾。"《道半铺》："儿童生长干戈里，不信从前有太平。"皆伤乱之言，语极悲愤。在同一时期的桐城诗人中，没有人像他这样写如此之多反映战乱给人民带来痛苦的诗。

面对现实，他又感到失望和悲观。明朝虽据有残山剩水，但内斗不止，阮、马窃取权柄，排除异己，大开杀戒。他在《漫兴》中写道："双阙独沾遗老泪，千官分侍贵人车。""不是王师飞渡早，江南党祸不轻除。"在《记闻》中写道："宝刀夜吼朝须试，先试桥门太学生。"当时许多忠良之士如吴次尾、方以智、钱澄之成为追捕对象。他也曾寄希望于四镇将军，抗击南下清军，希望左良玉兴兵，能清君侧，除群奸。然而事态的发展使他希望破灭。他在《杂作》中写道：

> 分阃无如黄镇锐，师贞移赴荻江招。谁沉北固千寻锁，不上西陵六月潮。景略心犹存晋室，子山家尚在南朝。一开告密多收捕，夜夜青磷遍内桥。

> 恤纬无人不隐忧，犹将罪己诏潜收。移官修怨先翻案，定册论功尽许侯。内地止闻添禁旅，上疏空自忌江州。试看堂阜三熏沐，谁祝君王记射钩。

前一首，四镇为靖南侯黄德功忠诚可靠，心存明帝，而群奸不念国土，方以告密，收捕党人矣。后一首三、四句道尽阮、马窃柄伎俩，当日甘心北款，而必不欲左良玉率师东下，情事朗如。而左良玉中途猝死，更使马之瑛绝望。

马之瑛不得不审时度势,他已感到明朝江山不保,大势已去。他在《追感》中写道:

> 秦督潼关一失机,坐看贼骑两河飞。连营禁旅登陴散,列省援师入卫稀。宁镇貔貅堪北撤,钟陵弓剑可南依?不知国计谁相阻,空对云山恸落晖。

马之瑛借古喻今。禁旅援师,无救于宋之亡,何有于明?至撤边兵,劝南迁,无如挠阻多端,竟亡明社矣。诗声情激烈,读者欲碎唾壶,而作者民族意识亦彰彰炳然。

马之瑛毕竟是有识之士,有强烈的儒家入世思想。顺治九年(1652),大局已定,清朝统治已成定局。如果再坚持狭隘的民族气节,那就是逆时而动,背道而驰,所以他入仕事清是应该肯定的。

马之瑛的诗出唐入宋,唐音宋韵兼而有之,不名一家,自成一体。由于他关注民生,体察民情,所以诗作现实性较强,如《税谷行》《长夫叹》,以及反映他在定陶期间为政的诗篇,"寄言创制者,经久画利弊"(《税谷行》),以期"仁政当为百世守",天下太平,人民安居乐业。

摘句:五言诗:"楚人兰作珮,刘氏竹为冠。""晚砧千树月,野渡满船霜。""机云方入洛,燕许独名家。""事忘须梦补,宦薄作游看。""佳句至今传,风流委蔓草。""读《易》知忧患,伤时废啸歌。""阅尽世途难,方知交态薄。"七言诗:"处士才多皆是累,名山乱久未堪居。""从军但乐从都尉,结客争夸结健儿。""交通媪相如公相,尽护南军与北军。""景升儿子皆豚犬,黄霸功名有凤凰。""蒋生径有千竿竹,苏子文如万斛泉。""书中画马皆无尾,豆内供豚但有肩。""莺声导客寻芳草,蝶羽留人醉落花。""阮舍有人居道北,陶公何日在篱东。""交情每自穷时见,旧业翻从宦后贫。""长松如盖草为茵,微雨初晴月色新。""每以平反邀母喜,止留清白可孙贻。"

第五节　少负才磊落，以匡时济世为己任；
　　　　为诗含英咀华，有开拓万古推倒一切之概
——布衣诗人邓森广

邓森广，字柬之，号颠厓，明崇祯间贡生。少擅通材，善文工诗，下笔娓娓如悬河，尤善辞赋，意致岸然，自异诗有沉博绝丽之作，好交游，诸台交荐之，无意仕途，不就，布衣终生，年六十二卒。遗有诗文甚富。著有《呆园集》。

潘江《龙眠风雅》卷三十四："邓森广，字柬之，号颠厓，崇祯间贡生。少负才磊落，跌宕自喜，于时人罕所推让。为人重然诺，尚风义，有国士之风，急人之难，挥金如土苴，不屑也。遭时多故，慨然欲扣囊底智，以匡济自任。崇祯末，皖抚军张公亮、黄公配玄雅重其才略，竞延致之，屡膺征辟，不就。晚乃筑室北山，一意讲千秋之业，与方畿还青、李铨石逼、徐矞羽先、李雅芥须辈，以觞咏为乐，间一游制府，为之起草，非其好也。所著《呆园集》三十卷，其文则元本经术，穿穴史学；诗则含嚼《风》《骚》，浸淫三唐。龙眠多慷慨魁垒之士，若柬之者，吾目中未易数见也。年六十一卒，其义故门徒私谥为文任先生，而李芥须为之议：'虽中郎之有道，碑文夫何悉焉？'"

施闰章曰："皖桐邓先生颠崖重意气，徇然诺。其文章焕厉廉悍，风发泉涌。其所为诗含英咀华，引商刻羽。有陈同父开拓万古、推倒一时之概。先生尝坐大僚上座，主军咨帷幄，借箸草檄，多所裨益。后中丞疏荐于朝，欲强之出，卒不许。盖贤者之不可测如此。"（引自徐璈《桐旧集》卷三十《邓森广》）

《藏海诗话》："作七律，一篇必有剩语，一句必有剩字。"姚惜抱先生亦云："七言今体，句引字赊，尤贵气健。先生于此体诗，工力独擅。其对属浑成，气格苍健，首尾完好，无复剩字弱句，亦庶几义山、山谷学杜之亚也。"（引自徐璈《桐旧集》卷三十《邓森广》）

邓森广一介布衣，少有大志，以匡时救世自许，但遭时多故，虽皖抚军屡膺征辟，婉谢不就。他长期生活在民间，悉知民间百姓疾苦，兵祸加水旱灾

害,更兼酷吏搜刮,使百姓苦不堪言,"哀彼郊牧间,荒烟泣新鬼","城隍委丘墟,民命等敝屣"(《别张将军》)。"叹息海门兵变后,万家烟井几家留"(《抵皖城旧居》)。"纵兵狂掠地无皮"(《九松歌》)。"流亡绘出千家泪"(《读中丞公请蠲疏志喜》)。"石壕有吏捉人去,不敢高声泪已吞"(《赋得秋风独闭门三首》)。战乱使百姓背井离乡,而水旱灾害更使百姓雪上加霜。如《大水歌》:

> 去年此月川似涤,桔槔长河无涓滴。今年此月路漫漫,云低湿树白昼寒。不见高田长青草,但见重泉喧木杪。霹雳朝发西山巅,忽忽室内成巨川。绳床粟瓮没深水,灶冷西风火不然。老农相见问参昴,禾熟田中那得饱?呼儿亟移楼上居,已是横流浸吾庐。相劝不须悲稌腐,犹胜去年食泥土。

又《谷日》:

> 老农辨丰歉,所占在谷旦。其或忤阴阳,子妇发长叹。大有问田园,次有营婚冠。小亦办征徭,饔飧何足算?苦亢螅蝻飞,苦涝阴云乱。常言戊子虫,又云丙子旱。况复缺天仓,推测主饥馑。昨见田家儿,跂步望霄汉。破笠不覆颠,单衣不蔽骭。困穷良若此,奚堪增涂炭?漆忧马践葵,杞忧天漫漫。老夫不足云,无乃劳宵旰。

邓森广晚年生活极度困苦,"绳床冷岂嫌支石,破屋疏才得见天"(《冬怀次四松韵三首》)。"老年贫病不堪支,病浅贫深苦倍兹"。"痴顽自笑三生癖,愁病多因百事艰。为少官钱驱犊卖,兼无药直典衣还"(《遣怀四首》)。即使在灾年,官租还是要交的。"不毛只合尤时命,加税何因辨啬丰"(《纪事》)。生活环境极其险恶,"官家近日容群盗,不许田间有逸民"(《遣怀四首》)。

尽管生活贫困,但是他诗兴不减。尤值得称道的是,他对与他同时诗友的诗篇有深入研读,并有精当评价。如《论龙眠诸子诗》:

> 吾郦尚风雅,龙眠诸子始。岂不怀古英?既贵洛阳纸。前有赵中丞,赵公钺。既乃齐太史。齐公之鸾。兵部吴公檄。盛威仪,容台戴公者显。扈芳芷。元城方公大任。感哀音,胥靡其一泚。藻思发搴兰,方公

大铉。宗伯叶公灿。与之比。宗一吴公应宾。乃维摩,雾灵阮公自华。一老子。落笔轻云烟,放言振罗绮。白鹿方公孔炤。本世学,詹事方公拱乾。何清泚。简轩汪公国士。数万言,倔强或足喜。后起六七人,纷纷志遄轨。老友赵相如,赵子相如。长驱屈贾垒。范二范子世鉴。良史才,鳞一江子中龙。亦具体。振臂表中江,齐名杜与李。尔止方子文。得其神,曼公方子以智。伐其髓。至之吴子道凝。绍古歌,凤麓吴子道约。乃同匦。农父周子岐。并克咸,孙子临。羽商杂流征。坚蒨在鼾窝,方子鑯。韵言领大旨。歌行鉴在吴子德操。豪,近体方壶齐子维岳。美。方壶有难兄,翱翔烟波里。季子齐子程。更离奇,惜哉二十死。涤岑陈子焯。与田间,钱子秉镫。啸咏胥锋起。延陵好南苍,吴子日永。人琴竟绝矣。蛟台两诗雄,失志行蓬蒙。弼也方子兆弼。怒涛生,汲也方子兆及。波云委。其族推尔瞻,方子尔瞻。疾书倒侧理。蜀藻潘子江。慎推敲,尚论多臧否。风韵自芥须,李子雅。问斋陈子式。亦如此。邵村方子亨咸。兄弟良,蒸蒸庋容止。亢烈禀光生,光子廷瑞。人或诧其傀。同志执鞭弭,齐亮哉齐子亮。方里。方子里。更有王英山,王子天璧,心血呕不已。诸子胡英多?此道及笄珥。漱润纫兰工,张夫人方孟氏。茹蘖清芬矣。姚夫人方维仪。松阁励秋声,潘夫人吴坤元,自号女学士。中闺扇雅风,须眉所深耻。予也敦素惊,谁誉亦谁毁?努力振元声,自笑辽东豕。

邓森广一口气对明末清初四十多位桐城诗人的品行、诗德诗风进行了评述,简约而中肯,足显其时桐城诗才辈出,诗歌创作之繁富。明末清初战乱频仍,民不聊生。所谓文章憎命达,悲愤出诗人,悲惨的社会现实,为诗歌创作提供了丰富的题材。不平则鸣,诗人们用手中的笔书写自己心中的怨愤,所以这一时期伤时愤俗之诗尤多。诚如钱澄之在《田间集自序》中所言:"吾诗悲,非世所乐闻,其声往往激楚也……嗟乎!夫诗言志,子谓我遭遇如此,欲不悲,得乎!"而这正是诗歌价值之所在,为民而苦,为民而忧,为民而愁,为民而叹,因而使诗有深刻的社会现实意义,具有人民性。

吴孟复先生尝言:桐城有三派,即诗派、学派和文派。诗派发端最早,流衍时间最长,诗人比文人多,诗作亦最繁富,而文派在清代文名太盛,掩盖了诗派,所以诗派名不彰。桐城诗派的发展与文派不太一样。文派源于钱澄之,奠基于方苞,兴盛于刘大櫆,集大成于姚鼐,方东树死后则逐渐衰微,而在康熙末至乾隆初近三十年间,一度处于低谷,戴名世因《南山集》而被杀,孙学颜因为吕留良集作序而被杀,桐城文人焉能不怕?谈文变色,寒蝉效应,使文学创作陷入低谷,而诗派则不然。自齐之鸾开桐城诗派之先河,其发展一直顺风顺水,其间出现过几次高潮。明末清初是桐城诗歌创作第一次高潮,诗坛领军人物有钱澄之、潘江、方文等;第二次便是乾隆时期,其领袖人物乃是刘大櫆、姚范和姚鼐等人;在嘉道时期,桐城诗歌创作出现第三次高潮。其诗人之多、诗篇之繁富尤胜于以前,其尤杰出者如王灼、姚莹、方东树、刘开、姚濬昌、戴钧衡等人。尔后,如姚永概、方守彝、吴闿生等,绵延不绝。

第六节　感慨时事,悲愤激惋;泣血吟咏,流难而卒
　　　　　　——布衣诗人方授

　　方授,字子留,明崇祯末诸生。祖方大美,太仆卿。父方应乾,太学生,别号瞿庵。家世豪贵,不谙世道人情,为乡里所怨,崇祯甲戌(1634)秋,桐城民变,以方应乾及诸大族为名,聚众毁其家,子留随父母迁居江宁。自幼信佛,持斋戒杀,行避蝼蚁,门内外未尝见其疾声厉色。心地善良,又天性孝友,每见父怒,则长跪涕泣,曲为之解,词气婉顺,父亦往往怜而听之,则叩首以谢起,竟日笑语可掬。方授才敏过人,发甫燥,名动江南。父心知其异,因善视之,有胜诸子。崇祯辛巳(1641)冬,钱澄之始识方授于秋浦,一见赏叹,为之遍称诸同人。其时,方授受业于宣城唐祖,命出其所作文示钱澄之,钱澄之为点定数字,方授意惬甚,语父曰:"吾受钱先生教,盖不啻吾师也。"尝夜读杜甫《诸将五首》,感慨时事,援笔和之,悲愤激楚,为云间夏瑗公先生所赏,命令子存古与定盟焉。

崇祯甲申(1644),京师陷,方授号恸,绝粒求死,后经其母劝导后乃醒悟。其秋,党祸起,方应乾因与钱澄之等人交游,亦被罗织,重破其家,全家避去甬东。顺治乙酉(1645),南都不守,再返江宁。值乡试,方授与同学相约不赴。自此,削发长斋。作《剖心歌》,皈依天界浪和尚。有《焚余》《呼天》诸诗。其《自悼》诗曰:"遥知青草墓,花向本朝开。"《出门》诗曰:"山河若不归光武,从此飘零到白头。"《望祖墓》诗曰:"试问邵郫墓,何朝太仆坟?"语及先朝,辄涕泣呜咽,不能自已。顺治丙戌(1646),方应乾挈家返里,旧业尽荒,生计屡空,时群从中次第取科名,为之心动,强令就试,不可,杖之,无怍色,良久,呕血数升。母哭之曰:"你负伤耶?"曰:"未也。"饮以水,跪捧对父说:"儿不孝,致损大人力,敢饮斯。"父怒息乃起。方授深知父意终不可改变,遂一夜遁去,附舟东下。望见钟山孝陵痛哭失声,跃赴水,为舟人所抱持。所至赋诗凄怆,闻者无不泣下。久之,念亲老,思归,妻父凌苍舒资给之,尽购花灯海错,归以娱其父。父积怒不容见,向母叩头涕泣,不得已,复去宁波。已闻他母更举一子,喜曰:"母爱又得幼子,父必大欢,可释前怒矣!"急买舟归,父怒果解。因长跪哭谢曰:"儿不孝,远违父母,罪通于天。然业已僧矣,倘能容儿于宅左营一丈室,朝夕梵诵,以祝亲年。虽出家,犹膝下也。必欲逼儿还俗就试,终必逃,即从此永离亲闱矣。"于是听其请,使营庵。营未就,仍往宁波募助于妇翁,遂病卒于宁波。病中,别父母兄弟及诸亲友皆有诗。讣闻,远近为之痛悼。方授生于明天启丁卯(1627)六月十五日,卒于清顺治癸巳(1653)正月初七日,享年二十七岁。

桐城桂林方氏,自明初断事方法死于建文之难,其后科名不绝,历二百余年,迄甲申之变,又有方授,自称"明处士",痛国亡,悲愤得疾以死,悲夫!

潘江《龙眠风雅》卷四十二:"方授,字子留。崇祯末诸生。少与兄仪、弟藻有'灵岩三方子'之目。性沉静力学,搜今摭古,皆穿穴幽隐,掐擢入微,不屑蹈拘牵襞绩之习。其为人孝友祥顺,言温而色和,古之壹行人也。尝与予辈结文社,日角七艺。诸子皆橐笔报完,诙谐轰笑,子留独面壁沉吟,灯火青荧中犹吮毫不肯轻下。其思苦而力呠,皆此类也。国变后,飘泊江湖间,自号囦道人,攻苦食淡,铺糜不给,一似重有忧者。君子读其诗,以为多劳臣怨妇屏营吟望之思焉。既祝发从浪杖人游,屡游浙东,或歌或泣,卒流离转徙、悲困悒郁以死,年才二十有七。所著诗有《三奔浙江草》《浙游四集》《秦川草》诸集。如《遣愁》诗'寒与梅花同不睡,闷寻鹦鹉说无聊';《拈韵》诗'灵运才思归古佛,宾王诗句老孤僧';《答友》诗'诗多海内风尘泪,衣带长安秋雨泥';《即事》诗'我望吴卿惟骂贼,人谈诸葛不知兵';《元日》诗'惯经饥渴长斋易,转觉牢骚禁酒难';《怀陆春明》诗'五男独让千金剑,一水分藏万卷书';《怀闻鸡五子》诗'鸡亦不知人去尽,数声犹报五更残'。皆凄惋不忍竟读,至其《夜悲歌》二十七首,一字一泪,直与《铁函》并传。后有杜伯原其人,当入之《遗民录》中,非兹集所能备载也。"

王士禛《居易录》:"子留,明末诸生,工诗。甲申之后焚弃笔砚。其父强之试,不可,逃之四明山中,结茅采橡,间为吟咏,流入人间,时谓'真隐'。"

方畿《哭弟子留》诗:"蜕骨惊闻返道山,僧衣犹染泪痕斑。难将此世留卿住,空说慈亲望尔还。宝剑有声沉碧海,风花舞影化朱颜。文星自合归天上,所恨池塘宿草删。"

方文《哭明囦子留》:"圣代遗民本不多,频年锋镝又销磨。衰宗尚剩农兼圃,至性同归笠与蓑。只道阳春回律管,岂知长夜闭烟萝。瑶华且被霜风折,冉冉孤根奈若何?"

方授生于战乱,死于忧患,一生中在忧愁悲苦中度过。短暂的人生,却经受了无穷的苦难。他少年才俊,诗名于时。虽青春年少,却与里中贤哲名流如方文、钱澄之、潘江、李雅、方畿、左光先、左国材、左国棅等人过从甚密,互相酬唱。但他的诗大抵是和泪拌血而成,写悲、写忧、写愁、写苦,其词悲苦,其调消沉,读之令人心酸垂泪。孔孟之儒学,宋之理学成就了他的气节,养育了他的仁爱之心。明京师陷落,他才十七岁,毅然绝食求死,不果,反又投江,又被舟人抱持。他对友人说:"某自国变以来,日日求死,而卒不死,以有亲在也。今老亲方倚闾,而浪子没齿天外,益恨从前之未死矣。"他违抗父命,拒绝乡试,不愿为清朝官员,其气节何其强烈坚毅。而其仁爱之心,使他对受苦受

难的民众充满了无限的同情,写了许多反映民众疾苦的诗篇,如《牵儿衣》:

> 牵儿衣,执儿手,卖儿天涯牛马走。不及黄泉得见否?嘱儿悲啼勿在口。有儿可易米一斗,即此已报汝父母。只恐食尽米一斗,无儿可卖又卖妇。

其言之惨痛,不堪卒读。凶年饥岁,卖儿卖女,触目伤心。此景逼真,固不觉写来,沉挚如此。又如《忍饥行》:

> 出门乞食不顾归,出门无食当忍饥。米贵囊空游远道,相对莫劝加餐好。小舟遥望惠山颠,惠山卖酒又卖泉。无钱尚难饮其水,沽酒之事长已矣。舟中只余米数升,炊米作饭饱未能。饱既未能饥亦可,首阳高人已先我。

又如《赈饥粥》:

> 官今寺院冬煮粥,聊充三日饥民腹。扶亲抱子或携妻,我悲欲绘图一幅。绘此图,亦何为?民虽饥,当告谁?于今不饥之人总不知。君不见,黄堂夜夜罗歌舞,赈饥粥米民间取。自谓能拔饥民苦,刻石收之《德政谱》。又不见,入寺空言慈若父,登堂苛政猛于虎。

又如《途中妇》:

> 途中妇,哭失声。自言妾住慈溪县,偶然乞食到府城。阿夫五日不相见,不知何地去谋生。大儿种痘家里卧,小儿饥渴牵裳行。急欲归去问生死,桓桓新设守城兵。城禁妇女不得出,何人为诉流民情?吁嗟呼!人生骨肉须一处,饥来乞食能相助。见此妇人我心伤,明日城门用钱使尔去。

诗境真实,诗情悲伤。一边是"扶亲抱子或携妻""赈饥粥米民间取",一边是"黄堂夜夜罗歌舞""登堂苛政猛于虎",再现了杜甫"朱门酒肉臭,路有冻死骨"的悲凄怆景。方授晤之于目,注之于心,赋之于诗,对于那些自谓能拔饥民于苦,刻石收之《德政谱》的伪君子、假面人,予以揭露和挞伐,揭穿他们

"赈饥粥米民间取"的伪善伎俩。他的《夜悲歌》二十七首,一字一泪,如诉如泣,绘出二十七幅难民图,惨不忍睹。他直面现实,秉笔而书,为民众代言,使诗更富有人民性和社会性,这是十分难得的。

他的咏史诗也写得深刻,耐人深思。如《咏史》:

> 剑学杀荆卿,筑声死渐离。如何博浪沙,又虚子房椎?呜呼嬴秦天,一醉六国危。诗书烧欲尽,火发咸阳迟。坑卒已不仁,何如坑儒时?我读秦汉书,太息千里骓。

坑卒坑儒,两皆秦王事,此秦之所以为暴也。作者所叹息的岂仅仅是"千里骓"?或还有微言呢?耐人寻味。

第七节　周农父有匡时济世之志而厄于遇,无奈诗酒人生 祝山如淡于仕进而终身执教,堪称一代名师
——周岐与祝祺

周岐,字农父,号需庵,明崇祯间贡生。官河南开封推官,有《执宜集》。《明史·史可法传》:"崇祯十七年,遵义知府何刚于正月入都,上书言练兵事,因荐钱塘进士姚素允、桐城诸生周岐,帝壮其言。"朱彝尊《静志居诗话》:"复社诸君多以文章经济自负,韵语不甚究心。若桐城之方密之、钱幼光、周农父、孙武公、华亭之陈卧子、长洲之陈玉立、吴江之吴日生、昆山之顾宁人,是嫱《群雅》而继《国风》者欤?农父召入京师,即上书宰相,言时政得失。冯公邺仙荐参宣大军,随授开封推官,参陈元倩军,复以按金事衔参史公道邻军。识者比之陈琳、阮瑀。其诗雄奋,亚于密之、幼光。"

李雯《序执宜集》曰:"余郡多文人,而所弗若于桐者三:有师法一也,尚实学二也,亲阅历三也。三者在近今,农父为最。农父为人温厚直重,居前使人轩,居后使人轾。其学长于经术,济于兵农,博于纬数,周于人物。其为诗根柢乎汉魏,条颖乎六代,茂成乎初、盛唐,其情深,其才达,非徒以形垺者。"

方孔炤《序》曰:"周子农父秉无师之知,励好古之勇,年弱冠,取集《曾子》一书,更注《孝经》,佩而诵之。其意自怜藐孤也,志固卓矣。近年群览益富,所撰诗文盈数十万言。殆将与古之儒行才人同轨并源,以辅助鸿运。其于治乱之际,穷达之交,洵有本矣。"

潘江《龙眠风雅》卷三十七:"周岐,字农父,号需庵。崇祯朝以明经贡入京师,屡上书宰相,言时政得失。大司马冯公元飙特疏荐之,即参宣督孙少司马军事,以功优叙,随授河南开封府推官,监直指陈公潜夫军。相国史公开阃淮扬,又以佥事职衔题参军务。国变,归里,以所居舍旁余址筑土室,啸咏其中。溧阳陈相国欲授以官,不应。河漕中丞及江、粤诸幕府争延聘为上客,雅非本怀,竟谢病归。足不履城市,终于土室。公少孤,事嫡母以孝闻,博览坟籍,抉精敚华,结童时即知名当世,与同里方文尔止、吴道凝子远、方以智密之、孙临克咸,以博雅好奇闻于四方。江左诸士冠盖歙集,饮酒赋酒,必推公上座。所著有《执宜集》《烬余稿》《孝经外传》行世。"

徐璈据《明诗综》选评曰:"先生晚又参杨龙友军,死于浙右。与潘先生所述微异,殆传闻之讹欤?"周岐在《咏怀》一诗中写道:"忆昔少年时,尚志记诗书。十三工词赋,浩气凌太虚。十五治《六经》,耕莸忘菑畬。管葛未足愿,宁复计其余?奄忽二十年,被褐守田庐。开轩望四野,徙倚步徐徐。伤哉富春老,白发钓溪鱼。"由此看来,潘江所言是可信的。

周岐饱读诗书,学识渊博,有积极入世的愿望。有强烈的忧患意识,且有治乱之才,希望为国效力。明季时局混乱,吏治腐败,民生凋敝,他忧心忡忡,深知朝政已病入骨髓,不可救药。他官微言轻,即使有良言善策,也不会被采纳,对大厦将倾之危局,他不能力挽狂澜于既倒,他选择了回避,多次拒绝延聘,谢病归故里,安居土室,把忧愁愤慨寓于诗中。如他在《官兵行》中写道:

贼近苦贼来,贼至恐贼去。贼来避有时,贼去官兵住。官兵畏贼如虎狼,但行贼后势莫当。鸣钲击鼓入村里,马索刍豆人索粮。不择豚与鸡,更驱牛与羊。倾瓮倒康缶,堕壁掘余藏。官兵得物喜,民家失物悲。语君且勿悲,官兵醉后势难支。东家少妇已沟渎,西家女儿终夜啼。但得饱掠速飏去,犹能老弱共铺糜。传道贼兵去已远,官兵晓起催朝饭。大车捆载小车盈,路捉行人递输辀。行途余勇纵复横,怒指乡屯是贼营。杀得丁男掳丁女,扬旌奏凯告功成。

直叙其事,触目惊心,惨不忍睹。明季养兵害民,其祸甚于"贼"(指农民起义),民不聊生,苦不堪言。作者忧悲愤懑之情充满字里行间,足见诗人之心情何其沉痛。

录《塞下曲》:"九月繁霜木叶稀,惊风千里乱沙飞。将军赤兔金为勒,戍卒黄龙铁作衣。横角夜吹闻四野,长戈朝试解重围。关山多少征人泪,不及孤鸿天外归。"

祝祺,字山如,清顺治初诸生,有《山如诗集》行世。《郡志》:"祺博学工诗,淳厚和雅,下笔淋漓,卓荦自异。"

潘江《龙眠风雅》卷五十六:"祝祺,字山如。学殖宏富,早负文名,久困童子科不售。顺治乙酉,年三十有八,始补诸生第一,时论允惬,而犹嗛其遇之迟也。会开科取士之初,四方行卷胫翼罕通,山如辄出其宿构,蒙他人姓字流布国门,选家竞采掇之,奉为风气鹄的。其文春容大雅,虽新贵名流或不逮也。既又刊其《小题雅宗》行世。艺林购致,以为先辈神品,在庆历诸名家之间,沾丐后学,不可胜纪。屡蹭场屋,则下键著述,馨馆修鬻书数千卷,标识眉额,手自点定。所居老屋数椽,竹厨土锉,古梅一株,高梧数挺。左图右史,旁列古鼎彝。吐纳风流,居然名士。生徒从游者众,至僦舍以资讲肆焉。所镌《朴巢诗前后集》,博奥萧远,有张文昌、王仲初之风。晚著《竹窗迁话》,有功世道,未卒业而没。予为诗哭之,有云'断酒太严终不免,著书将竟惜犹残',盖为此也。其诗美弗胜收,因有专集单行,故割爱不少,宁录其未刻者。"

姚龚湖《无异堂集·山如诗序》:"祝子山如尝与余言诗,因吟《凤凰集·南岳》:'徘徊孤竹根,岂不尝辛苦?羞与黄雀群,其以朴巢名。'可以观其志矣。祝子十年来萧然一枝,舟未过秣陵,马未逾梁苑。而余往来于燕、赵、吴、楚之间数千里,士大夫与余交者,即讯龙眠祝山如。吾乡多能诗而不好名,若祝子未尝求名,而名固及之矣。"

姚文焱《序》曰:"山如处阛阓中,而门庭萧寂,精舍不数椽,图史而外,怡情花竹。家本贫,得钱即偿书肆。匿名迹,远权势,以朴巢名其居,用意深远矣。其所为诗,怀古凭吊诸作,有黍离麦秀之感焉;往还赠答之章,有河梁停云之意焉;讽刺劝诫之作,有谷风巷伯之遗焉。余尝爱四溟山人《诗说》,有云'意随笔生,入手神化,因字得句,句由韵成。若接竹引泉,而潺湲之声在耳;登城望海,而浩荡之色在目'。观山如之诗,其近之矣。"

马敬思《序》曰:"山如尝云:'吾辈为诗,如美人织缣,可玄可黄而不可浼以油腻;高士烹茶,可泉可雪,而不可杂以香尘。'平昔持论如此,宜其诗之离群而绝俗也。"

张英《序》曰:"吾师朴巢先生集癸未以来诗,凡八卷。某尝从先生游,窃有窥先生之志矣。癸甲之交,先生方避乱白门,四方诸名士鹄立,无不推先生为骚坛盟主。尔时先生方志在豪放,故其为诗,云绮霞丽,艳绝一时。其后兵革频仍,大江南北委诸草莱,尔时先生方志在忧惘,其诗如建康猛虎,诸行至今读之不啻与花门鼓衙,同一唏嘘也。年来闭门息静,一樽一琴,一蕉一桐,庭径萧然,绿阴啼鸟,先生于其中颓然自放。尔时志在隐退,其诗亦淡以幽,玄以隽,合而传之,固当与陶、白、李、杜诸君子先后同工也。"

倪荫南《题山如集》曰:"吾乡诗人何累累,凤跃龙翔不一体。近日流风宗乐天,往时沉郁追子美。朴巢工诗三十年,伐毛剔髓求精诣。有时朴挚任天真,有时勃窣恣玄理。香山浣花看后来,掷地金石满人耳。"

祝祺一生读书、教书、著书。他不慕权势,不求入仕,对世事时局不甚关切。他善讲解,教学有方,诲人不倦,乐此不疲,从游者众,门生弟子成为达官名流甚多。他很少外出远游,交游不广。但友朋弟子传抄他的诗作,流布大江南北,声名远播。祝祺的人生道路与周岐有很大的不同,诗的风格亦迥然有别。周岐才雄笔健,意气风发,其诗大气磅礴,有金戈铁马之概;凌厉无前,有气吐万里之势,掷地有戛戛金石声。祝祺的诗因时而变,有时奇丽艳绝,有时如猛虎出山,而国变后,归于淡幽自然,平和隽永。回故里闭门隐居,淡于名利，心态平和，生活平静而安逸，教学而外，怡情花竹，意兴所至，笔墨随之，吟咏自得，语言清丽，自然亲切，极其天趣，读之令人春风入怀，有合于古之温柔敦厚之旨。

录《送王钟豫还里》："梅雨霏霏江路寒，休嗟行路此时难。溪南水活鱼儿出，正好归家把钓竿。"徐璈评曰："如此劝归，极其天趣。"诚哉斯言。

又录《田家乐》："东川流水绕西川，布谷声中人种田。白首村翁门外坐，看儿树上戏秋千。"诗如画，景真，情真，真可谓"自然而新，自然而丽"也。置之于陶渊明、白居易集中亦为佳作。

第三章　桐城诗派之崛起

第一节　李士雅落笔奇气横九秋，长歌短句凌风骚
　　　　姚士晋志介行方，隽才卓识，为诗独出机杼，纵横奇肆
——布衣诗人李雅与姚康

李雅，字士雅，号芥须，又号草窗道人。五岁入塾受章句，聪慧好学，于书无所不读。明崇祯末贡生，官教谕。潘江《龙眠风雅续编》卷十五："李雅，字士雅，别号芥须。高祖熙台公春登景泰庚午乡榜，官至侍御。先生少岐嶷，有文名，里中士大夫争游扬恐后。数奇，辄不得志于有司，司空雷介公延主家塾课子弟。甲申、乙酉之间，方闻庵观察出守粤之高州，强与之偕。以寓客应童子试，为督学林公非斋所特赏，补博士弟子，即用拔贡生署江西崇义县教谕。抢攘中，讲学明道，人士捧盘匜事之惟谨。以兵戈道梗，旋弃官挈妻子归，至望江，妻子相继殁。司徒严端溪公闻其贤，敦请为子弟师。续娶广陵一女子，既又娶白门彭氏女，集中有忆彭姬诗是也。又受知于六安徐莘叟太史，讲堂记室，礼以宾师，尝挟之遨游吴、越间，所至辄倾其坐客。晚乃依其女，筑东皋草堂居焉。先生性不谐俗，村居雅非所乐，日步屧入城市，与故旧门生相唱

酬。或疑先生数弃伉偶,有唐诗人崔颢之累,潘子闻而辨之曰:先生岂得已哉! 贫婆依人,进止不能自主,每欲买舟迎致,而囊箧萧然,或卜筶,又以他故不果,观集中故剑之思、遗挂之痛,略可想见。所著诗、古文甚富,同人为醵资,梓其《白描斋文集》什之一二。诗则未有刊本,闻先生手录五大帙,自加丹铅,今索之婿女家不可得矣。嗟乎! 韩昌黎潮海之文,尚待表章于李汉;杨子幼豆萁之句,不闻胠箧于马迁,彼其之子亦独何心欤? 先生尝自言一日行饭,近村有塾师袖诗来贽,视之,则先生十年前旧句也,笑而谢之,因为诗曰:'手批向秀笺《庄子》,亲见齐丘窃《化书》。'呜呼! 今人皆匿先生诗不出,思掩为己有,是何齐丘之多也! 予有事斯选,逢人广搜,不避劳勤。赖石子汉昭、李子士谓、程子伟昭、曾子亦传、吴子超麓、齐子大齐各出所缮录倾筒见授。汉昭,先生之侯芭也,首倡捐金欤助镂板,其古处尤不可及。先生无子,初以外孙为之后,既又以兄子奕丰嗣焉。卒年八十有二。卒之前数目月,丐予河墅一抔土,已诺之矣,复扶杖来草堂长跽不起,以速葬为请,予与西渠先生从臾之。而先生在日,已预砻碑一通,属予与西渠题之曰'东皋李芥须之墓',其亦闻赵岐、司空图之风而起者耶?"民间传言:李雅写完五大本诗作后,一日晚上,有蒙面人提金数百两,袖利刃一柄,对李雅说:银两算是给先生的润笔费,五本诗稿归我。若不从,利刃染先生血。李雅无奈,说:银两我不要,你拿回去,算是以后刊诗的费用。闭目无语。蒙面人劫稿而去。所幸李雅在桐城诗坛享有盛誉,诗作往往被友人传抄,所以潘江编《龙眠风雅》时,逢人广搜,得数百首,然只是李雅诗作的十之二三而已。

《郡志》:"士雅胸次磊落,喜游览名胜,为诗文沉酣宏肆。张相国英谓为启匣之剑、映日之珠,其光芒不可掩云。"

方奕于《吹箫诗集序》:"友人李芥须论诗四十年,散佚者什之八,收拾余篇,曰《吹箫集》。余尝论诗,以幽清缥缈、翛然有余韵、要眇而悠扬者,为诗家之极则。其嚄呓磅礴者次之。盖诗之为物,类空灵窈窕,高人逸士之所彷徨而寄托,其凄切动人、袅娜游扬不自知者,性情之原,神明之器也。若芥须之诗,其近之矣。"又,《草窗道人扶鸠序》:"芥须别号'草窗道人',盖取周子'窗前草不除'之意也。芥须读书鹪鹩庵,每与余兄弟唱酬风雅,扬摧古今。其游踪所至,如都门、吴门、皋陶城之间,往往有金石咏歌声,其笔墨所表异如神龙舒卷于云霓中,不见其首尾。"

张英《存诚堂诗集》卷三《东皋草堂诗》:"我闻李先生,自辟东皋堂。衰年托亲戚,茸屋农家傍。君昔在岭南,橐笔走战场。归来卧一丘,不复耽旧狂。怜君不偶俗,君本无俗肠。诗味比孟浩,文字摹蒙庄。性复嗜孤洁,安可居农乡。左厢栖鸡豚,右厢鸣糟床。念此虽纷纷,无机迹易忘。较之城市中,此景翻为良。春窗好风雨,拭几焚清香。自起汲新泉,茗碗翻旗枪。东郊正膏沃,北山还苍茫。驱犊过浅水,捕鱼来石梁。二三老诗人,时时索报章。有客来叩扉,自谓老圃忙。荷锄那肯顾,种树须春阳。悠悠世俗情,谁与之等量。"

张英《存诚堂诗集》卷三《东皋篇寄李芥须》:"吾里自昔多诗豪,澹荡磊落推东皋。平生嗜洁老成癖,等闲若浼嫌吾曹。天才排宕兼众妙,长歌短句凌《风》《骚》。净如好女对明镜,壮如碧海奔洪涛。秀如靡天阆州石,快如剪水并州刀。落笔奇气横九秋,俯视侪辈声啾嘈。壮年足迹东南遍,十指天际舒彩毫。琼海珠江归去来,功名敝屣轻鸿毛。一卧东皋今老矣,酒肠诗兴空绨袍。拍手犹令四座惊,萧疏短发时频搔。日坐柴门望老友,瓦盆为客开新醪。卧我小亭辄信宿,七载不见思郁陶。欲谢风尘息倦翮,明年秋水乘轻舠。愿君善饭使君健,相对剧饮双持螯。"

方启曾《赠李芥须》:"不见李生久,贤星偶应占。迹疑儒侠并,行欲惠夷兼。笔健花常灿,诗成律渐严。为予勤说项,过量倘增嫌。"

邓森广《呆园集·怀芥须》:"江北推才子,龙眠李芥须。三经席上客,五岳梦中图。侠骨看飞剑,哀歌击唾壶。许多乌律操,不分是桑榆。"

李雅十分关心桐城文学作品的保护和流传。他与好友何存斋不顾辛劳,多番搜集,编辑《龙眠古文》一集,全书收录了明清时期一百多位桐城作家,共三百零五篇古文。此书可谓是桐城文派第一块基石。他说:其家藏吾乡诸前辈文集数十种,今按目而稽,亦不得十之二三矣。由此可以想见桐城的文学作品数量在明末清初已相当可观。徐璈在《桐旧集》卷二十九《李雅》中道:

"龙眠古文犹幸有传本,其版已毁。岁癸巳,余因与吴星槎、马元伯、朱芥生诸君鸠资重镂,仍俟异日续成二集,以继李、何二先生之夙志焉。"

李雅一介布衣,家徒四壁,但没有妨碍他出游。他遨游四方,"岭海归后妻儿亡,南走金陵北渔阳。又出居庸至上谷,间关历尽还维扬"。"但返桐山又无家,徒望青天泪如织"(《无家叹》)。他在《乞米行》序言中言及家贫之状,断炊而不得不向友人乞米,读之令人感慨万千。但他为人坦荡磊落,襟怀坦白,不以贫困累其心,得江山之助,走笔山川,濡毫染翰,华章迭出,读之使人"有似江峰涌秋翠,又似岭南擘荔枝。陈言去已尽,老气横无边。风雅一席谁先后,汉魏三唐相缠绵"(《读杨嘉树寄园诗》)。又似"但觉天空云净水落石出风浩浩,又似鼓棹东过钱塘江,骑驴直走山阴道"(《潘蜀藻寄余徐兖草一本快读竟日遥有此寄》)。仿佛与之同游。"清声宛转彻云霞"(《绕梁歌呈徐太史》),诵其长篇,吟其短句,兴味无穷,美不胜收。

其短章佳句纷呈,清新可诵。如"才依野径芙蓉外,又隔寒塘枫树西"(《秋郊鬼》)。"杏花十五里,鸟语一千重"(《刘超宗深庄》)。"绿草封诗骨,青苔掩石碑"(《放鹤亭拜林处士墓》)。"依约横山麓,飘飚覆水湄"(《咏柳赠张梦敦》)。"相逢桃叶渡,即问杏花村"(《南郊看杏花怀田公北园》)。"沙明连野气,湖渺接江声"(《远峰亭春望示梦敦》)。诗境如画,诗情似酒,句丽字洁,令人悦目心怡。

李雅云游四方,阅历丰富,体察世俗民情,对百姓苦难,视之于目,注之于心,赋之于诗。如《旱》:

皇天久不雨,亢阳过三旬。坐此团瓢中,暑气如熏蒸。有客自外来,备言田间形。穄秠成荒草,池塘坼龟文。纵有桔槔力,其如湖水深。湖水不近田,远睇空盈盈。农夫心未了,夜仰明河明。乌猪尚投河,晚谷沾秋霖。胡然朝抵暮,万里无纤云?斑鸠啼高树,不见天色阴。玄驹穿孔道,只助天光晴。农夫始绝望,号咷泪沾襟。欲炊盘无米,破灶空烟尘。大人饥无言,小儿啼莫禁。眼见登鬼录,泉路奔前程。我闻客是言,双泪亦涔涔。为改陶杜诗,临风一悲吟。

平畴交风火,良苗不怀新。好雨昧时节,当秋不发生。未审我东皋,风雨可停匀。爰赋《归去来》,草堂持一尊。

姚康,原名士晋,字康伯,号休那,明万历末诸生。生于明万历戊寅(1578),卒于清顺治癸巳(1653),享年七十六岁。姚康生时,史可法预题墓碑曰:"明读书人姚康之墓。"

姚康幼弱不禁风,善病,八岁开始授书,聪颖好学,专精经史。有隽才卓识,而屈于场屋。为里中吴宗一、何如宠赏识。钱澄之《太白剑集序》:"吾乡先哲,有高世之行,旷绝之才,淹雅蕴藉而名不出于闾里者,曰姚休那先生。先生生长盛明,讫于末造,行年七十余,于名利泊如也。所著书甚多,脱稿而已,未尝编比成集,以期传世;往往散佚,为里人所收录,亦不成帙。平生酷好史学,自言:小时塾师授以经则寐然睡,及窃读史,则意兴踊跃,读至数十百行,皆能贯通。故其于史,凡人所略视不省者,独加详焉;人所共以为然者,独不谓然。"正因为他专精于史,有卓识远见,能洞察时势。何如宠被朝廷召起,他知时不可为,作《卧猿诗》以劝讽,何如宠遂称病不赴。潘江《龙眠风雅》卷二十六:"姚康,原名士晋,字康伯,万历末诸生。弱不好弄,专精经史,雅为吴宫谕宗一先生、何相国文端公所重。以天下多故,不求仕进,肆力诗、赋、古文辞,自出垆鞴,不蹈昔人畦径。崇祯中,有以贤良方正举者,谢不就。史相国抚皖时,单骑造访,延为记室,飞书走檄,皆出其手,而绝不干以私。生平重行谊,慎廉隅,诸当道争以礼币敦聘,不可得也。晚岁益苦贫,与左侍御三山公研究禅乘,往还扣击,所著有《安危注》《借红亭本草》《筹债堂稿》《宋史改本》《江淮小草》《掌慧轩集》,仅《太白剑》二卷行于世。先生没已十余年,方绣山民部复序其《货殖传论》而梓行之。"

姚鼐《姚休那先生墓表》:"休那先生之先世,自婺源迁桐城白苓里,是为白苓姚氏。居九世曰一邃,为诸生而早卒……士晋后改名康而字休那焉,为明诸生。有隽才高识,而屈于场屋,里中何文端延之入都。文端为吴江周忠愍宗建墓志,为世称。其文史家今据以为传,出先生手也。文端告归后数年,被召,又邀先生同行,先生知世不可为,尝题《卧猿诗》以讽之,文端遂称病而反。先生后入史相国幕中,故史公檄文,多为世称。然先生旋归里,得免扬州之难。改革之后,屏居田野,郁邑悲伤,作《忍死录》,以记其家自曾祖以下四世事,其言最悲痛。平生文字,为人作与自为者相半。"

方以智《货殖传题词》:"休那先生平淡寡营,为人狷而狂,能自遣而不傲于物。何芝岳相国极重之,然一无所干,时时读书,偶有所著,发词俶逖。先祖廷尉公亦时称之,爱其人也。"

吴道轼《姚休那寿序》:"休那志介行方,何相国贤而慕之,兵宪史公敦古谊,初枉就见,不得见焉。"

吴德旋《闻见录》:"姚休那有隽才卓识,何相国如宠为吴江《周忠愍墓志》为世称诵,出休那手。后入史忠正幕中,代史公为檄文,亦多为世所称,有《评货殖传》《黄巢传》刊行于世。"

《郡志》:"康为诗独出机杼,不袭三唐;古文辞纵横奇肆,汪汪千顷。所慕效尤在弇州,故诗有'弇州梦断见吾衰'之句。"

姚康生活在明清更迭之际,战乱频仍,百姓流离失所,民不聊生。他一生历经磨难,晚岁贫病交加,苦不堪言。他七十初度时,友人吴汝为于濡须之铁山,约友朋置酒宴请他,甚欢。他在《自寿》长诗序言中写道:"客之欢,终不足以释予之悲,故有是诗。"他感叹:"独大运之倾,始于名场,最予所深痛。虽足迹遍四方,而姓字不出一室,槁死草间,于予自足……客之欢,不足以释予悲,乃予言之悲,遂足以尽予心之悲乎? 予虽未死,其去死亦复能几时? 儿辈皆失学,不能言,不知青蝇之外,有吊我者何人? 予心之悲,不尽于予言,而或得尽于不知何人之言,即又代予言矣!"可见其内心深处何其悲痛,故借友人庆贺他七十初度时,写长诗以自遣心中之幽恨。

诗如其人。姚康的诗写人记事咏史,都散发出一股悲凄忧郁的气氛,亦流露出明亡之伤痛,是他心境的反映。不平则鸣。诗中频频出现"幽恨""吞声""苦悲""贫病"之类的词语,由此可见一斑。如"万事伤心叠叠来,刚肠百炼恰成灰。月缺花残都是泪,酒阑人散便兴哀"(《妄死歌》)。"更无天可问,只有死堪祈"(《清明后至弟墓》)。"独酌不成醉,独吟恒苦悲"(《独酌》)。"半生多病半生贫,妆点风流一种人"(《答幻度先生》)。他的诗反映了内心的悲痛,也反映了封建社会下层知识分子的不幸遭遇,一定程度上折射了社会的冷酷现实。

从艺术风格上看,他的诗独抒机杼,自成一家。如《寄方尔止》:"人事天心总乱丝,高阳犹自酒成池。醉中竟失雷惊耳,别后频经火到眉。避世贫无三窟想,借君读补七分诗。凭将此意留公案,尚似旗亭贳酒时。"兀傲之气,喷薄纸上。《金山即事》:"秋风残暑未全消,望里烟波咫尺遥。北固山回常带郭,东来江阔更迎潮。千寻倒影楼台动,一抹苍烟淑浦摇。落日空廊凉吹满,暂辞尘上对清霄。"三、四句对属,精切变化;五、六句写景,诗中有画。结语二句,借景抒情。《咏史中丞》:"猎猎朱旗映紫岚,剑光十里雪霜含。中丞真有浑身胆,父老时为陨涕谈。马上几年无洗沐,鹰扬一面护东南。袈裟浮渡犹关梦,暇整应知自老昙。*浮山尝有魔事,赖公而靖。*""陨涕谈"寓意极为深刻,既有对史可法"浑身胆"的敬佩和颂扬,为他殉难而"陨涕",又有为明朝的灭亡伤痛而"陨涕"。

第二节　方南董诗跌宕淋漓,雄浑悲壮
　　　　　吴汤日诗格高调雅,情韵悠长
——布衣诗人方仲舒与清白吏诗人吴道新

方仲舒,字南董,号逸巢,清康熙间国子监生,有《逸巢焚余稿》。父方帜,字汉树,号马溪,以岁贡生为芜湖县学训导,选兴化县学教谕。子方苞,官至侍郎,为桐城文派创始人。

方仲舒以明遗老自命,民族意识较强,对儿子方舟、方苞影响颇深。他不愿事新朝,不入仕途,与里中好友方文、钱澄之,黄岗杜濬游。诸先生皆耆旧,名满天下,当世名贵人立声誉者,皆延颈索交,而以诗相得,降行辈而为友,亦

足见方仲舒诗誉之隆。平日,方仲舒游于酒人,日与山农野老往来酣嬉,不计生产,因此窭艰,衣无着,日不再食,不以为意,其精神专注于诗。戴名世撰《传》曰:"先生少好老庄之书,性豁然,无拘碍。成童时,即好言诗,与酒人徜徉山水间,坐此甚困约。宗老盦山及杜于皇、钱饮光皆造门,降行辈与之交。时于皇、盦山以诗名四方,诸公贵人争敬事之。每劝先生少自通以资生计。先生曰:'公无累我,使以诗为禽犊。'先生与人无町畦,独不喜见名贵人"(引自徐璈《桐旧集》卷二《方仲舒》)。方苞在《跋先君子遗诗》中说:"先君子自成童,即弃时文之学,而好言诗。少时耕牧枞阳黄华,有《江上初集》;既而迁于六合,有《棠村集》;康熙甲寅还金陵旧居,有《爱庐集》;庚午后有《渐律草》;辛巳后有《卦初草》,计三千首有奇。"扬州人邓孝威尝于杜濬处见方仲舒诗,大为赞赏,编入《诗观》二集,方仲舒得知,一再致信,必毁所刻而后止。晚岁方苞请录诸集付梓,他不许,说:"凡文章如候虫时鸟,当其时不能自已耳。百世千秋之后,虽韩、杜作者,以为出于其时不知谁何之人,独有辨乎?且谚曰:人怕名,豕惧壮。尔其戒哉。"其淡名惧名如此。方仲舒死后四年,方苞因《南山集》案发,牵连被逮,下江宁县狱。制府命有司夜半搜查书籍,江宁县令蔡某夕至,谕婢仆"凡写本皆杂烧",而方仲舒诸诗集无遗尽毁。《南山集》案殃及岂止方仲舒之诗?后来方仲舒女婿曾退谷凭记忆口述五言律诗五百六十三首,断句二百四十五联;又于里人箧藏壁揭者各体九十八首。方仲舒无他好,与酒为伴,与诗为侣。"检诗惊岁月,得酒忘饔飧"(《初夏漫兴》)。孟子曰:"诵其诗,读其书,不知其人可乎?"诗如其人,读方仲舒诗便足见其人。

方仲舒诗作繁夥,享有盛名,其对诗歌创作体会颇深。戴名世在《方逸巢先生诗序》中说:

> 吾尝侍先生侧,窃闻先生之论诗矣。先生曰:"诗之为道,无异于文章之事也。今夫能文者,必读书之深而后见道也明,取材也富,其于事变乃知之也悉,其于情伪乃察之也周,而后举笔为文,有以牢笼物态而包孕古今。诗之为道,亦若是而已矣。吾未见夫读书者之不能为诗也,吾未见夫不读书者之能为诗也。世之人不于读书之中

求诗,而第于诗中求诗,其诗岂能工哉?"盖先生之论诗者如此。吾与先生二子过从甚密,见先生时时手一编不置。六经三史,不开卷而尽能举其辞,此先生之诗之所自出也。然则先生之诗固以为文之道之,是即先生之文也。其所以教二子之为文者,即以己之所以学诗者教之而已矣。而二子之禀承家法,悉得先生之诗学以为文,其所为跌宕淋漓,雄浑悲壮者,犹之先生之诗也……世之学为文学为诗者,举未有能读书者也。不读书而乾坤或几乎息,其荒芜榛莽而不可救者,又岂独诗与文为然哉!

方仲舒为谦谦君子,又有遗民之怨思。他的诗重在咏性情,读之有益于人伦道德,使人为善。其诗跌宕多姿,雄浑淋漓,慷慨悲壮,有古诗人之风。方苞在《徐司空诗集序》中说:"诗之用,主于吟咏性情,而其效足以厚人伦,美教化。"否则虽"穷极工丽,清扬幽眇",而"非性情之正,导欲增悲,而不足以感动人之善心",不合诗之本义。方苞强调诗的教化作用在于厚人伦。方仲舒的诗或近之。他的诗大抵反映父子、夫妇、昆弟、朋友之情和山水、园林、宴饮之乐,流连悱恻,悠然自乐,不触及时局世事,与世无涉,与人无争,淡定人生,"百年驹隙事,安稳即承欢"(《示子》)。"病里得禅悦,醉中忘世情"(《病中萦河过访信宿东斋》)。当然生活不可能平静如水,亦有风起浪涌之时,"去住虚无里,升沉忧患中"(《人生》)。免不了长吁短叹,感慨悲凄,这也是情理之中的事。

吴道新,字汤日,号无斋,晚自号旧山隐者。河南布政使吴一介第九孙。明天启丁卯(1627)举人,官至工部主事,有《潜德居诗集》。

潘江《龙眠风雅续集》卷四:"吴道新,字汤日,号无斋。方伯菲庵公第九孙。少工文藻,领袖词坛。天启丁卯,年才二十六,举于乡,才华誉望为一时翘楚,咸以公辅期之。屡上春官不第,家贫世乱,乞毡代负米。初司教句容,丁内艰,服阕,补泰兴,倡教作人,两邑至今思之。以直指疏荐,擢国子监助教,转工部司务,旋授都水司主事。甲申国变,被执不屈。寻得间,徒步逃归,

④ 白槎:即白茶。
⑤ 瀄(yì):水急流。
⑥ 甲申:即光绪十年(1884)。
⑦ 葺(qì):修缮房屋。中复堂:姚莹故居。
⑧ 仲见:即姚永朴。
⑨ 伯见:即姚永楷。
⑩ 慨然:感慨,叹息。
⑪ 丙戌:即光绪十二年(1886)。

〔品读〕

此文与姚永朴《西山精舍图记》为姊妹篇,有异曲同工之妙。异曲者,两篇着墨处不同:姚永朴之文以写人为中心,写景文字无多,而西山环境之美,亲情之浓,一如读归有光之《项脊轩记》那样感人肺腑;姚永概之文以写景为主,由近及远,由外到内,全系白描,而毫之有致,精舍内外,花木繁荫,乱石流泉,风景如画,见弟"共处一斋"读书,"论古今之得失,吊往昔之遗墟",多么值得回味留恋。手足之情溢于言表。然而昔日西山精舍情景,已不可得,慨叹"盖盛将桃燃于中,而沿然如不在于之世也",所谓"其文迂回善缩,多使词尽意不尽,以至词意俱不尽,此桐城文派家法"(刘声木《桐城文学渊源考》卷十),此文见之。

隐于邑东白云岩之麓。著作自娱，荷衣芰裳，日与渔樵牧竖为伍，视世俗富贵利达之好若将浼焉。安贫乐道，不趋公府者垂四十年。卒年八十有二。方诸昔贤，台佟凿穴于武安，袁闳埋名于土室，有过之无不及也。晚年自署旧山隐者，或称函云杜，多所著，有《纪宦》《纪难》《纪贫》《纪游》，又有《函云头陀传》《函云似陶说》，其自为写照也详矣。有《潜德居诗集》五十卷藏于家，文集略相埒。曾属予为文二篇序之，予外祖鹤滩公为先生同祖兄。顾予小子髫龀时即辱先生器待，长而赏奇析疑，不吝下交，有忘分忘年之雅。《龙眠风雅》之选，实从臾而推挽之，尝有诗见寄云：'不幸余生偏后死，咏怀凄切忆龙眠。'予唯唯弗敢忘。岱游后，即请得全集，手抄成帙，以篇什浩繁，艰于割爱，逡巡久之。今且柳生左肘，惴惴乎夙诺是负，急遴得晚节诗若干首，捐资续入，皆少陵作客夔州、放翁归隐镜水以后之作也，存此亦足觇其崖略矣。呜呼！李杜文章在，光芒万丈长。名山石室讵非后死之责哉？"

《明诗综·系传》："汤日亦称旧山隐者。"

《延陵诗钞·系传》："公为方伯菲庵公第九孙，年二十举于乡，屡上春官不第，遂司教句容。后补泰兴，以荐官国子助教，转工部都水主事。国变后逃归，隐居不出，卒年八十二。所著有《纪宦》《纪难》《纪游》等集。"

《江南通志》："汤日少负文名，由举人官泰兴教谕。"

《郡志》："生平游览山川，诗、古文词所至盈箧。官工部日，知时不可为，徒步归隐，处白云岩，营生圹，以待老云。"

孙易公《寿吴汤日》诗："十年梦断汉明光，尚有朝衣染御香。乱后亲朋俱契阔，老来诗酒益疏狂。《黍离》歌罢周臣怨，杜若洲寒楚客伤。一自鼎湖弓堕后，灞陵岁岁哭先皇。"

吴道新聪颖好学，早有文名，尤工于诗。中年辞官归隐，虽然"老贫长抱饥"，且"目瞆渐聋耳，发斑全皓髭"，但笔耕不辍，无日不写诗。据有关资料载：桐城明清两朝写诗逾万首有三人，而吴道新是其中之一。其鸿篇巨制，洋洋洒洒，酣畅淋漓，卷帙洋绷，绚烂璀璨，耀人眼目。如《七十自纪诗一百八十七韵》，走笔抒怀，大开大阖，跌宕生姿，色彩纷呈，抒写了他漫长一生的经历。

他秉承家风家学,"父书诲子读","奉教趋鲤庭,叩闻《礼》与《诗》"。"忠信廉节模,侃侃诚忘疲","予誓终此身"。尽管"广文乞薄俸",还要"为弟谋宜室,为妹筹结褵","拮据糊众口,市谷给铺縻",且又频繁地遭遇战乱,流离失所,不幸被逮,"脱械幸免戮,杂估遁奔驰。频死盼余生,足茧面色黧"。"老偏多困厄,穷复苦忧煎"。其生活之艰苦可想而知。不仅如此,"恩者报以仇,尊者凌以卑",人心不古,世道不公。尽管遭受攻击,乃至被欺凌,但他看得开,想得通,不放在心上,"忧来偶填膺,抚弄怪含饴"。"怪石丛作供,片云函足怡"。心态何其开朗!"荷锸讴《梁父》,击缶咏《豆萁》"。"邺架签复满,赖充著述资"。读书写诗,其乐无穷。所谓读其诗如晤其人,吴道新此诗见之也。

其简约短章,格高调雅,词清字洁,声韵和谐,情韵悠长。尤其咏史怀古,寓意深刻。如《读史》:

郊圻薮泽尽狐鸣,谁典藏垣护紫城?宿卫六军皆远戍,周庐七校亦长征。探丸鄠杜藏游侠,设帐新亭伏甲兵。非按淄青颁赉籍,何由知盗得真名?

结句用盗击武元衡事。意气纵横,风调高亮,读之令人醒悟而深思。又如《病甚述怀》:

玉霄峰峙白云乡,剩水残山一草堂。但许狂歌临广武,敢言耆旧重襄阳?也知身后埋青草,自合斋前种白杨。应羡司空能早达,衣冠生圹预先藏。

以阮步兵、习凿齿、司空表圣自况,其怀清履洁有如此者,足见其洒脱旷达,所谓读其诗知其人也。

吴道新的怀旧诗,写眷恋旧游,昔日情景历历在目,而今晚景凄凉,自叹自嗟,令人为之伤感。如《病中杂诗》:

半生踪迹任浮沤,却似前生梦已休。一片残云归句曲,二分明月属扬州。溪山到处留青眼,风雨频年送白头。今日鬓丝秋又老,冷烟衰草共闲愁。

琼花楼畔柳堤隈,萧史乘鸾有旧台。北海樽罍邀众婶,西园书画集群才。鲍昭赋就吟何惨,杜牧诗成梦亦哀。最是十年君实幕,犹怜共事一龚开。

前一首诗病中怀念华阳、广陵旧事,情景如昨,而今不在。诗调清凄,婉约动情,读之令人感叹不已。后一首诗写广陵旧游郑超宗、梁饮光、宋开先、顾修远、汤惕庵诸好友,时共诗酒之会,兴味盎然,而今不复存在矣。病中眷恋旧游,情不能已,所谓诗言情也。

第三节 和平怡愉之意寡,忧幽愤痛之言多
——孙临

孙临,字克咸,号武公,贡生。少司马孙鲁山之弟,方孔炤之婿。资质明慧,于书传略一寓目而不忘,且晓其大意,娓娓谈说,或措之笔墨,皆已成章。尤工辞赋,辞藻明丽,气韵流畅,饮誉大江南北。其著作繁夥,有《大略斋》《我悝集》《楚水吟》《肄雅棠集》。其人风流俊爽,晓声律,吹箫度曲,无所不能,间游平康里,即人得孙临一顾以为重,其亦遂以沾沾自喜。内兄方以智尝言:"孙郎才致绝人,而溺志于此,终不能有为矣。"孙临闻之,不以为意,乃我行我素。

是时,起义军风起云涌,云间夏瑗公、陈大樽、徐复庵等人起为古文词,讲求当世治乱御侮之略,著为兵家言,孙临心好之,遂谈兵,于骑射击刺之事无不习也,亦无不自以为能也。友人窃笑之,其时亦自笑。孙临与人和易,人乐与之交,从无疾声怒色,不以盛气凌人。或时作谩语,人质之,亦一笑而已。然其性格刚毅倔强,不肯低下,于其素所不能者,必强曰能之;既思有以信己说,而背地里致力其事,久之,而不能者亦竟能之。其争强好胜如此。一夜酒酣,谈时事,慷慨激烈,伸一指燃烧烛上,自誓:"不灭贼者,有如此指!"遂改号"武公",自是常衣短后衣,骑烈马,左右韔箙,插弓矢,带刀,作边塞健儿装,见

者不知是儒生也。其时岳父方孔炤开府楚疆,屡与贼战,孙临常夹在骑士中,跃马深入,为诸军先。常于马上赋诗为乐。所传《楚水吟》多半为马背上作的。

不久,方孔炤被诬下狱,孙鲁山以少司马出督师宣大,边事孔棘,移书孙临,戒勿妄谈兵。孙临意气稍沮,于是放纵于狎邪游。其所昵妓,常大雪中挟之往游钟山下,与其内弟方其义戎服骤马过通都,置酒听曲,皆尽醉极欢,复驰而归。其潇洒放纵如此。

时过一年,孙临与里中友人钱澄之同客杭州西泠。孙临意气消沉,意兴大减,六桥粉黛未尝过而问也,往日风流潇洒全无。孙临游不得意常常不乐,他对钱澄之说,夜常作怪梦,心恶之,并为文以纪其异。饮酒则感慨时事,每夜悲歌,抵足深谈,往往欷歔泣下,心所忧者国事耳。

南渡弘光立国,奸人柄政,专以抱怨为能事,方孔炤、方以智父子、孙鲁山皆不免遭罗网。唯孙临超然独全,由其夙昔持论平恕,与人和气悦豫,不为小人所深嫉。顺治乙酉(1645)夏,清兵渡江,三吴鼎沸。孙临避兵云间,与陈大樽、徐复庵相聚,谋举兵,时钱棅聚兵吴东,遥为声援。钱澄之过云间,遇孙临于黄祯臻中丞舟中,陈大樽、徐复庵俱在。孙临侃侃而谈,指掌阵图,一坐倾听,间出木牛流马式放置平地,能自运转移动,众人为之惊喜。凡陈大樽、徐复庵向所为兵家言者,孙临一一亲习其事,转而问陈大樽、徐复庵,二人皆茫然也,故二人益心重孙临,以为是真知兵者。未数日,松江为清兵所破,三吴兵散,钱澄之与钱棅由震泽入新安,孙临适至,遂联舟同行,猝遇清兵,钱棅战死,钱澄之合家遇难,妻方氏投水死,孙临亦失一子。孙临改道从太湖取道孝丰,与钱澄之分别,执手大哭,泪尽,继之以血。钱澄之说:"吾向时不数见君出泪,何哀之甚也?呜呼!岂知与予遂从此永诀哉?"

是时,江苏巡抚杨文骢,举家南奔,募兵龙泉山中,一向与孙临友好,以书招之,孙临遂入其事。孙临上书阁中,言关外情形甚详,特授副使,监杨文骢军。顺治丙戌(1646)七月,江东破,清兵乘胜取闽。杨文骢闻风先入关,孙临随之行。杨文骢姬妾多,舁肩舆者百数人,日行十数里,至浦城外,清兵追及之,孙临知不免于难,与妻方氏诀别曰:"吾同杨君举事,义不令杨君独死,汝自为计,觅路归报太夫人可耳。"骑至,问孙临是什么人,孙临坦然说:"我监军副使孙某也!"遂缚去,劝之降,孙临曰:"大明无降臣,有鬼雄!"与杨文骢同被杀。年仅三十六岁。横尸道旁,当地百姓就其死所合埋之,刳大树,表其官爵姓氏于上。方氏从一老妪匿草间,后转入村家,以闻诸县令,县令固知方孔炤及孙鲁山,赍之归里。于是,其兄子仲衍走闽,就当地百姓所表大树乞求尸,得之,尸已毁,存者骨耳,两人骨不复可辨,遂并之以归,合葬之于桐城北郊枫香岭,墓曰"双忠墓"。孙临有二子:长中础,倜傥风流,有父风,善骑射,工诗,有《蜨园诗草》《江海吟》《书泽堂集》;次中岳,能诗,宗法盛唐。

钱澄之《孙武公传》论曰:"文骢固奸臣马士英戚党,讲声气,善书画,为一时名士所称,顾志在声色货贿,因时窃节钺,拥重赀,昇姬妾以自随。其募兵,志在自卫耳。而因以倡义,归于闽,则武公之为也。呜呼!武公无尺寸之势足以自树,特借资文骢,将以为其所欲为也,不幸不能有为,遇难而毅然称官爵以就死,其死为不苟也。"

《明诗综·系传》:"字克咸,桐城贡生,著有《楚水吟》《我悝集》《肆雅堂集》《大略斋稿》。"

《明史·杨文骢传》:"大兵破南京,唐王立于福州。杨文骢时在处州,奉表称贺。王令督军务,图复南京,衢州告急,王令文骢与刘孔昭共援衢。大兵至,文骢不能御,退至浦城,为追骑所获,与监纪孙临俱不降,被戮。临字武公,兵部侍郎晋之弟,文骢招入幕,奏为职方主事,竟与同死。"

《钦定胜朝殉节诸臣录》:"通谥节愍诸臣,监军道副使孙临,桐城人,以监军不屈死。"

王士禛《肆雅堂集序》:"先生少读书,任侠,与里中方密之、尔止、周农父、钱饮光齐名,所为诗歌、古文词,流传大江南北。寇乱至金陵,与陈、夏诸公讲兵家言,尝制木牛流马,平地能自旋转。大樽赠诗曰:'孙郎磊落天下才,龙文手握双玫瑰。自言三卷授黄石,谈兵说剑如风雷。'著其事也。后以监杨龙友军事,卒慷慨与杨俱死。今其孙元衡宰吾邑,出先生遗诗,读之,大抵和平怡愉之意寡,而忧幽愤痛之言多。其在楚骚则《国殇》《哀郢》之遗,时实为之也。"

潘江《龙眠风雅》卷四十:"孙临,字克咸。司马余庵公少弟也。赋性伉迈,博极群书,尤折节好客,遨游吴、越间,与复社、几社诸名流雅相引重。目击秦寇蹯中原,然指嚼龈,思以武功自见。尝入楚抚方中丞之幕,短衣匹马,往来襄、汉间,躬犯矢石,辄能捞笼宿将,咸就绦缄,因自号曰武公。年十六,补博士,及举明经,不欲赴选。甲申后,挈家云间,几与陈公子龙、夏公允彝之难。间道入闽,伏阙抗疏,授职监军。与杨中丞殉难闽峤,遂合葬于桐,卒年三十有六。所著有《肆雅集》《楚水吟》《我悝集》《大略斋》诸稿行世。"

徐璈曰:"安其先生刊公诗示弟云:'友争死义臣死忠,屈指盛年三十六。'又云:'渔洋山人善采诗,长白山人笃好之。'盖公殉节年未四十,而诗之见称于名流如此。"(引自徐璈《桐旧集》卷三十五《孙临》)

孙如兰《挽孙武公》:"回首中原事已非,书生百战出重围。壮心自许标铜柱,热血谁知溅铁衣?刁斗声残悲夜月,旌旗色变卷斜晖。惭予扣马曾无语,空向深山赋《采薇》。"

孙中础《拜墓》:"绕墓奇峰插碧霄,松楸一带总萧条。已经失鹿悲天意,徒视飞鸢泣暮潮。风景不殊悲故土,山河作气壮前朝。飘然巾扇行军日,空抱存刘志未消。"原注:先君与杨龙友先生合葬于桐北。

王士禛评孙临诗"大抵和平怡愉之意寡,而忧幽愤痛之言多",最为中肯贴切。孙临之诗不论是写人叙事,还是咏史怀古,或是流连光景,或是寂寞感怀,大致可以用"忧、愁、愤、悲"四个字来概括。惨淡的现实生活,使他悲愤交加,愁肠欲断。因厌战而生悲,增忧添愤,伸纸肠断,握笔涕零,怎么可能写出和平怡愉之诗呢?他对时局极度不满。战乱使百姓流离失所,村舍破败,田地荒芜,卖儿鬻女,苦不堪言。睹之于目,痛之于心,诉之于诗,如《哀长平》《苦寒行》《饮马长城窟行》等篇,或借古喻今,或直面现实,反映了战争给百姓带来的灾难。如诗句"边戍日月久,白骨如冈阜"。"故国数兵焚,流落何所极"。"家中多寡妇,尽是健儿妇。夫死骸不归,便嫁畏人讥"。"僵尸草积齐山巅,戍卒三千空堕泪"。"桐川杀气不曾平,旧鬼兼杂新鬼声"。"江北土地更肥饶,无奈江北有农半杀死"。"铁衣生冻人无力,冻死敢向将军泣"。录不胜录。然而"歌者徒自苦,天下知音难"。"忧来人莫知,感愤结中肠"。只能自唱自叹而已。但他不能无动于衷,投身于杨文骢军,希望有所作为,但终究只能慷慨而死!

他常借历史人物,抒发伤时愤俗之情,如《拜岳墓》,一腔血泪,遇题而发,吊岳飞即以哀时事也。诗曰:

百万南人带血戈,朱仙一击战功多。蒙恬举众能除赵,宗泽知君唤渡河。自有绣旗归太尉,却将金节走休哥。不还二帝身常恨,犹驾阴风逐白波。

他怀友抒情,情深意切,而声调凄婉。如《建业寄陈卧子》:

寂寞楼船江水头,萧疏古树动离愁。鸣琴最怨三山夜,击筑空歌九月秋。南雁不来怀锦字,西风吹入满清楼。帏中叹息书多少,岁月樽前醉蒯缑。

他的写景诗亦多悲情苦语。山河依旧,而江山改色。美好的景致,反而增添了他的惆怅伤感。如《渡淮》:

北风惨淡满离觞,湛湛愁心春水长。二月繁霜迷古渡,五更清露冷征裳。村回野岸荒烟白,地极平原草色黄。嘹唳不知天外雁,嗷嗷何事独南翔?

第四节 姚绳先诗宗少陵,命意深邃
姚纯甫文采风流,诗兼众美
——姚孙森与姚孙棐

姚孙森,字绳先,号珠树。姚之骐之子,姚彦昭、姚经三之父。明天启甲子(1624)副榜,明崇祯乙亥(1635)举贤良方正,后官龙泉训导,著有《可处堂集》,有《集杜诗》一卷。

潘江《龙眠风雅》卷四十五:"姚孙森,字绳先,号珠树。天启初诸生。湘潭令渥源公之仲子也。少与方太史拱乾、蒋民部臣诸公号'六骏',文誉翔起。性好游,器量淹雅,姿容玮丽。每出,车服甚都,所至奉为重客。即千金装,随手辄尽,意廓如也。一中副车,再举贤良方正。顺治初,以明经署浙江龙泉学博,作士有声。公诗初学竟陵,既乃浏漓浑脱,出入钱、刘。所著《可处堂集》,仲子文燮官建宁镂版问世,吴水部无斋、钱司李饮光为序而行之。"

方楼冈《可处堂诗集序》:"先生天资高迈,丰采奕然,于书无所不窥,诗文无所不能,与人交无城府,为诸生祭酒者三十余年,而数不偶,中年官广文,又不终其志。先君尝曰:'姚子之多才博学而不显,又非上寿,天殆留余其子孙耶!'今彦昭明经第一、经三成名进士,非其验欤!"

张英《笃素堂文集》卷九《姚珠树公传》:"明之季年,吾桐冠盖煊奕,王谢子弟以才俊闻于一时。其中文章经济,丰采言论,气谊识量,皆光明骏伟,卓然为诸君之冠者,则姚珠树公也……见其仪范,巍然岳峙,渊然海涵,吐纳宗风,神采四映……工举子业,最为华赡博大,而一一根据理要。伸纸疾书,千言立就。古文词无不兼擅其美。诗宗少陵,而命意选词机杼仍由己出。书法朗润高秀,入晋人之室。此皆邑人之所矜式,海内之所流传,而英得于耳目之濡染者最多也。公为廉吏后,幼而食贫。当时公卿雅重公才望,折节缔交,所以资奉之者甚厚。公性豪迈不羁,初不治家人生产,悉推所有以供宾客觞咏之需,然亦未尝有所匮乏也。事项太夫人孝养纯笃,至老不衰……公留心当时事,与老弁知兵者游,讲求防御贼寇之策,火器火药皆与邑令谋而预备之。崇祯甲戌,流寇攻桐城,以有备而获免。乙亥,贼张献忠聚数万众围桐者三次,蕞尔孤城,与贼相拒数旬,卒以无恙,则公与守令同心守御之有道也。公不遇于时,无由为封疆谋画,而克全梓里,其效彰彰如是。使设施展布,其所就宁不伟哉!国朝定鼎后,以明经署浙江龙游县学博,训士有方,多所成就,至今称之。教子至严肃,既壮,犹督课如少时,以故皆为名士,掇巍科。少与方宫詹公八人为友,称'八俊',以文章道义相切劘,胶漆如古人,邑人至今为美谈。卒年五十有一。"

钱澄之《田间文集》卷十六《姚珠树诗引》:"三十年前,吾乡以诗游者数人,姚珠树公其一也。公翩翩佳公子,文采风流。每出游,车骑雍容,所至争引为上客。然性豪举,不事家人生产。时置酒,征歌买笑,坐客尝满。即千金装,随手辄尽,意廓如也。已,长君彦昭、次君经三齿渐长,更从公游,两君虽少年,以礼自持,公意殊不便,两君阴觉之,或游事竟,请先归,纵公意挥霍,乃大乐。其俊迈类如此。公诗初学竟陵,喜刻露,久乃渐臻高老,要以性情为主,终不欲袭王、李肤调也。予尝与公同客湖上,雨中过韬光庵,以锥画新竹,各题一诗,诗绝佳。又孙克咸同予飞来峰下,当垆索饮,大醉作诗,纵书壁上,后至者皆属和,公亦有诗,一时传为佳话。予诗存《过江集》中,今公集皆不见,则公诗遗者甚多,兹其偶存者耶?公父子皆有诗名。经三以奇博绝丽之才,出《风》入《雅》,轶温、李而上之。彦昭规模钱、刘,浏漓浑脱。要皆渊源于公也。公生平未尝课两君博士家言,独课以诗。即两君治博士家言有声,公顾弗问,每见其佳句,辄向人津津诵之不置,其家学可知矣。公集颇多,兹存者不及十之二三。"

诗如其人。姚孙森高才硕学,性格豪爽,潇洒不羁。笔力雄健,挥洒自如。诗境如画,体格高雅,语言清丽,皆朗俊可诵,兴味无穷。其写景状物诗不乏精雕细刻之作,诗情画意洋溢于字里行间。如《雨后画溪待月》:

> 曲曲园林傍水涯,寻幽恰值日将斜。山逢静夜能留月,池贮轻靷可当家。野吹凉生经雨竹,疏钟敲落受风花。狂歌醉倒忘归路,卧听哀蝉噪晚霞。

又如《山中雨夜柬方时生订剩山游期》:

> 雨过闲庭树影铺,横空烟色冷平芜。一泓流水自清浅,几曲青山半有无。交为情真翻似淡,夜添僧伴愈成孤。朝来试看新晴路,竹杖犹堪石上扶。

摘句：五言诗："世事贫方见，人情老始知。""贫比去时甚，愁从到日加。""墙短留峰影，窗虚纳雨香。""一径落花片，残香流水痕。"七言诗："交因贫贱情逾挚，话到功名意已平。""寒花匝地香千树，野鹊啼春月一林。""两屐名山归笔墨，一春生计羡樵渔。""有子能吟供唱和，与奴闲话当寒温。""春光九十花应老，江路三千月再圆。""老农自荷锄迎客，仄径翻嫌车累人。""千峰争送三春雨，一日常经四季天。"

姚孙棐，字纯甫，号戊生。姚之兰第四子。七岁能文。中明天启丁卯(1627)副榜。部试得州判，弃之归里。明崇祯癸酉(1633)举顺天乡试。崇祯甲戌(1634)流寇犯桐城。桐人不知兵，一时汹惧，惶惶不安。县令杨尔铭星夜请兵，参将潘可大率兵至，姚孙棐首率亲友输饷助之。张献忠率兵围城四十昼夜。姚孙棐风雪登埤，衣不解带，广置火器抗击，城得不陷。崇祯庚辰(1640)试部，得第，授浙江兰溪县令。兰溪人素困南米，自邑运至南都凡三易船，十金而致一石，姚孙棐力请按抚，具题改折。调东阳县，未几有许都之乱，东阳城陷。姚孙棐使主簿宋琦奔杭州请师，自走楼村山中，纠集义士赵鸣皋等数千人，图恢复。其时城中有狱囚三十六人，素感恩德，脱械不去。公子文鳌暗与相结。顺治甲申(1644)元旦，率义勇鼓噪至城，诸狱囚响应，里应外合，杀贼甚众。主簿宋琦亦偕游击陆超率兵至，围解。遂复城叙功，擢兵部职方司主事。许都率众再来攻城，皆击却之。许都穷蹙乃诣绍兴。司李陈子龙请抚巡按，左光先恶其陷城，斩之，并其党三十余人。宏光南渡，马士英、阮大铖柄政，与左光先有隙，使人持弹章示姚孙棐，曰："左光先杀降有罪，能证之将增秩。"姚孙棐曰："左公君子也，宁同坐死。"马士英、阮大铖怒，诬姚孙棐激变、左杀降，逮下廷尉。清兵之后南下，南都破，马士英、阮大铖败逃死丧，事得解，乃归龙眠山中，葺茅屋居之。康熙癸卯(1663)卒，年六十六。著有《亦园诗集》十卷。康熙己酉(1669)，里人思其守城功，请祀乡贤祠，兰溪、东阳亦入祀名宦。

《郡志》："公归后，力请革区头之役，议南米专责粮官，合邑公均解费，邑令为申请报可,民歌舞延祝焉。"

方坦庵《戊生诗集序》曰:"用众而不徇,秉孤而不俭。惟其真,则不与时俗争荣枯;惟其正,则不与牛蛇争谲约。"

姚莹《姚氏先德传》:"公由东阳擢职方主事,南渡时告归,自号樗道人,作传曰:樗七岁知文,十岁学诗,三十余而后成,仕五年而废。性好名山水,所涉历辄裴回不能去。性卞急,少容忍,有逆于心,必冲于口,过辄忘之,胸无宿怨,以是容于人焉。"

姚文然《与王西樵书》:"桐城东南滨河,西北负山,亦园直郭西,小有楼阁亭榭之属。桐盛时,郭西多名园,先大夫曰:'吾亦园耳,故名。'其后寇攻城,园悉毁。先大夫后自浙归,乃构茅屋数椽于颂嘉岭。先大夫每言:'我宁为樗,不为芝。'自号樗道人。"

潘江《龙眠风雅》卷三十一:"姚孙棐,字纯甫,号戊生。崇祯庚辰进士。初知浙江兰溪县。兰最困莫如南米,自邑达坝,不翅三十钟致一石也。公力请于上,改米为折,勒石永利。以荐调繁东阳,邑人许都揭竿为乱,公啮指草血疏,身投池水中。忽群鹅惊鸣,家人救之得苏。遂驰入深山,招募义勇,躬冒矢石,斩馘无算。又毁产治兵□□□□炮车渠笞以次修举,余党败而解溃。事平,不获叙功,反有杀降之诬,两浙士大夫莫不讼其冤焉。公自署樗道人,尝作《樗传》云:'生平惟韵语一道,童而习之,历久而嗜愈甚。虽愁苦相侵,羽书频警,而触物纪事,一一寄之于诗。'其自为写照者至矣。所著《亦园诗集》六卷,孙士壂为捐赀板行。方坦庵先生序之曰:'用众而不徇,秉孤而不俭,总是一真,则不与时卉争荣枯;一正,则不与牛蛇争谲约。作者登坛,毕竟三舍,推此老将。'知言哉!"

张英《笃素堂文集》卷九《跋瑞隐窝手泽后》:"英垂髫时,为馆甥于珠树先生,因得侧闻吴兴家学。赠荣禄大夫瑞隐公,珠树先生兄也。起家名进士,宦游两浙,迁枢部尚书郎,遘世多故,悬车归里门,以敦庞醇厚之德,高雅恬澹之致,化导其子弟与吾乡人,巍然为里门耆硕之冠。邑人望之如祥麟威凤然,古称人瑞,惟公有焉。公诗一宗少陵,得其神骨,书法能以左臂摹阁帖。颂嘉岭去城四五里许,古梅数株,书屋数椽,日吟咏其间,诸郎提壶挈榼以从,萧然自适,摊书撚须,至老不衰。时乘篮舆入龙眠,遇山水佳处,辄止田家僧舍,淹数日不去,绝类康节居洛下之所为,故号其地为瑞隐窝,至今称瑞隐先生云。"又《瑞隐窝手泽题跋》:"瑞隐翁晚年居龙眠颂嘉岭下,莳花艺圃,疏泉插篱,以畅咏自娱。每春秋佳日,则以肩舆遍历东西龙眠之胜,子孙群捧杖挈榼以从,憩僧舍,饮田家。遇水竹佳处,则信宿而后去。故其诗高淡闲远,上接陶、韦,而神明强固,视听不衰。以左腕作书,秀劲有古趣,结构皆仿佛阁帖。观翁之行迹与诗翰,盖非常人也。醉后落笔,动辄满纸。子孙各藏庋,奉为世宝。"

姚孙棐只做了五年县官,就一直在家赋闲,亦不出游。清朝也曾访召遗逸。他表示儿子(指姚文然)已入仕了,我免了。其时,他正处于壮年,不应召,是因为他是明朝臣子,如果入清为官,就要背负"贰臣"之名,他重气节,当然婉拒。他在长篇《今昔》中,详细地叙述了他为官的不幸遭遇,九死一生,特别弘光时,他遭马士英、阮大铖的迫害,他深感官场乃是非之地,避之三舍为佳。他在城西北颂嘉岭筑茅舍数椽,观山色,听松涛,闻鸟语。环境幽美,远离尘俗。他在《夏兴四首》之一写道:

> 温风应小暑,树树送涛来。凉气满轩牖,潇洒绝烦埃。嗒焉忘心形,隐几梦初回。他处自生雨,此山空闻雷。开窗睇前巘,曦轮已半隤。新竹翠如染,清阴聚小槐。群雀依茅茨,飞止无嫌猜。

在《颂嘉春咏二首》之一写道:

> 新添几个竹,又架数椽廊。坐令西晖远,行看碧影长。娟娟经雨洗,曲曲进风凉。便是春山课,无妨静里忙。

陶醉其中,自得其乐。心境平和的他,"或吟陶与谢,或读《庄》与《老》。此外何所营?三杯图软饱"(《夏兴四首》之二)。他的诗大多写身边的人、事、物、景,诗格近陶渊明和白居易,婉约清词,低吟浅唱,声韵悠扬。他钟情山水,踏遍东西龙眠山风景佳处,"春朝迨秋夕,牧唱与樵吟"(《龙井石上小饮因怀方坦庵》)。与乡邻相处融洽。他生活中最大的乐趣就是写诗。他不计生产,"鄙性从不治生事","未能谋食先谋醉""五柳先生是我师"(《饮酒》)。"懒对妻孥忧冻馁,且将笔墨寄清狂"(《偶作》)。但他的诗很少触及时局,伤时疾俗之词不多见。他洞察时势,"南渡坐未温,奸宄乱密勿。威福双手操,魍魉清昼出。宁顾黑白淆?但快睚眦泄"。而清初"网织日以密,髓汲日以竭。颠倒使人迷,衔冤谁肯豁"(《今昔》)。远祸之道唯慎言慎行。

值得一提的是,晚年他与方拱乾交往甚密,二人遭遇大抵相似,惺惺相惜,然而方拱乾放归后住扬州,难得相聚,神交向往,酬唱颇多,此类诗篇有别于他作,从诗的字里行间流露出另一番心境:

读方坦庵宁古塔杂诗怅然有怀

不是寻常叹各天,起居犹幸见长笺。多时梦境非吾土,垂老诗情在极边。黄稗炊迟甘一饱,茅茨日暖恣三眠。闲来曳杖檐前望,草白烟黄总渺然。

方使至自宁古塔询坦庵近况

使者因声及远天,细询起处更依然。须犹如戟惟添雪,诗可忘愁似涌泉。渐有江涛传鸭绿,几曾山色类龙眠?由来名士多荒谴,见说潮阳路八千。

余愤未消,余冤未平,余愁未泯,余悸未了,由隐约其词中见之。诗贵含蓄,此诗见之。

摘句:五言诗:《夏兴四首》"颓龄倦知还,藏身以为宝。"《过常山县》"地荒山作郭,县小吏骄人。"《寄家信自嘲》"落笔休言旅,临函只寄贫。"《方坦庵见示新诗旋承招饮》"贫亦供诗趣,老能出世情。"《雨中到齐云岩宿摄真处》"影静群嚣处,心清万籁中。"《秋旅》"闲似因贫得,老才知病由。"七言诗:《寓中得文然都门书》"经年官秩三年望,两字平安一字贫。"《车中作》"白坠秧田双鹭下,黄穿堤柳一莺翻。"《月下同丽木饮散步西山》"夜含清气消残暑,人带孤情望远峰。"《山居即景二首》"种树满来嫌地窄,吟诗狂处任天真。"《送虎子居函云洞二首》"峰约断云冲怪石,洞披老树贮寒烟。"

第五节　姚若侯文似欧阳，诗胜醉翁
姚经三惊才绝学，健笔奇怀
——名臣兼诗人姚文然与清白吏诗人姚文燮

姚文然，字若侯，号龙怀，明崇祯癸未（1643）进士。清顺治间荐授给谏，累仕至刑部尚书，卒年五十九，谥端恪。著有《姚端恪公全集》。

潘江《龙眠风雅续集》卷一："姚文然，字若侯，号龙怀。性颖异，寡言笑。幼与方侍御邵村同砚席，邵村作《贼风论》，公作《德风论》驳之，援据古今，隐喻相业，巍然负公辅之望。秦寇围桐，公于楼橹刁斗中，两阅月读五经竣，背诵不遗，其敏而好学如此。崇祯壬午（1642）举于乡，癸未（1643）成进士，授庶常甫三月，甲申（1644）难作，投环垂绝，家人救之苏。遂重趼南奔，《白华》矢养，作《思妇词》寓意焉。寻当路举遗逸，以庶常改授给谏。公徊翔青琐先后十余年，凡历吏、户、礼、兵、工五垣，其谠论不胜述，如请改江浙漕粮，请永停大臣锁禁，请御笔酌赐勾除，请禁大木三不采，请立由单流抵，最其大者。以内升留任，累擢至刑部尚书，荐历风纪，益共厥职，而三掌秋官，于刑狱出入之际，条例重轻之等，尤其难其慎，以平反为心，病中犹口授二则，补条例之阙。至察，审江南三案，平恕无冤，事竣还朝，仅受图书数卷，其一节耳。初典戊子（1648）山东乡试，嗣充庚戌（1670）武会试同考，充癸丑（1673）会试副总裁，皆称得士。年五十九，以第五弟翼侯殁，哭之恸，遂病不起。朝廷为之震悼，赐祭葬，予谥端恪。都宪魏环极先生志之曰：'前有直言敢谏之节，后有明刑弼教之诚。入则孝友，忠厚世其家；出则睦姻，任恤行其志。一身生天地间，如太和元气，流行充满，而无乎不至。'旨哉斯言，足以尽之矣。居乡尤乐易谦厚，造福弘多，革区头里长，至今歌思弗衰。讣至，邑父老树碑东郭，号哭而临者万余人。薨之前十日，里中有大星从东北来，陨于公北门之第。声如泉沸，光可鉴鬓眉，久之乃灭。呜呼！公之降也，钟河岳而生；公之逝也，乘箕尾而去。其为家国所倚赖者，岂细故哉？公少以词翰名，林居时吟咏尤工，在青莲、浣花之间。再出登朝,遂锐意匡主救时,不复角雕虫之技。然读其《乐莫乐兮白云堂之歌》,又尝口拈二语:'常觉胸中生意满,须知世上苦人多。'直是胞与为怀,忧深同患,此宁可作诗句观乎?公勋名藏于国史,孝友载之家乘,区区謦欬之工,何足为公重?惟是览公诗而不胜老成凋谢之感焉。公得无糠秕视之曰:'夫夫也,犹管窥蠡测我哉?'"

徐秉义《序》:"公受特达知,每事必竭其智,及历省垣,统刑宪,为朝廷肃纲纪之权,洽好生之德。于家庭,则承欢色笑,五十而孺慕依然。于朋友则相长相亲,久要而臭兰无间。盖至性所注,充满于伦物,溢而为文章,长篇短牍,莫不有固结不可解之性情寓乎其中。"

韩菼《序虚直轩集》:"吾师姚端恪公自入仕,任言责,后为上卿,所历皆法官,于国家利害、吏治得失、民生休戚,知无不言,言无不当。尤矜恤民命,所建白皆天下大计,平居一言一语皆可书垂带,暇时为歌诗甚富,蕴藉醇厚,有古风。"

王士祯《池北偶谈》:"桐城姚端恪公真实经济人也,其好生之念尤出于天性,拈句云:'常觉眼前生意满,须知世上苦人多。'命子侄书之于壁。戊子典试山左,得先考功兄卷异之,曰:'他日必为风雅名家。'"

张英《笃素堂文集》卷十《祭大司寇姚端恪公文》:"公生世胄之家,负淳明惇厚之质。少以文章显,晚以功业著。身名俱泰,炳炳乎若景星之辉映而卿云之四垂。在谏垣最久,其持论也周详审重,务不激而不随;遇事关军国系民命,则昌言不讳,尤痛切而淋漓。然公生平之结主知也,惟以积诚相感格,故虽言人所难言,而常有霁颜转环之益,不觉有批鳞折槛之奇。其长西台也,以正气作冰霜而树四知之标准。其典督捕也,以仁心为膏露而涤三辅之疮痍。尝念律例者,人所由适于生死之路,故肆力精研,能辨毫芒而析铢锱。始佐秋官,洎晋司寇,于张之颂,彻中外而无訾。人生嗜好百端,公一无所涉。当退朝而却扫,惟匡床而布帷。独是平生为善之心,如饥之于食、渴之于饮,穷昏旦而孳孳。忧人之忧,急人之急,数十载如一日。故年未强仕,而已雪鬓而霜髭。每当国家大政事、大黜陟、大刑狱,发议盈廷,公从容一言决之,而群公咸服。盖由其感人之有素而共谅其无私。丰仪魁岸,容止温克,常如渊停岳峙。盖雍雍乎备四时之气,而汪汪乎若千顷之陂。孝友恭俭,老而弥笃,修于身而化于家。象贤绍德,犹见太丘家学之遗。老氏以慈为宝,孔子言仁者寿。宜公之优游几杖,驯至于期颐。何香山洛社曾无一日之适,而劲松百尺之先萎。"

徐璈曰:"公诗发于性真,如《挽朱》二句:'对人豪气尽,沦世苦心多。'《喜晤王敬哉》句:'可怜碧海桑三变,不待金城柳十围。'至《哭慈亲》句:'儿能强饭浑无恙,母苦含饴尚复来。'几令读者同《蓼莪》之悲矣!"(引自徐璈《桐旧集》卷五《姚文然》)

姚莹曰:"先端恪公为诸生即自刻苦,及贵后终身布帷蔬食,独汲汲于振恤之谊。每禄入分为数分,一以待姻友中孤独无依,一以待贫族婚嫁卒葬,一以周邻里乡党,一以待间有举行之事。训子弟每以安命读书为本,尝曰:'士子中式如男女婚嫁耳,其歌偕老,咏斯男幸矣。其不幸而伤中冓。赋《绿衣》、咏《柏舟》者岂少哉!'公卒于京师之夕,里中有大星陨于居宅。诏赐祭葬,谕碑有云:'履重任而弥处以小心,持大体而不遗乎细故。'可以尽公之生平矣。"(引自徐璈《桐旧集》卷五《姚文然》)

姚文然是名臣兼诗人。韩菼认为姚文然之文似欧阳修,而诗则胜于欧阳修。姚文然的诗多半是其人格、品行的写照,读其诗如晤其人。如《孤儿啼》:

孤儿啼,在道傍。孤儿胡为在道傍?父母去儿时,语儿勿仓皇。吾暂从此去,踯躅觅餱粮。此去亦不远,还来相扶将。五步一回顾,十步九彷徨。如今一去不复返,东衢西巷黯相望。上无单衣,下无复裳。饥无箪食,渴无壶浆。一语泪盈眶,再语泪千行。我誓将活汝,为汝叩穹苍。河伯出鲤鱼,北斗挹酒浆。姮娥奉瑛琚,织女锡霞裳。天门高荡荡,此语亦难量。孤儿胡为在道傍?孤儿安得久道傍?

真是一行诗句千行泪,作者和泪写此诗。忧人之忧,急人之急,姚文然恻怛怜悯之心于此诗可见。非真性情焉能写出此诗?

又如《偶吟》：

> 古人墙树桑，今人篱种菊。树桑可光躯，种菊但娱目。生男莫愿多，多男莫教读。儒冠半饥寒，宦途频宠辱。廉吏使亲贫，贪吏使亲哭。东邻田舍翁，有子百无欲。长子把锄犁，岁入号百斛。仲子担负薪，城归挂鱼肉。三子略知书，下笔五与六。幼子无所为，秋千摇古木。稻场午唤鸡，松岭宵驱犊。老妪早饭香，衰翁春睡足。笑指雪漫山，仰头坐茅屋。

好一幅民俗画。种田养亲，怡然自乐，固异于仕宦驰驱为禄养亲者，无"廉吏使亲贫，贪吏使亲哭"之虞，此诗与唐代薛陶臣《邻相》反行同意，读之令人神往，置之白居易诗集中亦为上乘之作。

姚文然咏史吊古、写人记事诗多有佳作，意致婉曲，情深词洁。如好友方亨咸因科场狱兴，株连远谪关外，他在《忆方邵村八首》小序中说："邵村出关，每欲力疾作数章，悲来填膺，不能成也。事久心顽，余痛渐减，然后走笔，无复诠次。"前后一共写了三十余首怀念方邵村之诗，字字含悲，语语有情，感人肺腑。如《忆方邵村八首》之七：

> 生别已肠裂，生聚更呜咽。兄弟四五人，尽倚寒边月。双亲亦在斯，眼暗发垂雪。甘旨奉梦中，菽水艰一啜。赤手望承欢，分定无巧拙。老兄素滑稽，诙谐能中节。舞衣百结余，戏作老莱跌。破彼万古愁，赚此片晷悦。穷边大孝心，事与前贤别。苦地无闲身，预恐炊薪缺。荷斧笑辞亲，上山泪流血！

姚文然对古诗情有独钟。他在《拟古三首》前言中写道："古诗温柔澹折，其质也至。其神气生动，思妇羁人之情状，千年而下如见其形，若闻其声，或密而疏，似直而曲。建安则子建庶几近之。唐唯李供奉得其一二。杜甫虽自成一家言，未是此中入室也。"对古诗评价甚高。《拟古三首》写思妇羁人之音容笑貌，心理活动惟妙惟肖，楚楚凄清，情意绵缠。如：

> 萧萧庭叶下，遥遥秋夜长。冷冷空房深，荧荧寒灯光。寂寂一

佳人,纤纤治衣裳。穿针犹未达,泪下已盈眶。弃置笥箧中,拭泪起彷徨。复忧针线稀,远道多风霜。迟迟熨贴平,薰以兰蕙香。君恩若平生,薄命妾所当。安能托青鸟,举翼一相将?

姚文燮,字经三,号羹湖,亦作耕湖、耕壶,清顺治甲午(1654)举人,顺治己亥(1659)进士。有治理才能。授福建建宁府推官。建宁居闽上游,崇山峻岭,盗贼多据之为患,民俗犷悍,睚眦仇杀,案积无数,姚文燮片言立剖,未数月囹圄为空。有方秘者杀方飞熊,前官已定谳矣。姚文燮疑而鞫之,方飞熊故为盗,尝杀秘一家,既就抚,秘乘间复仇。姚文燮请于直指活秘。由是督抚以为明允,凡疑狱悉委决之。姚文燮不畏强御,多所平反。康熙八年改知直隶雄县。先是浑河泛滥,城东南隅皆水,楼橹倾圮,田庐漂没。姚文燮至修城筑堤造桥,以利涉者,人名之曰姚公桥。邑岁贡狐皮,民苦累之,条十三难上之,得题请免之。地近京畿,膏腴多为旗人圈占,姚文燮力争得请,俱还民间。寻摄曲靖府阿迷州。吴三桂叛,陷贼中,密与建义将军林兴珠约同归,林发之早,为贼所党系之狱,乘隙遁还安亲王军前。林兴珠尝以姚文燮谋告王,王以上闻,圣祖召至京,赐对甚详。滇寇平,遂乞养归居龙眠山中,颜其堂曰乐耕。姚文燮官至开化同知,施政为民,造福一方,为民所敬仰。少颖慧,好学,诗、文、书、画皆精,号称"四绝",是桐城诗坛重要的一员,其诗文被称为"东南之雄"。晚年在龙眠黄柏山构建楼榭,在山色、溪声、松涛、鸟语作供养的幽美环境中安享晚年。姚文燮纯孝,以母丧过哀以毁致疾,卒年六十六。

钱澄之《田间文集》卷十四《姚经三诗序》:"经三于诸家体无不学,学即无不似。或一题数十首,或一首数千言,既已尽态极妍,尤工为艳曲,流丽自喜,虽温、李无以过之。今年乃敛华就实,渐造平淡,殆将入彀时矣,吾恐经三之复似吾之驰骋而出也。夫入而不能出,力有限也;若经三,则有余于力者也,其锋不可藏也,其艳不可匿也。经三所得于天者强,虽欲藏之匿之,而有不能自已者也。若从此而以讲和平之学,使其锋与艳如箴在绵,如锦在绚,而后天下之欲以和平文其靡弱者败矣。夫绚之可贵,以有锦也;绵之可喜,以有箴也。如以绤盖裼,以绵裹锤,则何可贵与喜之有?经三勉之!此固弱者之所深讳,而强者之乐得自表异者也。"

潘江《龙眠风雅续集》卷二十六上:"姚文燮,字经三,号羹湖。顺治甲午举人,己亥进士。少颖慧,六岁赋诗,有'月出水生树'之句。比长,与兄彦昭文焱连镳竞爽,有'龙眠二姚'之称。家故清白遗,兄弟皆客授,博修脯养亲,无私财。既隽南宫,奉母之官。其节推建宁也,平恕明敏,督抚交为倚重,八闽大狱,悉就平亭,所全活綦多,而丈田、造船二事,尤造福不小。其改宰雄山也,治烦理剧,赤县赖以爬搔,三辅长吏奉为挈令,所施设綦裕,而圈地断绳、狐皮罢贡二事,尤去其害之太甚者,使复举进律增秩之典,非公是属而谁属耶?以捕逃功平迁滇之开化丞,至则宣布威信,猓㺊驯服。无何,洱水沸波,不幸陷贼中,百计脱身,间道以归,遂息机摧撞,将母陈情,坚终隐之志矣。葺城西泳园与龙眠黄柏岭山房,日奉板舆其中,优游五载,年六十六终。公诗、文、书、画皆独辟堂奥,冠绝流辈,而诗歌尤为杰出,美不胜登。尝欲表章里中前贤,为《龙眠诗传》之选,既宦于建阳剞劂之乡,益网罗放矢,广搜博采,以尽枌榆之胜,曾向予征遗稿数十种,捆载以行。以同事者持择稍严,多寡异议,迄不果。而予得借手以告成事,亦踵公《诗传》之意,因诗以传其人,而诗与并传也。今辑《风雅续集》垂竣,始录公诗,而予亦已老矣。为追溯首庸,公之欲张吾军也,其功讵可没乎哉!公有四子:莱通判士蕳、翰林院编修士虤、士塾。所著有《薙篦吟》《雄山草》《滇行草》《黄柏山房诗》诸稿行于世。以士蕳贵,覃恩敕封翰林院庶吉士。"

刘昆《羹湖诗选序》:"余髫时于龙眠姚氏耳珠树先生名甚高,后复闻有二姚,则姚子经三,以珠树先生为之父,彦昭为之兄也。一门之才,不减建安父子、平原昆弟矣。"

施闰章《羹湖诗选序》:"经三亭亭玉立,惊才绝学,谈论雄辩,于天下国家利害,指掌筹画,力为己任。且挥毫染翰,驰骏挽强,无不欲一空今古,所为诗乐府歌行、周秦钟吕,宛然在焉,而意旨深远温厚,人莫能测其涯际,皆征题系事,不仅伐毛洗髓已也。五言古则深夜鼓琴,远天倚笛,明月正高,南山欲出,三谢携杖而前,五臣挥麈而退。近体及排律则主少陵,而衙官初、盛,奴隶中、晚,合十余万言,无一懈语。"

王岱《雄山草序》:"先生识见高迥,思路幽峻,笔力挺拔,读书万卷,而务去陈言,无一语之由人,所谓汉、魏、晋、唐皆融铸,奔赴于心腕间,不屑袭古而古自我作也。"

张英《笃素堂文集》卷四《黄柏山房和诗序》:"龙眠黄柏山房,去吾山园五里,青嶂叠回,清溪萦绕,一径盘纡,左临大壑,右跨山腰,奇石谽谺,古藤垂荫,盖境之最幽绝胜者也。羹湖先生结屋其中,引流种树。每与予偕往,自剪刈荆棘,以迄于楼榭落成,无时不同觞咏于斯地,盖三年矣……噫!先生庞眉丹颜,丰神玉立,高卧龙眠一峰,有时茹斋写经,有时飞觞朗吟,辄经月不出。诗皆古调,画亦入神。林壑烟云供其驱使,山川灵气奔走腕下,豪情逸韵,健笔奇怀,足以陵轹景光,发挥幽奥。寓内而有神仙,则羹湖其人也;宇内而有蓬壶,则胜山其地也。"

王士禛《居易录》:"桐城友人姚经三诗书画皆有名,年六十余,忽病不识字,医者不知其何证也。"

刘飞玉曰:"姚子经三文章器识俱为东南雄。余尝见其服轻裘,驰骏足,遍游名公卿间,开眉戟手,谈当世之务,旁若无人。天下士大夫无不奇经三者!其为诗,于唐人中似三李,浩瀚似青莲,瑰奇似长吉,蒨丽似义山,而要以少陵为程度。"(引自徐璈《桐旧集》卷五《姚文燮》)

史远公曰:"经三之诗,堂堂乎云门之乐,昂昂然千里之驹也。驱策庄、骚而不见其迹,琢削李、杜而不见其痕。其神骨有超焉者也。"(引自徐璈《桐旧集》卷五《姚文燮》)

徐璈曰:"先生自序其诗曰:'诗者,才情理法也,兼之而后成,盖情至而法见焉。情能藏法,法能宣情。抑惟才能用情与法。古今未有诗人而不能穷理者,抑未有不为才人而能为诗人者。'"又"先生所辑《龙眠诗传》,虽未付梓,要其搜讨之功,为后来所借手者大矣。又如《通雅》《古事比》诸书亦皆先生捐赀锓木,至今流布海内,称道弗衰。噫!当今世安得表彰旧迹、推挹同辈如先生者,虽为执鞭所欣慕焉"(引自徐璈《桐旧集》卷五《姚文燮》)。

姚文燮学富五车,才高八斗,豪情万丈,笔健辞雄,遇物感事,能直追所见,曲折尽意,于物无遁情,于己无遗憾,而发为诗歌,空灵敏妙,婉折缠绵,跌宕生姿;调逸而思深,神光而韵厚,语新而气足,足以表达其真挚之情。他认为写诗要有才,兼之情与法,反对"小儒穷年死章句,饾饤剽窃贻讥笑"(《萧尺木过访论画法赋此谢之》)的生吞活剥、食古不化的做法。不屑袭古,务去陈言而自铸新语,神似古人。他好游,足迹遍布大江南北,视野开阔,"几载奚囊云外收,三都车马五湖舟。水边石上曾题遍,禁里花前记胜游"(《自序〈薤簏吟〉附题》)。所见所闻,一一赋之于诗,不论是鸿篇巨制,还是简约短章,晤人生情,触景增慨,遇物怆怀,见事有感,诗兴全真,可吟可诵,兴味无穷。其中有不少反映现实生活和民间疾苦的诗篇。如《青窑行》揭露了青窑之器"两京舟楫迄辇毂,先输贵宠后皇宫",加之"连年戎马恣野战",致使"窑工杀绝窑户烈,剑川赤血成洪波",出现"十家早有八九空,深林寡妇号坟墓"的悲惨情景,大声疾呼:"寄语官长亦何愚,青窑青窑胡为乎?"又如《狐皮行》:

> 雄版有民化鱼鳖,鲛官无地藏狐狸。天家按籍岁作贡,黄衣素锦公子仪。献功司衮待领赐,千金粹白群腋资。吏檄解户领官价,妻儿恸诀从此辞。鬻屏不足累亲戚,买皮贷金趋京师。一皮直费十皮价,美恶收却在职司。一年买皮空一村,毛将焉附皮不存。归来无处可窜匿,浑河又决城东门。狐生异地皮,民死他乡骨,县官奔向大官哭。陈情绘图《十三难》,余详近万言,有《十三难》,中丞怜之,遂代题免。狐皮虽温民骨寒。连章天子动颜色,圣心垂怜廷议格。吁嗟乎!司空虞衡掌山泽,胡不速召移山擘石之巨灵?胡不亟诛滔天逆命之河伯?使我雄山百里之内有高原大野,为百姓之室家。更使一日之间有长林丰草,为狐狸之窟宅。

此时,他为雄山县令,"天家按籍岁作贡",致使"一年买皮空一村",又加上"浑河又决城东门",天灾人祸使百姓"归来无处可窜匿","民死他乡骨"的情景惨不忍睹,令他痛心疾首,他体恤民情,为民请命,断然罢贡,体现他的仁爱之心。

难能可贵的是,他本着"名山重传人,不忍没风雅"的乡梓情怀,广搜博采乡先辈诗作,编成《龙眠诗传》,为保存乡邦文献作出了贡献。他还出资刊布《通雅》《古事比》诸书,流布海内,有益于桐城文化的传播。

他诗作宏富,录不胜录。摘句:五言诗:《兰亭》"林空荒草合,曲变乱流鸣。"《杂咏》"蚕收椒树茧,犊贴柳梢钱。"《江上》"水昏黄蔽日,云黯黑藏风。"《舟中杂咏》"鼠翻松子落,鸭践稻孙稀。"《感别》"马渡湖天白,鸿归海气青。"《临安道中》"蠹树泉穿腹,螺峰雾束腰。"七言诗:《新柳》"茶灶烟生新焙火,竹楼香引渐开花。"《访点苍》"云板静传松子落,豆棚阴亚藕花开。"《舟次》"朱幡梦隔桄榔雨,画舫书封橘柚云。"《近事》"花买三千双菡萏,诗传七十二芙蓉。"《开化杂诗》"钟鸣寒项欢牛饮,火暗林丛赛蛊神。"《西寺宴集》"塔痕欺月天全白,佛火先灯昼早红。"

第六节　方肃之流离播迁,不辍吟咏,视诗如命
　　　　方吉偶清才兼众妙,墨沈淋漓五夜中
——方拱乾与方亨咸

方拱乾,字肃之,号坦庵。囧卿方大美之少子。成童时即能记六经,为文列诸生首,便以天下为己任。年二十三登贤书,三十三岁成进士,官庶常,馆选第一,文名震当世。以父未葬给假归,历十三年复入京,除编修,迁中允,转左谕德,分校礼闱,得人最盛。寻升少詹事,充东宫讲官、经筵日讲,尤敬慎,持大体。顺治甲申(1644)南归,绝意仕进。清朝诏求人才,江南总督马国柱荐,起补宏文院学士,寻授少詹事。曾应诏草疏数千言,多切时政,与修《大训》等书。后从顺治皇帝驻跸南苑,天语温问亦异数也。晚以举场事被诬,出关三年,旋得白放归。致仕归来,白头皂帽,侨寓扬州,闲赋诗卖字,徜徉山水,自得其乐以终老。生平孝于亲友,于兄弟笃交谊。常急人难,始终不易。

其操守清白端方,以永其世,有古大臣风范。好读书,尤酷好为诗,无日不写诗,每制一篇,反复吟诵,必经百虑。所著有《白门》《铁鞋》《裕斋》《出关》《入关》《苏庵集》诸集。门人称为和宪先生。有六子:长子方孝标,进士,官学士;次子方亨咸,进士,官御史;次子方育盛、方膏茂、方章钺,举人;少子方奕箴,诸生。兄弟六人都工诗,名于时。

潘江《龙眠风雅》卷二十二:"方拱乾,字肃之,号坦庵。弱冠负文誉,经史一览不忘,为文捉笔立就。诸生时,辄以天下为己任。登崇祯戊辰进士,馆选第一,假归。十三年,授编修。稍迁至左谕德,分校礼闱,得人称最盛。寻晋少詹,充东宫讲官。甲申,不屈南归,无意仕进。顺治九年,以江督马国柱荐,起补弘文院学士,转少詹,与修《大训》等书。尝扈从世祖驻跸南苑,天语温问,一时传为异数。晚以举场事被诬出关二年,旋得白放归。年七十二卒,门人谥和宪先生。公伟貌修髯,风神秀朗。生平酷好为诗,每制一篇,必经百虑。手《浣花》一编,探其壶奥。虽流离播迁,无一日辍吟咏,凡其忧喜悲愕,感慨闲适,以迄文章声气、尺牍邮筒所不能抒写者,悉寓之于诗,故其诗独富,所著有《白门》《铁鞋》《裕斋》《出关》《入关》诸集。予读其自序《何陋居集》云:'他日知我者、不知我者,当亦曰此白头老子尚能于万死中自写胸臆,庶几与少陵'他乡阅迟暮,不敢废诗篇'之意彷彿其百一乎!'观此可以知公之寝食于诗矣!集中录旧作才二十余首,乃得之《扶轮选》中,外此则登《何陋居集》什之四,登《苏庵集》什之六。子美夔州之句、东坡海外之篇,皆得自暮年,诗律益细,良不虚也。"

《郡志》:"拱乾自龙场放还,侨寓维扬,徜徉山水。子元成、亨咸俱成进士。育盛、膏茂、章钺俱举于乡。在龙场撰有《绝域纪略》。"

曹序《绝域纪略跋》:"坦庵被谪徙宁古,其所记有足备劝戒而为中土礼义之邦所不及者,如道不拾遗,百里无裹粮,以布粟交易,敬礼士大夫,皆可臻上古无为之治。"

《龙眠古文》:"苏老人七十自寿曰:老人为冏卿子,七岁能属文为诗,长登进士,官翰林,至少詹事。娶相国女,至今犹共餔糜。生两女六男,亦皆掇名。

内外男女孙百几十人,老人所徼于造物可谓厚矣。"

方拱乾自少就胸怀大志,以天下为己任,希望用自己的聪明才智报效国家。入仕后,他尽忠职守,但他一直充讲官,即使有良谋善策也得不到实施,但他对国计民生仍十分关心,诸多诗篇反映百姓贫困生活,对"县吏骑马大声叩门索租钱"表示不满,对百姓苦难深表同情。如《荒田行》:

> 旅食不饱,退而力田。田荒十斛收三斛,县吏骑马大声叩门索租钱。租钱入官什取五,租钱入吏什百且什千。五月巣谷从来苦,今年新谷贱如土。铅铜锡铁杂为银,官炉大铸烟成雨。庄奴贪,庄农黠。公空仓,私狼粒。计穷只得卖荒田,举手赠人谁人怜?富者不肯,贫者不能,贱者不敢。惟有抱硗确而颠踬,号呼于五风十雨之天。乱曰:种荒田,不得粟。卖荒田,不得金。搔首长饥,不识天心。我饥犹可,民饥胜我。荒政十二兮首蠲租,大臣不问兮吏如仇。春风吹雨兮青我畴,蘸萎古人不我欺兮夜起视牛。

方拱乾被诬谪贬宁古塔,放还后诗风为之一变。不过他钟情于诗,初心不变。即使谪居宁古塔,"广袤凡万里,蓁芜绝四邻",荒无人烟,天寒地冻,生活环境恶劣,仍写诗不辍。他性格开朗、乐观。"是地即成土,何天不可居"?"漏屋睡常足,荒厨饱即休"。"出门随所适,不问入门愁"。"安知千载上,不有似予人"?他善于自我安慰。儿子先后去看望他,"一几同儿坐,分头各读书"。"纸贵挥毫涩,蝇头细字余"。他坚持读书写诗,而且十分自信,"敢言才未尽,吟啸当欹歔"(《宁古塔杂诗二十四首》)。环境如此恶劣,而心态如此坦荡,确实令人敬佩。顺治辛丑(1661)十月十八日得召还,"喜狂心倍苦,不觉泪沾巾",他感谢"娇孙书十纸,一字一啼痕","共怜黄口力,能雪白头冤"(《辛丑十月十八日得召还信四首》)。离开宁古塔,他写下《将别宁古塔书壁》:

> 莫言万里无人境,兀兀三年认作家。瓮牖光微闲画字,菜畦土润手栽花。听残比屋嘶风马,数尽归云绕树鸦。宋玉宅同王粲井,好留名姓在天涯。

此诗是他在宁古塔三年生活的实录,没有哀叹。然而,此时他已是年近古稀之人,牢狱之灾,使他大彻大悟,"功名不足言"(《喜陈子二如至广陵特晤》),从此他决意致仕,侨居风景幽美的扬州,寄情山水。有时生活拮据,"我贫恰有卖字钱",他仍然旷达乐观,"所欣狂奴态如昨,笔底青山囊底药。高歌不管鬼神愁,醉乡千载同沟壑"(《偶为张伯颇歌》)。他对人生看得很透,"谁能生不死? 谁能乐不忧"(《写怀》)? 晚年诗篇大多吟风弄月,写山绘水,或与朋友酬唱,或写身边的人和事,不再有感时愤俗之词,诗格淡雅,语言清新,气韵平和,缺少社会生活的深刻性,因而也就没有流传后世的名作。但他的影响力颇大,特别对方氏家族诗人的影响巨大。如方大任、方亨咸遭遇与他相似,致仕后远离世俗,独善其身,保持晚节,所以他们的诗大致也是如此。

方拱乾对自己的诗有自评。他在《辑今年所作诗》中写道:

> 老钝诗篇无拘束,客愁绝塞才思缩。雕镂既觉衰颜羞,潦略复恐先贤辱。持此两柄将安从? 汗漫经年倏盈牍。长吟掩卷不示人,吴子汉槎时来共儿读。丈夫仅以诗文传,已负平生悲鹿鹿。况复荒蓁绝见闻,江左邺中只茅屋。万事心灰一卷劳,性情陶冶娱幽独。千古文章自有神,光芒岂在登青竹?

方亨咸,字吉偶,号邵村,方大美之孙、方拱乾之子。天资聪颖,勤奋好学,经、史、子、集无不窥,学富才雄。三岁能记典故,九岁落笔成章,十三岁补县学生。清顺治丙戌(1646)举人,顺治丁亥(1647)进士,由县令擢刑部主事,历谳湖广、广西两省,慎恤刑狱,全活千余人。旋授陕西道御史。顺治丁酉(1657)科场狱兴,谪宁古塔。关外生活艰苦,方亨咸不废读书,尤钟情于诗,作诗不辍。逾两年释归,遂不复仕。悠游四方,所见所闻,赋之于诗。晚年居家,署其居曰:"邵窝。"方亨咸美丰姿,长髯玉立,见者称为神仙中人。其诗为王士祯所赏识赞叹,尤善书画,人得其寸缣尺纸,如获珍宝。著有《楚粤使草》《班马笔记》《塞外乐府》《怡亭杂记》《邵村诗集》。

潘江《龙眠风雅续集》卷二:"方亨咸,字吉偶,别号邵村。宫詹苏庵公仲子。以顺治丁亥进士，宰获鹿。时方用兵山西，驿骑如雨，公割俸市马，养之官斋，不括民间一钱。调繁浙之丽水，以大义讽镇帅而戎伍戢，以奇计招流移而闾左安，以渊识校锁闱而名隽辈出。举卓异，擢刑部主事。会日食，复恤刑之典，廉公能且仁，兼湖广、广西两省，所平反七十三事，全活千余人。经略洪公奇其才，至欲表留之。还朝，累迁至郎中。寻特授监察御史，首抗疏以正人心，崇理学为先。方大有所建白，而科场狱兴，株连远谪，未竟其施矣。公事亲最孝，患难中犹怡声愉色，以博欢笑。其轮工牍归，奔驰告急，遄竣厥役，亦公之力为多焉。少即负文誉，与大司寇姚端恪公齐名。所著有《使草》《班马笔记》《塞外乐府》诸集。书画特其余技，然上至当宁动色，尝召入内殿，各作一卷。及选入台班，犹手其文谓学士王公熙曰：'是前书《圣主得贤臣颂》者。'下至妇人孺子厮养走卒，有所陈乞，靡不濡毫立应。尝笑赵吴兴奔至舟中，急为解缆始得休脱。公即解缆后，犹为人尽十数纸不休，艺林传为佳话，亦近今所罕觏者。年六十，疾且革，自言其前三生事甚详，刘伉是玉源君，东坡即戒和尚，倘亦理之可信者。公髫时遇异人，谓其富贵福泽不可量，晚乃自署其居曰'邵窝'。其丰骨经济，自是留、邺一流人，又何疑焉？"

张英《笃素堂文集》卷十《祭方侍御邵村文》："忆先生之来游都下也，甫经寒暑而再期，风神潇散，望之如玉峰琼树之辉映。飘飘乎，丹颜而华髭，脱尘滓，谢羁勒。轩轩乎，如鸿鹄之羽，鸾鹤之姿。辇下诸公闻先生之至，止争听謦咳而望丰仪，或当筵而挥翰，或击钵而成诗，既英多而博辨，复磊落而欹崎。清言玉屑，逸兴遄飞，焦谈惊四座之客，荀香留十日之思。抚今悼昔，曾几何时，嗟乔松之劲质，忽委谢而披离。闻先生之前身老画师，而或是谪仙人，其何疑！生长华胄，玉蕊琼枝。骚坛之赋鹦鹉，柱下之冠鸰鸺。惊才绝慧，超凌等夷，曾未展其万一。遭世途之崎岖，落拓于江湖南北，酒杯诗卷，挟天地而睥睨。四方之士闻先生之风者，近踪蹑影，仿佛乎岩桂与江蓠。奇怀胜韵，信足以掩映前古，昭示来兹。"又《存诚堂诗集》卷十四《送方邵村还金陵二首》诗："海天高骞羡冥鸿，建业移家隐桂丛。此日桑乾重策马，当年京洛旧乘骢。丹颜啸傲诸卿上，墨沈淋漓五夜中。自是清才兼众妙，一时倾倒识宗工。""闲情藻思满沧洲,常向旗亭物外游。燕市黄花争迓客,津门紫蟹正迎秋。高谈尽爱陈惊坐,佳句群推赵倚楼。木落霜飞偏惜别,石城南望大江流。"

《昭代名人尺牍小传》:"邵村为少詹拱乾子,工诗文善书,精于小楷,兼长山水,与程青溪、顾见山并称。"

姚文然与方亨咸少时同学共砚,友谊深厚,又是儿女亲家,姚文然对方亨咸因科场案发而株连出关深感悲痛,"端坐无端忆邵村,侧身北望竟沾巾"(《忆方邵村十八首》)。日夜思念,尤念及其家人生计,贫穷无助,忧心不已,姚文然为此写诗三十余首,如《忆邵村》:"死别一垂泪,生别两沾巾。参商不相见,已绝平生亲。牛女盼河梁,一年一问津。念子偕老人,孀鳏并世生。北歌《雉朝飞》,南为《黄鹄吟》。鹄吟长各天,雉飞永殊林。我嫂俨鬟眉,意无万里程。誓将毕婚嫁,出关从老兄。生同黄沙风,殁并青草茔。语儿修尺书,劝嫂且徐征。夫人坐中堂,儿女亦峥嵘。虎在谷风雄,龙去空湫清。诸雏融未健,何以立门庭?徐步三五回,语儿且吞声。同穴尚艰难,何以宽悲辛?"姚文然称方亨咸为"老兄",称其夫人为"嫂",视其为兄弟,对方亨咸之难感同身受,情意笃厚,何其感人。

方亨咸作诗如绘画,挟山扛鼎之笔,屈伸自如。鸿篇泼墨染翰,挥洒淋漓,云山雾海,变化奇幻,美不胜收,如《游澹岩诗》《自武昌至蒲圻杂诗二首》等。短章工笔细描,惟妙惟肖,绘声绘色,诗中有画,诵之于口,注之于心,如沐春风,令人心旷神怡,如《江行杂诗》《桂州杂诗》等。他常以文法为诗,擅于叙事,曲折有序,跌宕起伏,妙趣横生;善于抒情,托物言志,坦露心声,令人深思,韵味醇厚,如《途中杂诗》《完镜篇》等。

方亨咸的咏史怀古之诗则托古言情,别有一番韵味。这可能与他的人生遭遇有关。他在供职之时,恪尽职守,事业有成,政誉有声,然而无故株连获罪,发配关外,受尽磨难,于是借古人悲欢离合、成败得失来抒写自己的心情。从关外释归故里,他对世事看得很透,宦情也随之淡漠,"常恨尘网羁,不得肆游目","听泉坐枫风,旷然贱荣禄"(《送孙无言归黄山》)。他不再入仕了,向往陶渊明"脱巾卧北牖,采菊见南山"(《读渊明诗》)的生活。由此,他对诸多历史人物都有诗作评述,无不唏嘘感叹。如写屈原"千载江蓠传旧恨,一间茅屋祀先生"(《屈原祠》)。写贾谊"湘水有声犹带恨","时明何事轻流涕"(《长沙过贾谊故宅》)。写信陵君"合符事了倾宾客,震主功完近妇人"(《信陵祠》)。写项羽"八年百战人如见,四队重围天岂知?掷手帝王等闲事,千秋霸业竟如斯"(《霸王庙》)。以上反映了他对功名事业、是非得失、恩怨荣辱的看法,心态发生了变化,可谓大彻大悟。何谓诗言志?于方亨咸怀古之诗中见之也。

摘句:五言诗:《江行杂诗》"碧通钴鉧水,青出穆陵关。"《途中杂诗》"逃亡日以多,鞭挞无时息。"《与郑百崖诗》"人生意气合,不在寒与温。晚交素心托,疑义相与论。"《晓征》"践霜防马滑,残月照人行。""木凋山骨露,月落水心明。"《梁父吟》"英雄虽得地,今古在逢时。"七言诗:《历下新亭》"风落半亭吹露柳,水香十里想圆荷。"《废花朝》"血溅杜鹃云寂寂,泪凝丛竹雨潇潇。"《次滁州》"孤楼突兀千峰绕,万绿阴森一水明。"《题画》"碧树变霜陈锦树,炊烟出谷和溪烟。"《题画》"青溪几曲三间屋,黄叶千林一个僧。"《再过洞庭湖》"水浮日夜东西迹,波撼星辰上下天。"《赠杨水心》"分住东西三架屋,消磨岁月一床书。"

第七节 孙湘南标新领异,风雅龙眠之秀;宦居宝岛,赋海景奇丽之章 吴博之志存高远,欲效于朝而莫由自致;诗笔沉劲,一切托之于诗以见志

——孙元衡与吴道约

孙元衡,字湘南,贡生。少孤力学,以明经为山东新城县令。邑苦水患,孙元衡浚孝妇、小青两河。以杀其势,筑堤十八里以抒其冲,水患解除,民感其德。捕蝗赈饥,活人无数。以廉能卓异,擢蜀之汉州牧。汉州为荒僻山区,山多田少,地瘠民贫。招徕流亡四千余户,给牛种,教以耕。会炉蛮蠢动,伺机滋事。孙元衡身历行伍间,设法转运,筹备尽善,四境安宁。复以卓异,擢

台湾同知,莅任后,即建文庙,设义学,兴教育。置荡缨船,以侦噍沙,防倭寇入侵。请开米禁,通商利民。寻升东昌知府。值饥馑,买谷数万担以赈。复减价平粜,以苏十八城之民。整躬率属,爱人礼士。孙元衡有治繁理剧之才,洁己爱民,两袖清风。以母丧去官,郡民塞道号泣。归里后,建宗祠,设墓田,为弟与侄置田宅。族人婚嫁丧葬咸身任。学宫倾圮,捐金增修之。居乡平易仁惠,人与之亲。里人德之,祀乡贤祠。著有《赤嵌集》《片石园诗》等。

《四库书存目》:"孙元衡《赤嵌集》四卷。"

蒋陈锡《赤嵌集序》:"集为孙君官台湾时作,标新领异,得未曾有。令读者骇心动魄,往复低徊,骎骎乎与韩、苏两公较长挈短。"

王顼龄《序赤嵌集》:"湘南鹤水钟英,龙眠韫秀。初则作宰新城,既而为丞台郡。放衙之暇,留意登临;卧阁之余,寄情翰墨。策马珊瑚树底,几穷溟渤汪洋;挂帆麟凤洲前,欲问蓬莱清浅。篷窗寂寞,听海客之谈仙;风草飂飗,伤巨虬之吞鹿。蟠蛰与潜鳞俱动,腊月鸣雷;铁沙偕石燕齐飞,晴天起雾。备宇宙之奇观,极古今之异事。于焉即事选诗,因时缕韵。诸体兼裁,长歌闲作。四知台畔,人挹清风;六逸堂边,众传佳话。"

仇兆鳌《序》:"孙君湘南以利器剖盘错,而诗才赡逸,风雅过人。泛楼船于海外,涉不测之波涛,意致夷犹,坦然顺适,遇可惊、可愕、可歌、可咏之处,必写成佳句,贮之锦囊。曩者相国馆师尝言:'其地人文之盛,称能诗者,首屈指孙君。'今读其诗,不觉狂喜,如与孙君相晤对,而听歌声出于金石也。"

汪灏《序》:"台湾入版图者几三十载,孙公剖符于此。其山川、风土、人物,遇之成诗,鼓吹环谲,刻画诡异,使读者缩海外于眉睫,恐怖胡卢不可自已,则其心无窒碍,学有根柢,而又得山水之助者也。"

万经《序》:"吟筐随身,锦囊贮句,苟非好事,未易言怀。至于挂席随云,乘风破浪。问程孤往,历岛树之迷离;击楫还归,与鲨帆而上下。鲲鱼夜吼,则山鬼辍吟;飓母朝飞,则爱居屏迹。铁沙排剑,回车则九折非艰;针路飘萍,击水则千盘似梦。君乃舒啸援毫,声情激荡。捧函色动,不数木华赋海之章;掩卷神飞,胜读郭璞游仙之句。"

张实居评曰:"作诗之道,每以境进得之,游览之助者尤多。余初读孙公《华岳》诸什,清寒奇峭,已叹为诗中绝境。再读《片石园稿》,巉刻之中加以苍老,又进一境。今读兹集,则天风吹来,人迹都绝,不测是何境界矣。"(引自徐璈《桐旧集》卷三十五《孙元衡》)

王士禛评曰:"苏长公海外诗文,论者以为挟大海风涛之气。今《赤嵌集》追风蹑电,殆无愧色,亦奇矣。集中歌行,腾踔凌厉,当为第一。近体五言如'落日镕天海',所谓下一字如门关之键。七言如'谷鸟一声流竹径,山云几片就茅檐';'乱山断处天应尽,一发穷时鸟不飞'。此类数十联皆出创获,必传无疑。其《裸人丛哭篇》及《咏禽鱼》《花草》诸什,又可作台湾图经、风土志矣。"(引自徐璈《桐旧集》卷三十五《孙元衡》)

李调元《雨村诗话》:"桐城孙湘南好吟咏,有《片石园诗》,任汉州兼摄绵州,有《绵阳道中》诗。绵阳即绵江,《蜀都赋》所谓'浸以绵洛',绵州所由名也。近人书枋曰'沔阳古渡',误矣。"

王士禛非常欣赏孙元衡的诗,他为《赤嵌集》作评,精简而中肯。如:

望远

秋昊萧以默,片云何孤清。下证沧洲趣,万有归空明。南乡为北望,远视无近迎。坐我混茫间,疑合复疑倾。问心夫何如?欲壮难为名。悔此一樽酒,临风登古城。

王士禛评曰:"是唐人选诗,风格高妙。"

咏怀三十首选二

玉质天所赋,守身若黄金。寒梅抱香雪,翠篆弄珍禽。未希华屋笼,爱此嘉树林。虽有青铜镜,不照嫫母心。独立本遗世,诼之以善淫。龙唇凤凰足,愿以奉君琴。

空宇本无声,自然发清响。含毫觇古今,操觚洞苍莽。思风吹言泉,大海春潮广。笔颖如剑锋,摧坚亦攻仰。亘古不平事,指画在孤掌。所思不能明,为君达遐想。搜括及虫鱼,诛求到魍魉。珍驾税平林,延览得真赏。枕块憩虚恬,悠然成一往。方知功德外,音徽属吾党。

王士禛评曰:"诸作极命《庄》《骚》,恣情山海,世间世出无所不谈,亦无所不尽,洵一代之奇作。"

红夷剑歌

海潮迅泬千丈波,宝剑出匣悲风多。剑身三尺菖蒲叶,文成蝌蚪星辰罗。耿耿光明拖匹练,潢潢气势飞长河。绕膝柔如弓抱月,铮然脱手锵鸣珂。壮士砍石迸阴火,应声解物无延俄。寒灯照夜老蛟泣,冷雨入屋神龙歌。长须遗民向我说,儿时丧乱沦于倭。长历荷兰诸海国,酷嗜长剑情靡他。蕃禁例同盗神器,得此逋窜遭蹉跎。渡海中流鬼物夺,雷公电伯频扐诃。归向中原乃拂拭,照见头发霜为皤。良工导我开生面,千金装饰十年磨。佩之邪心除已尽,世人不敢轻摩挲。我有墨兵久不用,觌此神物心平和。愿见圣人舞干羽,喜逢宇内销兵戈。遗民掀髯奋长啸,太平对此将如何?万事不平今已矣,掉头蹈海双滂沱。

王士禛评曰:"起有气势,结句尽而不尽。"

抵台湾

浪言矢志在澄清,博得天涯汗漫行。山势北盘乌鬼渡,潮声南吼赤嵌城。眼明象外三千界,肠转人间十二更。海渡以更纪程,自厦至台计十二更。我与髯苏俱不负,斯游奇绝冠平生。苏句。

王士禛评曰:"兴会笔墨都不减坡,欲不为海外之游,胡可得也!"

春兴六首之一

宜雨宜晴三月间,朝登岛屿暮沙湾。嘘云晛日千金缕,腹海边天两碧环。林下学占争唤鸟,蕃人闻鸟言而知吉凶。槛边闲译最深山。台山无正名,都从夷语译出。一生心折陶元亮,止酒篇从此际删。

王士禎评曰:"颔联似杨升庵,写难状之景,何其奇丽。"

过他里雾

翠竹阴阴散犬羊,蛮儿结屋小如箱。年来不用愁兵马,海外青山尽大唐。蕃称内地为唐。旧有唐人三两家,家家竹径自回斜。小堂盖瓦窗明纸,门外槟榔新作花。

王士禎评曰:"二首竹枝风味,必传之作。"

春暮

三更风雨入庭院,落尽林花人不知。唤起春愁侵晓梦,一双鹦鹆在高枝。

王士禎评曰:"只此二十八字,非名士不能道,恨不令老坡见之。"

吴道约,字博之,又字亚侯,号介孙。慧颖好学,幼攻举子业,善文工诗。及籍诸生,屡试乡试,不售,辄弃去,专学为诗。时当多故,吴道约关注时局,欲有效于朝廷,报效国家,莫由自致。屈居乡里,一切托诗以抒写之。凡关塞壁垒、车战水军、屯田马政之类,莫不铺陈韵言,剖析原委,如陆贽之奏章、苏洵之策略。读者无不悲其志。他在《病起》诗中写道:"池鱼怀江湖,笼鸟思山薮。"他盼望入仕,一展才智,然而入仕无门,只得"少不求标榜,穷当安隐沦。今年初揽镜,发白半如银"(《春日书怀》)。后隐居拔茅山,作诗益多,又皆醉心山水、流连光景之言,视昔时之诗作,内容大不同矣。然风格高朴古雅,渐近自然。然而诗不解忧,他终于在忧郁不得志之愁苦中死去,享年五十三岁。著有《大安山房集》。

潘江《龙眠风雅》卷三十六:"吴道约,字博之,又字亚侯。幼习帖括,籍诸生,以数奇,遂弃去。用全力工诗,年三十而诗盈尺,皆沉博绝丽,规枙汉、唐。时国步多艰,公欲有所效于世,末由自见,悉摅之于诗。凡边关扼塞、兵制屯田、鱼盐茶马、漕运水利之类,莫不铺陈韵言,穿穴原委,洋洋乎,洒洒乎,若陆敬舆之奏议、苏明允之上书,可坐言而起行也。甲申后,隐居拔茅山,自号浩庵居士,榜其斋曰'大易山房',仿佛所南之遗意。其为诗流连景物,陶泳山水,视昔有间矣。公诗稿甚富,前后成集者亡虑万首。陈子默公尝欲与予取而择别之,其可传者尚不下千首。公为予外祖鹤滩公季弟,外祖以独行称,而公复不愧才人,方伯之泽,殆悠哉未有艾也。"

《郡志》:"道约年三十弃去诸生。时当多故,道约欲有所效于朝,莫由自致,一切托之于诗,以抒写之。凡军政险厄,莫不殚悉原委,敷陈晓畅,如陆宣公之奏疏,苏老泉之策论,其志亦可悲也。"

徐璈曰:"先生诗笔力沉劲,熔铸富有。使当弇州之时见之,定当列入前后五子中,惜尔时乡井之外,罕有知者。"(引自徐璈《桐旧集》卷十二《吴道约》)

吴道约一介布衣,家贫寒素,很少出游,即使偶尔出游,行踪也不远。多半居乡,靠授徒养家,除了写诗,别无他好。他从儿时写诗至老不辍,无日不写诗,诗篇繁富,多达万首。他三十岁之前,尽管当时多故,但他仍有意入仕,一展才智,为朝廷效力,为国分忧。然而屡试不售,入仕无门。其时之诗大多就时局之大是大非、大谋大计、国计民生、社稷安危,一一以韵言陈之。三十岁以后,弃去诸生,特别是目睹了明朝阮大铖、马士英窃柄,党祸兴起,奸人作祟,贤人不保。他深知大势已去,灰心绝望,对时局变化只能听之任之,无可奈何,亦无意仕进了。因而诗风为之一变,与前所作判若两人。他寄情山水,流连光景,花鸟虫鱼,山光水色,松涛溪韵,莺歌燕舞,频频见之于诗。三十岁之前的诗笔力雄劲,敷陈恢宏,洋洋洒洒,气势奋发,音韵晓畅;而三十岁之后的诗,诗风清淡,言辞委婉,抒情娓娓,韵味悠然,益近自然。他晚年写了不少反映现实的动乱与人才选拔弊端之诗,表达了不满。读其诗可想见其人之郁郁不得志的心情,也许这是他享年不永的主要原因,所以后人读其诗而悲其志也。

生不逢时,英雄潦倒,吴道约借诗抒怀才不遇之愤,所谓诗言志,于《独坐偶成》中见之:

梦登黄鹄山,醉宿赤文岛。象冈拾玄珠,淮南设鸿宝。浩瀚成篇章,千言未属稿。孤愤怀前人,离忧非远道。王嫱岂不佳?丹青蔽其好。鸳鸯戢翼游,清流唼蘋藻。兵甲满四方,吐突能招讨。耿邓未逢时,英雄亦潦倒。取节不如莳,委心终以枣。野径生蓬蒿,短僮不须扫。词人游岱宗,王孙别芳草。役役求浮名,浮名令人老。君看梁园花,春风落迟早。

崇祯时,朝廷急需人才,而用舍不当。然时事危危至此,谁为麟凤?皇帝不识贤愚,人才得不到重任,反而受羁绊压制,"縶奔蹄以长组兮,虽良马亦奚以为"?诗人提出批评,可见他对明朝江山的命运是十分关注的。如《於忽操》:

於忽乎!不可以为,其又奚为?谓麟虽仁,不如虎食人。谓凤能舞,不如鸟能语。截獬豸之角兮,又若虑其触邪。菅蒯已弃兮,尚未见其丝麻。虽分理而共裹兮,顾其才之未宜。縶奔蹄以长组兮,虽良马亦奚以为?

南渡时,弘光帝朱由崧偏信阮大铖、马士英,其二人结党营私,煽祸作乱,追捕忠良,诗人义愤填膺。《平湖秋望》:

舞罢芙蓉击剑镡,著书空老百花潭。天教列宿都朝北,地设长江独限南。班簿只求庸郑五,清流难以应朱三。持瓢痛饮消余恨,气识金银总不贪。

诗人运用《春秋》之笔,对忠良之臣左良玉深表敬意,而对奸臣贼子阮大铖、马士英之流以笔诛之,严厉遣责:"谁能跋扈无臣节,明日《春秋》有大书。"浩然正气,大义凛然。《江麓感怀》:

奉诏南征不剪除,频年厌食武昌鱼。勋藏盟府勤王室,心在陪京谒帝居。苏峻石头功未卜,王敦建业事何如?谁能跋扈无臣节,明日《春秋》有大书。

第八节　方履安独标孤诣，情深调古，清妙娟秀而独出群辈
　　　　方扶南襟怀高旷，伸纸濡墨，婉转玲珑而层叠尽妙
——布衣诗人方贞观与方世举

方贞观，字履安，号南堂，生而颖异，里称神童，方拱乾之曾孙。事嗣母王氏以孝闻，弱冠补博士弟子员。工诗，善行楷，名噪淮扬间。为卢雅雨运使所推重，既以《南山集》案牵累出关，后放归徙居京师。时兴县孙文定居馆职，从之学诗，至乾隆丙辰（1736）诏开宏词科，孙文定首举方贞观，方贞观以诗谢之，坚辞不就，返里终于家。著有《南堂诗集》。

杭世骏《词科掌录》："南堂于康熙癸巳，以族人牵累入旗籍。雍正元年放归后，由左都御史孙嘉淦荐举鸿博，以老不能赴试。"

郑方坤《国朝诗人小传》："南堂少有异材，为诗取明白坦易，不为钩唇棘吻之音。大抵于张籍、王建及《长庆集》为近。壮岁，以《南山集》牵累出关，屈郁抑塞，羁怀旅绪，往往形之歌咏，迨后放归田里，所为诗益造平淡，令读者鼓罢泣歌，各如其意之所欲出。"

《江南省志》："南堂工诗，善行楷书，名著淮扬间。卢雅雨都转恒推重之，兴县孙文定公尝从之学于诗云。"

《昭代名人尺牍小传》："南堂工书，近汪退谷。"

李可淳《南堂诗集序》："南堂诗初学张、王，又学东野，后乃沉淫于贞元、大历之间，镕炼陶汰，独标孤诣，务极雅正。迨后难生虑表，流离颠沛。久乃得释归。其穷愁无聊托之讴吟，益造平淡，益近自然。陈恭尹论诗曰：'感人以理者浅，感人以情者深，感人以言者有尽，感人以声者无穷。诗之道，所以后六经而独存也。'南堂其庶几乎！"

李调元《雨村诗话》："方南堂，桐城名士，与汪退谷、王箬林、乔介夫、舒子元往来，有句云：'老除文字将焉托，法止飘零总算宽。'写出暮景如话。"

袁枚《随园诗话》："桐城二诗人，方扶南与方南堂齐名。南堂句如'风定

孤烟直,天遥独鸟沉';'因潮通估客,隔苇见渔灯';'无意怀人偏入梦,有心看月未当圆'。人多传诵之。"又曰:"郭复堂起元与履安最称莫逆交,尝赠句云:'一瓢自酌轻千乘,三径还归抵十洲。'云云。"

姚彦纯《赖古居诗话》:"康、雍之间,吾邑诗名最著者方南堂、马相如两先生,次则方扶南先生,或谓扶南少游朱门,老入韩室,渊雅深厚,非两君所及。或谓两君清空娟妙之境,扶南亦有不能,殆难轩轾。予谓二方皆少詹事曾孙,其诗固各从所好,各擅所长。其性情亦不相近。南堂布素萧然,若忘其为华胄者,平生故旧相如而外,姚钟、左渊、倪铮、韦布十居八九,然则南堂胸次洒然,所谓孤鹤高飞,独出群者耶。"

张廷玉《澄怀园文存》卷七《方贞观诗序》:"方子贞观,宫詹坦庵公之曾孙也。承家学,负异才,于古今书无所不窥。其所著作不屑一语苟同于人,而尤工于诗。余自庚辰后,以职事羁京师,每友朋之自里门来者,无不称述贞观之为诗,刊落浮华,独标隽永,卓然自成一家。余闻之,窃为神往,固幸桐之有诗人,而以不得一读贞观之诗为恨也。丁亥春,忝扈从之末,暂假归省,留里门仅数日,幸贞观不远弃余,以五言诗六首书素笺见贻,风格高逸,辞旨清远,不激不靡,外淡而中腴,已窥辋川、襄阳之奥,觉向来友朋之称述者,犹未尽贞观之能事也。年来出入禁中,必携诗笺以自随。每当怀铅吮墨、校雠编辑之余,则与同直诸公,反复吟咏于玉阶金甁之间,无不叹桐之有诗人,而犹以不得读贞观之全诗为恨也。今年夏,贞观梓其诗五卷,计古今体诗二百五十首,剞劂甫毕,即以一册示余。余得而讽咏之,其情深,其调古,其律严,其韵幽,无钩棘之苦,无雕镂之迹。昔司空表圣《诗品》,谓冲淡者,曰遇之匪深,即之愈稀;谓含蓄者,曰不着一字,尽得风流;谓清奇者,曰如月之曙,如气之秋。余尝持此,以求近代之诗,而几于是者甚鲜。今读贞观之诗,而若或遇之。"

徐璈曰:"《南堂诗钞》卷三《葹集自序》:'癸巳之岁,建寅之月,奉诏隶入旗籍,盖康熙五十八年也。至雍正元年已恩宥南归,在旗籍者仅三年也。'先生《辍锻录》曰:'有才人之诗,有学人之诗,有诗人之诗,未有熟读唐人之诗数千百首而不能吟诗者。读之既久,章法句法字法,用意用笔用典,音韵神致脱口皆肖。点缀与用事,是两项。用事有正用、侧用、虚用、实用之别,作诗最忌敷陈多于比兴,咏叹少于发挥。古人有一二语独臻绝胜,后人万莫能及,则一时兴会所至,不能强得也。音韵之于诗所关甚重,盖声音之感人最捷,入人最深,而其消息则甚微。立题以简为主,所以留诗地也。所谓'语不惊人死不休'者,非奇险怪诞之谓也。或至理名言,或真情实景,应手称心得未曾有,便可惊心动魄。康熙己卯、庚辰以后,一时作者古体多学韩、苏,近体多学西昆。空疏者多学陆务观,然徒有其貌耳。近人又舍汉魏、三唐,别有师承,另成语句,往往取宋元说部,撼实迁就,语意不贯,气势不属,尤为黯于大道矣。'按:先生与息翁所说皆足为后学津筏。然息翁极推美昌谷,谓其集各体皆佳。先生则谓昌谷瑰词险语,用以惊人为魔道。其见不同如此。"(引自徐璈《桐旧集》卷三《方贞观》)

张廷玉评方贞观诗"其情深,其调古,其律严,其韵幽",于《程风衣作归山图见寄奉答》中见之:

> 诏许还乡望乡泣,山路模糊几不识。去时松竹未成林,归来草树嫌蒙密。解带量松长旧围,汲泉烹茗甘如昔。老友风闻喜欲狂,绘图远寄白云乡。真气淋漓世无比,此意山高秋水长。忆昔天涯梦里归,过桥棘刺尚攀衣。今朝看画山窗下,还似当年魂梦飞。暖翠晴岚浓欲滴,素心谁与同朝夕?君倘能来访故人,更为添君向山立。

乡愁、友情涌向笔端,诗情洋溢于字里行间,诵之吟之,一唱三叹,兴味无穷,此乃所谓感人以情者深,感人以声者无穷。

摘句:五言诗:《净果寺》"风磬落清响,渚莲生暗香。"《晓发含山县》"疏星悬大壑,残月下孤城。"《日暮》"因贫常得静,多病转能闲。"七言诗:《南归》"四海一夫无不获,小人有母更堪怜。"《汪汉湘从军》"曾是诗中射雕手,去为碛里捉生人。"《送王沛远》"世路艰难如执热,故交欢聚比抟沙。"《寄十兄沃园塞上》"鼠穴乘牛真幻梦,马头生角枉呼天。"《过淮阴》"国士可怜终横死,伺人休怨止为郎。"《符离镇感旧》"一道清溪数株柳,半边篱落几枝花。"《自虎丘抵无锡》"霜凋柳影疏仍绿,潮落桥门空渐圆。"

方世举，字扶南，以字行，号息翁。国子监生。聪明好学，于书无所不读。性疏旷，不求仕进。好为诗。少时从秀水朱竹垞游，多见古书秘本，益资多识，中年以事累，出关，后放归，徙居京师，公卿争相延致。数年恩诏放归，举博学宏词科，力辞不就。著有《江关集》《春及草堂稿》《兰丛诗话》《韩诗笺注》等。

方观承《春及草堂诗集序》："息翁先生博学笃行，于书无所不读，而性疏旷，不求仕进，好为诗，生平用力尤多。少游京师名日起，时多以诗称之。后多寓居广陵，某侍郎举以应鸿词，固谢不就。其自定稿断自甲辰，以后少作，无一存者。晚年作《韩诗笺注》，遂嗜韩诗，长篇薄诮，不复斤斤绳墨。年八十余犹于广座灯红酒绿中，伸纸濡墨，顷刻数十首而精彩不少减。余抚浙时，屡订期不至，复书谓：'野人方与诸朋旧剧谈高会，掀髯鼓掌以为乐，乃欲爰居享我耶！'其襟怀高旷，当于古人中求之。"

袁枚《随园诗话》："方扶南《滕王阁诗》足称绝调，晚年嫌为少作删去。扶南好改诗，其《周瑜墓》诗尝经三改，愈改乃愈谬。"

周伯恬："息翁少从朱竹垞太史游，故能强识博见，而诗有矩矱。所著有《韩诗笺注》《兰丛诗话》。先生《兰丛诗话》曰：'余少学于朱竹垞先生家，见《草堂诗话》之专言杜者，凡五十余家。见友人顾侠君笺注昌黎诗集，于昌黎身世多有不合。余因通考诸书，为韩诗编年笺注，诗屡变而至唐止矣。格局备，音节谐，界画定。今日学诗，惟有学唐而已。古体皆有平仄，但非律体一定又当间用对句。七古尤甚。杜、韩有通篇对者，益见力量。刘原父谓昌黎以文为诗。然五七古长篇亦自有兼传、纪、书、序体者，不独昌黎，作者亦不自觉也。李贺、孟郊五言造语有似子书者，有似《汉书》诸志者，刘、白、小李、杜当为杜陵四辅。宜田尝言七律八句要抟缀完固，宛转玲珑，句中寓有层叠乃妙。'"璈按："先生作诗话时，年八十五矣。其所论皆阅历甘苦心得之言，今摘录大要于此。"（引自徐璈《桐旧集》卷三《方世举》）

方世举与方贞观是亲兄弟，亦是诗友，是康、雍、乾时期桐城诗坛两位著名的诗人,两人齐名。在清代诗坛亦颇有影响,时贤名家多有好评。两人一生经历大体相同,都被《南山集》案牵连而出关,三年后放归,滞留京师有日。晚年方世举居扬州,而方贞观终老于故里。两人都不求仕进,举宏词科均未就试。都钟情于诗,至老兴味不减。方世举为人旷达开朗,乐观潇洒,耄耋之年于高朋旧友座上,展纸濡墨,挥洒自如,数十首立就,而风采不少减。诗如其人。其诗意蕴深、气势雄、辞藻洁、音韵谐。诵其诗如见其人。而方贞观诗风与方世举稍异,其诗兼有才人、学人、诗人三者之胜。尤其放归之后,诗风为之一变,益造平淡,益近自然。清风明月、花香鸟语多入其诗,吟之诵之,深感其诗温柔敦厚,穆如清风,尽得风流。而诗格独标孤诣,务极雅正。

方世举多借咏史怀古、托物言志之诗而针砭时弊,词锋甚锐,入木三分,痛快淋漓,如《逐猫》(诗篇过长,不录)。《梅花岭》写史可法,以东吴之张悌拟之,最为切当。诗曰:

> 春江花月醉名姝,白甲残军授虎符。出镇谢安开北府,背城张悌死东吴。将分水火妖星见,血裹衣冠厉鬼呼。故垒萧萧山悄悄,野梅如雪下平芜。

又如《董子祠》,诗中所言贾傅长沙、董傅江都、董弟子路温舒,以灾异奏对,几至累及所师如京房矣。"天人三策奏明光,儒者逢时道未昌",用西汉人比拟,极为确切。而作者用意在不言之中,耐人深思。诗曰:

> 天人三策奏明光,儒者逢时道未昌。拜爵幸容同贾谊,杀身几至作京房。尚书给札工词赋,宰相封侯利豕羊。衰草满园繁露冷,不堪礼数博骄王。

为袁枚所极赏的《滕王阁》,诗曰:

> 阁外青山山下江,阁中无主自开窗。春风欲拓滕王帖,蝴蝶入帘飞一双。

第四章　桐城诗派之鼎盛

第一节　文胜于诗，而诗论精深：
以情写诗，凄清幽绝之音；不事雕饰，清真淡雅之风
——戴名世

戴名世，字田有，号药身，亦号忧庵。散文长于史传，留心明代史事，访问遗老，考订野史，拟写明史。康熙四十一年(1702)刊行《南山集》，其中，文多采方孝标《滇黔纪闻》所载南明桂王时事。五十七岁中进士，任翰林院编修。三年后为御史赵申乔参劾，以"大逆"罪被杀。此案牵连三百多人，方孝标已死，亦被掘墓戮尸。

戴名世以散文称誉于世，被誉为桐城文派奠基人之一。他文名大盛，而诗名不显，他现存诗有四首：姚永概《慎宜轩日记》中两首七律；戴钧衡、文汉光合编的《古桐乡诗选》中两首七律。其实不然。他在《齐讴集自序》中写道：

> 余少好诵古人之诗，时时诵之，然辄不复记忆。间为诗，其于古人之旨不肖也，因遂弃去。自是荏苒浸寻，身在贫困，而曾无吐发愤懑之什，尝自惜且恨之。数年以来，客游四方，箧中无他书本可以度日，而有所感触，辄亦偶为诗一篇两篇，既成，犹辄不录。盖余之志欲入山穷居，专精思虑，以务比肩于古人，非是弗为，为之亦弗存也。

戊辰、己巳之间,自燕逾济,游于渤海之滨,遍历齐鲁之境。同游者数人,与余皆困不得志,于是多赋诗以自遣,而余故不工诗,勉而为之,得一百余章。方拟弃去,而同游者顾谬加赏叹,力劝余存其稿,余俯仰从之,然非余之志也。

由此看来,戴名世热爱诗歌,且"时时诵之",为自己"曾无吐发愤懑之什,尝自惜且恨之"。"偶为诗一篇两篇,既成,犹轶不录",说明他写的诗只是没有留存下来。后来因"困不得志,于是多赋诗以自遣","得一百余章",且为"同游者顾谬加赏叹"而编成集。在《齐讴集自序》末,他发出感叹:"呜呼!诗之衰久矣。世之人粗能识字,即高自夸诩,欲登坛坫以争名声,其于古人之诗,多能议论短长,分别门户。譬之盲童跛竖,各以其意喜怒主人,而揎腕攘臂于藩篱之外,而主人曾莫之知也,不亦大可悲乎。余行且归隐故山,终身弗出,纵观古人之诗,而因以有吐发愤懑之什,或有当乎。"他批评那些仅粗能识字即高自夸诩而欲登坛坫以争名声的人,而力主写诗要吐发愤懑,不作无病呻吟之诗。

他在《刘陂千庶常诗序》中写道:"余不能诗也,而于诗之旨犹稍稍能识之。"他为诸多诗友诗集作序,阐述了对诗歌创作的看法,颇有见地,有益于诗歌的创作。

戴名世认为诗言情,勿好名,戒摹拟,出乎性情,悠然自得,便能可传而可诵。他在《刘陂千庶常诗序》中说:

> 诗之亡于人间久矣,其故果安在耶?古之人未尝欲名其诗也,而固已有诗;今之人徒欲名其诗而已,徒欲名夫诗而固已无诗矣。古之人虽田夫野人女子皆能自言其情,情之至而诗自工。今之人以诗为取名声争坛坫之具,自汩其情而亡其己之诗,以务摹拟夫古人之诗,此诗之所以衰也。数百年来,诗数变,而其变愈下,彼此訾謷,互起迭仆,陵迟至于今,而世之说诗者,其术更黠,而其说更谲诈而不可穷诘……又惧天下之不吾信也,于是恫疑虚喝而傲睨顾盼,以济其术之穷,庶几天下之可欺,不深察吾之所以而震而惊之,而吾之

诗可以名矣。呜呼！世之说诗者，此其术也，而岂复有诗哉。

戴名世批评那些把写诗当作谋取名誉的人，动机不纯而使诗亡，批评那些摹拟古人诗而使诗衰的人。他认为诗"自抒其情而已，不以名也"。他在《先大人诗序》中，以其父戴硕之诗为例，更进一步谈到诗之言情："士之穷而不怨者，岂不难欤，然其穷有所止，则其怨亦有所止也。至于穷之大者，其怨更深，而无所发泄，则必有以自鸣其怨。"此怨即悲愤之情，赋之于诗，则幽忧激楚，哀音怨乱，悲怆沉郁，洋溢其中，便有古诗人之义矣。

多读书，于书中求诗。只凭才气，不能写出可诵可传的好诗。学识宏富，精通经史，才能写出传世不朽之诗章。他在《方逸巢先生诗序》中写道：

> 吾尝侍先生侧，窃闻先生之论诗矣。先生曰："诗之为道，无异于文章之事也。今夫能文者，必读书之深而后见道也明，取材也富，其于事变乃知之也悉，其于情伪乃察之也周，而后举笔为文，有以牢笼物态而包孕古今。诗之为道，亦若是而已矣。吾未见夫读书者之不能为诗也，吾未见夫不读书者之能为诗也。世之人不于读书中求诗，而第于诗中求诗，其诗岂能工哉？"……吾与先生二子过从甚密，见先生时时手一编不置。六经三史，不开卷而尽能举其辞，此先生之诗之所自出也。然则先生之诗固以为文之道为之，是即先生之文也。其所以教二子之为文者，即以己之所以学诗者教之而已矣。而二子之禀承家法，悉得先生之诗学以为文，其所为跌宕淋漓，雄浑悲壮者，犹之先生之诗也……世之学为文学为诗者，举未有能读书者也。不读书而乾坤或几乎息，其荒芜榛莽而不可救者，又岂独诗与文为然哉！

以文为诗，营造意境。诗文密不可分。戴名世认同方仲舒的见解："诗之为道，无异于文章之事也。"他在《成周卜诗序》中说："余少而学文，耻为趋时之作。有里老父谓之曰：'汝之所好者，何境可以象之？'余曰：'远山缥缈，秋水一川，寒花古木之间，空濛寥廓，独往焉而无与徒也。'"戴名世所说的文境便是凄清而幽绝,缥缈而飘逸,这也是诗的意境。诗要有韵味,而诗的韵味大多从意境出。戴名世所言的诗境是一种很高的艺术境界,是很难达到的。

学习民谣,语言通俗,诗格自然清真。他推崇白居易,其诗文老妪能解。他主张向民谣学习,诗出自然,不事雕饰,为诗家之正格。摹写物情,清词丽句,通俗易懂,便是好诗。他反对"僻事以为奥,奇字以为古",晦涩难懂,索然无味。他在《吴他山诗序》中说:

> 余游四方,往往闻农夫细民倡情冶思之所歌谣,虽其辞为方言鄙语,而亦时有义意之存,其体不出于比、兴、赋三者,乃知诗者出于心之自然者也。世之士多自号为能诗,而何其有义意者之少也。盖自诗之道分为门户,互有訾謷,意中各据有一二古人之诗以为宗主,而诋他人之不能知,是其诗皆出于有意,而所为自然者,已汩没于分门户争坛坫之中,反不若农夫细民倡情冶思之出于自然,而犹有可观者矣。又其甚者,务为不可解之辞,而用事则取其僻,用字则取其奇,使人茫然不识所谓,而不知者以博雅称之,以此为术而安得有诗乎?

综上所述,可以看出戴名世对诗歌创作颇有见地,但他在多篇诗序中说自己的诗论与人不合,说明他不趋时,这恰恰说明他的观点有独到之处。他不仅写诗,而且有诗集,只可惜散失而不存。他的诗论对诗歌创作,特别是对桐城诗人的创作是有影响的,因而他在桐城诗歌史上应占有一席之地。

第二节 朝廷重臣功在社稷 诗坛巨匠名传后世
——名臣兼诗人张英与张廷玉

张英,字敦复,号乐圃。清康熙癸卯(1663)举人,康熙丁未(1667)进士。由翰林院编修,充日讲起居注官,历擢侍读学士。康熙丁巳(1677)谕掌院学士,取择醇谨,通达者四人入侍,张英居首位。由是每日进讲。赐宅第西安门内。康熙庚申(1680)授翰林院学士兼礼部侍郎。自康熙癸丑(1673)后五六年间，滇黔未平，将帅之西南征者，咸待皇上指示，措兵筹饷，殆无虚日，然宵旰殷忧，犹时与儒臣讨论古昔兴亡之事，咨及穷民疾苦，张英竭其悃忱，敷陈无隐，深得皇上嘉许，屡蒙优旨，故有是命。康熙壬戌(1682)给假归葬，赐白金五百两，资墓田之用，并予父张秉彝恤。康熙丙寅(1686)授翰林院掌院学士，与徐乾学并谕称文理淹通，宜留办文章之事，令吏部勿开列巡抚。旋擢兵部右侍郎，与内阁学士韩菼奏进纂成《孝经衍义》，得旨刊刻颁发。旋充经筵讲官，著有《易经衷论》《书经衷论》。历擢工部、礼部尚书，先后充国史《一统志》《渊鉴类函》《政治典训》总裁官。康熙丁丑(1697)与尚书熊赐履同为会试正考官。后以老病乞休，得旨慰留。康熙己卯(1699)授文华殿大学士，康熙辛巳(1701)乞休得旨恩准，以原官致仕，濒行锡宴畅春园，谕令沿途驿递应付毋限常额。张英自入仕以来，即以文章经济佐佑启沃，感激知遇，益自恪谨。综理庶务，持重平恕，不为苛急之行。进则论思密勿，退则倡率部僚，行为端方，不动声色而百事就理，士大夫叹以为难。上结主知，久而益信，尝称其有古大臣之风。其为人外宽内介，遇有不可，未尝依违，而培护善类，奖掖后进，惟恐不及。所引举皆恬静暗修之士，退不以闻于人。高风亮节，为世人所景仰。先是御书《笃素堂文集》，以赐名其所著为《笃素堂文集》。告归后，康熙辛巳(1701)、康熙丁亥(1707)叠遇康熙南巡，屡赐匾联、画卷、书籍、金币。康熙戊子(1708)卒于里第，年七十有二。遗疏入，赐祭葬加等，谥文端。雍正初赠太子太傅，雍正庚戌(1730)入祀贤良祠。乾隆初赠太傅。著有《易经衷论》《书经衷论》《笃素堂文集》《笃素堂诗集》《存诚堂诗集》等。

张英是名臣兼诗人。他文名早著，为"龙眠五子"之一。

《郡志》："公入翰林后七年，掌院学士，取醇谨通达者四人侍讲筵，公名居首。每于进讲之余，敷陈古今，竭尽底蕴，均蒙嘉纳。及综部务，持重平恕，不为苛急。兼领诸职，不动声色，百事就理。及为相，调元赞化，论思密勿，上久益信之。其为人外宽内介，遇有不可，未尝依违，而奖掖寒畯，培植善类，惟恐不及。年六十五请告归，退居林泉者，凡七年。所著有《书经衷论》《易经衷论》《诗文集》《聪训斋语》。"

阮葵生《茶余客话》："张文端云，年来守方寸之地，不许荣辱、升沉、生死、得失之念阑入其中。更有安心一法：非理事决不做，费力挽回事决不做，所以每卧辄酣，每食辄饱。"

韩菼《送桐城公予告归序》："公受上知深，夙侍禁庭将二纪，一德同心，谟谋协赞，先后殊礼特赐不胜书。公所处愈高而畏，约勤慎心益下。造膝前席，多社稷大计，而公不居也。不列密事，不评人过，汲引人材如不及，而人亦不知也。归赐第惟手一编，莳花鼓琴自娱，世多剥啄之客，嗫嚅之人，不敢前也。"

张英《笃素堂文集》卷三《恳恩休致疏》："臣今年六十一岁，何敢谓之甚老，但臣自念生平受皇上非常之恩，召入内庭，侍从逾二十载，倘得以残年乞休归田，调治夙疾，则保全圣恩终始，在臣实为至荣，实为至幸。"

《四库全书提要》："《张文端集》六十卷，英仰蒙知遇，簪笔雍容，极儒臣之荣遇，矢音赓歌，鼓吹升平，黼黻廊庙，无不典雅和平，至于言情赋景之作，又多抒写性灵，清微淡远。"

《四库简明目录》："张英《易经衷论》二卷，其说主于显易，不为艰深，能扫众说之纠结。《书经衷论》四卷，于旧说皆弃短取长，特为精审。"

王士禛《居易录》："相国张公官谕德时，以诗集属予评次。其《梅花》句云：'嘉名他日传调鼎，记取蟠根在草茅。'予曰：'宰相语也，今果验。'"

《听松庐诗话》："文端《严陵江》诗通首格意俱高，结云：'翻嫌人好事，高筑子陵台。'尤未经人道。"

沈德潜《别裁集》评："本朝应制诗，共推文端。入词馆者奉为枕中秘，而风格性灵不系此也，特取高旷之篇，以著公之梗概。"

《花间谈录》："桐城张文端公以山水为性情，自称曰'圃翁'，尝以水衡钱构园居之，名'赐金园'。所著《爱吾庐》诗及山居杂诗，矫然尘表，如'放屐从泥滑，欹冠爱树低'；'鸟语残朝睡，鸡声杂午春'；'篱根喧野雀，花影聚文鱼'；'林光经雨变，山色过溪深'；'梧桐半窗叶，菡萏一池花'；'秋潭明镜澈，霜树锦屏张'；皆五言妙地。又'桐叶阴中藏白板，梅花疏处见青山'；'松竹许酬三径愿，溪山不负十年心'；'带树茑萝千种绿，倚松乌桕一枝红'；'爱对岭云吟竟日，为临溪水坐移时'；'寒暖阴晴俱不着，最宜人是养花天'；'春深切莫辜游赏，花事山容日不同'，皆七言妙地。不信相处台鼎而抒写幽景如是徐永。"

吴询《吴画溪集·双溪记》："文端登台辅，黼黻文明之世。其文章恒有烟霞之气，而生平所慕悦，恒在樵夫耕叟、山林隐遁之人，及告归，遂居双溪。溪上有堤，环种万松，有亭曰'万松亭'，左有亭，怪石立其侧，因题曰'碧潭'。奇石中有爱吾庐，折而北有赐金园。文端优游于此，问桑麻，课晴雨。扶杖长林，或棹小舟，或戴竹笠，人不知其为廊庙中人也。"

张英《存诚堂应制诗自序》："英以十一年壬子秋授编修，次年三月命偕同官史鹤龄扈从进讲，嗣后每巡行必侍从。上幸晾鹰台观试马，献《试马歌》。一日，上御行殿，秉绛蜡作大书，使人问二臣，命作良马诗以献，自是尝召讲官讲论经史，殚究义理，日有程课。是年秋，授日讲起居注官。每日鸡未鸣时，从长安门步至左翼门祗候。少顷至乾清门，候诸臣奏事毕，内侍传入宏德殿。讲官既入，则侍从咸退。讲官再拜，北向立，敷陈经义，时有咨询。既退，赐茶于乾清宫门，如是者三年。是时也，海内寇贼未平，天子方宵旰殷忧，四方将帅咸禀陈庙略。措兵筹饷无虚晷，且日御讲筵，与臣等讨论古昔，于此窥圣度之高深，睿学之懋敏，太平所以立致也。"

张英《存诚堂诗集自序》："余自学为诗，约略凡三十四年，多好言山林农圃耕凿之事，即与人赠答往来游历之所至，亦不能离乎此。迨年五十以后，山林之思益迫，引退之思愈急。每不惮其言之重复，而恒苦于不自觉。每见才隽之士，当其言廊庙，则志在轩冕。言山林，则志耽丘壑。一卷之内，忽慕夔、龙，忽羡巢、许，情随境迁，心与物移，令人读之茫然不知其志之所在。余诗谫鄙，固多重复，而自少至老，止言其志之所在，而无暇计论工拙，聊可免于读其诗，不知其志之所在云尔。"

《芷江诗话》："桐城张文端公有兄初生时，母梦王敦来，既生，名之曰'敦来'，旋殇。后夫人生文端时，又梦其来，文端故小名'敦复'，遂以为字。袁香亭初生子伏官五岁殇,殓时以朱点其额,及后又生子,时梦人抱伏官与之,额朱痕宛然。姚姬传太史赠以诗有云:'正似吾乡张太傅,再招东晋大将军。'"

张英在《潘木厓诗集序》中说:"蜀藻诗少宗少陵,中年沉酣于香山。少陵雄浑苍深,体兼众妙;香山排宕潇洒,自为一家。要皆不束缚于声律、比偶之中,独抒写其性情,务为极言竭论,穷变尽妍。凡所为忧乐欢戚之言,千古而下,犹如即乎其人,见其事而闻其声。此则杜与白旨趣之所以同,亦即蜀藻所以宗二家之意也。尝窃谓香山之诗务于尽,人固知之,而少陵亦未尝不务于尽也。少陵务于尽,而不伤其涵蓄者,气有余也。香山务于尽,而不伤其高淡者,韵有余也。"其实,张英亦如潘江"少宗少陵,中年沉酣于香山",其性恬裕闲远,善于缘情写物,直抒胸臆,穷变尽妍,涵蓄淡雅,气足以包举融贯,韵足以掩映舒徐。其诗与潘江之诗大约同出于白居易之法。

张英的诗歌题材广泛,内容丰富,大致分为即事述怀、咏史怀古、离情送别、规劝励志、状景抒情,而山水田园之作尤佳。陈廷敬在《笃素堂文集序》中说:"幽遐时以其意发为咏歌,高文清思,孤行独赏。田家渔父、樵夫牧童,则储公之格高调逸、趣远情深也。"钱仲联主编的《中国文学家大辞典·清代卷》亦言张英"田园诗尤清微淡远,抒写性灵,淳古质厚,王、孟不及"。张英致仕回乡,多居住在龙眠山中,构筑园亭,种树养花,怡情山水。他在《蠹窗学诗题辞》中说:"余乞休园居,衰老谢宾客,与麋鹿渔樵为伍。每与子孙征引掌故,背诵古人诗篇以相娱乐。"他居双溪草堂,"目不离烟霞,手自艺兰菊",置身于奇峰削壁、苍松翠柏之间,观山色,听松涛,闻鸟语,濯溪流,怡然自乐,能不低吟浅唱吗?他欣赏陆游的观点:"游山如读书,浅深在所得。"他认为"佳山胜水,茂林修竹,全恃我之性情识见取之","手种之树,开一花,结一实,玩之偏爱,食之益甘"。他说:"山色朝暮之变,无如春深秋晚,四月则有新绿,其浅深浓淡,早晚便不同;九月则有红叶,其赪黄茜紫,或映朝阳,或回夕照,或当风而吟,或带霜而殷,皆可谓佳胜之极,其他则烟岚雨岫,云峰霞岭,变幻顷刻,孰谓看山有厌倦时耶?"所谓游山如读书,张英体会最深,所以他的山水田园诗为桐城诗坛独步。且读他的山水田园佳作:

拟古田家诗

柴门拥溪水,溪响无朝昏。农夫荷锄倦,独倚秋树根。顾我田畴好,念我桑麻繁。脉脉不能语,感兹风雨恩。风雨岁时熟,古俗今犹存。遥指烟生处,亲戚满前村。稚子驱鸡犬,夜来忘闭门。何以酬清时,努力从田园。

松堤芙蓉岛十二咏之一

双涧夹平畴,长堤偃溪水。手自种山松,千株荫清沚。中横樵采径,人行翠微里。溪声有时静,日夕松籁起。

初卜居龙眠山庄十一首之一

霜轻日暖锦为林,渐喜移家住碧岑。松竹许酬三径愿,溪山不负十年心。藤阴石窦支床坐,泉脉云根荷锸寻。携得放翁诗一卷,秋来日对众峰吟。

山居杂诗八首之一

听罢桑阴布谷催,蚕粳晚秫已全栽。平畦秧绿柴门掩,齐唱樵歌入市来。

西郊杂诗二十七首之一

淙淙野水乱成溪,获稻人家近大堤。闲过牛庄小村落,秋风禾黍瓮山西。

吾庐十一首之一

松堤深锁绿杨烟,水湛沙明见一川。布谷声中春似锦,桃花飞落菜花田。

张廷玉,字衡臣,号砚斋,晚号澄怀主人,张英次子。幼岐嶷,俨如成人,甫受学,辄毅然有经济天下之志。清康熙庚辰(1700)进士,由检讨,历官内阁学士,充日讲起居注官,经筵讲官转刑部右侍郎、吏部左侍郎。为刑部时,山东盐贩王美公等纠众不法,聚众闹事。皇上命张廷玉往鞫,备得情实,无辜牵连者多所矜释,道路称平。雍正帝御极,命同翰林院掌院学士阿克敦、励廷仪

办事,擢礼部尚书,充《圣祖实录》副总裁,入值上书房,加太子太保,兼翰林院掌院学士,张廷玉谦辞不就,雍正帝说:"汝学问优长,器量雅重,克堪斯任,何以辞为?"赐御制诗一章,亲书宫扇,诗曰:"峻望三台近,崇班八座尊。栋梁材不忝,葵藿志常存。大政资经画,吁谟待讨论。还期作霖雨,为国沛殊恩。"充《明史》总裁官、《四朝国史》总裁官、《大清会典》总裁官,奉特旨授户部尚书,复疏建浙江、江西连介处编插棚民之议,下督抚议行。旋署理大学士事。雍正丙午(1726)二月,授文渊阁大学士,仍兼管户部尚书、翰林院掌院学士事务。雍正帝对张廷玉十分倚重。其间,张廷玉曾患小疾,雍正帝对大臣们说:朕连日来臂痛,你们知道吗?大臣们惶恐震惊,雍正帝说:大学士张廷玉患病,非朕臂痛而何?后晋升为文华殿大学士、保和殿大学士兼吏部尚书。旋晋少保,赏给一等轻车都尉世职。雍正癸丑(1733)三月,条奏慎刑二事,命九卿议行。九月,谕祭贤良祠大学士张英于本籍,准张廷玉驰驿回籍,举行典礼,赐帑金万两,为祠宇祭祀费,并赐冠带、衣裘、人参等物,颁内府书籍五十二种与其家。中途条奏加赈灾民以工代赈诸事,得旨允行。雍正甲寅(1734)二月回京,上遣内大臣海望迎劳于芦沟桥,颁赐酒膳。乾隆帝御极,命同庄亲王元禄等总理事务,赏给一等轻车都尉,并前世职为三等子,充《世宗实录》总裁官。寻以总理事务敬慎周详,赏给骑都尉由三等子晋为三等伯,加太保。屡以年老乞休,乾隆己巳(1749)十一月,准以原官致仕,赐御制诗三章,称张廷玉"两朝望重志愈坚"。旋以不亲诣谢恩,削去伯爵,频行复赐给御制诗为手书二卷,并御用冠服、数珠、如意等物。归后以朱荃事姻戚牵连,追还历赐诸物并书籍。乾隆乙亥(1755)卒于里第,享年八十四岁,遗疏入,奉旨配享太庙,赐祭葬,谥文和。张廷玉历事三朝,大谋大政多所襄赞,务持大体,而守以小心,故能生结主知,殁邀殊遇。清朝汉人配享太庙者仅张廷玉一人,乾隆己亥(1779)御制怀旧诗列阁臣中,事载国史。凡四校礼闱,三主乡、会试,榜发之日,咸称得人。生平尤敦乡里亲族之谊,遇灾赈必输财倡捐,捐资建东门良弼桥。有客京师者馈赠无少缺。著有《澄怀园文存》《澄怀园载赓集》《澄怀园诗选》《澄怀主人自订年谱》等。

《郡志》:"廷玉历事三朝,大谋大政多所襄赞,务持大体,而守以小心,故能生结主知,殁邀殊锡。凡三主乡试,四校礼闱,咸称得人。尤敦乡里亲族之谊,赒贷款接如韦素焉。"

《贡举考略》:"雍正癸卯顺天典试户部尚书张廷玉,癸卯会试总裁吏部尚书张廷玉,甲辰会试总裁内阁大学士张廷玉,乾隆丁巳会试总裁大学士张廷玉。"

张维屏《听松庐诗话》:"雍正癸卯四月,文和以礼部尚书主乡试,九月又为会试总裁,有《恭纪诗》云:'两番锁院秋兼夏,一室抡才弟与兄。'时药斋宗伯亦与分校也。"

袁枚《随园诗话》:"张文和公七十寿辰,上赐对联云:'潞国晚年犹矍铄,吕端大事不糊涂。'"又曰:"文和公七十生辰,诸翰林祝寿,宴罢,各赐诗扇,上写田园杂兴诗,公终身富贵而诗殊雅淡。"

《炙砚琐谈》:"刘文定公举大科,廷试'五六天地之中台赋',多不解所出,刘挥翰甚速,张文和公睨刘卷,对众朗吟,始得其解。"

《花间谈录》:"本朝汉文臣配飨太庙者,惟太保三等伯张廷玉一人。"

《四库书附存目》:"张廷玉《澄怀园集》三十七卷。"

《宸垣识略》:"澄怀园在海淀,为大学士张廷玉赐园,继大学士刘统勋居之。后为内廷翰林公寓。"

袁枚《随园诗话》卷一:"张桐城相公则自翰林至作首相,诗皆一格。最清妙者:'柳阴春水曲,花外暮山多。''叶底花开人不见,一双蝴蝶已先知。''临水种花知有意,一枝化作两枝看。'《扈跸》云:'谁怜七十龙钟叟,骑马踏冰星满天?'《和皇上风筝》云:'九霄日近增华色,四野风多仗宝绳。'押'绳'字韵,寄托遥深。"

张廷玉《澄怀园语》:"国朝定鼎以来,迄今一百三年,汉人之为大学士者四十人,其居任最久者则李高阳二十七年,次则廷玉于雍正三年入政府,今岁二十二年矣。今年七十有五,衰颓日甚,屡陈情乞退,未蒙俞允,良惭悚也。"

张廷玉是名臣兼诗人。他天资聪敏超群,幼承家学,十岁能背诵《尚书》

《毛诗》,喜为诗。其父张英曾写诗夸奖他:"驹齿初龆发覆眉,可怜聪慧异群儿。已通《典诰》兼《风雅》,远胜而翁十岁时。"自是令属对为诗。其父有"喜看玉儿刚十二,也能捉笔咏寒蓉"之句,欣喜之情溢于言表。张廷玉入仕为官,仍勤奋读书,笔耕不辍,诗文甚富,可惜"雍正癸卯五月,室庐不戒于火,此稿遂为灰烬"。他在《传经堂诗焚余集自选》中写道:"幸当时握管构思,颇出肺腑,近体诗尚记十之六七,古体诗则仅十之二三,因于公事之暇,随所记忆,书短笺纳于敝箧。越二载启视,则得诗千首,间从友人处,获向所书缣素及便面,则与默记者,不失只字,旁观者皆惊诧以为奇。"由此,可见张廷玉的记忆力是何等惊人。

张廷玉对诗歌创作颇有见地。他在《空明阁诗序》中说:"予尝谓诗文出于性灵者,必传于后世。"他强调性情和灵感对于诗的重要性。他在《汪畏斋诗序》中说:"诗之为道,原本山川,极命草木,比物以属事,离辞而连类,此古人立言之大凡也。然必有性情以绾结于中,斯委婉啴谐自盎然流露于采色声音之外。"他认为养育人类的大自然是诗歌创作的灵感之源,诗人要热爱大自然,融于大自然,以养育性情,获得创作的灵感,也就是我们常说的获得江山之助。

他在《汪畏斋诗序》中又说:"夫《乐记》之论音也,曰乐心感者,声啴以缓;喜心感者,声发以散;敬心感者,声直以廉;爱心感者,声和以柔。盖情动于中,声即肖之而出也。诗之道原通于乐。苟无温柔敦厚之性情,纵尺寸比拟,未必不铿锵可诵,然中无所感,又焉能感人!涂泽虽工,所谓譬悦之文,大雅弗尚也。"他不仅强调写诗要有性灵,还强调诗歌要有音乐美,因为"诗之道原通于乐"。此语道出诗歌创作的真谛。张廷玉提出的诗之"乐"就是古之"歌永言"。所谓"诗言志,歌永言",言志与永言相依为用,有言志而无永言,徒以为诗道性情而已,只有言之永而志乃见。温柔敦厚之性情,必须靠一唱三叹之音表达出来,如此才能感动人。

张廷玉在《大司寇励南湖诗集序》中援引其父的一段话,提出诗歌创作的"争取新丽"问题:"余少学诗,先文端公教之曰:'诗何为而作哉?盖蕴于吾之性情,抑扬咏叹,而不能自已者耳。今之为诗者,争取新丽,夫新与丽,非诗之旨也。古人间一有之,亦自然而新,自然而丽,无容心焉。若求新与丽,而转以蔽性情之真,则不知其诗为何人作也。古之善诗者,若晋之陶,唐之李、杜、韦、白,宋之苏、陆辈,不名其集而试诵其辞,则知为某作。此无他,其性情之真不可掩耳。'"张氏父子认为诗歌创作不能刻意标新立异,肆意藻饰,"以蔽性情之真",而是"自然而新,自然而丽",这是很有见地的。

张廷玉借评方贞观的诗,提出诗歌要"风格高逸,辞旨清远,不激不靡,外淡而中腴",诗作要"情深""调古""律严""韵幽"(《方贞观诗序》),"以绝妙之辞,写性灵之语,不事雕绘,而吐纳风流"(《梅亭小草序》)。由此可见,他对诗歌创作要求很高,他的诗大体上实践了这些主张。

杂兴

月亏方就盈,阳尽斯来复。静观天地机,回旋似轮轴。盛满易为灾,谦冲恒受福。所以贤哲流,秉心若虚谷。名高气益卑,位显心弥肃。大智询刍荛,殊勋谢舆服。常恐重载车,不为再实木。以兹保初终,何忧易倾覆?吾愿读书人,勿为晏子仆。

沈德潜《清诗别裁集》评:"高而不危,亲切言之。此公生平持守处。"

我闻昔人言,苛政猛如虎。又诵《魏风》篇,硕鼠况贪取。嗟哉牧民人,煌煌绾圭组。乃以父母称,而为众所苦。驺虞有仁心,麟趾中规矩。蔼然太和气,千载如可睹。君子慎所择,休与毒兽伍。

沈德潜《清诗别裁集》评:"此为墨吏酷吏勖也。有父母称而不愧父母实者,吾愿见其人。"

飘风不终朝,骤雨不终日。三复老子言,可知立身术。譬彼草木微,春华秋始实。气候苟不完,累累安可必。寄语功名人,进取休太疾。早荣亦早枯,易得还易失。默识乘除机,处满须防溢。

沈德潜《清诗别裁集》评:"此戒进取之速,早发还先萎,古人所以贱。"

恭和御制风筝

霞举轩轩五色缯,高危那敢不兢兢。九霄日近增荣彩,四野风多仗宝绳。本是无心舒薄翼,何须着力使长绳?槐烟榆火清明后,应似天池六月鹏。

《芷江诗话》云:"真金华殿中人语,押'绳'字韵尤为寄托遥深。"

山中暮归

林端鸦阵横,烟外樵歌起。我从山中归,幽怀殊未已。小童负欹筐,迂路采兰芷。疲驴缓缓行,斜阳在溪水。

沈德潜《清诗别裁集》评:"添不得一语。"

初春入龙眠山

山桥三板接平沙,十里龙眠探物华。日薄淡烟团竹色,天晴残雪让梅花。长堤带水樵歌远,老树当门鸟语哗。寄信城中枯坐客,寻春须到野人家。

以清丽之词写龙眠山色,以平淡之语道出山林深情,无肆意藻饰之嫌,真可谓"自然而新,自然而丽"也。

第三节 为文峻洁超拔,得史迁之神;为诗清妙灵隽,沁心而韵美
——一代名师吴直

吴直,字生甫,一字景梁,号井迁。世为枞阳高店吴氏。清乾隆丙辰(1736)举人,但不曾应礼部试,无意仕进。生有绝慧,读书过目不忘,一寓目辄能解悟。制义醇古。神明于归有光、唐顺之古文,峻洁超妙,淡雅清新,得司马迁《史记》之神。尤邃于义理之学。著有《四书杂辨》五卷、《学庸释义》六卷,皆辩驳诸儒之说之不合于朱子者,亲切明快,一空陈翳。诗不事雕绘,自

然秀美,抒写性灵,存有《井迁诗集》二卷、古文四卷。又有《经义药石》四卷、《学庸附赘书》二卷。同邑刘大櫆及其弟为其弟子,受学最深,于古文尤得其传,而从弟刘大升、刘瓯玉及从子刘日庄亦肇辈一门,师友俱学,吴直堪称名师,受乡人敬重。

吴㓝甫《井迁先生传》:"先生少居金陵,年二十从其父归桐,折节读书,覃思穷力,寝食不暇。尝集里生为文社,适望溪先生自金陵至,读其文,异之。以亲老授徒于乡塾,善讲论开发后学。后乃游京师,北至马兰关中。丙辰举于乡,年已老矣。工为古文,峻洁超拔,得史迁之神。诗无意求工而清妙灵隽,往往沁人心腑。生平著述甚富,而所存者十不逮二三云。"

刘开《吴生甫先生传》:"自望溪宗伯、海峰先生以文章名天下,而世之言古文者必推桐城。然吾桐当日有与方、刘颉颃而世不尽知者,则为吴生甫先生。先生于海峰为师,于望溪为中表。其天资颖绝,过目即能成诵,所为文磅礴畅达,曲尽其意,然秉性迂僻不合于世。虽以望溪之盛名硕学,先生视之,犹以为不可意也,而望溪先生极重先生之文。先生通音律,好游览,自为诸生后,即遍历四方,北至关外,以泄胸中之奇。决意不应制举。强之,中乾隆丙辰乡试,然终其身亦未尝试礼部也……先生既无意仕进,晚乃屏坐一室,沉潜义理,其于四子实有心得,所以发明疑义者已有成书。其文自成一家之言。学不及望溪之醇厚而才过之,才不如海峰之宏肆而学胜之,盖兼有方、刘之长而但未各造其极也。其辞虽不免刻意求工,而思力之矫变,议论之卓荦,确乎其可传而决不能湮灭者也。海峰先生于先生文,每篇各为识跋,将欲表章以传于世,惜身未通显,不能遂其志。今先生没五十年矣,《望溪文集》既为天下宗法,海峰先生虽未达,文亦盛行于世,独先生知之者鲜,余故为论次,以见吾桐城文章宗派之渊源,且不忍先生苦心孤诣之无传也……赞曰:吾闻诸长老云,先生游京师时,孙文定公、卢雅雨先生微服出,集市楼相与论经史之疑及《论》《孟》之意义,适先生饮酒楼下,闻之,抚案大笑以为误。二公惊愕,迎至楼上问之,先生具为道其所以失者,且条辨疑义以答其问。二公钦叹无已,各欲延致,卒随卢公至扬州,所以资赠者甚厚。然先生既无志进取,又不事生理,故遂坎坷以终不能自振也。夫穷经将以有用也,先生之学行如彼而所遭如此,惜哉!"

吴直生活在乾隆盛世,社会安宁,少兵戈之忧。他无意仕进,布衣终生。不事生产,靠授徒养亲。性好游,囊无余资,"似我客为家"(《赠胡司业》),游踪遍四方,流连光景,陶醉于山水之间,所见所闻,多赋之于诗。他不关注世事。"浮名得失无是非"(《送丁默滋》),独善其身,所以他的诗伤时愤俗之作不多见,所写多抒发性情以自娱。诗格高雅,诗风和谐,清妙脱俗,音韵秀美。其怀旧咏物之诗意深情真,沁人肺腑,尤善写景,诗境如画,画中见情,吟之如坐春风,诵之悦目怡心。如《送春伤别又忆胡司业》:

青山兀兀对茅堂,流水溅溅趁夕阳。万古勋名皆梦幻,三春花鸟亦沧桑。莫教人为朝云老,只恨鹃啼夜月长。索寞琴书唱无和,招魂何处达仙乡。

又《梅花》:

独有梅花是故人,枝枝向我笑颜亲。青衫破帽还为伴,冷艳幽香不厌贫。岂望孤蓬成小隐,聊乘半醉度芳春。昔年亲友多无恙,谁复南邻与北邻。

其咏怀之作,浅吟低唱,别有一番情怀,展现另一番心境。如《咏怀》:

白雪垂双鬓,天边任转蓬。三年穷蓟北,十载卧山东。缪轇琴心静,支离剑气雄。长城孤日落,明月万山空。

柴门连月闭,胜事剧关心。屋里山如画,檐前竹有音。绿槐团鸟语,凉月转花阴。隔却疏离外,幽奇好独寻。

第四节　少撄家难，赋之于诗，归于和平温厚；晚遇隆恩，为诗超逸闳肆，自能兼备古今
——名臣兼诗人方观承

方观承，字宜田，又字遐谷，号问亭。雍正间，有族人荐于平郡王福彭，与语奇之，及随征准噶尔有功，凯旋遂奏为平郡王记室，后保举中书，官至直隶总督，加太子少保。生于康熙三十七年（1698），卒于乾隆三十三年（1768），享年七十一岁，谥恪敏。著有《直隶河渠书》百余卷、《述本堂诗集》十三卷、《问亭集》。

《昭代名人尺牍小传》："字遐谷，雍正间为平郡王记室，以布衣赐官中书，荐鸿博，不就试。精《三礼》，与秦味经同撰《五礼通考》。官畿辅时，尤留心水利，先后延赵一清、戴震辑《直隶河渠书》百余卷，惜未梓行。有《述本堂集》《宜田汇稿》。"

李富孙《鹤征录》："宫保，雍正壬子入都，有族人荐于平郡王，与语奇之，及征准噶尔，遂奏为记室，凯旋授中书，荐鸿博，临试以避嫌不赴。后虽贵，手不释卷，好吟咏，工书，善骑射，晚年生子维甸。高宗尝命抱至，解所佩赐之，公赋《纪恩诗》云：'造膝几人容抱子，眷怀昨岁诏迎医。珠囊佩解龙衣上，玉食颁尝穀哺时。'"

姚鼐《惜抱轩集·方恪敏家传》："公素勤于学，工为诗及书。仕宦数十年，公事之暇，即执书读之，所著有《直隶河渠书》百三卷、《述本堂诗集》十三卷。"又《方恪敏公诗后集序》："吾乡方宫保恪敏公，以经济之才，上辅圣治，膏泽被萌庶，功业垂信史，而又秉受异姿，嗣增家学，作为诗歌，超轶闳肆，自进于古，盖以名臣而兼诗人之盛者也。公自少即以诗名，北穷徼塞，南涉江湖，其词多沉郁慷慨，固古人所云诗以穷而工者。然诗人之情词，因时而变易，朝野穷达，各有所宜，岂必尽出于穷愁而后工哉？公之诗，旧已刻行世者有八集，其七集皆雍正以前之作。至乾隆以后，官位转登，渟意鸿文，上答天藻，政

事之暇,亦间自操吟咏,而已刻者,《蚕词》一小集而已。自丙辰以至戊子之作,别为《薇香》《燕香》两集,凡五卷,藏于家。今公子南耦尚书将赴闽、越督军,过江宁,出以示鼐。鼐窃论国朝诗人,少时奔走四方,发言悲壮;晚遭恩遇,叙述温雅,其体不同者,莫如查他山。今公诗前后分集,颇同他山。其述情纪事,直达胸怀,自能兼包古诗变态,亦无愧他山也。然他山侍直频年,不出禁闼,公则督领畿辅,远使龙沙;障决流以奠民生,筹过师以助圣武;忠悃感奋之志,忧愍笃至之忱,举见词间,存诸后集,非第如他山纪恩扬美而已。论公诗至是,当以匹唐燕公、曲江之伦,故曰以名臣而兼诗人者也。"

张维屏《国朝诗人征略》:"公之祖、父以文字累谪黑龙江,公往来塞外,营菽水,厉志学问,遍知天下利病、人情、风俗,所当设施,以军营建策,由吏部郎中,荐至直隶总督。公明于用人,一见与语,即能知其才,若周元理、李湖等十余人,皆所拔于守令、丞尉中者也。"

《花间谈录》:"恪敏公少时,父、祖远戍宁古塔,公裹粮携奴胡南驹儿出口寻亲,遇雪,见毡庐,主仆依檐而卧,庐内刘孝廉夜梦黑虎抱一白犬,晨起扫雪,见恪敏主仆,异之,延入询家世来历,窥公器宇不凡,以女妻之,后封一品夫人。"又曰:"恪敏公总制畿辅,行义仓法。凡直隶村集建仓一千有五,筹画分晰,立制周详。"

钱文端、陈群序《诗集》曰:"先生祖、父以累居塞外,先生徒步从,辄读书,穷经籍,所为歌诗,道穷苦而纪风土,孺慕之忱,溢于言表。"

沈德潜《问亭诗集序》:"凫宗水部诗激壮苍凉,音节高爽;沃园中翰诗雄俊廉悍,症结尽消;宫保诗词达理举,缔构谨严,而述先德,感君恩,流离颠沛之中,一归于和平温厚。"

陈句山《问亭诗集序》:"先生少撄家难,间关单步,橐馆万里。其伤心拂郁之境,备见于出入关塞诸篇,有古豪士所不能堪者,而先生之气愈和,神愈谧,略无怨怼不平之鸣,洎乎遭时显贵,为所得为,惟一意奉公,上纾军国之筹,下究民生疾苦,而于人世嗜好一无所营。当其渊然独居,歌声若出金石,不异向者逆旅萧条时也。"

《麈定轩谭粹》:"方恪敏少治经,尤专《三礼》,尝博采礼制因革,属稿,闻秦味经蕙田修《五礼通考》,遂畀之,故《通考》中公说最多。"

袁枚《随园诗话》:"公未遇时,南北奔走,备极流离,金陵清凉寺僧中州知其为伟器也,时赒恤之。公诗有'须知世上逃名易,只有城中乞食难'。后官制府,重建斯寺,殿宇焕然。"又云:"公勋位隆赫而诗情极佳。未遇时,有《途中看花三绝》'数枝红艳困轻尘,陇后峰前别有春。袖底飞英吹堕地,似怜驴背有诗人'。'女儿妆罢鬓鬖鬖,鬓底桃花一面酣。结伴前村携手去,每逢花处又重簪'。'稽首茅庵古白华,道旁人献道旁花。慈云座下无多愿,每到花时婿在家'。"

李调元《雨村诗话》:"桐城方恪敏公诗多奇句,《洞庭雪》云:'云影白无岸,浪花飞上天。'《冰床》云:'有绥如驭马,无地与支龟。'《夜来香》云:'钗影半横人倦后,衣香又到晚来时。'《东溪雨后》云:'陇树迥风吹野,人家倒浸前溪。'"

方世举《丛兰诗话》:"宜田侄以征辟起,从鄂相国视河遇之,为诵其军中诗十数首,余闻至'马嚼冰连铁,狼奔雪带沙';'辨面戈攒火,开头钥坠霜'。谓其足抗岑之塞上、杜之秦州也。"

方观承聪明好学,博学多才。由于祖父方登峰受《南山集》案牵连,发配宁古塔之卜魁,父亲方式济随之戍所,服勤左右,以慰晨昏。方观承少年时,生活艰难,奔走四方,备极流离。后他徒步数千里,历尽艰辛,去宁古塔卜魁探视祖父、父亲,为祖父、父亲备菽水。三代人共居土室,搜罗典籍,研读经史,偶亦吟咏。两年后,祖父、父亲俱死于戍所,方观承处理后事后返回。方氏族人对他的纯孝极为赞许。有族人向平郡王言其徒步寻亲事,平郡王欲见其人,族人引见,平郡王与其言谈,奇其人,遂收留。后平郡王拜定边大将军,他以布衣授中书,随征准噶尔,凯旋后擢为吏部郎中。他为人机敏,有治剧理繁之才,堪当大任,不久擢为直隶总督。他在任上,在直隶村集建义仓一千余座,储粮备荒。奖励耕植,发展生产,大兴水利,并延请赵一清、戴震撰《直隶河渠书》百余卷。他知人善任,如周元理、李湖等人就是从地方守令、丞尉中提拔的,后成为名臣。他政绩卓著,深受乾隆皇帝器重。他好学工诗,喜吟咏,即使在塞外,环境恶劣,亦读书不倦,穷经史,所为诗歌,道穷苦而纪风土,尽管出入关塞,有古豪士所不能堪者之困境,而所为诗歌一归于和平温厚,少有怨怼不平之鸣。如《大父遣赴奉天》:

> 重闱倚衰白,我行将何之?寻常未易别,况乃天之涯。饥寒驱冷铗,汗漫无家归。生计在干人,得失难预持。敝裘支冻骨,膻酪充路饥。辛苦付前途,孤踪行李微。回首望朔风,泪眼垂冰丝。翻笑穷途泣,一身何多悲。

诗道尽客途情况,悲苦感伤,但没有怨天尤人的愤懑。晚遇隆恩显贵,乃气和神谧,并推此情以待人,为所得为,惟一意奉公,上纾军国之筹,下究民生疾苦,而于人世嗜好一无所营,坚持操守。当其渊然独居,歌声若出金石,不异过去逆旅萧条之时,以名臣兼诗人而名于时。

他的诗超轶闳肆,气格苍健,自进于古;叙述温雅,直达胸臆,能兼包古今;词达理举,结构谨严;曲折有致,波澜横生。尤其写边塞风光多佳句。如"漠影一行初见树,冰痕十月亦尝瓜"(《哈密东城》)。"黑风饮马人呼井,白雪眠车野裹毡"(《野宿》)。"一片黄云千载泪,秋风吹上李陵台"(《上都河道中》)。"九月通铿猎骑纷,弓刀大雪从将军"(《卜魁竹枝词》)。"依山穴石起炊烟,接陇人耕屋上田"。"雨欲生寒风正斜,奔雷掣电势交加。龙来阴岭真儿戏,雷电光中舞雪花"(《从军杂诗》)。"断柳凭分界,群山退守边。周京严锁钥,藩落控烽烟"(《威远堡边门》)。词语奇创确切,气格苍健,非身到其地者,不能写出前人未道之句。他的一些写景诗,清新悦目,读之令人心往神驰。如《淀舟即事》:

> 雨后空明绝点埃,篷窗斜对夕阳开。遥村暝色收罾去,别港青泥载藕来。
>
> 行过塘头复淀头,苇花近屋稻盈沟。持螯消得金门酒,绝似江南九月秋。

第五节　姚南青诗追古人，诗论精深，为后学津筏
　　　　刘海峰才雄笔健，悲歌慷慨，为后生楷模
——姚范与刘大櫆

姚范，字南青，号姜坞，晚号几蓬老人。先祖胜三公元季随父官安庆，遂由余姚迁桐城，居大宥乡之麻溪，为桐城麻溪姚氏始祖。迁桐城后，以诗书传家，代出名贤，为桐城望族。姚范曾祖姚文然为明崇祯癸未(1643)进士，入清官至刑部尚书，为名臣兼诗人。祖姚士基为清康熙壬子(1672)举人，官湖北罗田县令。父姚孔锳为邑增生，早卒。姚范天性纯孝，敦敏好学。及冠，与同里叶酉、王洛、刘大櫆、方泽、张闲中、江若度、胡一罖、张顾岩、周汝和诸人友善，相约十年不下楼，沉潜经史，砥砺诗文，号称"龙眠十子"。他于雍正己酉(1729)拔贡生，乾隆丙辰(1736)举顺天乡试第二，乾隆壬戌(1742)中进士，授庶吉士，散馆授翰林院编修。乾隆甲子(1744)任顺天乡试同考官，充武英殿经史馆校刊官，兼《三礼义疏》馆纂修官。丁内艰，服阕，起原官，兼《文献通考》纂修官。乾隆戊辰(1748)京察一等，面临升迁，却毅然以疾乞归。其后，往来天津、扬州之间，授徒养家。曾主讲问津书院八年。晚年归里，潜心读书著述，率乡人举义仓，订条约，荒年出赈，活人无数。乾隆辛卯(1771)卒于家，享年七十岁。道光辛卯(1831)，乡人追慕教思，请祀乡贤祠。

姚范秉承家风，以品节自励，清高自诩。其时，张廷玉辅政中枢，位高权重，张姚两家世代联姻。姚范独以为学自高，廉洁自律，与张廷玉少有过往，从不攀附。萧穆《敬孚类稿·补遗》载其轶事云：

> 姜坞编修归田时，有同年某生来为邑令。一日，先生有所亲为产业与人争讼，乞为一言以自固，先生屡辞谢不允，其人含怒而去。后数日，先生夜闭户观书，忽一人自屋而下，执利刃，且怀数百金掷于几有声，前曰："某以与人讼，乞子一言于邑令，何执之坚也？今将剚刃子之腹中，子如能易，当以数百金为寿；若不悟，请以血染吾刃

矣!"气色甚厉,屡以刃拟之,先生观书丹黄如故,不为动。其人无可奈何,乃袖刃怀金而去。

姚范平生严于律己如此,而其勤奋好学,非一般学者所能比。他不以诗文取胜,而以为学见长。姚永朴《旧闻随笔》载其先十五世祖编修姚范"成进士后,益耽心经史,日有定课,家人以饼饵进,公方目注书,误以为墨,磨于砚良久,乃知。故方望溪侍郎言于朝曰:'吾笔墨驰骋不如邑子刘才甫(海峰字),学问详博不如姚南青。'"桐城后学方宗诚亦盛称其"博综群书,不事著述,凡读经、史、子、集百家之言,皆精心校勘于上方,纠谬正伪,拾遗补阙"。姚范以学称著,有《援鹑堂笔记》五十卷,规模宏大,内容丰赡,因家贫无力付梓,迄今存世者惟其曾孙姚莹所刊诗文集及笔记。

姚莹《援鹑堂集后序》:"先曾祖生而渊静,笃行谊,勤问学,鲞孤,发奋策励,偕弟赠礼部公事母以孝闻,官编修,日充《三礼》馆纂修。甲子分校顺天乡试。未几归里,往来天津、维扬之间,主讲书院。所交友若齐息园、杭堇浦、胡稚威、邵叔二、周白民,同里刘才甫、江若度、叶书山、方苧川,皆一时贤俊。公博闻强记,于书无所不窥,论学大旨以广博为门户,沉潜为渊源,而卒归于和平笃实,粹然一轨于儒先,不为诡激之论。所为诗、古文辞,皆力追古人,而得其阃奥。尝约同人十年不下楼,成举世不好之文。其谈艺精深,多前人所未发,尤精选理。手所考订补注者,凡五易本。《十三经注疏》《史》《汉》《三国志》及各史、子、集,评校殆遍。殁后惜多散佚。今谨次第之为《援鹑堂笔记》三十四卷、文集五卷、诗集七卷。"

姚范诗胜于文。姚范以文法论诗,其《援鹑堂笔记》中评述历代诸家诗篇,往往以论文之语出之。如言"曹氏父子,武帝苍健而朴,子桓藻艳,子建浑迈,得文质之中。公干之诗气较紧而狭,仲宣局面阔大"。"韦自在处过于柳,然亦病弱,柳则体健,以能文也"。"老杜自称其诗谓'沉郁顿挫',所谓'顿挫'者,欲出而不遽出,字字句句,持重不流"。诸如此类,不胜枚举。其于唐宋诗人,尊崇杜甫和黄庭坚,称"少陵诗毋论工拙,其居游、酬赠,以及欢娱怨寂,凡平生性情,处处流露,千载下如与公晤对",而谓黄庭坚"以惊创为奇,其神兀傲,其气崛奇,玄思瑰句,排斥冥筌,自得意表,玩诵之久,有一切厨馔腥蝼而不可食之意"。由于黄庭坚的诗颇能显示宋诗的特征,且能启导人的性灵,因此姚范由尊黄而宗宋,并将批判的矛头指向"倡言文必秦汉,诗必盛唐"、创作上流于模拟剽窃的明代李梦阳、何景明等"前七子",讥讽其"效大谢,仿其形迹,遗彼神明,天韵既非,句格皆失妍矣"。"《古诗十九首》浑然天成,兴象神味旨趣,岂可以摹仿得之?然观何、李诸公诗,转复读之,其妙愈出,正如学书者只见石刻,后观真迹,益见神骨之不易几也"。姚范于当代诗人,则盛推标举"神韵"的王士禛,尝评点其《五七言古诗选》,而于赵翼、沈德潜(归愚)则多有酷评,说"归愚以帖括之余研究风雅",其《明诗别裁集》"仍云间秀水之遗意而去取未当","徒资探讨,殊鲜顿悟,结习未忘,妄仞大乘,昧密昧之中边,眩宝器之饭色,未得为得,未证为证,禅家所谓用尽气力,不离故处"。又称"赵秋谷诗本未诣彻而夸诩特甚,诋其乡先辈尤剧。余谓彼于阮亭境地尚隔阡陌。议论如此,盖婆罗门自我慢人之习。所著《谭龙录》卑之无甚高论"(以上引自《援鹑堂笔记》卷四十)。其于性灵派领袖人物袁枚,似亦不偕。袁枚与姚范有"车笠之好",当其改官江南,征题盈袖,独姚范无有,袁枚引以为憾,调之以诗:"南青爱人如老妪,初入翰林殊栩栩。平时著述千万言,临别赠我无一语。"(《随园诗话·补遗》)姚范的诗论对桐城诗派特别对姚鼐颇有影响。著名学者钱钟书说:"桐城亦有诗派,其端自姚南菁范发之。"(《谈艺录》)此评似有过誉,但姚范的诗论诗作对桐城诗派的发展确实有承前启后的作用。

  姚范《援鹑堂诗集》有三百六十四首诗,数量不多,但大都是精品。从题材上看,有酬应、山水、田园、时事、咏史、怀古、咏物抒情等;从诗歌体式看,古体四、五、七言,近体五、七律、绝,皆信手拈来,运用自如,无不得心应手。后人郭麐称其"诗在山谷、后山之间"(《晚晴簃诗汇》)。今之论诗者则直言"他的诗多精思而出,期于雅洁稳健,虽逊义山之风华蕴藉,山谷之骨气高骞,而亦无其隐晦或槎丫之病。修整略近陈后山,而意气舒展,颇见风骨,不觉局促。盖自抒其情,而于杜、韩、义山、山谷、后山均有所取者。五古《咏史》《杂诗》数篇尤堪注意,或似漫咏古事,或若寄慨无端,而皆于现实有感而发"(马积高《清代学术思想的变迁与文学》)。的确,姚范虽于黄庭坚"以俗为雅,以故为新"的主张不持异议,但不像黄庭坚那样有意造拗句,押险韵,作硬语,选奇字,而是讲究声律谐协,词彩鲜明,可吟可诵。如:

《晚望》:"碧云夕已合,漠漠江村树。古寺一灯深,孤僧临野渡。"

《江上阻风》:"几日客程尽,凉深梦不成。荒江秋雨急,古树一舟横。渔火依枫岸,寒螀镇夜鸣。长年吾念尔,终岁此宵情。"

《寄若度》:"我友文通子,清狂卧碧岑。半篙春水绿,一径野航深。花鸟三春梦,诗书百代心。高楼空怅望,相对雪平林。"

《晓发荻港》:"萧寺晨钟歇,残星犹向曙。凉风吹我襟,萧条橹声去。沙禽拍浪飞,渔父烟中语。回首数峰青,不见泊舟处。"

《正月二十四日往扬州道中作》:"杳杳篮舆去,春山面面开。风和占岁稔,鹊喜助儿咍。残雪明丛竹,溪桥讶早梅。沙鸥晴渚在,相顾一徘徊。"

《塞下曲》:"孤城迢递郁嵯峨,慷慨关山出塞歌。万里交河春草绿,十年明月戍楼多。胡儿驱马来青冢,羌女吹芦牧紫驼。五部名王归汉阙,白头中夜几摩婆。"

《山行》:"百道飞泉喷雨珠,春风窈窕绿蘼芜。山田水满秧针出,一路斜阳听鹧鸪。"

姚范对竹枝词亦情有独钟。时有"此去西湖梅雨后,扁舟卧听竹枝辞","此间差胜歌罗驿,更遣巫先唱竹枝"的情趣。如:

《长干竹枝》:"杨柳春风拂小楼,楼前终日看行舟。悠悠一道秦淮水,送尽离人到白头。"

《西湖竹枝词》:"日出湖东鸡子黄,湖中照见两鸳鸯。谁家击鼓唱歌去,西舍女儿新嫁娘。"

姚范写竹枝词虽看似脱口而出,但自然清新工丽,有情有韵,民歌味甚浓,这主要得益于他对民间歌谣创造性地吸收和运用。

姚范的咏史、怀古诗幽深曲折,含蓄意深,颇有尺幅千里之韵。这主要得益于他是学人,精熟经史,用典精当,能借古喻今,诚如马积高所言"或若寄慨无端,而皆于现实有感而发",以表达自己的情怀。五古《读史》首章咏东汉之事,以统治者的侈言文治武功,"蛙紫既熠熄,汉道炳朱光","于赫建武世,景烁逮明章",即由光武帝刘秀,到明帝刘庄、章帝刘炟,"辽辽歌未央","云台绘四七,赋颂侈班张",其实"以质凭春土,不足扬秕糠",诗结语云:"皇王若梦觉,天地就龙凉。斯人不可作,慨焉我心伤。"含蓄而隐晦地揭露了康乾盛世面纱下的阴暗面。次章咏建安时事,"隋珠既在握,荆璞亦冥搜",极言曹氏得人之盛,篇末写道:"谓当致高蹈,何意摧华辀?体弱既足病,肥戆亦为羞。空文侔日月,桢干委山丘。遂使三公位,徒噬孙仲谋。"讽刺了人才济济的盛况之下,有骨气有才干的人被遗弃的不公平现象,致使"桢干委山丘"。影射了清朝统治者实行文化专制制度,对人才的漠视和迫害。姚范中年辞官就表达了他对清朝统治者的不满。他有愤世嫉俗的思想,但在文网严密的情势下,他不能直陈胸臆,只能曲折含蓄地表达,也许这正是姚范的高明之处。

刘大櫆,字耕南,一字才甫,号海峰,因精通医术,又自号医林丈人。雍正时两举副贡。方苞阅其文,赞叹为"今世韩、欧才也",于是入方苞之门为弟子,桐城文派三祖之一。

他才华横溢,意气风发,胸怀壮志。他在《述旧三十六韵送张闲中之任迦河》《感怀六首》中坦露心声:"与君俱少年,意气干斗牛。""壮心吞涛江,起衰窃自负。""生则为国干,死当为国殇。""岂学凡夫辈,徒牵儿女肠。"但命不由人,科场屡试受挫,无缘入仕途一展才志,只能以教书为业,"傍人门户度春秋"。"素抱未及展,华发已盈颠"(《感怀六首》),心有不甘,亦无可奈何。直到六十三岁时,才出任黟县教谕。五年后辞职,聘为歙县问政书院山长,后主安庆敬敷书院。七十三岁回桐城枞阳陈家洲老家,在贫病中溘然长逝。他在《程易田诗集序》中写道:

余性颛愚,知志乎古而不知宜于时,常思以泽及斯民为任,凡世所谓巧取而捷得者,余皆不知其径术,以故与缙绅之士相背而趋,终无遇合。退而强学,栖迟山陇之间,虽非有苦,而亦未尝有乐也。年已晚暮,始为博士于黟。博士之官卑贱无势,最为人所贱简。

读了这一段自况的文字,令人心酸感叹。又有人赠他联语曰:"白发萧然,半盏寒灯,替诸生改之乎者也;黄金尽矣,一枝秃笔,为举家谋柴米油盐。"生动形象,不失为其一生真实的写照。姚鼐诗云:"文笔人间刘大櫆,牢笼百态一时穷。"

刘大櫆虽有牢骚不平之怨气,但有文朋诗友交游之乐趣。他说:"夫以生平未尝有乐之人,徒以与诸君子游处而乐。""黟、歙邻近,歙尤多英贤,敦行谊,重交游,一时之名隽,多依余以相为劘切,或抗论今时之务,注念生之人欣戚,慨然太息,相对而歌,盖余生平之乐无以加于此矣。"(《程易田诗集序》)这种乐为刘大櫆所独有,所以他很乐意,形之于文。

刘大櫆才雄笔健,诗文兼擅。姚莹《桐旧集序》曰:"海峰出而大振,惜翁起而继之,然后诗道大昌。"刘大櫆对诗歌创作理论多有建树,散见于为朋友所写的诗序中,发前人所未发,对桐城诗人创作影响颇大。他在《左仲郛诗序》中写道:

> 诗也者,所以为乐也。去先王之世既远,乐亡而诗独存。夫诗存则音存,音存则乐虽亡而不亡。吾以为今之学者不得如古之人安弦舞勺,而其业莫要于为诗。
>
> 昔者,圣人制为诗以教天下。田野之农夫,闺房之女妇,乡曲之孺子,类皆能为歌谣,以颂其上之美而讥其失。刑罚之烦,赋敛之苛,皆有以自达其隐。抑塞之情舒,而怨憝无聊不平之气浸以微矣。诗亡,则上下之意指喑聋痞结,而陈胜、吴广始得以纵横于阡陌之间。
>
> 夫诗成于音,音成于声,声成于言,言成于志。志平则音和,志哀则音促,志敬则音凝,志佚则音荡。故圣人乐观焉。夫然后奏之

以金石,吹之以管笙,宫以宫倡,徵以徵和,高下疾徐,莫不中节,屈伸俯仰,杂而成文。有诗而君臣之志通也,有诗而父子兄弟之恩浃也,有诗而夫妇之好永也。夫诗何负于人哉……诗成而礼乐之化行矣。

首先,他强调了"为诗以教天下"的功能,诗可"以颂其上之美而讥其失,刑罚之烦,赋敛之苛,皆有以自达其隐",抒"抑塞之情"与"忿憾无聊不平之气"。没有诗"则上下之意喑聋痞结,而陈胜、吴广始得以纵横于阡陌之间",指出诗关乎国之存亡,斯功效可谓大矣。其次,他指出诗歌创作要注重音节。他曾在《论文偶记》中提出"神气音节"说,谈到气、言、声三者之间的关系,为散文创作提供了一个创作、学习、欣赏的门径,诗亦然。因为诗能吟诵,所以他从音乐的角度,着重谈了音节,具体而详尽,对诗歌的创作有启迪作用,这是他的独特之见。抒人情之幽渺,绘物态之繁多,含咀而得其自然之响,则其诗有音乐之美,吟之诵之,悦耳心怡,君臣志通,父子兄弟恩浃,夫好永好,从而达到"礼乐之化行矣"。

诗贵神气。他在《张秋浯诗序》中说:

> 天地之气,默运于空虚莽眇之中,蕴积之久,不能自抑遏,而发之为声,雷乃出地而奋,至于风雨之拂草木,水之激石,其次焉者也。气之精者,托于人以为言,而言有清浊、刚柔、短长、高下、进退、疾徐之节,于是诗成而乐作焉。诗也者,又言之至精者也。若夫鸟兽之噪音,候虫蝇蚓之鸣,又其微焉者矣。且夫人之为诗,其间不能无大小虽殊。大之为雷霆之震,小之为虫鸟之吟,是其大小之殊,要皆有得于天地自然之气。

这里刘大櫆所讲之气,有别于姚鼐所言"神理气味"之文气,而是赋予气的新内涵,即诗的神气、音节、字句,通过具体物象而阐述之,一如姚鼐论文章阴柔和阳刚风格说一样。姚鼐使用一连串博喻,使阳刚阴柔风格这一抽象的文论具体化形象化,生动而鲜明。刘大櫆用生动形象的语言阐述诗的神气、音节、字句,别开生面,使人容易感悟。为诗者,不论比拟辞华,雕镂物象,驰骋江山之壮而为雷霆之震,还是描摹风霜雨露草木之微,穷极奇变,而为虫鸟之鸣,皆要有得于天地自然之气,说明写诗要顺乎自然,合乎时令,气足而声响,虽有大小之不同,而诵之琅琅,吟之缠绵,余音不绝,回味无穷。

诗贵含蓄。以小见大,以微见著,刘大櫆在《郑山子诗序》中说:"虽然,一勺之水,可以知沧海之大;一脔之味,可以知脍炙之美。"只言片语,能见其心腑之所流结,这样的诗意蕴深厚,情幽兴远,回味绵长。

诗贵寄托。托物寄情,托物言志。人之遭遇不同,穷愁艰阻,有志难伸,有才无用,其幽忧感愤之气盘委积叠于胸,郁而不舒,寄于山川日月风云物类之微而写其郁积之思,形于歌咏,或悲吟,或慷慨,可歌可泣,以泄心中之怨愤而后快,所谓悲愤出诗人。刘大櫆的《杂感》《杂诗》《感兴》诸篇大抵都是托物抒怀之作。

诗贵独创。刘大櫆认为"诗贵独立,不贵附和,当深求本领,而后博以古人之风轨气韵,融液而神明"(引自《桐城派名家评传·桐城派之中坚》)。他反对写诗只是排比声律而成为试帖,而应沐浴于三唐之作者,穷其源以及乎汉、魏、六代,溯其流以及于宋、金、元、明,而后博以古人之风轨气韵,神而明之,自铸伟词,独辟新境。他反对摹拟,步前人后尘,谀辞媚语为诗家之大忌。

袁枚在《随园诗话》中说刘大櫆"诗胜于文",吴孟复在《刘大櫆集》前言中说:"他的诗多为言志之作,不像文章徇人之请而作,因而诗比文章少庸腐之辞……就桐城来说,刘诗在钱(澄之)、姚(鼐)之间,也如其文在方(苞)、姚(鼐)之间一样,起到了承前启后的作用。"此评中肯而公允。刘大櫆"非士非农",一介布衣,生活在下层,与民众接触较多,民间之疾苦寓之目而注之于心,感愤郁积于胸,言及时务,究切利病,指摘世弊,见之于诗,多愤懑抑郁不平之气,所以吴孟复说他的诗作"多为言志之作",不屑为卑庸鄙恶之言以干时而求进,亦无慕于世俗之纷华。他评王天孚诗说:"其为诗也,巧而不凿,丽而不淫,蒨而深澹,澹而和平,未尝有世俗一切之语言横亘滥厕于其间。"(《王天孚诗集序》)刘大櫆的诗庶几近之。他敢言敢怒,痛快淋漓。如《杂感》:

> 隆冬御败絮,终日嗟无衣。一朝得狐貉,闭目笑羊皮。菰粱永今夕,顿忘无朝炊。团囵一门内,弟寒兄不知。深官狎阿保,而闵百姓饥。岂非天使独,知临大君宜。吾闻晋帝言,何不食肉糜?中人数家产,流涕诵此辞。

晋帝荒淫无度,奢侈已极,而焉知百姓疾苦?一门兄弟冷漠无情如路人,面对如此现实,作者只能"流涕诵此辞"。可惜这样直面现实的诗篇不多。桐城诗派迨至刘大櫆、姚鼐前振后映,诗名大振。"论诗之家皆谓桐城诗派到刘、姚开始形成,盖就其影响之及于天下者言之"(吴孟复《桐城文派述论》),此言不虚。所以说,刘大櫆不仅是桐城诗派的中坚人物,而且在清代诗坛亦占有一席之地。

时贤名家对刘大櫆其人其诗多有评点。姚鼐《姚惜抱集·刘海峰传》:"先生入京师,方侍郎苞见其文,大奇之,语人曰:'今世韩、欧才也。'其为诗文能包括古人之异体,镕以成其体,雄豪奥秘,挥斥出之。其才有独异者。应顺天试,尝两登副榜。乾隆间举鸿博,又举经学,皆未录用,卒年八十三。"

吴荆山《序海峰集》:"海峰所为诗、古文词,洋洋乎才力纵恣,无所不极,而斟酌经史未尝一出于矩矱之外。"

李富孙曰:"近世言古文者推望溪。海峰学于望溪,能自成一家。诸城窦东皋与海峰论文,极为折服。"(引自徐璈《桐旧集》卷二十五《刘大櫆》)

吴画溪《吴画溪集·刘海峰传》:"先生家枞阳之寺巷,两中副榜,官黟县教谕,修干长须,善饮酒,对客高谈,口如悬河,而复恢谐善谑,不及于乱。"

杭世骏《词科掌录》:"吴文恪公有赠刘生诗曰:'生名大櫆其姓刘,意气横绝凌九州。邂后执礼以刺投,蒙庄滉漾无谬悠。闲仿韩柳劲以遒,诗赋峭蒨穷雕锼,此才矗矗谁与俦?'云云。其推倾如此。"

张维屏《听松居诗话》:"海峰先生文喜学庄子,尤欲力追昌黎。诗格亦高,五言古尤多可味。句如'松叶忽成韵,岭云无定姿';'日边双鸟白,霞外一天青';'路径山折溪回处,人在飘风骤雨间'。皆俊出,未经人道。"

袁枚《随园诗话》:"刘耕南以古文名家,程鱼门读其集曰:'诗胜于文也。'

其《听琴》《独宿》诸篇,尤为清绝。"

徐昆山曰:"五古自李、杜而后能兼汉、魏、六代之长者,明惟高青丘、徐昌谷,本朝惟吴天章、海峰诸选体力与之抗。其五言近体,以盛唐之格律,行中、晚之工缎,当与愚山争衡;七绝高者似李青莲,次则刘中山,又兼有宋、元诸家之盛,真旷代逸才也。"(引自徐璈《桐旧集》卷二十五《刘大櫆》)

周白民曰:"海峰七言诗悲歌慷慨,而魄力足以达之,有李、有杜、有韩、苏,投之所向,无不如意。"(引自徐璈《桐旧集》卷二十五《刘大櫆》)

窦东皋曰:"海峰五言古诗原本魏晋,出入于陈拾遗、李供奉之间,而自成一家。七言淋漓激昂,摆脱常格。五七律亦各入妙品,不愧作者。"(引自徐璈《桐旧集》卷二十五《刘大櫆》)

吴定《紫石泉山房·海峰夫子诗序》:"定成童即好为诗,越十年,以诗就正海峰先生。先生才高而遇穷。于诗靡所不工,而古诗尤超越国朝诸贤之上,其抑塞腾踏悲壮之气,充满天壤,莫之能御,傥亦所谓有郁而鸣者耶!管子曰'蛟龙得水而神可立,虎豹得山而威可载',见丈夫必遭时乃能有为也。曰'千里之路,不可扶以绳;万家之都,不可乎以准'。又见人生遭遇之数难齐也。乡使先生躬为三代秀民,亦岂必履庙堂,制《雅颂》。称美盛德,扬厉肤功也哉!先生之诗,虽不能已于怨,而犹然盛世之音者,其亦有见于此乎?世之君子歌而玩之,穆然想见我国家教泽之方隆焉。"又在《海峰先生墓志铭》中说:"诗亦孕育百氏,供我使令。元、明以来,辞章之盛,未有盛于先生者也。"

第六节 诗词淹雅,婉约清隽,有唐宋法度;诗风淳古,纡徐往复,有阴柔之美
—— 姚鼐

姚鼐,字姬传,一字梦谷,书斋名惜抱轩,故世人称惜抱先生。清乾隆庚午(1750)举人,乾隆癸未(1763)进士,翰林院庶吉士,改兵部主事,寻补礼部

仪制司主事，累迁刑部广东司郎中，历典山东、湖南乡试，所得多知名士。充《四库全书》馆纂修官，因与戴震等人学术观点有分歧，乞病归里。姚鼐沉敏博达，于书无所不窥，善古文辞。康熙中同里方苞修学好古，尤善古文辞，负重名于时，其弟子刘大櫆继之。姚鼐世父姚范与刘大櫆友善，姚鼐本所闻于家庭师友间，学有本原。其为文高简渊穆，阴柔淡雅，诗亦然。由曾、王而上溯韩愈。好之者谓其辞迈于方苞而理深于刘大櫆。乾嘉中，学者多尊汉学，而卑视宋学。独姚鼐卓识冠世，折中论断，一归于和平，粹然儒者之言，克与古圣贤相表里，识者伟之，誉其为集大成。工诗，皆淹雅，有唐宋人法度。嘉庆庚午(1810)重赴鹿鸣，钦加四品衔，卒年八十有五。著有《惜抱轩诗文集》《笔记》《九经说》《三传补注》，编《古文辞类纂》《五七言今体诗钞》等。

赵翼《檐曝杂记》："嘉庆庚午乡试，原任贵西道臣赵翼年八十四岁，原任刑部郎中臣姚鼐年八十岁，恳请重赴鹿鸣宴，奉旨：翼赏给三品衔，鼐赏给四品衔外，各省又有姜绲山、施奕学、周春林、田培共六人，历科之重赴鹿鸣者，惟庚午为多。"

《渊雅堂集》："姚姬传之文简淡清深，翛然有得性情之际。"

陆继辂《篥百药堂集》："文之为道非一端，然自卢陵、眉山、南丰之新安而后，历元明之久，仅得震川、荆川、遵岩三家。我朝自望溪方氏别裁伪体，一传为刘海峰，再传为姚惜抱。桐城一大县耳，而有三君子接踵辉映其间，可谓盛矣。"

袁枚《随园诗话·姚姬传》："诗文之道，凡志奇行者易为工，传庸德者难为巧。姚尝作诗云：'交游聚处思移宅，衰病行时爱棹舟。'此姚掌教钟山时作，有移居金陵之意。盖金陵民气安靖，街衢宏阔，士大夫外来者喜居焉。"

王昶《蒲褐山房诗话》："姬传恺悌慈祥而襟期萧旷，有山泽间仪，松石间意，簿书刀笔雅非所好也。诗词自清隽，晚学玉局翁，尤多见道之语，望其眉宇翛然，已知在风尘之表矣。既告归，屡主安庆敬敷、江宁钟山、扬州安定三书院。以读书学道教多士，地方大吏爱而敬之。古文纡徐往复，淳古简净，亦多不尽之致。"

《姚氏先德传》："公由庶常改兵部主事，旋补礼部，典试山东、湖南，擢刑部郎中，乞养归，相国梁阶平公屡招之不出。公自少及耄，未尝废学，喜导人善，汲引如恐不及。谢蕴山尝曰：'先生如醴泉芝草，使人见之尘念都尽。'礼亲恭王尝求先生为家传。陈东浦卒前曰：'某死必得先生文以志其墓。'新城鲁絜非每心折先生之文，使诸甥受业，其为世推重如此。年八十五卒于钟山书院。所著有《惜抱轩诗文集》《笔记》《九经说》《三传补注》《古文辞类纂》《五七言今体诗钞》。"

姚鼐集学者、诗人、文家于一身，被誉为桐城派之领袖。诗文俱佳，在文学理论上更有建树，如他提出"道与艺合，天与人一，则为文之至"的文学特性论；"义理、考据、文章"三者兼长相济，"自发其思""自适其意"的文学创作论；"所以为文者八，曰：神、理、气、味、格、律、声、色"的散文艺术论；"阳刚阴柔之美"的文章风格说；"求实写实"的创作方法论。全面、系统、缜密地阐述了文学创作的理论，为前人所未能。郭绍虞说："其论文比方氏（苞）更精密，所以桐城文派至姚氏而始定。"

同样，姚鼐对诗歌创作亦有诸多建树，只是没有像文论那样全面、系统而已。他在《荷塘诗集序》中说："古之善为诗者，不自命为诗人者也。其胸中所蓄，高矣、广矣、远矣，而偶发之于诗，则诗与之为高、广且远焉，故曰善为诗也。"如果仅"志在于为诗人而已，为之虽工，其诗则卑且小矣"。他列举曹植、陶潜、李白、杜甫、韩愈、苏轼、黄庭坚诸诗人，他们有"忠义之气，高亮之节，道德之养，经济天下之才"，如果仅仅说他们是诗人，"此数君子岂所甘哉"！他申言："余执此以衡古人之诗之高下，亦以论今天下之为诗者。""夫诗之至善者，文与质备，道与艺合，心手之运，贯彻万物，而尽得乎人心之所欲出。""惟能知为人之重于为诗者，其诗重矣。"所谓"文与质备"，指诗之辞彩与内容充实相匹配。所谓"道与艺合"，指天地自然之道和儒家道义精神，两者各具内涵而又相互一致，"言而成节合乎天地自然之节，则言贵矣"（《敦拙堂诗集序》）。

道与艺合，姚鼐在《答翁学士书》中有具体论述。"艺"即"技"也。他说：

> 夫道有是非,而技有美恶。诗文皆技也。技之精者必近道,故诗文美者,命意必善。文字者,犹人之言语也。有气以充之,则观其文也,虽百世而后,如立其人而与言于此;无气,则积字焉而已。意与气相御而为辞,然后有声音节奏高下抗坠之度,反复进退之态,采色之华。故声色之美,因乎意与气而时变者也,是安得有定法哉!自汉、魏、晋、宋、齐、梁、陈、隋、唐、赵宋、元、明及今日,能为诗者殆数千人,而最工者数十人。此数十人,其体制固不同,所同者,意与气足主乎辞而已。

这里,姚鼐所谓"意"即"道","气"是"意"之一。为诗必须意与气相御,即道与意合,且主乎辞。

姚鼐强调诗人天赋的重要,且要有广阔的胸襟,率性而为。他在《朱二亭诗集序》中说:"夫诗之于道固末矣,然必由其人胸臆所蓄,行履所至,率然达之翰墨,扬其菁华,不可伪饰,故读其诗者如见其人。"强调为诗者要胸次超然尘埃之外,于是诗"高格清韵,自出胸臆,而远追古人不可到之境于空濛旷邈之区,会古人不易识之情于幽邃杳曲之路。使人初对,或淡然无足赏;再三往复,则为之欣忭恻怆,不能自已。此诗家第一种怀抱,蓄无穷之义味者也。以言才力雄富,则或不如古;以言神理精到,真与古作者并驱,以存名家正统"(《答苏园公书》)。他在《海愚诗钞序》中说:"夫古今为诗人者多矣,为诗而善者亦多矣,而卓然足称为雄才者,千余年中数人焉耳。"他接着说:何足称雄才者?"即之而光升焉,诵之而声闳焉,循之而不可一世之气,勃然动乎纸上而不可御焉,味之而奇思异趣,角立而横出焉"。他所谓雄才就是天赋,强调天赋,但也反对恃才而不刻苦学习,"士苟非有天启,必不能尽其神妙,然苟人辍其力,则天亦何自而启之哉"(《惜抱轩尺牍·与陈硕士》)。将天赋与力学的关系讲得十分清楚。

姚鼐主编《五七言今体诗钞》,意在补王士祯《古诗钞》之不足,以救诗之时弊。他在《五七言今体诗钞》序目中说:

> 论诗如渔洋之《古诗钞》,可谓当人心之公者也。吾惜其论止古

体,而不及今体。至今日而为今体者纷纭歧出,多趋讹谬,风雅之道日衰。从吾游者,或请为补渔洋之阙编,因取唐以来诗人之作,采录论之,分为二集十八卷,以尽渔洋之遗志。虽然,渔洋有渔洋之意,吾有吾之意,吾观渔洋所取舍,亦时有不尽当吾心者,要其大体雅正,足以维持诗学,导启后进,则亦足矣。其小小异同,嗜好之情,虽公者不能无偏也。今吾亦自奋室中之说,前未必尽合于渔洋,后未必尽当于学者,然而存古人之正轨,以正雅祛邪,则吾说有必不可易者……声病之学,肇于齐梁,以是相沿,遂成律体。南北朝迄隋,诸诗人警句率以俪偶调谐,正可谓之律耳。

姚鼐所言"至今日而为今体者纷纭歧出,多趋讹谬",不是无的放矢,而是有所指的。王士禛论诗创"神韵"说,其诗多写日常生活琐事及个人情怀,模山范水,吟咏风月,符合当时统治阶级粉饰太平的需要。他在当时负有盛名,门生众多,追随者众,影响很大。他所选编《古诗钞》当然有"渔洋之意"。其时,沈德潜论诗主"格调",拘于"温柔敦厚"之"诗教",其诗多歌功颂德,选有《古诗源》《唐诗别裁集》《明诗别裁集》《清诗别裁集》,信仰者亦多,影响颇大。诗歌创作出现"声病之学""俪偶调谐"的现象,与王士禛、沈德潜二位的诗论不无关系,而姚鼐对王士禛之"神韵"说和沈德潜之"格调"说不以为然。诗歌创作本乎性情,各有所宜,"由其人胸臆所蓄,行履所至,率然达之翰墨,扬其菁华,不可伪饰,故读其诗者如见其人"(《朱二亭诗集序》)。何必拘泥于"神韵"或"格调"呢?姚鼐对王士禛《古诗钞》明确表态"亦时有不尽当吾心者",为"足以维持诗学,导启后进","而存古人之正轨,以正雅祛邪",他选编《五七言今体诗钞》,此书为五七言今体诗之范本,"补渔洋之阙编","尽渔洋之遗志",纠正"歧出",厘清"讹谬"。

姚鼐诗作宏富,诗誉甚隆,他是乾嘉时期桐城诗坛的领军人物。他深知一个人诗写得再多、再好,但毕竟有限。独木不成林,万紫千红才是春。他特别关注桐城文学的发展,所以他注重对里中年轻人的培养,为桐城诗坛营造满园春色,刘开和张聪咸是他最看好的两位年轻人。他平生不轻易赞许人,但对刘开、张聪咸情有独钟,大加赞赏,尝言:"望溪、海峰之坠绪,赖以复振,吾乡幸也。"对他们寄予厚望。爱之深,则责之切。因此,他对刘开、张聪咸为人为诗都提出高要求,对他们的不足和缺点提出严肃批评。他在《复刘明东书》中说:

> 以贤主人为依归,可谓得所矣。处幕中以谦慎韬晦为要,自与默默用功不相碍也。见赠五言排律,句格颇雄,此是长进处,但于杜公排律布置局格,开阖起伏,变化而整齐处,未有得也。大约横空而来,意尽而止,而千形万态,随处溢出,此他人诗中所无有,惟韩文时有之,与子美诗同耳。李玉溪、白太傅及朱竹垞,皆刻意作排律之人,而不得此妙,吾岂敢便以责之明东哉?然作诗,心之所向,必须在此,否则止是常境耳。
>
> 又明东所用故事,都不精切,止是随手填入。姑摘其一联:志公谓徐陵天上石麒麟,岂可易石为玉?又陵官非学士,学士唐乃有此官耳。公孙弘与陵,于鄙人绝不似。止十字中,而病痛已四五矣。
>
> 前所论在诗境大处,勤心深求,忽然悟入;或半年便得,或一年乃得,又或终身不得。后所论在诗律细处,精意读书,可以必得,然非数年之深功不能。前所论文章之虚,故可速而不可必;后所论乃学问之实,故可必而不能速。

刘开是姚鼐的得意门生,姚鼐最了解刘开。刘开慷慨激昂,尤善雄辩,悬河在口,词锋甚锐,难免有言差语错,招惹是非。其时,刘开入友人幕,友人待之甚厚,姚鼐劝他珍惜,所以告诫他要"谦慎韬晦""默默用功",言辞极为恳切,而对他所寄五言排律,对"长进处"给予鼓励,对"未有得"处给予指点,辞婉而意诚。而对"病痛"处即错误,严肃指出,对他"用故事""止是随手填入"的轻率写作态度,提出严肃批评,并勉励他"勤心深求"诗之妙境,"精意读书"以求"学问之实",切莫作"草头名士",最后叮嘱说:"吾恐明东陷入其中,故须为详言之耳。"语重心长,姚鼐真是一位诲人不倦的良师。

张聪咸不是姚鼐的学生,他寄诗文给姚鼐,姚鼐看后极为推崇,给张聪咸写信：

> 承寄见赠诗及诸旧作，俱有奇杰之气，可谓异才矣。夫天之生才甚难，才之生于闾里而俾吾亲见之，尤其难也。今既遇矣，欣喜岂有量哉？以足下之年富，而又精心励志，其成就必大有可观矣。夫惟爱人深者，则惟恐其不成，夫有才而卒不成者，志不高而功不继也。如足下，宜无虑此。然以予相爱之诚，安得不更勖乎？文章之事，能运其法者才也，而极其才者法也。古人文有一定之法，有无定之法。有定者，所以为严整也；无定者，所以为纵横变化也。二者相济而不相妨，故善用法者，非以窘吾才，乃所以达吾才也。非思之深，功之至者，必不能见古人纵横变化中所以为严整之理，思深功至而见之矣。而操笔而使吾手与吾所见之相副，尚非一日事也。鼐衰老矣，犹愿及吾未死而早见足下之有成而已。中人以上可以语，上鼐所言者，所以达最上之材，非中材以下所可闻。足下奇士也，吾以言之，谅不为失言哉！（《惜抱轩尺牍·与张阮林》）

信中所言全发自肺腑，令人感动。姚鼐为方苞、刘大櫆之后显露出的后继乏人的迹象而忧心，便发出"叹昔者文学之盛，而怪今者之不继"。颇感茫然，不由得追问："岂人不悦学，而吾邑之文将自是日衰耶？抑士有藏于室而吾不得识，亦如吾曩者与前辈不相遇者耶？不然，何今昔之殊也。"正当他期盼文学天才出现之时，张聪咸如天之骄子翩然而来，他能不为之欣慰吗？他推许张聪咸为"奇士""最上之材"。他鼓励张聪咸要精心励志，志高功继，必大有可观，并真心真意告之以为文之法。不是老师，胜似老师。他说："鼐衰老矣，犹愿及吾未死而早见足下之有成而已。"这是何等殷切啊！他不愧是一位循循善诱之良师。姚鼐的诗作固然为桐城诗坛增光添彩，其诗论亦大有益于桐城诗人的创作，但对桐城后进的精心栽培，其功甚伟，令人敬佩。

值得一提的是，姚鼐尊师，对老师的教诲终生感激，念念不忘。方泽是他的启蒙老师，"先生馆于鼐家，鼐兄弟皆受业"。称赞他教学有方，对方泽的人品学品给予高度评价，称赞其诗文"高言洁韵，远出尘壒之外"，为不忘教育之恩,写下《方待庐先生墓志铭》以志不朽。对刘大櫆更是敬佩感激有加,生前写信、写寿序,死后写祭文。对刘大櫆诗文给予高度评价:"世有斯文,千载之雄。百世所述,当世则穷。"刘大櫆晚年"退处江干",贫病交加,他写信表达自己的关心和牵挂,多次去探望他,"相见以泣","要我床前,强坐业业。犹有高言,记为上法"(《祭刘海峰先生文》)。何等感人。他在《怀刘海峰先生》诗中写道:"先生高卧楚云旁,贱子飘摇每忆乡。四海但知有父执,一鸣尝记值孙阳。于今耽酒能多少,他日奇文恐散亡。脱足耦耕如未晚,百年吾亦发苍苍。"几多深情,几多思念,几多感喟。寄寓笔端而洋溢字里行间,感人肺腑。姚鼐执教四十年,乐此不疲,与恩师对他的影响不无关系。

  姚鼐文名太盛,诗誉为文所掩。其实,"惜抱诗深博大,足为正宗"(程秉钊《国朝名人集题词》)。王昶《蒲褐山房诗话》:"姬传恺悌慈祥而襟期萧旷,有山泽间仪、松石间意,簿书刀笔雅非所好也。诗词自清隽,晚学玉局翁,尤多见道之语,望其眉宇翛然,已知在风尘之表矣。"他的诗与刘大櫆的诗前振后映,使桐城诗道大昌。姚鼐主张熔铸唐宋,其诗气格浑朴,才力富备,足为韩、苏后劲。他推崇黄庭坚"兀傲磊落之气",曾选《山谷诗钞》,希图以救性灵派"纤佻""轻薄"之弊,洗涤作俗诗者的胸臆。钱基博在《陈石遗先生八十寿序》中说,姚鼐继承了刘大櫆"错综震荡"之气,"参以黄涪翁(庭坚)之生崒,开阖动荡,尚风力而杜妍靡,遂开曾湘乡以来诗派,而所谓同光体之自出也"。可谓"惜抱之诗,方兴未艾"。张裕钊以姚鼐七律与施闰章五古、郑珍七古并推为清代第一。姚莹以为其从祖惜抱翁"诗以五古为最,高处直是盛唐诸公三昧,非肤袭貌取者可比……七律工力甚深,兼盛唐、苏公之胜。七绝神俊高远,直是天人说法,无一凡近语矣"(《识小录》卷五《惜抱轩诗文》)。如《过程鱼门墓下作》:"忆挈柔毫就石渠,春风花药袭襟裾。随珠荆玉多奇士,金匮名山见异书。霄汉几人成令仆,沧洲吾道在樵渔。独君埋骨青山隧,长鬣松呼似识余。"落落前踪,萋萋宿草,不言哀而哀已至,悲哀尽在不言中。如《淮上有怀》:"吴钩结客佩秋霜,临别燕郊各尽觞。草色独随孤棹远,淮阴春尽水茫茫。"《大观亭》:"中丞祠倚石崖青,杖策秋风更一经。举目衰林如脱发,几人采鞠制颓龄。清江三面舒州郭,南岳千峰皖口亭。落照横天鸿雁起,独凭长啸对冥冥。"才调独出而气象宏大,充满雄健浩荡之气,有情有韵,朗朗上口,均是好诗。又如《汶上舟中》:"尽室相看浮汶去,数山如画入船来。"《别梦楼后次前韵却寄》:"百年身世同云散,一夜江山共月明。"《过汶上吊王彦章》:"乱世鸟飞难择木,男儿豹死自留皮。"诚如诗人郭麐所评:"家住浔阳江上,欸乃一声,有时绝唱。"曾国藩、张之洞、包世臣等人都对姚莹诗叹服不已。

姚莹行履不广,除一登泰山、临眺长江外,祖国的名山大川几无跋涉。他在《左仲郛浮渡诗序》中慨然说:"他日从容无事,当裹粮出游,北渡河;东上太山,观乎沧海之外;循塞上而西,历恒山、太行、大岳、嵩、华,而临终南,以吊汉、唐之故墟;然后登岷、峨,揽西极,浮江而下,出三峡,济乎洞庭,窥乎庐、霍,循东海而归,吾志毕矣。"友人戏之曰:"君居里中,一出户辄有难色,尚安尽天下之奇乎?"如果姚莹成行,其诗之境界必将大为开阔,诗歌创作必将是另一番景象。然如友所讥,连距家百里的浮山亦未曾游览,困于书斋教室,因而诗的题材不丰,诗境亦欠开阔,这是他诗歌创作的不足之处。

第五章 桐城诗派之赓续

第一节 吴荃石发为诗歌,清奇雄杰,语必惊人
吴惠连大器晚成,其诗逸气横飞,有初、盛唐之气象
——清白吏诗人吴贻诚与吴贻咏

吴贻诚,字荃石,号竹心。吴隆鹭之长子。少秉家训,笃内行,与弟吴贻咏友爱无间言。幼即能诗,格律精细,工于赋物,又善俪体文,尤重经世学。其父官刑部主事,性宽和好施,亦工诗,有《拙余轩诗集》。殁后,家道中落。谋所以养母者,吴贻诚游闽一年,后北至京师,客果邸为上宾,就主簿职,拣发直隶河工,补交河主簿,乾隆壬戌(1742)迁大城丞。大城受滹沱、漳、滏诸水之委为子牙河,总汇于三角淀,素称河防要地。吴贻诚谙练河务,受知制府,昕夕入参行幕。会尚书阿果毅奉命勘视三滩里河堤工,属制府选贤员随行。制府以吴贻诚对,阿果毅语制府曰:"吴其丞也,易之。"再请,制府仍以吴贻诚对,卒与偕行。事竣,阿果毅语制府曰:"吴丞位虽卑,熟河务,不易才也。"旋摄东安县印。有兄弟年八十余,争讼不已,吴贻诚谕以大义,皆感悔泣下,邑人为之歌曰:"安墟邑,浑河滨。安墟令,仁而神。阋墙不侮皆明伦。"升静海令,葺书院,增生徒膏火。士风丕振。值岁旱患蝗。吴贻诚就洼下产蝗处发而歼之,岁得以稔。逾年又有水灾,吴贻诚为请上宪,按籍给赈,存活无数。后因事罣误,开复补新河令。新河多沙田,民以种棉为业。吴贻诚引导百姓

尽纺织之利。又尝言：明成化以前，邑西南为河泊，饶蒲鱼。受巨鹿诸水南近监河，利在疏排而扼之，易成水患，故新河之误苦堤工，方欲绘图上告，而以芜瘁病卒，年四十九。著有《竹心诗草》《静者居诗集》。

《吴氏家传》："隆鹭长子少秉家训，与弟贻咏友爱无间言。幼能诗，精持格律。就职主簿，以保举，令静海，调新河，卒年四十九。"

方损斋《静者居诗集序》："先生为种芝吏部兄，吏部曰：'兄少而困于贫，壮而倦于游，老而劳于官，迹其生平多不如意。其发为诗歌，道性情，纪民物，或清以奇，或雄且杰，言皆有物，语必惊人。'余读其诗良然。因念吴氏自退余先生以诗学启其宗，哲嗣则新河吏部，文孙则春麓侍御、星槎刺史、岳青征士，曾重则子方、逊先，一门四世，人人有集，六诗三笔，得得呈材。此家学源流之盛，亦桐山钟毓之美矣。"

方东树《延陵四世诗集序》："竹心承庭闱之训，其诗警创奇辟，时有远想。入仕后，多道民隐，似元次山。"

吴贻诚善于写景，词清句洁，诗中有画，画中有情，所谓"时有远想"，耐人回味，如《山城晓发》：

> 春深积翠暗林塘，曙色徐开石路长。竹叶数村人面冷，菜花十里马蹄香。溪声古寺呼茶客，雨意荒园卖笋郎。得得小奚差免俗，残红收拾半诗囊。

吴贻诚的咏史诗警创奇辟，发人深省。如《读史杂赋》七首之一：

> 乐府开元纪盛唐，三郎底事竟郎当。东宫善剪桑条乱，别殿偏怀荔子香。花萼醉醒停羯鼓，马嵬生死问香囊。珍珠曾报楼东赋，瘦损江梅恨亦长。

唐玄宗平韦氏内乱，干净利落，却"偏怀荔子香"，以杨玉环而致乱。眉睫之喻，讽刺深婉。

吴贻咏，字惠连，号种芝。吴隆鹭之次子。少颖悟绝伦，且勤奋苦学。生十四岁而孤,居父丧有至性,族人异之。家贫无以自存。兄吴贻诚谋食京师,吴贻咏茕茕无依,经常终日不食,犹诵读不辍。每府院试往返皆徒步,羹藜炊黍,有人所不能堪者。年二十五始补县学生。不久,北上就兄吴贻诚任所肄业国子监。应京兆试,会兄吴贻诚卒于官,奉母泊舟,过临海,遭遇贼匪王伦,滋事舟中。烽火相望,舟人大恐。僮仆奔散。吴贻咏意气闲暇,抚慰众人,舟乃适发。吴贻咏作《南归纪事》诗,有"全家苟被俘,义在必骂贼。兄死死职守,弟死死沟洫。相携八九原,浩然无愧色"之语。同人壮之。中乾隆癸卯(1783)举人,年四十八矣。乾隆癸丑(1793)中会试第一,改翰林院庶吉士。丁母忧。服阕,散馆,改刑部主事。旋授吏部验封司主事。生平与物无忤。其处部务,慈祥简要。每见重于同官长吏。属文严整精密,一丝不苟,未尝有草书,蝇头小楷万字如一。虽改生徒文,亦必蝇头细楷,俾阅者了然。喜吟咏,诗宗盛唐,清音婉转,韵如回雪流风,四方才士莫不敬重之。年七十一卒于官。著有《芸晖馆诗集》。

《吴氏家传》:"公为退余次子,少颖悟,家贫无以自存,而诵读不辍。尝泊舟临海,适贼匪王伦滋事,公意气闲暇,慷慨抚慰,同人壮之。生平与物无忤,属文严整精密,诗宗盛唐。"

戴璐《藤阴杂记》:"名士晚达,如姜西溟、沈归愚皆年至古稀矣。又王楼村式丹癸未会状,年五十九。吴种芝贻咏癸丑会元五十八。"

礼世子昭梿《芸晖馆诗集序》:"先生江上名流,皖城令品。清音宛转,韵如回雪流风;文阵连翩,句似镂金错彩。十年作赋,薄三唐以后之篇;五夜高吟,溯汉魏而还之什。高台挂剑,本家世于延陵;邺下寻盟,乃追踪于季重。万言立就,倚天拔地之才;五斗解酲,红友黄娇之契。一庭吟咏,秀此惠连;千里遨游,缅怀康乐。于是登车吊古,倚马挥毫,载风月以随人,览江山而助我。历燕齐之胜迹,遍吴鲁之名区。访遗踪于白下,剩水残山;吊慷慨于屠门,龙蟠虎踞。白登苍莽,朝朝凝绝塞之霜;青橡荒凉,夜夜结乡思之梦。故其性情感激,逸兴萧疏。谅哉千古之骚人,久矣一时之杰士!"

方东树《延陵四世诗集序》:"吏部鲸吞虬横,薄云霄,沮金石,驰骋乎山川之壮,研摩乎景物之华。观其风格,时与唐贤高达夫、岑嘉州、李翰林相近,有初、盛承平气象,无寒俭困瘠之情。自中朝士大夫及四方才士,莫不慕重之。"

徐璈曰:"先生喜吟咏,能洪饮。生平尝处窭境,无蹙蹙容。举于乡,年四十八矣。又十年乃成进士。癸丑试礼部日,春麓侍御与焉,及揭晓,先生跃然曰:'子不先父,我固知若逊一筹也。'侍御于己未成进士,其弟星槎刺史又于辛未成进士云。"(引自徐璈《桐旧集》卷十四《吴贻咏》)

吴贻咏才名早著,大器晚成。酷贫好学,喜欢吟诵。他的诗,时贤多有好评。如《春雨吟》:

春风不解离人苦,千里濛濛作春雨。紫蝶黄蜂不敢飞,流莺静听鸣鸠语。鸠语纷纷阴复晴,朝来纤雨带愁生。春雨滴春春欲尽,春风吹草草含情。草色青袍看不见,旧日王孙此芳甸。何人歌挹渭城尘,何人酒贳黄金钏。天涯昨夜春风起,琼筵夜夜春如绮。不见红颜驻古人,但看春色随流水。流水声中愁复愁,行人陌上去悠悠。村南折柳泪如线,城北卖花声满楼。楼头飞雨湿阑干,人面桃花带泪看。玳瑁窗前听不尽,水晶帘上拂犹寒。此日春寒拥敝裘,何如花影弄芳洲。君批宿雾窥金镜,妾上青天化玉钩。玉钩金镜起相思,暮雨朝云两不知。榆关坐惜孤鸿度,绮陌遥怜一燕归。雨雨风风燕子斜,青丝白马向谁家?玉阶自理云和瑟,满树樱桃昨夜花。

徐璈评曰:"钩带其词,缠绵其思。《玉台》篇什之遗,应与盈川、龙门分席而坐。"

西楚霸王墓

楚云千里下平芜,草色青青墓欲无。幽径日斜苍鼠窜,荒原风急皂雕呼。殁身恩怨两亭长,反掌存亡一饿夫。衣锦与谁同富贵,招魂翻累鲁诸儒。

徐璈评曰:"五、六奇警,与陈恭尹'汉朝终始在三巴'语同一精确。"

西湖竹枝词

南高峰对北高峰,南北高峰烟雨浓。不为湖心有明月,两峰对面不相同。

徐璈评曰:"此等竹枝风调,殆可攀提梦得。"

第二节 马春迟言语妙天下,诗超轶埃壒
史兰生才思过人,落拓江湖,有"诗文书画四绝"之誉
——马朴臣与史培

马朴臣,字春迟,号相如。少励学行。工诗歌,言语妙天下。游学吴越,与诸名流唱和。每有所作,辄为诗坛所传播,一时名贤咸推重之。年五十始举雍正壬子(1732)顺天乡试。考授内阁,诰敕撰文中书。乾隆丙辰(1736)开鸿博科,公卿争相以其名荐,已入选名单,为忌者所阻去之。马朴臣不以为意。马朴臣天才俊逸,敏捷过人,为诗文不起草,千言立就,不易一字。晚直秘阁,所为诗文不耐书,不善收拾,大都散失。子马腾元搜辑遗草,仅得二卷,德州卢见曾都转为之序而刊行之,名曰《报循堂诗集》。

李富孙《鹤征录》:"相如由中书,为工部侍郎张廷璓荐举鸿博试,未用。为人豪俊不群,诗亦超轶埃壒。"

杭世骏《词科掌录》:"相如才气豪迈,所至倾其座人,与方南堂为石交。"

郑方坤《诗人小传》:"相如少力学,即工诗,与方南堂友善。南堂诗力造清真,有若弹丸脱手,相如接踵而兴,投袂而起。南堂《寄怀》有云:'自入秋来常中酒,一从君去断吟诗。'可想见林谷之同声,而沆瀣之一气矣。"

李调元《雨村诗话》:"桐城马相如、阳羡吴介子有诗名,负才落拓,适越,同主萧山沈可山家,居傍湖山,花月燕游,簪裾满席。一日遇亲迎者,马、吴二君不问主人,径造其青庐,作《新妇催妆》数首。"

李富孙曰:"相如客扬州,有'客到几人曾跨鹤,我来三月不闻莺'之句,后

沈平山题其遗稿云：'山阳人去笛声秋，断纸零缣小守收。七字凄凉三月客，不闻莺语住扬州。'"（引自徐璈《桐旧集》卷二十四下《马朴臣》）

张南山曰："相如诗如'不争鱼得失，只爱傍桃花'；'月影分明三李白，水光荡漾百东坡'句。皆工警。"（引自徐璈《桐旧集》卷二十四下《马朴臣》）

卢见曾《序报循堂诗集》："相如自幼能诗，言语妙天下。游学于越，与诸名公巨卿争执牛耳。每有所作，传播浙东西之口，顾十踬棘闱，及登贤书，考补中翰，荐鸿博试又不第。相如天才极富，少壮为诗，七步八叉都不起草。关中马思山位尝以诗学盛于龙眠，每推重相如与方南堂。及余出塞，思山卒，余哭以诗，即寄相如，相如属和云：'诗哭九原无寄处，书来万里吊相知。'可以知其诗，可以知其人矣。"

方贞观《寄怀相如》："凉风入帘幕，黄叶下阶除。一岁见飞雁，离人未有书。云持古谊往，恐与世情疏。二顷山田在，何如归旧庐。"

马朴臣天资聪敏，富于诗才，又是性情中人。其胸次洒然，一无尘俗。逸态潇洒蹁跹，才锋舌剑凌厉。他在《赠同年鄂休如太史》诗中写道："有时得意诗百篇，珠玑迸落珊瑚舞。奇气直揽青天高，岱华烟霞吞肺腑。借问平生效法谁，一笑无今更无古。"与其说是写同年友鄂休如，不如说是其自我写照。他不名一家，自树一帜。其诗意必独造，词必己出，亦不斤斤师古，而有时直逼古人，足以洗涤尘俗。清隽不群，淡雅可诵，深得诗人之旨，迥非时辈所有。其声和平舒徐，所谓发乎性情者也；其韵深厚缠绵，而回味无穷。诗贵有情。如《闻方南堂复生女诗以慰之》：

> 琴书满眼仗谁传，老去心情剧可怜。望子翻成多女累，寄家深赖故人贤。香山定有销魂句，子厚宁无慰意年。君抱千秋真种在，可知不朽是诗篇。

方南堂是他的诗友，他以古人为例安慰方氏：白居易子夭，以弟白敏中之孙为嗣；柳宗元晚年生子；末借诗篇不朽为传后之慰，最为得体。所谓情真情深，此诗见之。

又如《宗弟思山殁京邸孀妇远在秦中卢雅雨塞外遥哭以诗不远寄予因和

其韵》：

> 山阳往会不堪思,想见穷边堕泪时。诗哭九原无寄处,书来万里吊相知。才名折算天犹忌,生死论交老更悲。未掩幽光吾辈在,遗文重订待钟期。

声声泪,字字悲,伤心哀痛之情充溢于字里行间,真不忍卒读。

马朴臣善于写景,诗中有画,画中见情,情景交融,淡雅清隽。如《枫桥夜泊》,毛西河评曰:"当与张继并传。"诗曰:

> 岁暮荒江风雪中,水光虚白冷溶溶。可怜夜半渔牙鼓,打断寒山寺里钟。

马朴臣诗多佳句,摘句:五言诗:《客枕不寐》"月荒千里梦,秋透五更心。"《张宗伯亦病复用前韵索和》"五亩疏梅影,双溪皓月辉。""笔光疑有月,胸境本无秋。"七言诗:《狂金歌为金晴村作》"当涂落魄谪仙人,成都乞丝少陵老。""美官不好何有名,祸患不畏宁忧贫。""丈夫宁可不遇死,岂肯随人生活计。"《兰亭小集留别越社诸子》"文章得意何今古,湖海多情即比邻。"《运使卢雅雨有塞上之行把晤于思山宗弟旅寓明日别去诗以怀之》"升沉不改怜才癖,甘苦常贞报国心。"《秦淮水阁醉题》"月影分明三李白,水光荡漾百东坡。"

史培,字兰生,号南坡。自幼好学,负不羁之志,然屡试不售,以诸生终。家贫不能自食,于是橐笔遨游四方,东之齐,西走蜀,南走楚,北走燕赵,中走豫晋,所历名山大川,云垂海立,大都幽谷,沙起雷鸣,人物鸟兽之新奇,花草昆虫之异趣,巨涛浊浪之排空,溪流清澈之涓涓,以及晦明风雨,旅馆萧斋,失路挑灯,奇遇奇穷,一切惊愕颠险之状,皆托于大放轾鞅之笔,而如嗔如诉一一达之于诗。他善画,尤兼左手书,堪称一绝,多才多艺,时人誉为诗文书画"四绝",名著于世。乾隆己酉(1789)以例试,就职黔南,以府经历授事十余任,承办军务。跋山涉水,日夜操劳,吃尽千辛万苦。两次经历边陲蛮荒瘴疠,烽火惊心,九死一生之事不胜枚举。有功,擢受遵义县令。不久,复任东晋盐官,署库大使,因事解绥。嘉庆甲子(1804)冬,史培进献回文诗,恭祝皇上万寿,荷蒙恩赐珍物。嘉庆辛未(1811)春,五台接驾,进献左右笔书画,仰邀赏取奉旨特用县令,于嘉庆癸酉(1813)四月分选浙江之镇海县丞。衙门冷署,官微俸薄,然尚可以望海吟咏而聊以自慰。

史培喜交游,同游者大都是性耽风雅之诗文高手,诗文往来,咏朝咏夕,刻烛分题,乐此不疲。其诗也日积月累而渐富。他所游地域之广,在桐城诗人中堪称独一无二,见闻广,丰富了他诗歌创作的题材,他的《余事集》涉及面极广,包罗万象,瑰丽多姿,尤其是边陲地区奇山异水的风景及各地方奇怪风俗的描写,这在桐城诗人的诗作中也是独一无二的。

叔祖史奕昂《余事集序》:"阅其文诗书画种种佳品,心甚悦怿,文章清真入妙。历举秋闱不第,信命不由人也。书法隽丽遒劲,宗秦汉晋唐诸家而集大成,兼能左手书,用坡公羊毫笔作悬针蝌蚪文,天然奇妙,疑非人力所能造也。画法墨意写生,恬淡入神,迥超宋元人标格,为世所少有。诗章近体则盛唐楷模,古风则六朝丰范,直可与嚼梅花,读《汉书》同滋味焉。南坡祖号陶亭,京师举博学,后宦游粤东,镌有《十则堂》《天然楼》二集传于世,此南坡诗所自来也。然而南坡少孤,家多难,茕茕独立,遨游山水间,南北奔驰二十余载,艰难险阻,备尝之矣。乃苦心笔墨,虽落拓江湖,津津无厌弃心,是以当代名公巨卿靡不刮目相视,叹曰:'江左名下风夫南坡一介寒儒也,其惊人佳构愈出愈奇。'每求得者莫不珍为奇宝,而胸襟旷达,才思过人,意气豪迈,尤可概想,非独吾家千里驹,真盛世有传人矣,其可因不第而遂忽之欤?"

陆达履《余事集序》曰:"南坡史君,皖江才士,能诗兼书画。少年走南北,郁郁不得志于有司,寻以例试,吏黔中,三办军需,备尝艰苦,蹶而再振,铨理山左盐策,不久复去官。时运之轗轲,几经变迁,而其诗亦日积月累而渐富。向有南坡小草之刻,宗衮奕昂先生叙之,脍炙人口矣。今起任镇海丞,公余之暇,裒其全稿,命曰《余事集》。将汇付梓人以示余,余维'余事作诗人'昌黎句也。南坡寄意于此。是南坡之志之才固有远出于作诗之外者,顾以达少穷多之境困顿,不获畅其所施,而所以见其志与才及夫生平时命者,俱在此一编之诗,后之诵君诗者,论世以知其人,虽谓之穷而益工可也。若云诗能穷人,彼世之不能吟一字而徒以困穷泯没此生者,又曷可胜数哉?余故乐书之,而更愿南坡之诗之老而弥壮,毋或牵于时命之穷通也。"

像史培这样的穷而工诗者,在桐城诗人中大有人在,如李雅、刘大櫆、刘开、徐宗亮、杨澄鉴等莫不如此。欧阳修所谓"诗穷而益工"之说兴,后世论诗者,遂以诗人少达多穷,文章憎命达,诗亦如此。所以然者,大抵时命不济,怀才不遇,志不能伸,生活艰难,抑郁悲愤蕴蓄于中,莫不托于诗,以抒写其慷慨悲歌之志为快,所谓"诗言志"也。史培阅历丰富,诗境宽广,他将山川草木、鸟兽鱼虫及人事之可惊可愕一一赋之以诗,而温柔敦厚之本旨,兴观群怨之深情,洋溢于清词丽句之中。其诗不论是鸿篇巨制,还是简约短章,则豪情艳趣,婉约缠绵,不涉淫哇词,所以他诗品正,诗格雅,诗味醇。如《历下听雨园次友人韵》:

  亚字阑干曲径幽,水边矮屋小如舟。窗开图画湖三面,桥锁山城月一楼。仿佛烟迷彭蠡晚,依微风送洞庭秋。芰荷香泛葡萄盏,赖有新知共唱酬。

第三节　王宾麓为诗沉雄健雅,格高韵胜,清而不寒,华而不缛 张勖园为诗高秀雄阔,跌宕生姿,词清字洁,情韵深婉
——王灼与张敏求

王灼,字宾麓,一字悔生,又字明甫,号晴园。清乾隆丙午(1786)举人,主祁门书院,官东流教谕。生于乾隆壬申(1752),乾隆乙卯(1795)科大挑二等,官教谕,在东流县任职十五年,以谢病归里。嘉庆己卯(1819)卒,享年六十八岁。幼从刘大櫆游,兼攻诗、古文,从不懈。其为姚鼐同门,为文尊方苞,笔力雄健,语言雅洁。王先谦、黎庶昌两种《续古文辞类纂》,均选有王灼的文章。于诗则沉雄雅健,在主性情之外,兼重气格、神韵、音节、辞藻,打破了其师刘

大櫆的藩篱，骎骎乎与古作者争雄，故在乾嘉之际，他不仅是桐城诗派重要的一员，而且名震海内，在清代诗坛享有盛誉。

值得一提的是，王灼热爱乡先辈诗歌，倾注心血选编了《枞阳诗选》。是书选材精当，内容丰富，全书共二十卷，末卷为自选诗，共选了一百五十四位诗人的作品。枞阳在明清时，仅为桐城东乡一镇，竟出了如此众多杰出的诗人，真乃人杰地灵也。诸多名家时贤为是书作序，如马树华、张际亮和邑后学张寅等，对王灼热爱乡邦文学的精神表示敬佩。他热爱祖国、热爱人民、热爱故乡，反对侵略，揭露时局的腐败无能，其愤懑心情无不充满于所选诗篇的字里行间。或表现出大节不夺的民族气节，或显示出洁身自好的高尚情操，确实是一部血肉饱满、诗情荡漾的著作。至于间有感时伤世、叹穷嗟老、超脱现实的篇什，读者自能体味鉴别。但也可以从这一侧面看到当时诗人的心情和处境，从而反映出当时社会的面貌。就其文学价值和艺术性来看，此书不仅备一邑之文献，为研究桐城诗派的第一手宝贵资料，而且可供海内诗家研究，它的广泛性和永久性是毋庸置疑的，必与古代诸家著名选本相匹配。王灼其功甚伟。

方东树对王灼为人、学行、诗品评价甚高。他在《先友记》中写道："王灼，字溪麓，居枞阳，海峰弟子。乾隆丙午举人，为池州府东流县教谕，著有《晴园文集》《诗集》。先子与君论诗文最相得，大约皆宗海峰也。东树在江宁时，每乡试之年，君例来送诸生录遗科举，东树必往谒。其后君归，东树过枞阳，亦必谒于其家。君为人方严静重，不苟言笑，持身刑家一率以礼，枞阳一镇之人无不惮王先生者。仪征阮相国与君为同年，然以文行独最重君，他同年不及也。"

王灼的诗，时贤名家多有好评。刘大櫆评其《初稿》："初试落笔，已脱去世俗数十辈语言，后山一瓣香，不患其无所托矣。"

窦东皋："诗格在初、盛之间。"

吴澹泉曰："庄严则清庙明堂，沉着则万钟九鼎，高华则朗月繁星，博大则泰山乔岳。昔人论七言云：兼斯众美，不名一家，悔生诗其近之。"又曰："七绝之源出自乐府,集中如《边词》《古意》诸作,色古韵长,高华婉约,无妙不备,求之百余年作者,实罕其伦。"

陈澧㿟:"悔生诗清而不寒,华而不缛,其格高,其韵胜也。"

鲍桂星《题集诗》:"瓦缶雷鸣久,黄钟此独撞。惊才汩苏海,杰笔倒潘江。六代从风靡,三唐因垒降。请看王李后,百斛更谁扛?"

左蘅友评《钱塘江》:"浑古豪宕,结□复有精力,韩公杰构也。入后作两番感慨,惝恍变怪,可谓游神六区,驰精八表。"

徐璈评《朱习之比部招同吴山尊侍读鲍觉生中允极乐寺看花》:"一韵到底,挽强不懈。其结体构句置之坡、谷集中,殆不可辨识。"(以上从刘大櫆评语至此引自徐璈《桐旧集》卷三十一《王灼》)

李效曾《王晴园传》:"君居枞阳,幼从海峰游,兼攻诗、古文不懈,海峰亟称许之。馆于歙,与姚惜抱及归安丁杰,武进张惠言,荆溪赵泭,歙吴定、程瑶田、方矩聚处,益切劘奋厉,以广其才,应礼部试至都,刘文清、窦东皋、朱文正咸引重之。君古文独守望溪、海峰宗法,介然不移。其为诗自汉魏迄有明诸家,靡不宣究,括古今之体,成一家言。鲍觉生衡论当代诗人,以君为冠。君气度冲和,而操持耿介。居家备尽孝友之道,选东流教谕,以病谢归。主祁门书院,卒年六十八。所著有《悔生文钞》八卷、《诗钞》六卷、《枞阳诗选》二十卷、《今体诗选补》四卷。"

姚鼐对王灼的诗十分看好,佳评颇多。如《拟唐人边词》:"锦带吴钩明月环,芙蓉吐焰练光寒。边关百丈旄头落,解向金河永夜看。"评曰:"纵非龙标,亦是李益。"又如《河汉篇》:"河汉汤汤明月光,黄姑织女夜相望。伤心一水犹如此,可奈关山万里长。"评曰:"真唐音。"又如《客中与石如话别》:"海燕西飞鸿北飞,临河立马各依依。我行踪迹如花絮,但问君行何日归?"评曰:"神韵缥缈,非唐人不能作。"

王灼诗多佳句。五言诗:"春来溪上水,一半是桃花。""冰寒伤马骨,雪沍噤人声。""却笑秦皇政,还嗟李相斯。""但恨系侬心,不系郎马蹄。""山川原设险,帷幄亦需才。"七言诗:"薄晕沾衣榆荚雨,轻寒吹面楝花风。""越女春车归缓缓,吴娘暮雨唱萧萧。""塞古飞孤连北口,台空射雉过南皮。""落日孤鸿鸣大麓,寒云匹马渡滹沱。""故人豪健都忘老,异国登临岂当归。""辛苦卢沟桥上月,照人来往渡桑乾。"

张敏求,字燮臣,号卜崖,一号勖园。清乾隆乙卯(1795)举人。大挑一等,官奉贤知县。晚年辞官居家,悉心导启后学,为枞阳人望,登门请益者多。

方东树《张大令勖园墓志铭》:"自君少日为学之敏,长而孝友,易直行己温恭惠恕,及居官之勤民兴利除害,往往异于庸常鄙琐阘茸者之所为,如吾所知不爽。君以乾隆乙卯科举人,考取高宗纯皇帝实录馆誊录部,知江苏奉贤县知县,前后凡两任。后丁父艰,服阕起复选甘肃之漳县,以目疾引退,遂丧明。本无宦橐,家居食贫。辛卯、癸巳迭遭水涝,境益窘。冬无裘食不饱者十余年,而卒困饥寒以死。呜呼!其可悲也已。谓君不达邪,则既已仕矣;谓君尝贵仕邪,则校君莫年所遭有,不若农民、工、贾,拥百金之产者犹足以自存活,可不谓之命邪!桐城固以文学雄江北,而枞阳自海峰先生以诗名于世,后起者凡数十辈,惟君与王晴园灼、朱芥生雅尤称名家。所著《问花亭前后集》,海内名流争归慕焉。"

刘开《张勖园明府诗集序》:"自海峰先生卜居枞阳,以风雅导启后学,而枞阳诗派遂盛于桐城。当吾时而得见者三人:其始则王悔生学博,其继则朱芥生孝廉、张勖园明府。悔生先生既没不可见矣,芥生贫而客游流滞山左,今独见勖园先生,虽欣喜过望,亦可以悄然增慨矣。余之知有勖园也,自悔生先生之言始也。余知君十余年,而君宦江南,无由相见,君于余亦然。余游吴越而君已归,归未数年而悔生先生卒,悔生卒而余乃始得交君。人世离合之不能如人意也,固如是乎!君以诗集见示,余受而读之,慷慨激昂,想见前人之风格。夫诗至近日难矣,海内之好尚与吾桐之趋向亦互有得失,所胜于世人者,大体雅正风气遒上耳。然吾桐之近为诗者,所造亦不一焉。以吾所见三人论之,力追往哲,得其精华,而七言短章尤为超绝,盖悔生之所得也;雄健瑰丽,调悲节壮,盖芥生之所得也;高秀雄阔,跌宕生姿而情韵深婉,盖勖园之所得也。三君并崛起枞阳,扬声江表,使后进有所观感,吾桐之诗派其遂盛矣乎!君再令奉贤而家犹清贫,其人如此,即其诗可知。余来枞江,恨见君之晚,益叹海峰先生之遗泽不衰,而余与君前日之游亦为不偶,惜芥生远隔,不得一证斯言也。"

方宗诚在《江待园诗钞叙》中也言及张敏求:"海峰之后,诗学极盛,而最著者则王悔生灼、朱歌堂雅、张勖园敏求。勖园后死,尤为一时风雅之宗师。往吾友文钟甫、戴存庄与江君待园为勖园高第弟子。待园所居尤近,勖园老病,盖无一日不相从左右也,故其所习于勖园者尤深。"由此可知,张敏求在桐城诗歌界的影响。

张敏求的诗格局阔大,气势雄迈,语言秀美,音韵悠长。其记事写物之诗以文法出之,曲折有致而跌宕生姿。他虽曾任县令,但更多岁月,橐笔游四方,阅历丰富,见多识广,亦不乏感时伤世之作,然无嚣张之音,无怨愤之迹,无浮响,无冶艳,句洁词清。而对于社会不公、民苦贫困的现实,对人心不古、世风日下的风气,亦多有感而发。如《推车夫》:

> 推车夫,尔何苦!手足胼胝汗如雨。胡为厚赋输官仓?今年租税十免五。车夫蒿目不敢应,请君下马为君语。昨闻县吏严追捕,输与官司选歌舞!

又如《结交篇》:

> 结交如种树,种树思成荫。树芜荫不远,交多情不深。左羊谊何重,耳余终见侵。昔人重意气,今人重黄金。黄尘易人面,黄金易人心。三复车笠吉,高风空至今。

他的咏史怀古之诗尤佳。凭吊古迹,哀叹古人,寓忧国忧民之心,恻怛忠厚之意见于诗的字里行间。如《南宋》:

> 诸将何劳议北征,班师久已坏长城。无情一片西湖水,不许君王忆汴京!

又如《岳鄂王》:

郾城分道战旗开,强虏猖狂势已摧。北寺不成三字狱,中原定见两宫回。班师共恨群奸计,报国空伤大将材。此日西湖忍回首?六陵风雨暮鸦哀。

第四节　朱歌堂橐笔南北,江山万里;其诗雄健瑰丽,调悲节壮

——朱雅

朱雅,字歌堂,号芥生,一号岑南。清乾隆甲寅(1794)恩科举人,官金坛教谕,有《芥生诗选》。朱雅举孝廉,公车十数上,不得一第。年七十甫为金坛博士,不数年卒于官。其人貌寝而言讷,又自负傲岸,不为苟同,故壮岁橐笔游南北,所如多不合。但得江山之助,诗作颇丰。家贫,不以为意。世居枞阳,习闻刘大櫆之绪论,又与王灼为姻亲,得所切摩。其七言诗苍莽雄直,每欲与崆峒为劲对,而五言律往往祖述齐梁,古意浓郁,别见风神。姚鼐常称道其五律胜于诸体,固知言矣。刘开称其诗雄健瑰丽,调悲节壮,盖朱雅之所得也。生平作诗甚夥,《芥生诗选》乃鲍觉生侍郎由稿中选出,不过十之三四,续刻六卷,多晚年之作,余藏于家。

朱雅气雄笔健,尤善写景状物,诗境如画。他喜交游,里中诗友大多与他往还。如《戊辰春偕李海帆_{宗传}马元伯_{瑞辰}徐咏之_镛徐樗亭_璈光栗园_{聪谐}姚石甫_莹北上途中有怀左匡叔_{朝第}方子峻_{遵巘}张小阮_{聪咸}刘孟涂_开》:

孝曾年龄吾比肩,论交海内心情专,文追北宋诗唐贤。此行五度之幽燕,献生朴学家世传,更仰茗柯山斗悬。射策昨已乘紫烟,暂归重来赴木天。漪塘藻笔纷翩翩,几回谈𠼻向日边。六骧质干殊伟然,精心法古搜简编,始别故国逾山川。律元矫矫骨格坚,胸含列宿橐重乾,穷经复爱谈诗篇。石甫纤纤称少年,雄儿意气青云颠,高情伟议千秋前。诸子一一应星躔,与我相交宁非缘?同来道左话缠绵,回首里闾心仍牵。匡叔严正无颇偏,古今人物胸中全,人伦期使

成方圆。子峻光仪望若仙,春风皎月清且妍,文如蜀锦濯江鲜。阮林服善常拳拳,诗宗子美求真诠,糠秕百氏尘俗捐。明东上轶李青莲,口如悬河笔涌泉,雄才逸气空后先。

朱雅虽自负孤傲,但与里中诗友相处甚相得,此诗他一口气写了十位里中诗友,对他们为人、学行、诗文表示赞许,足见他对诗友情感之深。文人相亲,这也是桐城文人的一个好传统,有利于诗歌的创作。

写景状物,情景交融;怀古伤时,感慨万端。如《汴中》三首之一:"夕照下嵩洛,春星盘角亢。山河壮诸夏,天地此中央。残柳接江左,寒云飞汴梁。宋朝畿甸在,烟水太荒凉。"气雄笔健,寓情于景。"夕照"二句尤为高古,乃旷代之警句,寓忧情于其中,尤为奇特。

佳句共赏。摘句:五言诗:《怀吴荃石》"高阁对寒雨,春江连白云。"《斋中杂兴》"门雀兼花堕,游蜂触幕回。"《金陵》"江流曾渡马,山色此盘龙。"《过淮阴》"乾坤交激荡,天地此咙胡。"《徐州》"落日斩蛇泽,悲风戏马台。"《岭南》"榕树绿连海,桃花红到秋。"《秋日》"曲西风伴妾,愁深院明月。"七言诗:《拟古塞下曲》"白日两河磷炯炯,黄云四野草茫茫。"《和人上小楼书斋题壁》"槐根富贵无聊梦,芥子乾坤有此身。"《北征》"斜日浊河横拒马,悲风古塞出飞狐。"《望岱》"河北万峰青到海,鲁东千嶂紫连齐。"《沛县怀古》"衅端身后开人彘,虐焰生前效祖龙。"《献县道中》"天似穹庐垂大野,水奔急弩下滹沱。"《留别》"好客君真同北海,窥臣谁复似东家。"《下蔡》"萧瑟大风来颍亳,苍凉落日照淮沘。"《顺德》"马上春阴来赵魏,城头岳色照邢襄。"

第六章 桐城诗派之后劲

第一节 身无半亩田,心忧万家哭
——布衣诗人方东树

方东树,字植之,桐城鲁谼方氏,代有潜德。自高祖方畯延名儒以古学教子,累世遂以学行显。曾祖方泽,学富五车,以诗文名于世;祖方训,处士,亦以诗文名;父方绩,著名诗人,其诗导源于韩愈,创意清而惬,造语坚而从,隶事敏而给。他告诫方东树说:"作诗如作人,颜曾不易跻。忠信以为质,韩苏岂非梯?五言师汉魏,出骨蒙其皮。初唐效七古,傅粉还施脂。"强调修身立德,对方东树影响最大。著有《屈子正音》《鹤鸣集》。方东树幼承家学,年十一效范云作《慎火树》诗,乡先辈为之叹异。长为姚鼐弟子,好为深湛浩博之思,与梅曾亮、管同、刘开、姚莹为姚门五大弟子。方东树少补县学生,锐然有用世之志,然十试乡试而不售。一介寒儒,以授徒为生,偶亦游幕,以诸生终。

方东树在《复戴存庄书》中说:

> 二十以外奔走谋养,感感四方,于今五十年。忧生救死之不暇,奚暇言学?生平自讼所负于亲戚骨肉之隐,罔极莫偿。所负于圣贤道德往哲学问之指,毫毛而万未有一焉。中夜扪心思疚,痛自伤悼,

无一足比于人。当其发心,诚至恨不欲生,所赖无他嗜好,性拙钝,不喜逢迎。故不为俗累所牵,得以其闲时奋私智以窥古人于一二。今老矣,其于前修已行之道,略似望见涂辙,而聪明堕落,精气销陨,不复能自策厉前进。

他向学生戴存庄说了自己的遭际,无不感慨万端。

方东树貌清臞,长身玉立,神采凝重。邑令以礼先者,往答后不轻造其室。不媚俗,亦不逢迎,清廉自律。姚莹曾赠三百金为他解困,后姚莹出使乍雅,方东树归金于姚莹。方东树与陈用光为同门师兄弟,素友善,陈用光典试江南,方东树不与试。道光庚戌(1850)诏举孝廉方正,姚莹举荐,他说:"吾耄矣,尚堪世用耶,何为此虚名也。"

方东树一生贫寒,且身体多病,但为了养家糊口,不得不终年长途奔走。他常常写诗慨叹,如"衰疾困行旅,所惜为生难"。"付汝一柄锸,死便为埋棺"。"风波任颠簸,征途娱意寡"。但方东树宅心仁厚,心忧天下。他看到大灾给农村带来的惨不忍睹景象,写下诗《忧旱》:"东南三年水,流尸惨人目。无论田园坏,村荒半无屋。贫者死固宜,富者生以蹙。"对农民的悲惨遭遇,表达了深切的同情,"我无半亩田,心忧万家哭",表达了忧时伤世的感情。尽管自己清贫如洗,族戚、交游、门人中有疾病患难者,忧戚至废寝食,感同身受,与人言泪随声落。自奉极菲,而遇人则厚,凶岁更减饭食以周济困穷。老师姚鼐去世数十年,每言及姚鼐,常流泪不止。每逢国家大事必为远虑,与公卿交,尽言无隐。道光辛卯(1831)桐城发大水,县令杨大缙贪婪虐民,民大噪,县令遂以民变为由诉大府,将调兵镇压。方东树曾为抚军邓廷桢幕,且为同门师兄弟,急以身家担保,邓廷桢素敬重他,事乃平息。凡遇国家危难之大事,悲愤之气见于颜色,或流泪如雨。道光戊戌(1838)客粤时,大臣请厉禁鸦片,下督抚议,方东树著《匡民正俗对》,陈述禁烟之道,指出"欲令鸦片之害永绝,则莫若严治食者;欲严治食者,则莫若先治士大夫在上之人"。在《劝戒食鸦片文》中,痛切指出:吸食鸦片"自生民以来,其祸之柔且烈未有若此者也"。当英国人跳梁兴乱,东南大帅多退避,方东树时时痛心切齿,泣涕如雨,作《病榻罪言》,洋洋万言,论制夷之策,遣人送浙江军门下士云,时方议和,不被见用。他慨叹赋诗道:"敢将微贱忧天意,漫托虚空饷远思。老死端无陈事日,新书始见属辞时。"由此可见,尽管自己贫病交加,但是没有泯灭他那颗关注现实、忧时济世的心。一代文章,千秋风仪。他的诗文闪耀着强烈的爱国主义思想光芒,与日月同辉,照耀千古。

方东树晚岁家居十一年,仍手不释卷,勤于学问。每日鸡鸣即起。秉烛读书,至漏数下始就寝,严寒酷暑,精进不已。尤其值得称道的是,他专以成就后进为事,从游者如苏惇元、文汉光、戴钧衡、江有兰、甘绍盘、方宗诚等人,皆以学行知名于世,为桐城诗歌创作培养了一大批人才,其功甚伟。

关于诗歌创作,方东树有自己的看法。他在《徐荔庵诗集序》中说:

> 然而诗以言志,古之立言以蕲不朽者,必以德为之本。故曰:有德者必有言。自汉魏以来至于今,其间贤人君子、高才硕士、英敏异量之徒,或以悯时病俗,或以抒情见素。百世而下,使人读之,得以考其身世,睹其性情,如接其衣冠笑语声音面目。其高者至并其时之风俗治理贞淫盛衰,罔不载之以见,如孔文举、曹子建、王仲宣、刘越石、陶渊明、杜子美、韩退之诸贤,犹可因以想见诗之本用如此,故古今重之。文中子续经固妄矣,要诗足以觇其世与其人。后代作者岂遽绝于风骚邪。邵子谓,删后无诗亦过矣。顾世之学者不惟其本原,或拘以格律,厘以人代,断断以优孟衣冠言诗。于是有言矣,而不必有德,始失其本而示人以陋。数百年来衰敝相习,篇籍虽富,率夸浮流宕,不能与圣人言诗者合。王者之迹未熄而诗固已亡矣……夫《三百篇》诗之祖,而风不同于雅,雅不同于颂,小雅之材不同于大雅。而无邪之旨,兴观群怨之教无不同焉者,岂不以言诗自有其本在耶?亦曷尝置一人一诗于前,用一律以仿佛枘肖之哉!

方东树反复强调作诗要立本的重要性,所谓立本就是修身立德。诚如其父方绩告诫他:"作诗如作人。"诗如其人,人品高,诗品则高,否则"篇籍虽富,率夸浮流宕,不能与圣人言诗者合","以考其身世,睹其性情,如接其衣冠笑语声音面目",而只能"示人以陋"。同时他还指出诗歌题材或体裁不同,无论五言、七言或近体律诗,"无邪之旨,兴观群怨之教无不同",因为"诗自有其本在",强调"以德为之本"的重要性。这也是桐城诗人共同的主张。

方东树在诗论方面用力尤深,用功尤勤。他的《昭昧詹言》是一部较为完整的诗歌理论专著,为桐城诗派的确立奠定了理论基础。其书大略谓学古人诗,当求之于义理蕴蓄。本领根源,精神气脉,不可袭其形貌,宜力守韩愈"务陈言去之"及黄庭坚"随人作计终后人"二语,而又以文从字顺、各司其职为贵。首卷通论,卷二以下专论五言古诗,汉魏一卷,阮、陶、谢、鲍、小谢、杜、韩、黄各一卷。值得注意的是,方东树以桐城派古文家的眼光审视诗歌,以"古文义法"论诗本是桐城诗人的传统,而方东树体会尤深,所以多独出机杼,见解精辟。他在《昭昧詹言》中总结学诗六法,即创意、造言、选字、隶事、文法和章法。他认为诗人写诗"须要自念,必能崭新日月,特地乾坤,方可下手。苟不能,不如不作"。此与姚莹"不强作"看法一致。他又说:"诗以言志,如志无可言,强学他人说话,开口即脱节,此谓言之无物,不立诚。""学人好为高论,而不求真知,尽客气也。"此与刘开观念相似。《昭昧詹言》丰富了桐城诗派的诗论,把桐城诗歌理论推向一个新高度。

方东树自认为其诗胜于其文。他的好友们也认同他的看法。其诗沉雄坚实,气韵酣畅,格调坚劲,有一股兀傲峭厉、盘空瘦硬之气,以孤高之情,抒发抑塞之怀,深得谢、杜、韩、黄之胜,而卓然自成一家。管同评其七言古诗曰:"缔情如韩杜,隶事如苏黄,深博无涯,变化莫测。拟诸古人,觉务观失之短,伯生失之弱。植之自谓七百年所无,吾三复而信之。"

其师姚鼐对他的《红梅花》评曰:"三诗有情有韵,落韵稳老,真似昌黎。"然而对所寄其他诗作不以为然,说:"寄示之诗乃未见大进于往日,当由与俗人唱和,觉其易胜之,便不复追希古人,此何由能自卓立,有成就可观呼……为学非难非易,只在肯用功耳。"姚鼐对他既是批评,又是期待和勉励。

梅曾亮评曰:"植之之诗妙在字字有凹凸,步步有吞吐。国朝诗人无此境界,且大段读去,已自成为植之之诗,不似亮忽唐而忽宋也。"又评曰:"植之诗所不可及者才也,有才者亦不能如植之,失之率也;才而不率,斯真才矣。"

沈钦韩评曰:"大著诗文兼绝……七言古诗抉昌黎之髓,闯少陵之室,世俗但见其横穿盘硬,以为生硬而嫌之,而未识其气韵沉酣,先贤妥帖排奡,良工心苦也。"又评《寄程月川》诗曰:"满纸奇纵之气弥复,章法井然,植之自谓东坡《寄刘孝叔》后七百年不多有,信非欺人也。《题许长昭诗卷》此首抑塞悲慨,逼真少陵。"

张际亮评曰:"辛卯二月姚石甫先生出示植之先生诗,古近体皆出以深思厚力,余尤爱其七言古体,佳处殆非近人能窥见。"其赠诗有句:"春风吹云在天际,变灭万态谁能拟?""吾闻积理复养气,意极深远毋浮鄙。要从沉郁得飞动,岂贵蹶张与剽诡。二百年来古调稀,何意方侯乃有此。""余事作诗遂绝伦,托兴妙合风雅旨。"

马瑞辰题七言古诗卷:"杜诗沉郁李清新,苏海韩潮总轶伦。学到古人齐入化,不存面目但存神。"又评《拟江淹》三十首云:"研精覃思,神于摹拟,《述怀》诸篇尤为寓意深而托兴远。"

姚柬之赠诗曰:"江左谈诗方植之,近闻华发已成丝。百年竟为饥寒累,一顾难逢邂逅知。渡海稚翁非乏术,焚琴伯玉任凭奇。故交冠盖长安盛,独对斯人有所思。"

姚莹评曰:"七言诸作横空盘硬,合韩、欧、苏、黄为一手,放翁以下或未能,何况诸子。"赠诗有:"江山到处风景好,任君领取天莫私。精粗趣殊好恶别,持与世较孰得之?"(以上评语引自《半字集题辞》)

胡晓东评曰:"吾乡诗学自海峰先生振起于前,惜抱先生辉映于后,于是英才蔚起,各随其性情才力以自成一家之诗,而皆得乎诗学之正。故海内言诗者推吾乡为极盛,非私语也。植之师事惜抱先生最久,独以孤高之怀,发抑塞之气,沉郁奇伟,不以声色为工,与同学诸子特异焉。"(引自《半字集识语》)

梅曾亮评曰:"以子美之老气,押韩、苏之强韵,直写当境,无所雕饰,而艰难危苦之境脱手即是。尝论杜五古以行役诸诗及《寻崔戢李封》《羌村》诸什,为古今不经人道。足下直有其妙处真处,非如是之境,必不能为如是之诗。

是造物者之有以相吾子也。"(引自《考盘集古体题辞》)

邓廷桢评曰:"不装古人面目,而气韵沉厚,真味醰醰。刘舍人所云:'心生而立言,言立而文明'者也。"(引自《考盘集古体题辞》)

邓廷桢评曰:"大作近体愈益兀傲,多以经语入诗,而无损于性情。足以针庸而砭猥,近时鲜有为之者矣。"(引自《考盘集近体题辞》)

梅曾亮评曰:"往见植之评毛生甫诗云:'海峰华妙未极沉精,惜抱沉精间之华妙,生甫庶几兼之。'又评某人诗云:'只因词熟转晦意新。'是皆微言。今观植之七言律诗,信绝斯二弊。"(引自《考盘集近体题辞》)

方宗诚评曰:"生平自信其诗特深,以为逾于文。上元梅伯言曾亮、宝山毛生甫岳生、建宁张亨甫际亮皆推尊之,以为不可及。"(引自《仪卫轩诗集识语》)

但需言及的是,方东树诗的题材大多为亲人之念,师友之情,江山名胜之爱,人文胜迹之思,咏史怀古之识,而像《忧旱》那样正面反映灾后农村破败灾情和人民的苦难生活的惨状,并表达出"我无半亩田,心忧万家哭"的深切同情的诗作不多,因而反映社会现实生活的深刻性就显不足,这也是桐城诗人共同的一个弱点。

第二节 忍辱负重功在社稷,一代辞章千秋风仪
——名臣兼诗人姚莹

姚莹,字石甫,号明叔,晚号展和。其形貌短悍,目光炯炯如电,发声如洪钟,善辞令。他在《上座师赵分巡书》中说:"莹幼遭轗轲,贫不自存,家君长岁客游,希闻训诂,赖家慈机杼之下课以诗书,间述古人事迹及先世懿行勖勉,是以束发即略知为人。及长,读书稍多,乃粗识古今天人之事、学术正伪之辨,尝慨然有越俗之志。"姚莹少以文章名于世,年三十以进士外用,知福建平和县,调龙溪、台湾二县,署海防同知、噶玛兰通判。寻丁艰罢归,服阕,改江

苏金坛知县,历元和、武进,擢邮州知州。寻转两淮盐掣同知,遂护理盐运使事。所历之任,所经之地,往来之人无不传其政事之美异。姚莹以其循能政绩见知当世名公如赵慎畛、林则徐等,谓可大用,向朝廷推荐。

未几,擢福建台湾道,加按察使衔。其擢台湾道,道光皇帝深倚之。其时,英夷入寇,东南诸地望风而溃,情势严峻。中外大臣因倡为和议以求息事。台湾孤悬海外。姚莹于道光十七年(1837)九月奉命,道光十八年(1838)至台湾,他训练士卒,与达洪阿通力合作,共谋卫台战守计。达洪阿性刚烈,与同官鲜合,姚莹从大局出发,推诚相见,感悟达洪阿。一日,达洪阿拜谒姚莹,说:"武人不学,为子所容久矣。自今听子而行。"于是二人同心协力,筹军饷,练民团,筑工事,造枪械。枕戈待旦,千思百虑,积极设防。英军来犯,五战败之,斩获英军甚众。奏入,特赐花翎,兼二品官服,荫一子云骑尉,以旌其功。不久,英夷传播谣言,诬以冒功,竟夺职下狱议罪。不数日,道光皇帝特赦之。姚莹在《再与方植之书》中说:

> 莹五载台湾,枕戈筹饷,练勇设防,心殚力竭,甫能保守危疆,未至偾败。然举世获罪,独台湾屡邀上赏,已犯独醒之戒。镇、道受赏,督、抚无功,又有以小加大之嫌。况以英夷之强黠,不能得志于台湾,更为肤诉之辞,恫喝诸帅,逐镇、道以逞所欲,江南、闽中弹章相继,大府衔命渡台逮问,成见早定,不容剖陈……镇、道身为大员,断无哓哓申辩之理,自当委曲以全大局。

他在《与光律原书》中说:

> 弟与镇军惟有引咎而已。台中士民数千,赴大帅为镇、道申理,惧犯众怒,阳许入奏,竟匿之。今已就逮,北上对簿,虽曰时事乖迕,然不惜微躯以全大局,纾国家之难,亦其志也,夫何憾焉!独念以天朝全盛之力,绌于数万里外之丑夷,失人心,伤国体,竟至不可收拾,是不能无恨耳!

姚莹忍辱负重,心胸何其坦荡宽广,其忠君爱国之心溢于言表,真君子,伟丈夫。好友张际亮在《后湘续集序》中说:"余足迹将遍天下,游处率当世豪士,然仅得近古豪杰一人,其惟桐城姚侯乎!""若姚侯者,殆文正(范仲庵)、文成(王阳明)流风乎!"

不久,姚莹受命,以同知直隶州知发往四川效用,然而大吏不悦姚莹,奏补蓬州,后使乍雅,处理当地呼图克图(清政府授予喇嘛"大活佛"的封号)之间争权的斗争,往返数千里,历涉穷山恶水,遍考西域风土形势,其间撰《识小录》八卷、《康輶纪行》十卷,又有《新疆两路形势》二卷,详述我国西北、西南边疆的地理形势,警示人们要防备沙俄,特别是英国侵略者窥伺西藏的野心。"忧国何关在位卑"(《酌客》)。书中字字句句,无一不流露出爱国之情。他在《康輶纪行·一腔热血须真》中说:

> 或谓余:一腔热血,何必掬以示人?余谓:君血自未真热耳!所谓热血者,视天下国家之事,皆如己事;视人之休戚痛痒,如己之休戚痛痒,辗转于怀,不能自已。夫是之谓热血,岂可轻易言之耶!

越二年,姚莹以病乞归。咸丰皇帝知姚莹志略风节,再召之,首颁明谕,亟服姚莹与林则徐攘夷之功,而罢黜当日嫉姚莹之大臣,而姚莹以垂暮之年,衰病之躯,又不得不效力,以冀报两朝知遇于万一。他以广西按察使至军,上剿灭太平军方略六事,而八面环攻之议尤得要领,然而大帅不采纳。他见军政废弛,无以鼓士气,请斩一偾事将官示警,仍不见用。但大帅夙重姚莹,遇事必相咨,姚莹极言直禀,但都不采纳。姚莹愤懑无计,只好自请督战。其时,诸将唯乌兰泰忠勇有谋,可以倚靠,然与提督向荣不相能。姚莹屈己相下,期和衷以济,先后致书二人,以郭子仪、李光弼为喻,终不可解,而大帅又偏听向荣计,姚莹力辩其失,最终不采用,而招致军事失败。姚莹遂忧愤成疾,郁郁而死于军营,时为咸丰二年(1852)冬十月,享年六十八岁。

姚莹好结交友朋,好发议论,又直言不讳,难免有言差语错,产生误会。同门同乡好友刘开、方东树批评他,他坦诚接受。而同门管同亦责备他好热闹等诸事,他不以为意,他在《复管异之书》中说:

> 吾愧道不足以济世,才不足以救时,乃其志则不欲曲谨求名,聊存其面目于百折崎岖之后而不敢变者,意亦有所羞也。异之责其好热闹。夫好热者必热中,热中者必慕势,异之视仆亦尝慕热否耶?三至京师,足不及权要之门;三为县令,未尝降志于督抚。所热闹者,海内节义文章之士、贤豪跅弛之人耳。数厄当道,郁塞困顿,或跌宕于诗歌、酒肆以发其无聊,此学问不能养气耳。岂好热哉!若夫节用之说,固尝思之,然以家无担石之人,生平结交当世贤豪,以此赡其父母妻子以逮五服三党数十口无冻馁者二十余年矣。生平无声色服食、珍玩起居之好。尝负官债巨万,然在官未尝妄取民间一钱。及罢职去,士民辄争为代偿,卒亦无锱铢之负国家。人之于我何其厚也!

为消除管同的误会,姚莹罕见地作了辩解,从这些辩解中,我们看到了姚莹的另一面:廉洁自律,两袖清风;一身正气,不事权贵;正直无畏,深得民心。

姚莹诗文兼擅,而诗论多于文论。其诗论散见于为友朋所作诗集的序言中,虽是零篇散论,若加梳理,不难看出他对诗歌创作的论述还是比较全面且很有见地的。

他认为诗歌创作需要才、学、识,但要先立其本。他在《复陆次山论文书》中说:

> 大抵才、学、识三者,先立其本,然后讲求于格、律、声、色、神、理、气、味八者以为其用,而尤以绝嗜欲,淡荣利,荡涤其心志,无一毫世俗之见于乎其中,多读书而久久为之,自有独到,非岁月旦夕所可几也。

他在《黄香石诗序》中说:

> 而徒称其诗,抑又未矣。然而李、杜、白、陆,竟以诗人震耀今古,称名之伟如日月江河者,何也?则不惟其诗,惟其人也。此三四公者,方谓天地间所责于吾身甚众且巨,将汲汲焉求以任之,不得已

而以诗名,岂彼之所自命为豪杰者乎? 惟自命不在此而卒迫之不得不出于此,然后以其胸中之所磅礴郁积者一托于诗,以鸣其意。其蓄之也厚,故发之也无穷;其念之也深,故言之也愈切。诵之渊然,而声出金石满地;即之奕然,而光烛千丈辟万夫。思之愀然,聆之骇然,而泣鬼神,动风雨。夫非其声音文字之工也,是其忠义之气,仁孝之怀,坚贞之操,幽苦怨愤郁结而不可申之志所存者然也。惟然,故观其诗可得其人。其人虽亡,其名以立……本朝诸公……然皆以诗言诗,吾以为学其诗,不可不师其人,得其所以为诗者,然后诗工,而人以不废,否则诗虽工,犹粪壤也。

姚莹所谓"立其本"就是要"绝嗜欲,淡荣利,荡涤其心志,无一毫世俗之见",强调做人的重要性。李、杜、白、陆所以能"震耀今古,称名之伟如日月江河"而不朽,"不惟其诗,惟其人也"。如果仅以诗言诗,不师其人,"诗虽工,犹粪壤也"。

姚莹也强调了学习的重要性。他在《张南山诗序》中说:

诗有可以学而至者,有不可以学而至者;有可以悟而得者,有不可以悟而得者。格律之精深,声响之雄切,笔力之沉劲,藻饰之工丽,此可以学而至也。意趣之冲淡,兴象之高超,神境之奇变,情韵之绵邈,此不可以学而至也。学而至者,不待妙悟;不可学者,非悟不能。若夫忠孝之怀,温厚之思,卓越之旨,奇迈之气,忽而沉挚,忽而激烈,作之者歌泣无端,读之者哀乐并至,是则天趣天籁,又岂可以悟得者乎……虽然,性情正,胸怀旷,才力峻,学问博,得之于心,应之于手,举人世可惊可喜可哭可笑之事一于诗发之,千载以下,读其诗如见其人,如见其世,此则天与人合,不学焉不至,不悟焉不得,而实不关乎学与悟者也。夫如是,则其文也皆其诗也,所以并称于李杜也。

他进而联系自己的学诗实际并对不善学习的人提出批评。他在《松坡诗说序》中说：

> 余自束发即好为诗，苦无师授，乃取诸家诗说观之，稍得要领，自是泛览古人名集，溯自汉魏以迄本朝，作者数千，皆尝考其元要，究其得失，始叹诸家之说容有未尽。盖疆域日开，后来流变，昔人不及见也，而世之君子或囿于耳目，邪说丛滋，颇难扩辟。良由人心好新尚异，筝笛盛则琴瑟无音，燕赵陈则姬姜无色。漫陈古义，谁则悦之？又自胜国诸贤，或遗神取貌，剿袭堪嗤。其戒斯途，遂以法古为耻，由是淫哇俚唱，竞出驰声，诗道极坏，曾莫之悟。

关于识，关键在于多读书，而且贵在坚持。他在《复吴子方书》中说：

> 仆少即好为诗古文之学，非欲为身后名而已。以为文者，所以载道，于以见天地之心，达万物之情，推明义理，羽翼六经，非虚也。世俗辞章之学既厌弃而不肯为，即为之亦不能工，意欲沉潜于六经之旨，反复于百家之说，悉心研索，务使古人精神奥妙无一豪不洞然于心，然后经营融贯，自成一家，纵笔为之，而非苟作矣。诗之为道亦然。《三百篇》而下，无悖于兴观群怨之旨，而足以千古者，汉之苏李、魏之子建、晋之渊明、唐之李杜韩白、宋之欧苏黄陆止矣。此数子者，岂独其才力学问使然哉？亦其忠孝之性有以过乎人也。世之为诗者，不求其本，而惟字句格调是求，已浅矣。矧其并字句格调无足观耶？仆之持论如此，而才力浅薄、学问闇陋，则又非旦夕之事也。

写诗需要才能，然而才人难得，且有才之人往往多英年早逝。姚莹为张聪咸、刘开的早逝痛惜不已。他在《吴子山遗诗叙》中说："甚矣！人才之难，而造物靳才，又不与以年，使得成其才也。岂才者果造物之所忌与？抑其苦心刻思有以泄鬼神之奥，适足以竭精神而耗气血，故致死与？"吴子山是姚莹少时的同学，家贫而好学，有才且有志于诗，亦英年早逝。

姚莹在《论诗绝句六十首》中说："辛苦十年摹汉魏，不知何故远风骚。"他论诗宗汉魏盛唐,说"盛唐兴趣是吾师"。"蓉川风气肇吾乡,骨鲠崚崚屡奏章"。《论诗绝句六十首》系统地论述了从建安到清代我国诗歌史上重要人物的诗歌创作,对著名诗人的诗作有所评点,同时也谈了自己对诗歌创作的心得体会,对针砭时弊、倡导正确诗风都具有十分重要的作用。如"建安后格多新丽,苏李前风尽已乖"。"文章真性柴桑酒,山水清音康乐辞。一种天然去雕饰,后人何事竞钻皮"。"史洁骚幽并有神,柳州高咏绝嶙峋"。"淡语幽香得未曾,宛陵知己有庐陵"。"妙语天成偶得之,眉山绝趣苦难追"。"少陵才力韩苏富,走马驱山笔更遒。举世徒工搬运法,何曾一字着风流"。

他说:"夫诗者,心声也。人才学术之所见端,亦风俗盛衰之所由系。"所以诗"言民事愁然有忧天下之心"(《郑云麓诗序》)。他反对歌吟风月,无病呻吟,好古搜奇,破碎繁芜,伤风败俗之辞。他在《孔蘅浦诗序》中说:

> 诗为六艺之一,动乎性情,发乎声音,畅乎言辞,中乎节奏。其始也,必有所感。感于情者深厚,然后托于辞者婉挚,使人读之不觉其何以油然兴观群怨。此古诗所以可贵也……近世虚骄之流,又以其豪艳狷薄、伤风败俗之辞倡导后生……又或真情不足,假故实以文其疏舛……至其甚者,乃更孜孜考证,好古搜奇,破碎繁芜,其于文章论说,犹失廉肉取舍之道,而况诗之风雅乎!

姚莹诗作宏富,有《后湘诗集》九卷、《后湘二集》五卷、《后湘续集》七卷。姚莹是性情中人,热血男儿,爱家人、爱五服三党、爱邻里乡亲、爱友朋、爱江山社稷,"视天下国家之事,皆如己事;视人之休戚痛痒,如己之休戚痛痒,辗转于怀,不能自已"(《康輶纪行·一腔热血须真》)。诗如其人,所以他对于骨肉之恩、友朋之义、生死离别、国家危难,感伤沉痛,寓之于诗,情深绵邈,意渊旨洁;揽观景象,妍丽清深;抒写性真,风骨雄健;名山胜迹,一唱三叹;怀古咏史,借古以喻今,而忧时悯俗之心时露言表。总而言之,他的诗诗格甚正,妙理清才,都雅有则,无俗气,不佻荡。

陈方海在《后湘诗集序》中说:"昔人论诗曰:不苟作,姚子(姚莹)论诗曰:不强作。不强即不苟之旨,而申之弥显,教人弥切。误解不苟,迹或邻于自矜;释以不强,恬如无事。故其取风喻风箫流音,万籁感物而动,与道大适。吾今请言姚子之诗。姚子生于茂族,德业上肩十数世,曾祖姜坞先生卓为通儒,从祖惜抱先生赅极文苑,根柢深厚,枝叶扶疏,为其诗绪。少尝空乏,黾勉荼蓼,光气赫起,知交类应,睽离翕聚,晏安劳苦之端,欢欣思慕,参欷不平之会,为其诗情。江介山川,上京文物,久已发皇耳目。揽嵩岳、岱宗之奇,泛洞庭、彭蠡之险,遐止岭峤,再浮闽海,海天沉潏,万怪荒忽,为其诗境。家庭孝悌,率厥职耳,乡邻任恤,徇厥义耳,洎乎宦成,大见措施,始在龙溪、台湾,暴悍之区,诛巨憝,革污俗,耕凿用,又欢谣以兴,为其诗事。城府不设,悃款如揭,嗜欲既寡,志乃专赢,凡己所长,不以病人,人各有能,不以异己而斥,以至抽扬小善,揜复细过,为其诗量。绪以基之,情以宣之,境以充之,事以实之,量以宏之,总乎众理以达其材,涵乎天倪以峻其品。非有讽也,非有契也,未尝命篇。争名衒技之徒,乌能测其旨趣?故姚子之诗,或终岁靳一咏,或旬月累一编。当其无言,翛然自默;当其欲言,则云兴于山,泉赴于渊,浩浩乎莫知所止也,汩汩乎莫知所自来也。"陈方海从诗情、诗境、诗事、诗量和诗品对姚莹的诗作了全面评述,诚为确评。

张际亮在《后湘续集序》中说:"余足迹将遍天下,游处率当世豪士,然仅得近古豪杰一人,其惟桐城姚侯乎……侯(姚莹)少工诗,诗多未遇前作,服官以后,一意政事,篇什盖少。壬寅属序,星纪已周。怅侍槛车,深观谭论,益信与古为徒之实。非为才大、识精、学博,即其歌咏偶寄,忠爱郁然,兴象奔流注川渎,元气浑沦际天海,非才雄一世,世曷有是人哉!然侯年益进,功名益高,而气益敛,下接待人士,自视欿然,人莫能测其德量也。"

李兆洛《后湘诗集》九卷、《后湘二集》五卷《跋》:"夫古之学者,莫不有天下己任之量,所以副其量者,莫不有尧舜斯民之心。六艺之垂教,圣哲之著书,贤宰相百执事之抗奏持议,皆若是已。《诗》曰:'古训是式,威仪是力。'《易》曰:'君子以言有物而行有恒。'石甫亮悫,获我心矣。至于咏歌性情之作,雕绘景物之篇,体兼质文,词必廉洁,不佻诡以害才,不傀丽以荡心,下视辟绩,犹楚楌也。加以少衅隐忧,长厄群忌,焦悴之音,托于环珙,悲愤之思,憯若风霜。诵者涕零,恻其幽眇;作者顺息,归诸和平。斯尤合志骚人,上溯《小雅》者也。"

值得一提的是,在嘉道期间,桐城文坛以姚莹、方东树为中心,周围聚集了一大批桐城文家、诗人,人才济济,诗文创作繁荣,桐城文坛之盛不减康乾时期,然而时运不济,好景不长。姚莹在《吴子方遗文序》中说:

> 昔者,吾党之盛也,在嘉庆九年以后,维时海帆、歌堂、岳卿年最长,植之、元伯、匡叔、竹吾差次,其年相若而吾兄事之者,为六襄、聿原、子方、履周、阮林、明东、易卿,弟之者则子山也,后乃得鲁岑、小东、幼樨。此十数人者,皆以文章道义相切劚,吾所为左右采获以取益者也。子山最少,最先亡。后六年,阮林继亡,又八年而君亡。君之始亡,明东尝作传。未几,明东亦亡矣。自明东亡,而吾党益衰。

此时,姚莹宦海沉浮,四方奔走;方东树迫于生计,漂泊他乡。桐城文坛无主,衰微之现象已显露。倘若刘开、张聪咸、吴子方、吴子山和胡小东等人,天不夺年,享受桐城派三祖方、刘、姚寿考,桐城派将会是另一番景象。

姚莹是桐城诗派中后期标杆式的人物。他为人坦诚,有凝聚力、号召力,对中后期桐城诗人的诗歌创作产生了重要的影响,他的诗作对后来者亦产生重要的影响。其人不朽,其诗必传。

第三节 唐音宋韵温雅淳厚,搜辑遗逸编录韵章
——清白吏诗人徐璈

徐璈,字六骧,号樗亭,上世于元至正中由婺源迁桐城,十四世祖讳良佐,明初由进士仕至陕西左布政使。曾祖讳宏,国子监生。祖讳志沅,赠文林郎,临海县知县。父讳之柱,赠奉直大夫、户部后补主事加一级。徐璈中嘉庆十二年(1807)丁卯科江南乡试举人。嘉庆十九年(1814)甲戌二甲进士,授主事分户部云南司行走。嘉庆二十四年(1819)为会试弥封官。道光五年(1825)

在寿昌为浙江乡试同考官。生于乾隆四十四年(1779)四月,卒于道光二十一年(1841)正月,享年六十三岁。

徐璈少好学问,于书无所不窥,矻矻钻研,期为不朽之业。伯兄徐眉以经行称誉于世,徐璈少从兄受学,固已超出同辈。及成进士,起家为京外官,宜以文学名,而徐璈顾以政事显。贤者不可测,君子不名一器,于徐璈信之。其为户部主事本司职兼漕务。他到部未久,钩稽出苏松积年蒙隐未解银七十余万两,咸称其能。凡官部曹缺有定而人众,补实恒稽迟,非十余年不得。虽然淹滞,固监司阶也,故士亦多乐留焉。徐璈学习报满当留都,念亲老,独不顾,决辞而归,为近地游以资菽水养母。历主亳州、徽州书院,因得以览黄山之奇,著《黄山纪胜》。不久因伯兄、仲兄皆去世,亟谋禄养,乃乞改官,选授山西阳城县知县,以例改近省,授浙江寿昌县。寿昌距桐城水程非远,遂迎母亲于官署,左右奉养八年,年九十六终于署。服阕仍补阳城,居阳城六年,年甫逾六十,遽引疾归。

徐璈性格强直刚毅,好自率胸臆,不能与世俯仰,尤不善伺应长官,自撰《樗尹传》曰:"少为制举文,好方家,不逐时趋,为令铭于座曰:'去其太甚,毋为已甚。勿致废事,不可多事。'"故不乐终仕。尝自称曰:"性不随时,才不周务,不堪世用也。"然其居心仁恕,为政宽平不苛。其在寿昌五年,多惠政,离任时民为其立生祠。调任临海,狱讼殷繁,他处之裕如,反得以政闲著书。其在阳城,邑有蝗虫,民以为神虫,不敢扑灭。又有恶兽伤人甚众,民以为神兽而不敢捕。徐璈吞蝗以示无畏,祷于神而捕恶兽,而两害皆除,民安心悦。邑有析城山,即成汤祷雨处,山有神泉,旱岁祷之辄应。营卒牧马于山,污神泉而蹂民庄稼,民苦之而不敢抗。他详陈其害于抚军,遂得禁止。故去官而民思之,立生祠于山下。

徐璈与同里诗友相处甚得,诚实坦荡,平易近人,诗友敬之。方东树为其作墓志铭,开篇写道:"君与余居同巷,学同术,少小相知,及壮而反疏,则以升沉之途异而踪迹遂以契阔。幸老而同归乡里,方将与君燕谈乐饮,朝夕过从,而续夫少日亲知之好,以补中年暌别之情,胡仅七十日初服未及理,而桑户遽返于真。在日之善不可忘,既殁之哀奚以塞。"他在《挽徐六骧》诗中写道:"十载常怀别后身,每当风雨辄伤神。才看薄宦寻初服,顿了浮生失故人。姚似上窥书满作,君著著甚富,今已刻未刻几十余种。诜蔑下逮羽宜振。君两子皆殇,立有嗣孙,而簉室有遗腹未产。嗟来真返无多恨,可奈为人正苦辛。"读方东树的诗与文,亦可知徐璈之为人。

徐璈诗文兼擅,尤善为诗。他一生勤奋,政闲之余,奋力写作,著作颇丰。他喜游览,尝游黄山,登泰山,游天台山、雁荡山、嵩山、华山、庐山、衡山之高峻雄奇,览洞庭湖、鄱阳湖、震泽之恢广无际,作为诗歌以寄其情怀遐旷。好藏书,藏书数量有三万余卷。尝自述曰:"非儒非侠,亦吏亦民。为杂家学,作无心人。"诗作颇富,时贤多有好评。王晴园曰:"五古溯晋魏而上,七古在韩、苏之间,近体纯乎唐音,无一字落宋以下,大家正宗,此殆兼之。"鲍觉生曰:"亭亭明玕,落落清瑶。诗品在元晖、仲言之间。"陈燮楼曰:"五古既别大谢,人所共知,乃其五律高处,源流或未易测。窃尝于何逊、吴均诸家中,默参消息,自谓得之。"端木鹤田曰:"樗亭诗原出《葩经》,其所著《诗广诂》于古温雅之旨深矣。故其发为诗,正而纯,隽而厚。读樗亭诗,当于此求之。"姚伯山曰:"樗亭憝世俗鲁莽、流易二弊,选格必分正变,选字必分雅俗,而性情所抒,时有超诣,殆可傲杨文宪所不能矣。"(引自《桐旧集》卷三十六《徐璈》)诸家评论成为确评,不为溢美之词,他以才情充沛之笔,兼得江山之助,尽情挥洒,天章云景,艳丽奇葩,色彩纷呈,目不暇接,格调高雅,韵味醇厚。如在《游黄山用吴子华原韵》一诗中写道:

昔泛湘澧驱齐燕,庐阜衡岳州车边。观山未涉山顶巅,有如管孔持窥天。今我寓迹黄山前,陵高蹈虚志力坚。初循山麓逢温泉,嘻嘻上出煇龙涎。澡身策杖从攀缠,前者踵及后者肩。如猱援术蚁穴穿,老人一笑相周旋。天门九关不可键,龙卧在洞三千年。天都岩峣聚群仙,蓬莱驾海乘鳌颠。狻猊虎豹随云轿,白猿青鸟和朱弦。莲花耀日开嫣然,丹成古灶霏琼烟。苍风怒号栗不眠,银涛涌海翻桑田。峰锐如笔浮如船,上齐七曜下九渊。万象罗列谁真铨?快游如疾霍然瘥。一洗万斛尘埃捐,逍遥翠微东西连。芙蓉仙掌森拳拳,回视岩瀑天中悬。

大气磅礴,色彩斑斓;动静结合,舒展自如,再现一个"一洗万斛尘埃捐"的清凉净洁的美好境界,令人向往,美不胜收。奇松、怪石、云海、苍风、莲花、天都、飞瀑等自然景观,一一呈现,真可谓诗中有画矣。一本《黄山纪胜》就是由一幅幅山水画卷组成的书,尽显其鸿笔雄才。徐璈尤善于写景,借景抒情,表达了自己对江山胜景的热爱。诸如《游雁荡山》《韩泷》《峨嵋松行为吴岳卿赋》《游天台山用王荆公登高斋韵示王海楼》《游华山寄聿元》《六盘顶望皋兰山雪》等,落笔生花,历历如绘,酣畅淋漓,气象万千,读之令人心往神驰,与之同游,享受江山之美。

徐璈的贡献还在于编撰了《桐旧集》。他官只一县令,官微俸薄,两袖清风。他与乡前辈潘江一样,热心于乡邦文献的搜集整理与保存流传。"名山重传人,不忍没风雅"(姚文燮语)。明末清初,战乱频仍,兵火流离,民不聊生,卷帙委散。他在《桐旧集引》中说:

> 国初以来,搜辑遗逸,编录韵章,若钱田间、姚羹湖、潘蜀藻、王悔生诸先生《诗传》《诗选》《龙眠诗》《枞阳诗》之类,皆为总集佳本。第其书或未经锓梓,或已镂板而渐就毁蚀,其诸家专集亦大半湮落无可收拾。且自康熙迄今又百余年,名辈益众。余不敏,浮沉簿冗,无所酬能于世,而言念曩者,俯慨方来,窃欲效施、阮诸公,辑宛雅、广陵诗事之意,赓续钱、王诸先生之绪,采萃乡邑先辈诗章并言行之表见于他书者,寸累尺积,汇为若干卷,颜曰《桐旧集》,以蕲流示来兹,永言无斁焉。惟是衣食奔走,见闻媿陋,每于藏本莫备,辄颖而叹,尚冀同里中同志,凡有专集总集,与夫稗乘往编,或经刊布,或待传钞,示以所藏,俾就甄录,庶几盛有可传,善有同归,不胜引企之切云。

于是,他为挽救里中先贤诗作不至于与腐草荒烟共消没,以大公无私之精神,不畏艰难之勇气,不辞劳累,备尝苦辛,凭一己之力,以潘江未见后二百年来作者如林之盛,欲通前后更钞之,于是购求精选二十余年,可谓不遗余力,合《龙眠风雅》而并选之,成《桐旧集》一书,上起明初洪武方法,下迄清代庚子(1840),共录入诗人一千二百余人,诗作七千七百余首,以姓氏为区别,层次井然有序,并对部分诗作圈点评论,皆简要而中关键,有助于阅读欣赏。辟"摘句"一栏,虽零璧散珠,但能以印全璧。于作者小传,除吸收潘江《龙眠风雅》小传资料外,本着"采诸国史,副以家乘"的原则,认真考证,去伪存真,认真撰写作者的姓名字号、家庭出身、科第功名、人生大节、个人德性、政绩文业、文品文誉及身后情节。同时搜罗当时大家名人评语,资料甚富,精挑细选,予以录入,以彰显桐城诗派之影响。为编撰此书,他不仅耗尽家资,而且耗尽心血精力,兹集刊刻仅三分之一,徐璈不幸病逝,可以说他为《桐旧集》献出了生命,他这种无私的奉献精神永远值得后人学习,徐璈和他的《桐旧集》在桐城诗歌发展史上占有重要的地位。

值得一提的是,《桐旧集》刊刻三分之一,徐璈家计艰窘,无力续刊,淹滞已及十载,徐璈病逝,里中乡贤继任其事。苏惇元在《校刊桐旧集后序》中写道:

> 马公实通守为之劝募醵赀续刻。去岁春,姚石甫廉访归里,慷慨倡捐,邑中多乐助之者。内兄徐汝谐、汝卿亦请诸前辈为之筹画,通守任总其事。时惇元授徒通守家,相与商订校勘。越岁余,刊始蒇事。兹集实吾邑文献所关,为不可少之书,亦庶几备一邑之风,且为综录海内之诗者取资焉尔。

马树华在《桐旧集序》中写道:

> 今春与姚君石甫语及,辄慷慨倡捐白金,闻者勃焉兴起,而樗亭之甥苏君厚子适馆予家,力任其劳,数月之间遂刊得数十卷,计日可以竣事。因思兹编非樗亭渊雅夙学,一意表章先哲,勤勤恳恳,昕夕丹铅,则选择固未必精审;非石甫勇于成人之美,作登高之呼,则集

腋亦大不易;非厚子诚笃精密,搜补有名无诗之阙略,雠校稿本、写本、刊本之伪舛,兼综财用,督饬工役,亦未能如是之速成。虽显晦各有其时,得人而行,不可谓非吾邑艺苑之厚幸已!

由此可以看出《桐旧集》刊行于世,非众先乡贤之力,或至湮灭而无传。《桐旧集》书成之二年,即咸丰三年癸丑(1853),桐城遭太平军之战事,《桐旧集》版片遂毁于兵火,书亦散失,同人欲觅原本重印已不可得。盖存者大都残缺不齐,间有全书者,又或以独得自矜,不肯公之于世,一书之成之传,何其难哉! 幸亏里中贤达方守敦收得是集,仅缺末册《列女》《方外》二卷,适邑中光云锦家藏有末册二卷,竟合成全书,因付之影印,以广流传。方守敦慨然应允,并倡同人鸠资相助,而千二百家呕心刻腑之篇什幸得复传而免遭湮灭,可谓大幸。先贤此种善举风谊令人肃然起敬,值得表彰,为后人树立了榜样。

徐璈著述颇丰,有《诗经广诂》《牖景录》《河防类要》《黄山纪胜》《诗集》《文集》,以及选编《桐旧集》等。

第四节　清词丽句不绝于篇,绵邈俊思雅托唐音
——名臣兼诗人姚元之

姚元之,字伯昂,晚自号竹叶亭生。嘉庆十年(1805)进士,改翰林院庶吉士。嘉庆十二年(1807),《高宗纯皇帝实录》告成,姚元之以纂修议叙,即授编修。嘉庆十三年(1808),充陕甘乡试正考官。嘉庆十四年(1809)五月,命在南书房行走。嘉庆十七年(1812)二月,大考一等,升侍讲。嘉庆十九年(1814)三月,充会试同考官。五月,提督河南学政。嘉庆二十三年(1818),丁父忧。嘉庆二十五年(1820),服阕。道光二年(1822),充咸安宫总裁。道光三年(1823),充文渊阁校理。道光四年(1824)六月,《仁宗睿皇帝实录》告成,姚元之以纂修议叙,以应升之缺升用,八月升右春坊右中允,充日讲起居注官。道光六年(1826)三月,升翰林院侍讲。道光七年(1827),迁右春坊右庶

子,寻升翰林院侍讲学士。道光十年(1830),转侍读学士。道光十一年(1831)二月,升詹事府詹事。道光十二年(1832)二月,升内阁学士兼礼部侍郎。七月,署兵部左侍郎。道光十三年(1833)正月,升工部右侍郎兼管钱法堂事务,仍兼署兵部左侍郎。三月,调刑部右侍郎。道光十四年(1834)八月,充顺天乡试副考官。十一月,调户部右侍郎兼管钱法堂事务。道光十五年(1835)四月,转左侍郎兼管三库事务。闰六月,充江西乡试正考官。八月,调刑部右侍郎。道光十六年(1836)四月,充朝考阅卷大臣。道光十七年(1837)十二月,提督浙江学政。道光十八年(1838)闰四月,转刑部左侍郎。五月,擢都察院左都御史。道光二十二年(1842),续纂《大清一统志》告成,姚元之以前充国史馆提调,下部议叙。道光二十三年(1843),京察届期,姚元之精力渐衰,原品休致。咸丰二年(1852),卒。

姚元之于道光元年(1821)十一月,奉使沈阳,恭篆高宗皇帝玉宝出都,往还共四个月,因占口号以备故事,诗集为《使沈草》三卷。姚元之自题《使沈草》曰:"于役沈阳,柳来雪往,时多断句,触兴为章。间有杂言,偶以备体。敢曰言诗,记事而已。"同年友吴嵩梁题曰:"万里之气敛而益奇,百年俟命其乐可知。沉思入海,异采彻天。即以诗论,何患不传?"(引自《使沈草题词》)

姚元之另一部诗集为《鸾青集》,共二卷。族弟姚莹为之作序。姚莹借为《鸾青集》作序之机,对清代诗歌创作情况作了一番评论,并对姚元之的诗给予很高的评价。他在《鸾青集序》中说:"国朝诸公病明代诗复古之弊,乾隆、嘉庆以来,多避熟就生,以变其体,大约不出苏、黄二公境中,究未能自开生面也。古今作者,文质相宜,繁简递嬗,要当抒轴性情,雕绘景物,气骨坚壮,才思高翔,格高体正,绝除卑俗,则其善也。若必以常见为非,力求新异,即明珠白璧等诸瓦砾,特牲太牢,不登俎。此乃赋七之奇,岂复言志之旨?虽复自矜沉奥,及乎群辈为之,久更生厌,犹然炫烂之极归平淡耳。前后易观,何足深议乎?吾家鸾青总宪不以诗鸣,乃古近诸作正复不少。谛观全集,雅托唐音,绵邈其思,俊逸其气,清辞丽句不绝于篇。虽不同晋楚称雄,亦屹然周宋王者之遗矣。乙酉、丙戌间,读未卒业,莹以艰归,颇存胸臆。今兹蒙恩出狱,未敢即行,乃得以暇竟读,知雅意攸存,不戾先哲,乃序论而归之,质诸海内作者,当不齿冷斯言。"

姚元之诗作不多,但很有特色。姚莹说他的诗"雅托唐音,绵邈其思,俊逸其气,清辞丽句不绝于篇",诚为确评。《使沈草》篇什不丰,但确实是一部记述关外风物、人情、习俗、地理山川的难得诗集。句丽字洁,气清味醇,读之使人眼界大开,心往神驰。如《大风渡辽河》:

> 月黑冻乌啼,沙黄宿草萋。古人悲别路,今我逐征蹄。天外长鞭暮,霜前短发齐。明朝风雪里,回首是辽西。

又如《辽阳杂诗》:

> 奇景由来客见稀,碧天无尽雪霏霏。斜阳半挂边门外,满树红绵作絮飞。自注:沈阳当风日晴明,满天飞雪,日光雪片映若红绵,画家无此妙景也。土人呼为"晴雪"。

如此奇景,非身临其境,焉能观赏?姚元之善于捕捉,以神来之笔赋之于诗,妙不可言也。

梅植之评《鹰青集》曰:"集中五言古诗旨远词微,有建安、黄初之风。七言古诗出入开、宝,五言律较七言律尤浑厚茂美,盛唐诸公传作亦不过如是。七言绝句清新自得,五言乐府直逼齐梁。统读各体,渊乎大雅之音。"(引自《鹰青集》题词)

《鹰青集》共二百九十一首,是他诗作除《使沈草》之外的诗歌总集。五言古诗确实写得古色古香,色彩斑斓,词洁旨远,味厚隽永。如《古风》:

> 握剑远行游,日暮悲风起。亲友泣与别,君行胡为尔?昨闻紫荆关,大吏严栅垒。急流下岷源,疾风动江汜。我将去华阳,登高杖鞭棰。左挥定巴庸,右顾吞汉水。上释天子忧,下使农人喜。壮士志四方,良图在万里。去去谢故人,驱车从此始。

七言古诗笔力雄健,大开大阖,苍茫雄浑,势如奔马。而七言律诗似婉约有余而豪迈不足,无意悱恻,别有一番风味。如《澄怀园观荷》:

小山屋叠抱横塘,菡萏花稀天气凉。暂解尘心对秋水,不教诗梦到江乡。琼楼画阁参差出,晚雨晴风自在香。独坐不知时欲暮,一蝉飞去又斜阳。

又如七言古体诗《胡子寿琴心剑胆图》：

呜呼嘻嘻造物之奇,乃为天地司。山号水笑天动机,我有尺木能静之。雷霆走锐天变威,我有寸铁能镇之。上下八十一万里,胡子妙用心胆期。高秋月叫武库火,冷光出臂声在左。元气廓落心包罗,古木福我金寿我。忆昔项王声赫赫,张良不动王夺魄。雄心夜冷秋风生,血光横落乌江赤。符坚大队兵淮淝,烈焰闪闪白日彻。闲情一局安石棋,惊魂百万天外飞。我曾读竟长编史,古人落落动白纸。若者武夫若者妇子,纵横不失处子心,千百万劫乃不死。

特别值得一提的是,姚元之为人随和,虽官居一品大员,但平易近人,尤喜交朋友。他为官京师,里中文朋诗友去看望他,他都热情接待,相聚一堂,饮酒赋诗,尽兴而罢。他致仕回故里,在城西造住宅一座,宽敞明亮。里中诗友都去他家。时人称他的住宅为"会馆"。他原品致仕,条件优越,热情招待,从早到晚,几无虚日。开怀畅饮,高谈阔论,气氛热烈。在城里的朋友不必说,在外为官或外游的友人,只要回来,必去他家,如刘开、张聪咸、吴子方、吴子山、方东树、姚莹、姚柬之、光栗园、左匡叔、马瑞辰、苏惇元、胡小东、徐璈、马起升、马树华等人,对于这些不请自来的朋友,他从不感到厌烦,反而热情有加。然而闹哄哄的环境,使得家人不得安宁,难免对他有些抱怨。他在桐溪隔之西造一幢五开间房子,自家居宅在桐溪隔之东,新造房子相当精致,落地窗,宽敞明亮,会客室、宿舍、厨房,一应俱全。房子周围种紫竹,西边建亭一座,名之曰竹叶亭。朋友来此相会,与家人互不干扰。照旧饮酒赋诗,或高声吟诵,或纵谈天下大事,热闹非凡。姚元之乐此不疲。他把自己散文集名之曰《竹叶亭记》,自号竹叶亭生。可见他对自己的晚年生活是十分满意的。其盛况超过康熙时"龙眠五子"、乾隆时"龙眠十子"在勺园聚会谈诗论文的情景。文朋诗友会聚一堂,自发地形成一种群体,互相砥砺,共同提高,对桐城文学的发展和繁荣起到了一种有力的促进作用。从明中叶到清晚季,桐城文会诗社层出不穷,如雨后春笋,在桐城文学界似乎形成一个传统,亦是一道亮丽的风景线,至今成为美谈。

嘉道时期的桐城文学,虽然领袖人物姚鼐已逝世,但是后起之秀辈出,人才济济,蔚然大观,诗文创作颇为繁荣,只可惜高才刘开、张聪咸、吴子方、吴子山英年早逝,后又遭太平天国之战乱,马瑞辰遇害、戴钧衡忧愤而亡,对桐城诗歌创作是一个沉重打击,否则桐城文学将会是另一番兴旺景象。

第五节　刘孟涂千古辞章未尽才　张阮林一代才人天吝年
——布衣名士刘开与张聪咸

刘开,字明东,一字孟涂,又字方来。生数月而孤,母亲吴氏忍死自守,奉衰舅抚弱子,饥寒之中仅能相活。刘开幼即神隽,异于常童,长益好学,文雅优备。年十四,上书姚鼐。姚鼐读后大为惊奇,从此刘开入姚鼐之门。姚鼐常谓人曰:"此子他日当以古文名家,望溪、海峰之坠绪赖以复振,吾乡之幸也。"刘开既游姚鼐之门,学业大进,名望益著,绝迹千里,笼罩靡前。皖蕃某公欲妻以女,刘开婉谢。刘开为人落脱不羁,喜交游,无城府,与人谈论驰辩汪洋,悬河在口,旁推横溢,辄罄肺腑之言,不少隐。家贫不能养,奔走四方,寒暑匪惮,啬衣食,绝嗜欲,诗文之外无他营。无干谒之态,以故人争重之,四方贤士大夫无不知有刘开。他曾对好友姚元之说:"吾乡多佳山水,使吾得有菽水资,迎吾母居龙眠、浮渡间,手一编,日夕讽咏,且不去吾母左右,其乐当何如?而顾为是仆仆者哉!"其诗《游子吟》抒写了他的心境:

> 飒飒悲风声,游子门前路。阿母送至门,呼儿行且住。江淮波浪高,此行莫轻渡。世事亦何常,得失随所遇。人情有浅深,物态无新故。宝此风尘躯,履彼霜与路。千里虽可怀,且当慎跬步。再拜

领亲言,中心为悚惧。亲训岂敢违?儿情难具诉。少小事远游,为求薪水具。膝下不承欢,何以申孺慕?慈乌号不祥,尚能知反哺。儿今舍亲游,晨昏谁倚护?不怨去路长,但恐归迟暮。忍泪登征车,行行至荒戍。阿母尚倚门,怅望儿行处。良马不肯前,中途为我驻。徘徊落日中,移时始西去。恐伤慈母怀,不敢更回顾。

这首诗是刘开的自我写照,母亲千叮咛万嘱咐,而游子"为求薪水具",不得不"忍泪登征车",其心情又是何等的惆怅感伤。母子情深,互为牵挂,读之令人感动不已。刘开无兄弟,独自养母,不得不佣书四方。他深知客游废业,倦于风雨,疲于山川,自失良时,然而无可奈何。虽学举子业,屡试不售,以诸生终。

道光元年(1821),亳州修邑志,聘刘开,以正月行,别其妻说:"此去尚相见邪?"妻听之愕然。至亳州,寓佛寺,当以诗寄同里张用糈有"故人不见青山远,抛尽江南是此行"句,张用糈以为不祥。闰正月十一日,刘开突然得腹疾,剧痛难忍,势不起,指佛殿金葫芦说:"视月色中乃吾去时也。"果然以此时而逝。年四十一。其妻倪氏欲以身殉,其婆母吴氏止之不可,守之。倪氏梦刘开遣鹤至迎其女,女顿夭,倪氏死志益坚,趁婆母不备自缢而亡。刘开母亲吴氏无法自存,携孙子刘继投奔望江亲戚。姚莹得知,派人将吴氏和刘开之子接到自己家。姚莹妻子方氏贤惠,视刘开之母如己母,养老送终;视刘开之子如己子,抚育成人。刘开后事由好友光栗原操办。刘开诗有《前集》十卷已梓,岁久,版且损毁。姚莹急访其家获其遗稿,得《后集》二十二卷、《文集》十卷、《骈体文》二卷,与姚柬之共同捐资付梓,并重刻《前集》,姚元之经营其事,并为之作传,友人陈方海助雠并作传。由此可见刘开与朋友的感情多么深厚。他在《再与鲁岑书》中说:

自吾去京师,归乡里,游吴越,内肆力于典坟,外溺情于山水,颇有以自娱。惟久与里中诸子暌阻,无以辨析疑义,证明心得。然偶有适意,亦未尝舍诸君子而独乐也。故吾入重山,俯深谷,纵心孤往,穷岩壑之幽遐,则思栗原焉;走高原,驰旷野,悲歌慷慨,见风沙

> 之骤起,则思石甫焉;过战场,历关塞,指陈九州之险要,激昂论古,则思筐菽焉;登层台,览胜迹,咏歌千载之成败,挥斥无前,则思幼楷焉;涤清流,沐惠风,见云日开霁,鱼鸟闲适,有自得之趣,则思吾子焉。吾未尝一日忘诸君与吾子也。

亲切感人的文字发自肺腑,他对里中友人无日不思,无地不想,一刻不忍分别,真情表白,足见刘开对朋友是何等的友爱,所以他身后之事,里中好友为之善后,也是自然而然的事了。由此可见,其时桐城诗文好友之风谊高尚。

嘉道年间,桐城诗坛交游之会盛,有胜于明季"潜园十五子之会"、康熙"龙眠五子之率真诗会"、乾隆"龙眠十子之十年不下楼之约"。刘开在给里中朋友信中多次言及交游盛况。他在《赠吴子方序》中说:"昔者,吾党之人才尝盛矣,以吾与栗原、筐菽、石甫诸君之同聚乡里也,游宴之与俱,言论之与共,文章道义之相与磨砺而讲习,是岂不足以极友朋之盛乎!"在《赠左筐菽序》中说:"忆乙亥之春,余与筐菽、栗原同诣城西黄将军祠,时天寒雪甚,相与呼号痛饮,放论人物,上下今古,一纵一横,户外闻者莫不惊以为异。酒酣兴发,则步出高台,遥瞻远瞩,激昂慷慨。"其时里中诗友盛会由此可见一斑,而刘开是交游诸人中最活跃的一位,情感最投入,难以忘怀,所以他念念不忘,在与朋友书信中津津乐道。诗人兴会无前,诗歌创作亦呈现出一派繁荣景象,只可惜好景不长,刘开逝世后,桐城诗坛兴旺景象不在。

刘开对诗歌创作感悟颇多,很有见地。他在《读诗说》上、中、下三篇中,阐发了自己读《诗经》的体会,提出了诗歌创作的一些看法,有自己独到的见解,他在《读诗说》上篇中说:

> 夫诗者,所以治人之性情也。以古人之忧乐,动天下之心思,使之出于正而已矣……古之善为诗者,施之于为政,用之于立言,故先王之教以《诗》也,可以正人心焉,可以善风俗焉。君子之学于《诗》也,可以厚性情焉,可以变气质焉。

这里,刘开强调诗的教化作用,可以"正人心""善风俗""厚性情""变气质",所以,刘开不惟自己,而与里中诸子以古人砥砺而不甘于习俗,以德业自期,贤豪自命,相规以道义而勉以力学,为诗不苟作,不强作。

刘开手不释卷,无所不读,经术之邃,学识之精,议论之卓越,在里中诸子中都是出类拔萃的。他在《拟古诗序》中说:

"诗言志,歌永言"。是古今之言诗者,未有出此范围者也,然惟《三百篇》能尽二者之蕴。温柔敦厚,穆如清风,此言志之美也。言之不足,故长言之,长言之不足,故嗟叹之,此永言之遗也。惟其长言之也,而其意始尽;惟其嗟叹之也,而其意始无尽。故"永言"与"言志"二者相依为用,有其志故言不虚,言之永而志乃见。所谓"一唱三叹有遗音"者是也。降至后世,有言志而无永言,徒以为诗道性情而已,而所以道其性情者不知也……盖古之时,诗与乐合,《三百篇》之诗皆以被之弦歌,故性情与音节俱臻其妙;后世诗与乐分,古乐亡而声音之道不讲,故性情是而音节非。然音节既失,则词无往复咏叹流连之致,而性情亦为之异焉。非不深且挚也,而出之不觉其永,则是所以道之者不如古也。所以诗人或赋一事而浸淫以陈之,反复以咏之,言重词复而意不见其不足。后人抒怀刻意,惟恐其重,惟恐其复,句更语变而意不见其有余。何则?言中用意者多,言外见意者少也。

"诗言志,歌永言",语出唐虞,古往今来不知有多少文人墨客在自己的文章中言及,而能真正释其意的却少之又少。刘开的论述揭示了"诗言志,歌永言"丰富的内涵,真正是心得之言,特别对"永言"的分析,指出后人"抒怀刻意,惟恐其重,惟恐其复,句更语变而意不见其有余",因而诗的韵味也就不足。

刘开对王士禛的神韵说和沈德潜的格调说不以为意,他主情。刘开在《珠船诗草序》中说:

诗以达情也,而世之为诗者适足以自掩其情,是非才之不足而学之不至也。发焉不由其诚,为之不以其道,则才与学皆为诗病也。

他在《蔬园诗集序》中说:

> 余年十余时即喜为诗。然窃谓诗之为道,本于心性,用为乐章,小人歌之以贡其俗,君子赋之以见其志,圣人采之以观其变,非吟咏所能尽其蕴也。故尝欲决然废去,以求乎声音之原;既而以为诗即情也,情不可以终抑,故间亦形之诗歌,然而工拙非所计矣。

他在《师荔扉明府诗序》中又说:

> 数年来身遭困厄,百端万绪郁于中,人性物态触于外,无以发其愤,始假诗以自鸣。

这些论述,表明"诗以达情""诗即情"的认知,且诗所抒之情要诚且纯,否则"才与学皆为诗病"。他感叹说:"噫!诗道之敝久矣。精风格者或专于形模,率性情者或略于工力,二者相病,而不能相成,而又心驰势欲,蕴蓄不深,此犹源浊而流未有能清者。"(《二余堂诗稿》)

刘开在《与郑梦白刺史书》中说:"开自游浙后,遍览名胜,山之清,湖之秀,石之奇,海之浩渺,都邑人物之繁盛,亭台池馆之瑰丽,皆取于目而注于心,无以尽其情况,悉举而致之于诗。"这里所言的是览物之情,刘开是一个感情丰富的人,亲情、友情、苦情,而感受最多最深的是悲愤之情。他在《与姚幼楷孝廉书》中说:"仆之不见弃于君子者,非有殊能绝技也,又非仆言语智术足以动众也。直以厄穷未遇,志郁而不扬,遂屈而不充,无以泄奇骋怪,遂并其平昔悲愤抑塞之思,磅礴兀臬之气,激说放恣之状,所谓横溢四出不可一世者,尽发之于文章。"其诗亦然,诗是他感情的结晶,此乃悲愤之情。所谓悲愤出诗人,刘开之谓也。

刘开诗文兼擅,而诗名尤盛,好评如潮。在桐城诗派中后期的诗人中,他的诗歌成就最高,是桐城诗派中后期代表人物,他在清代诗坛上无疑亦占有一席之地。其诗不名一家,大率逸气凌云,清姿濯雪;风骨高骞,波澜壮阔;苍雄古艳,高浑深厚;气沛神完,韵味绵长,肩六代而跨三唐。其格调风力远似太白,近为海峰。

郑梦白题曰:"孟涂天才纵逸,驰骋古今,然其一字一句皆呕心刳肝而出,及其成也,金石千声,云霞万色,异哉!不得而测涯涘矣!"又曰:"孟涂诗力追古人,又不肯一字留古人面目。当下笔时,剖天心凿地窟,覃精极思,造化在我,故能炉铸万物,橐籥阴阳,神力所到变幻不测。"(《刘开集题辞》)

张晋卿题曰:"矜才者多杂,使气者易粗。摹风格者失之空,讲性灵者失之佻。孟涂独扫群弊而空之,兼人众美,不名一家。至其读史怀古诸作,于浑灏流转之中,极沉郁顿挫之致,则惟少陵可以抗行,王、岑不及也。"(《刘开集题辞》)

吴山尊《序》曰:"无一险韵畟句,自然奇卓,斯为仙才。昨腊风雪中快读大集,正如春风入林,草石皆有生气。凉秋索居,复示四卷,高奇出世之才,淹深入古之学,不为前代作者门户所限,力追魏制晋造,亦能略貌取神,摆脱窠臼。"(《刘开集题辞》)

邓菽原题词曰:"拔地依云之才,驱山驾海之气,锵金戛玉之节,细针密缕之思。沉吟反复,始而震掉,眩惑久之,心旷神怡。乃知非奇实正,非肆实醇。每羡方盛之年,所得已臻此境,此后才愈大见愈高,又不知是何如境界矣!"(《刘开集题辞》)

周涧东题词曰:"孟涂史事极熟,上下驰骤,数千年如指诸掌。暇出其诗若干卷示余,余读之风飞潮涌,千军万马一杂遝而来也。锤险凿幽,鬼斧神斤之运,奇无际也。百里一小曲,千里一大曲。黄河一泻而泥沙土石俱净也。苍凉古直中饶有妖娆生新之致,窅然以深,超然以远。盖孟涂生逢熙世,少负不羁,不可以诗人目之,亦不可以学人目之,独往独来,自成一队。"(《刘开集题辞》)

上述诸家题词和序言,从多方面对刘开的诗进行了评论,极为中肯,实事求是,无溢美之嫌。刘开鸿笔雄才,如天马行空,不可羁勒;如绛云在霄,舒卷自如,真旷代逸才。刘开在《吴子山传》中写道:"士之穷困不得志于时者,古今常有同憾。而其甚者,天又使之早夭,不获竟其才而成其事,尤可悼而惜矣。"而刘开又何尝不是如此。天将丰其才而啬其遇,永其名即不与寿,这是刘开的不幸,更是桐城文学的不幸,若其寿考如其师姚鼐,其诗文成就岂可量哉?

张聪咸,字阮林,一字小阮,号傅岩。大学士张英之五世孙。高祖工部右侍郎张廷瑑;祖讳曾敩,贵西兵备道;父元位,副榜贡生,巴州州判。张氏为桐城名门巨族,世有达官,才人硕学亦不乏人,而诗文能直追古人则自张聪咸开始。其于清嘉庆庚午(1810)中乡试,以考馆选得八旗教习。

张聪咸幼颖悟,为祖父钟爱。家故世族,又自矜贵,未冠能文,有才气,好为骈体之文,睥睨同辈。其怯弱如不胜衣,然勤奋好学,于书无所不读。《刘孟涂集·张阮林传》:"阮林怯弱如不胜衣,其笔力精悍无前,振厉风发,不可一世,所为诗宗法少陵,其深造者几欲神合。近时之善学杜者,未有能或之先也。往时姚惜抱先生尝见阮林所作,叹曰:'其文其诗皆雄杰之气,可谓异才矣。'先生不轻许可人,而赏识阮林如此。阮林于经,通《左氏传》;于小学,通音韵;于史,熟汉晋逸事,著有《左传杜注辨正》及《经史质疑录》……余识阮林在壬戌之冬,而识栗原也先于阮林。后二年而得匡叔、六襄,又后二年而得石甫。当时意气相许,以古人为期,岁过从欢宴无间。每当酒酣耳热,阮林则高歌杜诗,以泄其悲愤之怀,满座闻之,为之动容。自阮林没而盛会虚,吾辈虽有宴游亦惨然不乐矣。阮林性简傲,寡合。一时目为狂士……其诗刊除浮艳,或不能悦众目,然思力深厚,精气盘结,神光外烛,必不能终掩尘土之下。世固自有识者也。使天假之年,其所造岂复可量,而竟积劳以死。然阮林虽死,其诗之所就已足以自传,传亦必得重名……阮林卒时,年仅三十有二。"光律原《阮林权厝铭》:"阮林早慧,成童时喜为骈俪文,后更舍去。博览传记,好为古人诗,尤宗法子美,能会其音节。城北有方氏园,盛竹木,阮林时与余辈饮其中。酒后歌《秋兴》《诸将》《咏怀》诸什及歌行乐府,沉郁慷慨,令人勃发,忠愤之意不能以已,如亲接子美,聆其謦欬。是时里中好古之士咸乐交阮林。阮林虽刻励为诗,然当时考订之学,又勤力焉。尝之金坛见段先生玉裁,退为音韵之学;见阮宫保芸台,退为考证之学。乃试礼部留京师,益钞录荟萃,穷乏昕夕不辍。又时出己见辨难,与言汉学者角胜,遂以积劳咯血卒。所著有《经史质疑录》《左传杜注辨正》《后汉书补逸》《王隐〈晋书〉补逸》《傅岩诗集》。"胡小东《傅岩诗集识后》:"阮林精于考证,以经生自期,不欲仅以诗见也。其为诗博丽雄深,沉郁顿挫,盖追踪少陵,开、宝以下非所志矣。少时交里党间若刘孟涂、姚石甫、光栗园、李海帆、左匡叔、徐六骧诸子,性情才力不必尽同,要皆器识深远,异乎今之学者。至于为诗亦皆各有深造,而论才则首推刘、张,乃阮林先殁,而孟涂后十年(亦说八年)亦卒。天奇其才而厄其遇,又靳其年如此。"姚莹《张阮林传》:"年十九,游从祖薲园先生之门,见里人姚莹,与语,大惊,悔其所作,尽焚之,曰:'世固有不朽之学,此不可羞耶!'是时,阮林气方盛,有文章誉。莹乃最少,人以为难。由是博极群书。以著作为己任。诗尤雄丽,取法汉魏,而以少陵为宗,沉挚浑劲,一洗昔人肤袭之陋。惜抱先生主钟山书院,阮林以诗往质,先生复书,有奇才之誉。先生未尝以奇才许后进,独阮林与刘君开得称。刘亦甚推君诗。嘉庆九年乡试罢归,遇太仓某,与论音学如夙契,语人多不解者,独莹能辨,竟习之,遂通古今声韵,著《音韵辨微》八卷,以传其学。十二年再试,又罢,乃至吴下,友人李宗传令浙中,召教其子,大携书往,卒成《左传杜注辨证》。金坛段若膺亟重之,以为左氏后不可少。十五年举于乡试,礼部不第,得觉罗官学教习。留都下三年,屏酬应著书,搜辑汉魏晋宋二十四家逸史,字淋漓几席,壁间皆遍。又兼治经不懈,以劳咯血。十九年二月卒,年三十二。闻者无不为惜也。阮林性廉介,不妄取,而好义急人之难如恐不及。与人交,诚笃有终始。学不趋时,然书出,虽异趣者亦服云。"姚莹在《与张阮林论家学书》中写道:"足下以英辨之才,沉研古学,又处京师久,与名公时贤相砥砺,见闻广而采获勤,书成必有宏赡精确大过人者……足下于垂湮久佚之余,能推明前人不传之学而见其大,足下之诚宏矣;意在发扬幽隐,上佐国史,不为乡曲之私,不欲以辞章掩学问,足下之论公矣。"

张聪咸去世,里中好友纷纷为其作传、作墓志铭,写诗悼念的人更多。他死后而诗友盛会虚,宴游亦惨然不乐矣。刘开在《张阮林传》中说:"阮林既卒之三年,栗原、六骧皆赴官京师,石甫宦海隅,筐菽客豫州,余时自江右归里,经过旧游之地,俯仰彷徨,独增惆怅,回忆总角之欢,恍然在目。十数年中,故交云散,死别生离之感集于一时。"刘开不甚感叹唏嘘,写诗道:"掉首君何速,吾乡失此才。已虚千古事,岂为一人哀。灵气还川岳,雄心付草莱。魂归如念我,多向梦中来。"(《哭张小阮孝廉》)方东树在《挽张阮林》诗中写道:"闻君欲就千秋业,兀兀遗经手自编。岂谓未成高士传,荀君已到获麟年。"由此可想见张聪咸其人。

张聪咸在京师尝自定其诗,致信姚莹粤中,嘱与合刻,及疾革,未果。友人收其诗稿,得诗四百余首。其诗气格苍劲而能沉着,笔劲语浑,如《怀太仓萧子山明经》:

> 萧郎别我青溪曲,归去暩城结茅屋。云乖雨绝那得知,二载千秋何太促。门前时容长者车,席上终怀卞生玉。文章才力老更坚,泰岱青松会稽竹。东南词人各绮丽,往往新声见杯柚。取材徐庾别伪真,弁髦曹刘羞面目。蓬莱群仙朝玉京,或鼓灵簧振林木。安得鹓凤鸣提扶,要使骅骝丰骨肉。惜哉大雅今不复,开宝神龙难卒读。当时硕儒事章句,颇笑才人工刻鹄。相如徒作《封神书》,子云岂入宣尼室。皆由蛙黾聒炎夏,遂使风骚泯尘俗。忽思吴淞春酒熟,海潮夜作鱼龙慼。三更漏下烛花偏,四卒风声为谡谡。高谈时务竦寒儒,新裁艳锦安天鹿。君为鲲鱼嗟穷溟,我亦雏鹏感雌伏。即今久傍青门宿,月食天囷三斛粟。雪寒坐客常藉藁,作书无纸经反复。习闻朝廷宽大诏,已觉台垣恩宠足。盛时胪言达天市,安见竖儒独缁辱。兴发凭高破幽独,晴初霜旦西山麓。作诗诚会古人意,律不能中转縶束。偶然心手得相副,快意牺纯恣餍腹。乃知才力非所难,太羹宁给千人欲。乘时欲作群辅录,临歧莫学杨朱哭。淮王宾客留桂树,具区秋山生卢橘。吴中美人常参辰,日下鸣鹤徒踯躅。天高易水风萧萧,思君欲击渐离筑。

第七章　桐城诗派之余绪

第一节　壮怀激烈，意气风发；诗宗少陵，清逸深远
——布衣诗人戴钧衡

戴钧衡，字存庄，号蓉洲。清道光二十九年(1849)中举。幼年聪颖好学，稍长，泛览百家，经史子集无不窥，学问大进。诗文兼擅，尤以诗闻于时。为人真诚，好交友，重感情。许吾田、毛岳生、梅曾亮、姚莹等人皆惊为异才。先后两次入都，参加会试，不售。其间结识曾国藩、邵懿辰、鲁一同、杨彝珍、吴敏树、舒伯鲁等名流，并得到他们的赏识和指教，获益良多。曾国藩对他尤为看重和赏识，称赞他"精力过绝人，自以为守其邑先正之法，禋之后进，义无所让也"(《欧阳生文集序》)，私交甚笃。戴钧衡病逝后，曾国藩"送戴存庄之侄银五十两，为存庄葬事之用"，并亲题墓碑，文曰："大清举人戴存庄之墓。"(《曾国藩全集·日记》)

戴钧衡才丰气盛，慷慨激昂，胸怀壮志，以振兴桐城文学为己任。他尝言："钧衡自幼读书，不甘为无用之学。每以人心世道为忧，寂居田野，凡一省一郡一县利弊，有所见闻，辄作文以言得失。父师恐遭时忌，辄命取稿焚之。及入都，私怀欲言者，更非一事。既念事无难易，得人则成；国无安危，得人则

治。"(《味经山馆文钞·上罗椒生先生书》)其志明,其言切,令人感佩。他关心桐城前辈诗文的保存和流传,搜集整理戴名世遗著,编为十四卷,曰《潜虚先生文集》;与苏惇元重订《望溪文集》;与文钟甫合编《桐乡名媛诗钞》十一卷;又广搜博采,合编《古桐乡诗选》十二卷;与方宗诚合编《桐城文录》,广搜精选,共七十八卷,为桐城文派最大的一部散文选本,极具文学和学术价值,其功甚伟。他特别关心家乡教育事业的发展,为了培养人才,他与文钟甫、程恩绶等社会贤达筹资、设计、建造桐乡书院,亲自制定校规,主持校政,登堂讲授,分文不取,成绩卓著,盛名远扬。不仅得到当时主持安徽学政罗惇衍的赞赏,还得到乡人的赞扬和敬佩。尔后,太平天国战争爆发,桐城沦陷,成为重灾区。他投身于抗击太平军的战事之中,义愤所积,奋不顾身,谋划献策,训练民团,筹粮筹款,奔走四方,心力交瘁。战事失利,妻妾均遭杀害。他不得不避难于怀远友人家中,忧愤成疾,咯血而亡,年仅四十二岁。英年早逝不尽才,令人痛惜。方宗诚在《味经山馆文钞序》中说:"戴君存庄才最茂,用力尤锐,诗文经说卓然有可表见于世,海内贤士大夫多称道之。"然而命不由人,他的早逝是桐城文学界的一大损失。

戴钧衡诗胜于文,是桐城诗派晚期一位重要的诗人,他的诗对后来桐城诗人的创作产生了积极影响。他认真刻苦,虚心向前辈学习。他在《味经山馆诗钞自题》中写了创作的经过、体会心得及时贤对其诗篇的评价。其文曰:

> 弱龄耽咏,不谙丑美。少长,从朱、张两先生游,得窥正迪,幸未染袁、赵、蒋、张余习,刻意孤寻,辍废餐寝。每好抚汉魏、陶公、摩诘、襄阳、太白、明七子之言。岁己亥夏,都所作,梓为《初集》。出示同人,多加诧赏,马蒙皋比,惊其群匹,自以为真虎也。
>
> 庚子春,游植之方先生门,得读《昭昧詹言》一书,始知囊作,客气陈言,浮浅轻易,于古人意绪归宿,神脉气味,千万分而未有一焉!锐意改辙,为之一年。先生见,谓平顿寒塞,反不及前刻之精彩华妙。迷所适从者,又一年。日反复读《昭昧詹言》,证求古大家精深之诣。久之有获,试笔为之,先生曰"可",然后胸有准的,望古人而

力追之。才薄气弱,间以人事,未克专精。十年来,所得仅此而已。自谛其间可存者不能百首,而师友删汰颇宽,聊依诸家选存二百有九篇,汇为《味经山馆诗钞》,以就正海内精能之士云。同志评阅,意见各殊,得失深浅亦异。然指疵摘罅,皆益我也。钟甫文君知我最深,爱予诗最甚,所论亦最合。由结契早,又守一师,见闻同也。他友所论,切中予弊与深得余心者,各录数言于左。

植之先生曰:"二集诗增进甚至,迩来名家希此境界,惟尚未能博大沉雄,充足于中,自然流出。用功久,当自知之。"又曰:"诗令人一见便惊叹,称快称奇,诗之侍者,非诗之至也。平心吟咏,意远韵深,味长气厚,乃为可贵。杜公诗,不熟读精思,其命意制局遣词炼字之妙,不易窥也。生诗佳者,已有此境界。然奇快之作尚多,今姑存之,不必删也。"

光栗园方伯曰:"二集果大进,前此未免有见好于时之意,今则消融殆尽矣。噫,非消磨此意净尽,又乌能见好于千百世哉?"

文钟甫文学曰:"诗,小道也,然必下切实功夫,神明于古人操纵即离起伏迎距,推陈出新,化腐为奇之法,又深知古人艰难、迷闷、奥折、幽峭、沉郁、飞动之致,然后能其才力大小以成学,不流为俗诗、伪诗、空诗。大抵精深华妙之境,五古则谢、杜、韩为大宗,七古则杜、韩、苏为大宗,律则专推杜公、黄、陆,佳者亦多自杜出。学者由此用功,步步着实,务求古人精神意脉,得其归宿。然后纵其才力所至,以成一家之言。汉魏、陶公、太白,亦卓然大宗,不朽天壤。第学之似易能而实难得,故不免失之客气假象。庚子以前,余与存庄均未窥及此旨,近乃知之。鄙才谫薄,奔走饥寒,望之而弗能至,存庄已锐入之矣。然亦惟壬寅以后,诗乃大变。集中所载己亥秋后,庚子、辛丑诸作,半由近改,原本可存者,盖寥寥矣。"

孙芝房编修曰:"求古人之意于屈折空曲之中,百节疏通,生气远出。"

乔鹤侪工部曰："七律沉郁顿挫,仍复一气旋转,真得少陵神髓,余作亦清高深远。"

江贻之文学曰："集中七律,有似黄、陆之作,非学黄、陆也,乃学杜公,而所造适止此耳。取法乎上,仅得乎中。浅人不知有杜公,又安能真似黄、陆哉!"

方存之文学告予曰："兄近诗言中有物,意味亦深曲缠绵,足令读者感发。第必根心而生,将来发之事业者,能实其言,乃为言立,不然犹伪诗也。"存之不为诗,所论得诗之本。斯言也,终身佩之矣。

马命之文学告予曰："兄性刚直,遇事发之太过,少含蓄浑厚气象,惟律诗则已能柔其气而渐几于含蓄浑厚,盖由揣摩杜公久,用力者深,变化气息故也。学问之事,无用力而不变。愿兄以学诗者,更移而养气,务使真气充满,客气净除。将来发之事业,传之文章者无穷。文艺,末也;德器,本也。兄于末既求所以变化之矣,于其本而可不思所以变化之哉!"

……

历观古今诗话,论诗之旨,备矣。求其得诗教之本,深合圣人兴观群怨之旨;又于古大家精深微妙之境,发挥透辟,宣畅无遗,则莫过于吾师所著《昭昧詹言》一书。

诸家对戴钧衡诗评语颇多,辑录数家以供参考。

文钟甫评《题陈照所画江景》曰："一起苍苍莽莽飒然而来,初读谓写画景也。及至'我昨登楼'二句,乃知其为兵家袭法、画家衬法、文家借法。全诗精神关节变幻灵通,起数行愈觉分外出色矣。"

张小石评《所思》曰："此诗似半山、山谷,尤有奇气。宋人以奇兀成诗者,山谷而外,半山、后山皆师山谷,而山谷独极境耳。后人学黄者,多类此二君。"

文钟甫评《壬寅年》曰："此后诸诗,无一直笔,无一率语,无一泛言,处处有真实归宿。举前十年客气假象,一扫空之,于此中甘苦深矣。"

张小石评《偶书》曰："得彭泽诗《田家》面目矣。昔贤云:世人但学兰亭面,欲换凡骨无仙丹。山谷谓:苟得其面,便已换骨。余谓:陶诗亦然,面目岂易得邪!"

方东树评《得张亨父开封书》曰:"盛唐人七律,多曲折顿挫,开合动荡之致,不使一平直笔,此诗庶其近之。"

文钟甫评曰:"杜诗变化,无两句一意者,余子不解此矣。此及前《送人还镇江》作,俱是大家妙境。"又曰:"起句因得书而知张已至开封,便有神。二句兜转前送别时,是逆挽法。三句由二句生,四句又兜转得书,句法流动有远韵。五句从四句生,'翻垂泪'三字又开下句,六句'愧不才',又开七句,七句已咏足矣,复以时事作收。诗境如万水千山,花明柳暗,读之不忍释手。"

文钟甫评《月下谒包孝肃祠》曰:"涪翁《樊侯庙》摹杜公《武侯祠》,得之字句气象之外。此摹《樊侯祠》,又妙得之神味气脉之中。"

江贻之评曰:"妙处只是'浮世悠悠谁气节'一句,无此,则通身亦只涪翁空腔,不见章法之妙,收语亦不耐人寻味矣。此所谓归宿也,亦感慨时事而言,非泛设空语,故可贵。"

文钟甫评《病中读杜诗》曰:"'艰难初见古人心',看似浅语,非深知工部甘苦者,不能道也。"

张小石评曰:"永叔谓太白诗,回视蜀道如平川。凡诗文臻深至之境,未有不自艰难来者,岂独少陵然邪。"

文钟甫评《雪夜书感》曰:"首二句下字,凑密凝重,无轻佻滑易之病。'铜龙'二句,故作疏宕,以舒其气,亦杜公法。后四句沉痛真挚,因杜公人共知也。"

文钟甫评《琴隐图》曰:"题便着意如此,方切时切事切人,诗境往复空远,沉郁顿宕,七律此界不易到矣。"

文钟甫评《自遣》曰:"前路叙事朴实,后半则正大沉痛。朱子谓圣人乐天知命之心,与忧天悯人之心,并行不悖。存庄其亦略有此意乎?"

方东树评《送人还镇江》曰:"真气。往复白道语,耐人讽诵,由境曲也。"

文钟甫评曰:"笔笔衔递,高合回环,章法顿妙。"

张勋园评《蓉洲初集》曰:"五古上追正始,下逮三唐。七古原本青莲,雄骏超迈,自足俯视一切。五律格高气逸,如出开、天名手。七律沉雄瑰丽,与梅村、卧子抗行。长律动荡开合,得少陵遗法。五绝清新,似齐、梁人口吻,其幽微淡远处,克兼王、韦之长。七绝情韵深婉,在刘宾客、李庶子之际,吾乡多作者,孟涂而后,仅见此才。"

从诸家述评中,我们可以看出戴钧衡诗颇有特色,叙事朴实,立意深远,情深曲致,境曲局宽,别开生面,诗境空远,奇幻豪放,劲气直达,开合顿挫,沉郁顿宕,意味无穷,无轻佻滑易之词,无率语泛言之病。其诗全从学唐之杜甫、宋之黄庭坚而来。其人谦虚好学,受教于方东树,获益良多。他在《送姚丈石甫之四川》一诗的自记中曰:

> 予自庚子读植之先生《昭昧詹言》,力洗从前客气假象,为之一年,平顿滞晦,先生谓与俗人唱和,觉其易胜,不复追步古人。其实日求古人而见之未确,怅怅靡从,脱去陈言,转若无可措手。壬寅、癸卯两年作,遂秘不敢呈。甲辰春,始以此作进,先生阅之三四过,笑曰:"汝于《昭昧詹言》有得矣。"乃复呈前两年作,先生甚喜,以为非复初刻之轻浮空伪。盖自后乃敢放笔为诗也。书数语以识予之拙。

又于乙巳年,自记曰:

> 诗中七律最难,昔人有云:"世之文士,无人不作诗,无诗不七律,而终身为之,有不知其故者。"诚哉,是言也。吾师《昭昧詹言》论七律,精深微妙,向来论者,罕窥其境。年来寻味,略窥古大家精神气脉,终未从力为之。今年授徒城中,朝夕得与师见,乃专意七律,似有进步,删存十七首。

戴钧衡有才,志存高远,抱负远大。他在《蓉洲初集自序》中说:"道不行不至,马不策不前。士苟有志,天下无不可跻之域,又何患昆仑之高,渤澥之大哉?衡虽不敏,固思求乎高且大者,今所历十丈之陵,九仞之溪耳,而遽持以问世,非敢自多也,将告同人,以陟昆仑、以涉渤澥之自今始也。"他立志为诗,在《与客夜话感赋》中写道:"男儿委身在天地,风神磊落貌丘墟。""前追伊吕后萧曹,坐使威名震沙漠。不能奋翮出风尘,便当退寻孔颜乐。图书之府翰墨筵,上下古今归橐籥。有时开口汲西江,随风唾咳珠玑落。珠玑乱落惊王侯,笔花灿烂超韩欧。近超韩欧远班马,含英咀华擅风雅。"真可谓壮志凌云,气势如虹。他是一位言必行、行必果的人。他作诗极为认真刻苦,文钟甫说:"蓉洲作诗,苦心孤诣,精益求精,一稿出,每经数易而成。既成或逾时而复加涂乙,不斟酌尽善不止。"(《蓉洲初集题词》)他写诗凭情以会通,负气以适变,各体俱有精到不磨之处。于雄奇倜傥之中,寓温厚和平之旨,抗心希古,语必惊人。如《题陈照所画江景为许丈吾田赋》:

江风忽起云飞扬,云飞直与江流长。遥空万顷日无色,但见远水浮苍茫。苍茫水气昏如墨,上与云连为一色。天低在水水涵天,上下乾坤分不得。是时两岸青山无,万树欲倒云争扶。贾船商舶不敢动,千帆尽落依菰蒲。我昨登楼望江水,此景依依在眼里。先生示我江天图,尺幅云烟吞万里。六安陈照旧有名,酒酣泼墨何纵横。写山乱石欲飞起,绘水江流如有声。此图神妙尤莫及,毫端风雨来胡急。想起握管坐临池,真气蟠空鬼神泣。只今作画二十年,墨气淋漓纸犹湿。江天莽莽楼台昏,江水滔滔波浪立。请君慎勿藏匣中,恐有蛟龙时出入。

值得一提的是,戴钧衡关注国计民生,对百姓苦难视之于目,注之于心,寓之于诗。如《纪灾二首》:

弥天风雪路漫漫,满眼疮痍未忍看。黄口命轻抛掷易,红颜恩重别离难。覆巢雏燕身无主,觅食啼乌梦不安。痛欲捐生艰一死,可怜衰病向饥寒。

思归无处觅田庐,忍弃头颅蔓草余。残岁可能春易转,此生难卜命何如。穷途不尽伤心事,大府频颁议赈书。升斗西江宜早计,莫从荒市索枯鱼。

第二节　为诗苍健深稳,性情真挚感人;用意深厚,朴雅不事藻饰
——清白吏诗人姚濬昌

姚濬昌,字孟成,号慕庭,晚号幸余。姚莹之子。秉承家学,钻研经史,学富才雄,尤以诗名于时,时贤名家多有好评。著有《幸余求定稿》十二卷。

他为人心地善良,守家风家学,性淡泊,无所求,乃不知世上有害人者。曾国藩以其名父之子,收之幕中,关爱有加,且悉心点拨诗文,学问大进,叙其军劳而荐为县令。居安福数年,施政有方,民情大悦之,而他则一日不怡,惟恐灾害发生,爱民之深,忧民之切也。他不善媚上,得罪大府,毅然辞官,奉母回桐城,结屋挂车山中,打算终老于此。然他纯孝,养母颇侈,奇怪珍异之名贵药材,无不储备,而甘脆美食之需无不致,数年,毕荡其家产,不得不谋食于外,犹为其母为娱乐。但不能如愿,因而大困,不得已,病起索原官,及母夫人终于安福之官舍,他已六十岁矣。安葬毕,遂无以为生,服除,听铨吏部,吏部告之曰:"有竹山、阳湖之两缺,其优劣相万也,君与某者各以签得之,与我钱,则君阳湖矣。"他大怒,叱之,愤然而归。明日,肃整衣冠至吏部,部谕曰:"某庙生当得阳湖也。"他笑而不言,就竹山县令。新任总督刘公尝读其诗,知其才,又为名父之子,欲换大县。其事道府皆应古典。制府贤人,父事他;道纨袴弟子,嫉妒他,进而诋毁他,制府又不为之辨,但还其回竹山。他耻而不就,乃决然曰:"吾不复濡忍于斯矣!"称病得代,为诗以道其将归之乐,然无几日遂病逝于竹山。贫穷无钱治理丧事,竹山之人捐资,并丧之资,为买舟而送之。其清贫如此。

范当世《幸余求定稿序》曰:"当世前年冬就婚安福,于路作诗为到门之献,其诗有曰:'顺康元老家,乾嘉大儒系。道咸名公孙,同光诗人子。蔼蔼敦诗媛,持以配当世。'盖自石甫先生而上,姚氏道德文章、勋名气节,皆天下之所共闻。至吾外舅,则遭逢战乱,廉隅刻苦,不坠其家声,而平生颇以诗自乐。

此亦中兴诸老之所共称,而非当世一人之私言也。既赘于安福前后二年,闲伯、仲实、叔节皆法外舅为诗,而当世亦绅绎旧文,步趋新作,获益良多。"

马其昶《幸余求定稿书后》曰:"去年冬,叔节还自安福,持示新所刊外舅诗曰《幸余求定稿》者十二卷。其昶既敬受读终卷,则作而言曰:外舅自始学到今,深自匿晦,绝哗众表襮之行,独其为难于隐,而不以学道自杓,淹贯群籍,而退然若怯夫之无所一能,于人世争趣进取之途,颓然泊然,不以经其虑,而益肆其力,以滂沛恣取于古人。盖其学无所不窥,而独晦之于诗。诗之工致数十年之专且久,世或不知。世知其诗,而要其冥冥乎! 所自怡而得者,人不能知之也。晦之久,则光益曜,今其时乎! 于是徐椒岑丈归里,乃相与推论吾邑文学之绪,自惜抱先生蔚出为大宗,海内群士归之;方植之先生于诗莫深焉;继是而振起者,必首于外舅。他作者乃皆不能自具体貌,即无望其行远耳。其昶曰:士苟挟所业能自立于不朽者,彼其初必有所舍。群天下之物之可为名者,吾百涉之,必不能以精乎其一,况心乎荣利世俗之纷纷哉! 诗之道,易为而难成,自竖儒小生,已粗解其声律,而其事则一本乎性情之为。彼乃颇往往不能无所冀,特取径乎此,固无幸焉。然则,真潜而罕营,如吾外舅者,庶不波于物,而有以淡其神明者邪! 其神明淡者,其诗好也。其昶既尝举此诵于人,及来安福,淹留数旬日,则益早暮从外舅商论所以自轨其身及务学利病,间言及此,外舅曰:'是何敢望,然至以学市而薪偿于人世所竞取,而不可必得者,予则耻之。汝知我者,其可无言!'其昶敬诺,乃退而记其说如此。"

姚濬昌是晚清桐城诗坛重要的一位诗人,他的诗在当时清代诗坛也有一定的影响,时贤名家多有好评。

徐宗亮曰:"公诗清静幽邃,源于《风》兮。近则日臻精深,气势亦觉远大,时贤中殆未见其偶。惜翁评燕公□湖山寺诗,以为得江山之助。彼富贵中人稍能句持得失间耳。岂如善善而藏就山水窟里,钓天伦乐事哉! 不□于诗中求诗,虽宋贤理语,固有会于诗教之真,公其无愧斯之已。"

莫友芝曰:"慕庭县佐示《幸余轩诗钞》二卷,风格略取明七子,而性情真挚,不可掩抑处,又不仅仅异七子之儿然者。慕庭少年忧患奔走,而能不失名父家法已如此,更□而求之斜川之张老坡,安得专美耶!"又同治戊辰初春题曰:"近作亦诗胜于文,苍健深稳处,颇得古人三昧。知案牍如山时,犹不废读书也。"

汪士铎曰:"盥诵大著,清思月浣。奇采泉流,取径风人,寄情芳草。近日作者当推元戎。惜抱家风于兹未坠矣。"又题曰:"星霜文物并蹉跎,沧海谁人挽逝波?七子藻思牛耳寂,八家户籍鹿门多。近逢旧德怀良治,尊甫石甫先生。独则前修喻伐柯。欲薄枞阳晴泛宅,访君闲话碧山坷。"

张裕钊曰:"尊著导源大谢,出入唐宋诸大家,创意造言皆蠲涤泬浟,洞达奂奥,工力之深,殆□罕俪而无。尤高出于人者,存乎襟抱,旷达泄瀚,超抄阐能,越世高谭,自开户牖。"

孙衣言曰:"君本名家子,今能于处亲。俸余求古籍,酒半惜瘦民。细雨清槐夏,轻风动麦晨。高吟更东望,仁气满江津。"

吴汝纶曰:"骏迈。每于语尽处再振笔收足,最是精神恣肆。"

陈三立曰:"内气潜转,造入单微,郁而为油然之光。"(以上所引均见《幸余求定稿》题词)

姚濬昌的诗,秉承惜抱家法,用意深厚,朴雅不事外饰,气雄旨远,清新拔俗,婉约阴柔。因早遭患难,奔走四方,故多凄悱之音,可吟可诵之句良多。如"一夕霜飞万木丹,扁舟载满九秋寒"(《于役浮梁道中》);"林烟浅带寒流白,霜叶深含返照红"(《村东》);"隔岸青山远,当门碧水深"(《金神墩访强甫》);"暗潮兼月落,朝露共霞收"(《晨光》)。他借叙事、写人、记物、绘景、咏史,抒发自己的心情,意深而旨远,兴味无穷。如《十一月初雪用陶公癸卯十二月中作与从弟敬远诗韵寄吉帆通伯寒人》:

>立身无长途,贵与俗殊绝。时随冥会沦,道共荆扉闭。愚生丁三季,如立风中雪。讵不思兼善,聊得一身洁。天地布彤云,壶觞独屡设。语默苟适情,风雪亦可悦。春和岂不美?未胜劲气烈。古人非固穷,何以安素节?披册仰芳踪,欣然坚我拙。托意竟谁知,相思惜小别。

第三节　后起之秀，同光巨子；才气俊逸，传承家风
——姚永概

姚永概，字叔节，号幸孙。清同治五年(1866)十二月二十日生于其父江西安福署内。姚家是一个书香翰墨之家。其父姚濬昌是著名的同光体诗人。其祖父姚莹为姚鼐弟子，为姚门五杰之一。姚莹的曾祖父姚范，是乾隆时翰林，其诗文力追古人。姚范的曾祖父姚文然，明崇祯时的进士，入清后官至刑部尚书，是名臣兼诗人。范当世在《入滩河易舟闻舟人言往月安福使人迎探状惭恐弥甚心神益焦辄复为诗十九韵》中写道："顺康元老家(指姚文然)，乾嘉大儒系(指姚范、姚鼐)，道咸名公孙(指姚莹)，同光诗人子(指姚濬昌)。蔼蔼敦诗媛(指姚倚云)，持以配当世。"此诗把姚永概书香门第、诗文世家亮出来了。姚永概自幼便受到墨韵飘香的家庭环境的熏陶，而且成为其中的佼佼者。

姚永概天资聪颖，又十分好学。同治十三年(1874)，其父因故称疾辞官，寓居安庆二年，聘同里名儒秦吉帆教诸子。光绪三年(1877)，姚永概十二岁，其父在桐城西乡挂车山筑西山精舍，由其父亲自课其诸子，姊夫马其昶由县城往来山中，与姚氏父子谈诗论文，其时姚永概尚幼，没让他加入，他十分不满，质问他们为什么看不起他。姚永概在西山精舍读书八年，由于父亲的教诲、弟兄们的切磋，学问大进。光绪九年(1883)赴安庆参加学道主持的院试，被录为生员(俗称"秀才")，时年仅十八岁，姚永概因此独得父亲的夸奖。

光绪十三年(1887)，其父再官安福，姚永概便辞去江阴王先谦让他校勘《皇清经解》的工作，随父至安福读书，准备次年的乡试。光绪十四年(1888)戊子科江南乡试，姚永概获第一名(俗称"解元")，时年仅二十三岁。这次主考官为咸丰时的探花、翰林院侍读学士李文田，副主考官是光绪三年(1877)的状元王仁堪。他俩认为江南一向多才隽，而于今却日渐衰微，文风不振，便想录取一名宿学老儒居榜首，以振起一代文风。等到撤弥封时，却十分惊讶

其人的年轻，再看其三代之履历，却发现他是名宦姚莹之孙，乃欢喜相告，认为果然取中了一位国士。遗憾的是光绪十五年(1889)己丑科会试、光绪十六年(1890)庚寅科会试、光绪十八年(1892)壬辰科会试均失利，这对姚永概打击很大。因为当时的读书人不能成进士，入翰林，仕途极为艰难。如若当了学官，如教谕、广文之类，就更难升迁。所以他大挑二等，授太平县教谕，他不就任。

光绪十七年(1891)，其父因丁内艰解任，回桐城老家。家中食指浩繁，而姚永概已娶妻生子，于是他又入扬州两淮运使江人镜幕。由于祖父姚莹曾任此官，江人镜对姚永概恩礼有加，直至其父孝满，赴京选官，任湖北竹山知县，他才离开扬州。赴河北保定谒莲池书院山长吴汝纶，从吴汝纶读书治学，并遵吴汝纶之命，教其子吴闿生。姚永概有诗《杂兴之一》记其事：

> 我侍吴公久，番番愿每偿。秘书于此发，卑论与之昂。共惜欢娱地，相期冷淡场。此心终炯炯，大德誓难忘。莲池饶树石，合作一园青。好客宵连屋，游春晓驻轩。鱼多闻接涔，鸦久识归翎。来往吾终恋，玄经许独听。

此诗反映了姚永概得吴汝纶之真传。他在离开吴汝纶之后，追怀所得，时时不忘。姚永概后来创办安徽师范学堂，民国后最早受北京大学校长严复之聘，都是受吴汝纶办新学的影响。所以其弟子吴闿生说："桐城诸老，唯君侍先公最先，其渊源所渐，非仲实(姚永朴)、通伯(马其昶)辈所知也。"姚永概讲用世之学，特别袁世凯复辟事起，其面对"资贼尚纵横"的艰危时局，忧心忡忡，他像吴汝纶一样，希图教育救国，所以积极投身于教育事业，不仅仅是一位诗人。

光绪二十九年(1903)，安徽成立高等学堂，聘严复为学堂监督，姚永概为教务长，所聘教师皆一时贤人，如苏曼殊、邓绳侯等。姚永概之所以膺此重任，主要是因为他是吴汝纶的高足，而分管此事的安庆道员刘葆良、安庆知府恽季申也竭力荐举，足见姚永概声誉之高。

光绪三十二年(1906)，同光体浙派诗人沈曾植调任安徽提学使，赴任后即组团去日本考察教育,后在省城创设安徽师范学堂,任姚永概为该校监督,即现在的校长。姚永概也奉沈曾植之命赴日本考察,时为光绪三十三年(1907)。姚永概到日本后,曾至东京上野公园中的不忍池,凭吊吴汝纶旧游之处,作《不忍池有怀至甫先生》:

> 盈盈不忍池中水,曾照吾邦白发翁。风采能令殊域慕,忠诚难化举朝蒙。危楼高咏悲王粲,薄俗虚名累孔融。长夜漫漫无计旦,可怜阴翳永浮空。

从此诗中可见当时新旧两种思想斗争的激烈,而办新学尤为主张由旧科举入仕者之忌恨。所以,姚永概继吴汝纶之后,在家乡创办新学,就不免有像吴汝纶那种"忠诚难化举朝蒙"的感叹,表现出"长夜漫漫无计旦,可怜阴翳永浮空"的忧虑。所幸,沈曾植升任安徽布政司,而新任巡抚冯煦不久亦辞官他任,由沈曾植代理巡抚,他对姚永概非常信任和关爱,亦更以提倡文学为己任,取马其昶之文与姚永概之诗合并印之,名曰"皖之二妙"。

1912年,民国成立,严复为北京大学校长,聘姚永概任文科学长,马其昶、姚永朴亦进入北京大学,他们都是吴汝纶的高足弟子,号为能绍桐城诸家之言者。而其时在北京大学任教的章炳麟则大力提倡魏晋文学,与马其昶、姚永概产生矛盾,姚永概便辞去教席,回归故里。次年,北洋政府成立清史馆,馆长赵尔巽久闻姚永概之名,遂聘姚永概为协修,姚永概应聘,分任撰写名臣传,"每脱稿,同馆叹服"。

1918年,胡适自美国归,提倡白话文,主张废古文,陈独秀、钱玄同等人又从而和之,于是姚永朴、马其昶被迫辞去北京大学教职。其时,徐树铮在北京创办正志学校,聘姚永概为教务长,姚永朴也入校讲学。其时国务总理段祺瑞闻姚永概之名,聘姚永概为政府高等顾问,总统徐世昌则希望招其入晚晴簃选诗,姚永概均辞谢,说:吾如处女,少不嫁人,老了还嫁人么?其清高自律如此。

1919年,五四运动发生,陈独秀因言论过激,被北京警察厅逮捕,而署名营救陈独秀的人中,便有马其昶和姚永概。陈独秀是"桐城谬种"的始作俑者,作为新文化运动的主将陈独秀对桐城派的攻击是不遗余力的,而马其昶、姚永概是桐城派后期代表人物,但他俩不计前嫌。马其昶、姚永概二人在当时学界声望极高,他俩署名营救,当然极有分量。其后陈独秀获释。此事大出胡适所料,因为也正是胡适、陈独秀把马其昶、姚永概逼出北京大学的。胡适在《致陈独秀书》中说:"而署名营救你的人中,便有桐城派古文家马通伯与姚叔节……我觉得这个黑暗社会里还有一线光明。"其正直大度如此。

1922年,姚永概在北京患面部肿瘤,由姚永朴陪同南归,于1923年6月19日病逝,享年五十八岁。清史馆馆长赵尔巽闻讯叹道:"今海内学人,求如二姚者,岂易得乎?"

马其昶在《姚叔节墓志铭》中说:"君为人孝友笃至,其教士必根本道德,以文艺科学为户牖。与人交,披沥肝腑,无不尽。广坐高谈,音响震越。安徽数更大吏,咸钦君才望,有大计辄就决于君,是非得不谬。乡里往往被其惠,而谤议亦滋起,于是君益浩然无用世之志矣。民国肇建,应北京大学之聘,为文科学长。萧县徐又铮尤以国士遇君,创正志学校,君长教务尤久,正志学风出京师诸学校上,天下无异词。清史馆之设也,柯、王二君暨余及君兄弟皆从事焉。君论学于汉、宋无所偏主,诗文有俊逸之气,吴至父先生称之不容口,有《慎宜轩集》若干卷,尝著《辛酉论》六篇,皆有关风教,惜乎史未勒成,而仲实以老病归,君且不幸而遽卒也。馆长赵尚书闻而唏曰:'今海内学人,求如二姚者,岂易得乎?'余寡交游,其同里亲故数人皆衰老,君年差减,意气犹盛,尝私计异时不朽之托,当以累君,今乃执笔述君之行也,能无怆于怀邪?"

姚永朴《慎宜轩诗序》:"予兄弟读书之余,亦间进所作。先考独奇叔弟,以为异日必绍家学无疑也……吾弟天怀浩落,笃好群书,固有以立其本矣。而吴先生顾称其才气俊逸,足使辞皆腾踔纸上,虽百钧万斛而运之甚轻,故能出入于李、杜、苏、黄诸家中而自成体貌,庶几韩退之所谓'人皆劫劫,我独有余'者哉!吾家夙多诗人,而世所盛称者莫如惜抱府君。昔徐椒岑(宗亮)先生综论吾邑二百余年诗家,谓惜抱之后,精诗学者为方植之。植之之后,必推先考。予谓继先考而起者,莫如吾弟。夫文章,天下之公物,其品之高下,非亲爱者可得而私,要其光气所及,卒亦不可得而揜也。"

姚永概是同光体诗人中重要的一员,其诗歌创作渊源有自。徐宗亮说:"吾邑二百年诗家,谓惜抱之后,精诗者为方东树,东树之后为姚濬昌,继濬昌之后而起者,莫如姚永概。"所谓同光体乃上承道光、咸丰诸诗人,如曾国藩及其友郑珍、莫友芝,而远溯于乾隆时的姚鼐。姚鼐曾手批黄庭坚的《山谷集》,足见其宗黄。郭绍虞认为"对于山谷诗大加推崇,已始于乾隆初姚鼐的叔父姚范,姚范在《援鹑堂笔记》中称山谷诗为'其神兀傲,其气崛奇,玄思瑰句,排斥冥筌,自得意志'。其侄姚鼐也称'山谷刻意少陵,虽不能到,然其兀傲磊落之气,足与古今作俗诗者澡濯胸胃'。"姚鼐弟子方东树在《昭昧詹言》中论诗,也以杜、韩与苏、黄并称,并谓"学黄必于杜、韩"。汪辟疆在《光宣诗坛点将录》中说:"同光体皖派诗家中,以桐城吴汝纶行辈最早,吴氏曾通过乃师曾国藩,习姚鼐之说,为诗以山谷为宗,故其诗平实稳顺,绝无俗韵。晚年与范当世相唱和,益觉清苍。其乡人姚永概、方守彝皆能诗。姚氏简远朴茂,诗如其文,山水之作,工于刻镂。"由此可见,同光体诗风的形成,最初还源于桐城姚家。晚清桐城姚家为诗歌创作大户。马其昶在《姚叔节排印所著文诗五卷序》中说:"已而外舅(姚濬昌)再出莅安福,通州范肯堂亦就婚官舍,遂大为诗,父子、兄弟、甥舅、夫妇赓续和唱,裒然成编也。"该实录也。

时贤名家对姚永概的诗多有好评。姚永概的诗被收入同光体闽派领袖陈衍的《石遗室诗话》中,共九首,陈衍认为其中《偕子善伯恺游北海登万寿山作歌》七古一首,"语意甚朴,唯卧韵差",是指首四句:"紫微垣昏无帝座,金鳌玉蝀行人过。白头宫监尚守门,得钱引我恣游卧。"其中"游卧"的"卧"显然是凑韵。陈衍又谓此诗"入后音节苍凉,极近遗山(元好问)",是指此诗最后十三句:"西山落日半轮悬,宫阙依稀在暮烟。枯荷折苇凫雁集,秋风秋雨如吹绵。山阳(汉献帝刘协禅位后封山阳公)安乐(吴王孙皓降晋后封安乐公)以愚全,唐十六宅(唐末诸王共居的宅第称十六宅,后悉被朱温派人杀死)犹堪怜。世局原随士议迁,眼前推倒三千年。但使西邻无责言,阜财利用国本坚。虞宾(指帝尧之子丹朱,在舜为帝后,待以宾礼,此指溥仪逊位后受优待)自尔安不颠,咄汝刀锯法应捐,吾亦偷生何憾焉。"诗中对溥仪逊位后,百姓纷纷游皇城,不免发出"陵谷迁移,黍离麦秀"之感慨,颇有元好问诗在金亡之后的慷慨悲凉。

入选《石遗室诗话》之《练塘道上书感》:"棠梨花密杏花疏,物色风光慰病躯。官道著泥晴尚滑,春山藏霭淡如无。种桑日望当攀采,佩玉知难利走趋。惊抚头颅空老大,竿船真欲泛松湖。"此诗写景如画,前四句风光明丽,怡人心目,后四句写"攀采"不得,"走趋"无门,叹仕途艰难,颇多感慨。姚永概十八岁进学,二十三岁中举人第一名,雄心勃勃,志存高远,然而三次会试终落选,大挑二等,以学官用不就,走进了一条入仕的死胡同。他对仕途的绝望,使他写出了工于刻缕的山水之作,以寄托其不遇的感慨。此诗语言朴实而情韵淡雅,也正是他力学北宋诗人梅尧臣的结果。他在《书〈梅宛陵集〉后》五古诗中写道:

> 梅集六十卷,买自武昌市。刻者明嘉靖,宋君巡按史。属工宣城令,字大殊可喜。惟其讹谬多,又阙数十纸。借得道光本,弥月事校理。所阙抄使完,其讹难订矣。我思文字贵,在切时与己。要使真面目,留与千秋视。时为何等时,士为何等士。当其入微妙,不在文字里。阅历助胸襟,天姿加践履。世事不关诗,诗固待此美。俗士动夸古,终身寄人里。一体效一家,自矜工莫比。乞人衣百宝,宝也殊足耻。扬眉讥杜韩,况说宋诸子。告以先生诗,笑口或大哆。孰知六一翁,低首直到趾。古货真难卖,病在古入髓。东坡尚嫌酸,余贤可知尔。缄之笥箧中,我欢独在此。

姚永概此诗较全面地谈了他对诗歌的看法,是颇有见地的。他本着"我思文字贵,在切时与己。要使真面目,留与千秋视"的宗旨,在不同时期、不同境遇之下,写出了不同心情的诗篇。尤为人称道的压卷之作,为七古《方伯恺仲斐招游天坛观古柏作歌》:

> 天坛锁钥放三日,士女长安空巷出。琉璃厂内鞭影骄,正阳门

外车声疾。方生邀客及衰朽,微醺莫放斜阳失。未到先惊势骏雄,入门已觉情萧瑟。绕坛一碧皆种柏,罗列骈生咸秩秩。元耶明耶世不知,百株千株数难悉。阴森夺日色凄凉,惨淡生风寒凛栗。怪根直下渴重泉,霜皮纠裂蟠修繂。真宜虎豹据为官,恐有狐狸攫作室。旁干犹承累叶露,中枝折为前宵飓。无情树木尚如此,系日长绳知乏术。祈年殿上望西山,金碧依然暮霭间。王气已随龙虎尽,夕阳只见雁鸟还。往圣千秋垂教泽,严祀昊天威百辟。彼苍视听悉依民,精意分明存简册。大道原为天下公,此心不隔耶回释。斋宫肃穆水环垣,想见千官助骏奔。中夜燔燎半空赤,连营宿卫万夫屯。五千运过苍天死,更闻开作公园矣!吁嗟乎!倚天拔地之古柏,留与游人勿轻摘。

陈衍认为此诗"尤见沉郁",此诗确实是姚永概的压卷之作。因为方东树在《昭昧詹言》中说:"诗莫难于七古。七古以才气为主,纵横变化,雄奇浑灏,亦由天授,不可强能……其次则须解古文者……观韩、欧、苏三家章法剪裁,纯以古文之法行之。"姚永概此诗之所以说是压卷之作,是因为其善用古文之法布局,以铺陈其事,而遣词造句又质朴简洁,有刚健豪放之势,无纤柔窘仄之象。钱基博谓"其诗秀爽而为警炼,沉郁而能顿挫。早喜梅宛陵(尧臣)、陈后山(师道),晚乃出入遗山,语必生新,而意在独造"。诚为知言矣。

诚如张仁寿在《姚永概评传》中所言:"因此而奠定了他在同光体诗人中的地位。只可惜其生活的视野不广,遂使诗的题材过于狭窄,晚年更由于殚心教育,没有像同光体其他诗人那样的闲情逸致,遂使可传之诗为数不多,但作为一位古文家,其文字的雅洁,结构的精巧,却是同光体其他诗人所不能至者。"

第四节　获江山之助，为山河增色
——布衣诗人方守彝

方守彝，字伦叔，号贲初，又号清一老人。道光二十七年(1847)生，民国十三年(1924)卒，享年七十七岁。方宗诚之次子。幼承家学，习闻庭训。师事名儒郑福照，博览群书，淹贯经史，学业益进，诗名早著。成为诸生，曾尝一试乡试不售，便绝意科名。捐资得太常寺博士，却不赴任，淡于仕途。他生不逢时，从太平天国运动到辛亥革命乃至北伐战争，社会动荡不安。他淡泊名利，奉行明哲保身的处世哲学，在大变革、大动荡的社会潮流中，他置身于外，潜心读书问学，探索百家，不谈国事，惟喜交游。他寄情山水，足迹遍及东南风景名胜，所见所闻所感，一一赋之于诗，词清句洁，音韵和谐，可吟可诵。他热心于公益事业。他辅助吴汝纶筹建桐城中学堂，不辞辛劳，四处奔走，为学堂八位总理之一，分文不取。德高望重，为乡邻敬重。潘田铭其墓曰："吾县自明以来，士大夫多好为诗，见于先木厓公《龙眠风雅》者，几于家户相望。自方、刘、姚诸先生出，乃以古文名天下。然海峰、惜抱故皆工诗，仪卫继之，说诗尤多微言精诣。先生晚出，承遗绪而益恢之，桐城之诗殆将与文并重于世。"又说："以友朋为性命，既婴世变，称疾屏居，犹与其徒唱和往复，极酣嬉淋漓不厌。"(《方贲初先生墓志铭》)潘田视其为桐城诗派的传人。方守彝的诗得到吴汝纶、姚濬昌、徐宗亮等人的鼓励、好评。姚濬昌读方守彝的诗，大为惊喜，曰："君诗奇，他日当让子出一头地。"方守彝备受鼓舞，奋力为之，便一发不可收拾。方守彝自言"毕竟诗情贵一真"(《题慎宜轩诗钞》)，"赋才各自率天真"(《赠马通伯》)。其诗赋物精微，笔触细腻，情景交融，情真意切。他在《〈网旧闻斋调刁集〉题记》中说：

庚申冬，吾弟盘君至皖，索去十八卷以前各诗册，携回勺园，吾遂属盘君细为讨论之。两年之间，颇有删订，吾亦十从八九。

壬戌春，吾弟读讫，来书云："兄诗真能赋物，无论赋事、赋景、赋情,能透细实写,精微酣畅,华妙绝伦,称雄压倒侪辈,淋漓大笔,谁堪争席! 其表彰名德、节义诸篇,高辞皇坟,尤为集中特色。五古苍厚,真谊叠见,七古雄酣多姿态;五律精妙,七律秀杰隽刻,绝句落笔古逸音高,气体以生硬得妙丽,章法多源本古文。此等本领、造诣,足与古大家一决胜负。千秋事业,得失心知,卓然独立矣! 兄诗全卷读完,故略陈所见好处。他时再读,或所见更胜也。应酬之作,不妨割爱节删何如?"按:吾弟以吾衰年多病之中,故设此美好之语言以相慰悦,其辞非是,其用意良苦也。附录之,以存此一段情事。

方守彝在自己的诗集《〈网旧闻斋调刁集〉题记》中全文照录其弟方守敦评其诗的信,虽自谦说"其辞非是",只是安慰年衰多病的兄长,"故设此美好之语言以相慰悦",但内心还是认可其弟对自己诗的评价。

弟评兄诗,难免有溢美之词,如果认真研读方守彝的诗作,我们可以发现方守敦的评价还是比较客观的,同时亦向其兄建言"应酬之作,不妨割爱节删"。其实桐城诗人大多喜交游,欢聚之时,诗兴大发,挥毫染翰,应酬之作就难免有客气陈言或套语,这似乎是他们的"通病",方守彝亦不能例外。

方守彝著有《网旧闻斋调刁集》二十卷、《附录》一卷。

方守彝性格温厚和善,心地善良,独善其身,不言人非,人称"好好先生"。他虽淡于仕途,布衣终生,但他饱读孔孟之书,儒家积极入世思想根植于心灵深处,伤时之情挥之不去。他在《次韵答叔节》诗中感叹:"方今国势蹙,正似月下弦。"又在《范之易吾频频以优礼见待辄叙恐惶用申谢困》中说:"兵戈劫里横流地,家国哀来仰看天",忧心忡忡,他呼唤:"萧条世界严凝日,谁可回旋天地春?"(《雪后严寒岁亦行尽儿子时裴侯官金陵闲置频年一家十余口有饥寒之色然能坚贞不苟有诗来呈和韵慰勉之》)希望有明君贤臣出来拯救时局,革新除弊,救万民于水火之中。他忧民之忧,乐民之乐。七月间皖中苦旱,忽得及时雨,他欣喜若狂,欣然命笔作《东郊行》以纪之:

赤日烧地生龟文,天久不雨群望殿。忽然丛木翻鸦阵,空中泼墨为玄纁。风沙回薄日骎敛,云雷抉荡天罅分。金蛇鞭掣火令出,苍龙珠散冰丝纷。老树披靡战风叶,横江金鼓腾千军。正坐漆室当亭午,倏见晶彩悬斜曛。连宵烦蒸白汗走,有如檐溜飞高棼。口焦舌燥唇赴水,仿佛悬瀑轰崖垠。今日刚来瑟萧爽,天公大扇摇千斤。披襟解带就高枕,潇湘细簟生斑文。美睡可补十日足,小奴扑去花鹰蚊。忽念东郊苦忧旱,此雨尤可施耕耘。老农呼儿挂龙骨,掀髭一笑呈牙龈。不然心煎背日炙,手足已觉先冬皲。吾辈坐食何所似?野鹜啄粟家鸡群。刀盘瓜梨切冰雪,帘栊波雾迷昏昕。幽居放意极盘礴,抗吟自许高皇坟。不如负耒东郊去,鸩毒要恐灾生筋。东郊老农迎予止,翻劳烹宰营腥荤。老妪瓦盆鸡黍供,群儿塘角罾网勤。新雨晚凉月在树,清响余滴风生篔。即兹促坐杂佣保,况复洒扫无埃氛。众言昨宵苦炎热,颇似乾炙烘笼熏。又言今年足粱肉,妇女欢笑完其裙。吾侪小人戒奢望,且与老农把酒相殷勤。

诗人怀着愉悦的心情,以精微的笔触,叙述了苦旱、得雨及与老农交往的过程,其中穿插着少许议论,道出自己与民同乐的感受,真实而亲切,所谓以文为诗,此诗见之。

"赋才各自率天真"。方守彝尤善写儿女情事,如《外孙小女阿印索诗戏作此歌以发其爷娘一笑》:

芝兰玉树儿女子,谢庭柳絮因风起。我有外孙茁兰芽,久别入怀笑口弛。前年孤鹤鼓翼西,今年孤舟此岸舣。孤舟孤鹤两悠悠,且喜孤舟驾远游。上虞本是山水县,爷娘招我意绸缪。广厅置座青榠馥,呼姬出拜声低柔。尔辈渐长颇解事,校里归来趋翁位。呼公亟亟牵公衣,要出衙斋看山翠。姊好尤觉小妹奇,秀色玲珑性情挚。捷似弥猴膝上加,手揽长须略不畏。携之游览古精蓝,但见金容便拜地。止有恭敬无要求,却是此儿当神意。西郊东郭远不嫌,老树茂林通趣味。回家小犬摇尾迎,抚弄嘻嘻呼狗弟。凡人养子欲易成,狗保狗儿作名字。老翁一笑向阿娘,可为家姬兆祥瑞。明年此日笑轰堂,果然狗弟是虞郎。不睡灰窠睡锦褓,金绒彩线绣文章。

阿公再来作贺客,看尔欢喜如颠狂。

诗人是含笑握管写此诗的,淋漓尽致地表现了外孙女"久别入怀笑口弛"的喜悦心情,含饴弄孙,其乐融融,慈祥的长者形象跃然纸上,而天真活泼的外孙女形象亦活灵活现在眼前。"抚弄嘻嘻呼狗弟""狗保狗儿作名字",语言戏谑,妙笔传情。写人惟妙惟肖,呼之欲出;记事曲折有序,生气盎然。全是老顽童口吻,增添情趣,人情味十足。以文为诗,是桐城诗人的看家本领。此诗气韵流畅,首尾绾合,一气呵成,是一首叙事抒情佳作,亦是一篇文情并茂的美文。

第五节　生于乱世,沧桑沉浮;为诗雄奇峭厉,气势磅礴,堪称桐城诗派之绝响

——吴闿生

吴闿生,原名启孙,字辟疆,号北江,学界尊称北江先生。生于光绪五年(1879),卒于1949年,享年七十一岁。吴汝纶之子。吴闿生生有异禀,濡染家学。蒙学由父亲课,学有根柢。八岁能文,九岁作《生日诗》,时人王毓箐评曰:"绝似汉人、韩昌黎,方正学无此朴茂。"季葆光曰:"此诗先生九岁作。先生八岁能文,范伯子赠诗所谓'八岁能为子固文'者也。"其先后师事贺涛、范当世、姚永概,深得古文理论之壶奥,擅长古文,诗尤斐然,文名早著。光绪二十五年(1899)前后,入北洋大臣李鸿章幕。光绪二十七年(1901)五月,随其父日籍门人中岛裁之东游日本,游学于早稻田大学。光绪二十九年(1903)正月,以父丧归国。其后历佐山东巡抚、直隶总督、北洋大臣幕,以劳晋候选知府加三品衔,奏调度支部参议上行走,清度支部财政处总办。光绪三十四年(1908),入北洋大臣杨士骧幕,后任直隶学校司,继承父亲教业,主持莲池书院。民国初年(1912),任袁世凯大总统府秘书、教育部次长代理部务。民国五年(1916)后,在黎元洪、徐世昌、段祺瑞等北洋政府任总统府秘书、教育部次长、国务院参议、顾问等职。民国十七年(1928),应张学良之聘,任奉天萃

升书院古文教授。抗日战争期间,身陷敌区,隐居著述。抗日战争胜利后,复任奉天萃升书院教授、北京古学院文学研究员,从学者甚众,为国家培养出众多杰出人才,是中国近现代著名国学大家兼诗人、教育家。

吴闿生生不逢时。中年时期,迫于大动乱、大变革的形势,他不得不周旋于达官权贵之间。他亲身经历了甲午中日战争、戊戌变法、辛亥革命、北伐战争、抗日战争、解放战争等重大历史事件。而其时文化思想战线也发生激烈冲突,新文化浪潮波涛汹涌,势欲荡尽中华民族一切传统思想和文化,而作为桐城派后期代表人物之一的他,在新旧两大阵营的对垒中,当然会受到极大的冲击。在桐城派即将谢幕之际,他仍然坚持桐城先贤的文化思想,保持"雅洁"的文风。在新文化运动中,他态度鲜明,立场坚定,决不妥协,捍卫中华民族传统文化。桐城市图书馆收藏的《桐城历代名人小传》中记载:"以闿生之学之才,完全可以进入现代文学大家行列,惜其为桐城家学所囿,不能迈出这一步。"这确实是他的不幸。但是作为桐城派的后劲,他的诗文雄奇峭厉,跌宕多姿,堪称桐城诗派绝响,在民国初期的文坛上仍有相当大的影响。桐城诗人唐尔炽在他五十寿辰时,赋诗庆贺,有句云:"继世有文章,司马班父子。元成哀平间,亦有刘中垒。降而至北宋,三苏亦可喜。吾邑方刘姚,文行俱可纪。再传寂无闻,未足趾前美。先师冀州公,近代马班氏。大业炳千秋,英声腾八海。吾子继之兴,矩矱酷相似。此乃国之幸,非徒家福耳。"诚哉斯言,吴闿生对国学,特别是古文在中国的延续尽了最大的努力,与马其昶、姚永朴、姚永概等人共同努力,使桐城派在清末民初的文坛上仍占有一席之地。尽管是落日的余晖,但仍然是绚丽多彩的。

吴闿生诗文兼擅。他在诗歌创作理论方面颇有独到见解,所著《诗义会通》被时贤称之为"文家用逆之至奇者也"。他的诗远祖《风》《骚》,上宗唐之杜甫、韩愈,宋之黄庭坚,近似桐城诗派。其诗在思想上与艺术上有较鲜明的特色。余永刚在《北江先生诗集前言》中作了很好的概括。在思想上,反映现实,寄慨遥深,归结为三点:一是关注国家危亡;二是抨击政治腐败;三是心系黎民百姓。在艺术上,坚持桐城诗派传统,以文为诗,法古生新,归结为三点:

一是大气磅礴,硬语横空;二是隶事使典,生新雄奇;三是对比强烈,取譬形象。此评还是实事求是的。

时贤名家评语:

姚永概曰:"驱使典籍,发抒牢愁,当今雄才无有过于君者。读罢首俯至地矣。"又曰:"精光宝气,鲜明夺目,令人欲三舍避之。"

张伯英曰:"以排山倒海之气,运龙跳虎卧之笔,上蹑韩、苏,下跨刘、姚,读之使人神往。"

姚孟振曰:"合观诸什,纵横排奡,巨刃摩空,舍李、杜、韩、苏四家外,无可举似者。伏案久读,惟令人作举头天外之想耳。"

梁建章曰:"豪情伟度,盘郁胸中,随笔挥洒,自成古光奇气。至其词旨深雅雄厚,则当于汉、魏、盛唐诸大家求之。下此无斯境也。"

籍忠寅曰:"极雄厚,极深奥,极超逸,极奇肆,极名贵。随意所到,皆能造出胜境。而驱使典籍,无不应手,尤非徒于诗中求诗者所能学。"

尚秉和曰:"洞庭云梦,胸际屈盘,渟蓄弘深,喷薄奇伟,专与李、杜、韩三公血战。其最骇人处,能凭虚造出奇崛,突兀横空,舍三公外无能办此者。故我非妄叹也。"又曰:"偶一用力,即石破天惊;稍与霁颜,又舒迟和缓,百炼刚其化为绕指柔乎!"

李景濂曰:"作者沉潜各大家专集,撷子史之菁英,与经学为冥会,达奥洞微。所著诗文夭矫不群,奇横百出,开阖顿宕,动中古法,时复精奥绝伦,真山谷所谓'自战一家始逼真'者,可以俟百世而不惑。"又曰:"沉郁百转,弥复兴象高华,敛遏雄豪之气;而精光弥复迸发,悲愤填膺,极淋漓顿挫之奇。其声可以满天地,其于此道,伐毛洗髓之功深矣。"又曰:"作者胸中无所不有,昌黎所谓'怪怪奇奇,不专一能'者也。"

李葆光曰:"笔力雄健,回山倒海,其沉痛入骨处,除少陵、遗山,殆无第三人。而奇恣之致,高迈之怀,更为遗山所不能及。斯真古今名著,令人学步无由已。"(以上评语引自余永刚点校《北江先生诗集》)

方福东《北江先生诗集跋》:"吾师北江先生守挚甫太夫子之学,而泛滥于周秦、两汉,复以退之、子美之旨自治其诗文。先生之言曰:'诗文不宗退之、子美者,率皆浮华之作,非可与于道者。'观是言,乃益可以知杜、韩为有本之学也。而杜、韩以后,能力造于古者希矣!先生穷其力、遁其形二十余年,随其所得而恢拓之不懈。故其诗文专以杜、韩为师法,而杜、韩以后千余岁之间,殆无足当一盼焉。远乎邈乎,其谁与俦欤?今兹吾徒力请于先生,得其所作而以刊行于世。先生之诗文,固有待于后世之论定,而不须小子喋喋者。然而先生之学一以杜、韩为宗,当必有表襮于天下之一日,是又吾徒所汲汲而求者也。"

吴闿生生活在朝政腐败、国运维艰的晚清时期,目睹了社会现状,忧愁于心,所以此时诗作有强烈的忧患意识,洋溢着爱国主义感情。如《答李芷洲》:

> 儒书不救败,末俗多濡需。愿君且安坐,听我陈其愚。小时不自度,亦欲追前模。埋头余十载,所得才尘铢。当时幸无事,朝野多欢娱。乘时冀一合,苟足偿勤劬。世变那可说,平地生艰虞。内讧长螟螣,外侮纷黑貙。有如千丈树,一倒无由扶。又如砧上肉,刀俎供烹菹。卷书走尘土,窜身成逃逋。荒陬聊息影,方寸千忧茹。登高鉴天地,烟瘴弥荒墟。长声腾鼓角,远影明旄旟。男儿值兵革,壮志当驰驱。惜无径寸刃,扫荡开寰区。神州千载胤,灵泽犹涵濡。宁能一朝尽,相率归沦铺?殷忧启明盛,痛定思良图。丹心如不死,寸草回天枢。逝将从此去,薪胆穷朝晡。上睎摅所志,下亦张吾儒。乾坤方丧乱,大业存耕夫。勉旃各自靖,愉暇毋虚邪。

国家已经陷入风雨飘摇的境地,江山社稷危如累卵,而官场风气败坏,官员贪腐,骄奢淫逸,贪图享乐,尤使作者痛心疾首,对此他进行了辛辣的讽刺和猛烈的抨击。如《前作病耳诗未几耳疾遂瘥作耳愈诗》:

> 神明怒发不可杀,安能长此困聋聩?天公知我无如何,抑我经年还一快。自是正直能感通,泥佛何功甘下拜?从来大官多狐疑,两耳无恙浑如痴。正言谠论拒不入,奴谀婢谄相娱娭。我耳虽病有

时好,嗟君毕世无聪时。

他借题发挥,痛斥权贵:"从来大官多狐疑,两耳无恙浑如痴。正言谠论拒不入,奴谗婢诣相娱媟。"痛快淋漓。

吴闿生关心国家命运,探索救国方略,对国家忠心耿耿,始终如一,所以他常年"伤心唯恐金瓯缺"(《倒用韵再答芷洲子建》),看到"内讧长螟螣,外侮纷罴貀"(《答李芷洲》)的现实,忧心如焚,痛心国家被腐败无能的统治集团所贻误,嗟叹"国步蹉跎真可惜"(《次韵迈度春游》),痛批投降派不以国家民族利益为重,甚至乘机千方百计搜刮财物,中饱私囊,大发国难财,丧尽天良。"五陵豪贵势方新,万室焦拳形尚墨"(《次韵吴海山雪》)。"财赋大藩生杀柄,奔驹朽索从操持"(《题周养庵簧灯课读图即送之湖南任》)。其恶劣行径令人发指。他们置人民生死于不顾,致使国力日衰,一战即败,割地赔款。"空劳绵蕞订朝仪,西向让三南让再"(《叠韵再和》),怒斥慈禧"纷纷挠败知谁罪,欲上重霄斩夜叉"(《诸人请用苏韵更赋二首》),他强烈要求改革,革新政治,主张科学救国,重视人才培养,"君不见,汉王倚醉歌大风,苦思猛士歌讴中"(《自五峰还夜卧大风雨用陆放翁观岷江雪山韵》),呼吁国人"国家颠沛要扶持,岂得安居学儿女"(《次韵送江亢虎归国》)?并表示自己"丹心如不死,寸草回天枢"(《答李芷洲》),只要一息尚存,就要为挽救国家安危而奋斗,其爱国之情溢于言表。

吴闿生心系人民,关心民瘼,为民请命:"呜乎!遗民冤愤何由雪?"(《叠韵再和》)"吾侪何用不平鸣?杜陵心迹本双清。"(《次韵迈度上元郊游见赠鄙人及严范孙侍郎之作》)爱民之心跃然纸上,尤难能可贵!

也许是吴闿生的社会经历与同时诗友如方守彝、姚永朴、姚永概、唐尔炽等人不同,他多半在政治旋涡中沉浮,对时局的危机和人民的苦难感受特别深,激发了他爱国爱民的热情。情不能已,赋之于诗,忧患意识也就情不自禁地流露出来,所以他的诗比诗友们的诗在思想内容方面更具有人民性和社会深刻性,因而也就更具有价值,这正是他的可贵之处。

第八章　桐城诗派之才媛

第一节　为诗词温深情真,自抒胸臆;书画兼擅,饮誉海内
——吴坤元

吴坤元,字璞玉,一字至士,自幼聪慧,好读书,经史子集无所不读,工诗善画。有《愁添集》《松声阁》三集、《松声阁》续集行于世。潘江约请好友许来惠为其母亲选诗载入《龙眠风雅续集》,并为之作传,曰:"吾友潘江蜀藻之母夫人,前太学九茎先生讳金芝之元配也。曾祖方伯菲庵公一介,祖明经霁宇公应寰,父文学鹤滩公道谦。少承父祖诗礼之训,读书,识大义。父病革,割股肉进,母张夫人无子,友爱庶弟德音至老不衰。适九茎先生,事祖姑汤、孀姑陈以孝称。九茎公不禄,丧祭殡葬尽礼,邑乘谓其不临镜修容,年七十犹鬒而椎髻,盖实录也。教子孙以孝友,多读书,慎取友为训,毋汲汲富贵。所著有《松声阁》前后三集、续集行于世。尤工书画,写大士像,年八十以寿终,守节凡四十余年。所司上其状,大中丞为之闻于朝,礼部案验不妄,请得表厥宅里,制曰可。以康熙辛酉,建坊于居宅之左,乌头双阙,旌门有闳,邑里荣之。其孀姑陈太君亦盛年赋《柏舟》,矢节四十九年,吾友蜀藻,恒以未被旌典为恨。妇夏年廿三苦节,未及四十而终。三世节孝,萃于一门,吾以卜其后之炽而昌也。母为前水部函云先生之从女,故蜀藻属予小子节录其诗数十篇,附于先生之后,而为叙其崖略如此。"

吴坤元在《六十初度有序》中说:"余少不敏,奉母教,读《列女传》《礼经》《毛诗》,心窃向慕之,展卷辄不忍释手。及笄,执箕帚于河阳,恪相鸣旦,夙夜持筹,日皇皇周旋于上下诸姑,几二十年不复亲翰墨矣。自吾夫子见背,衰毁之余,始著有《愁添集》,嗣成《松声阁集》,多遗佚无存,然亦不欲见知于世也。惟教子一念,耿耿历数十载如一日。每览古贤母义方之训,心切思齐。"

钱澄之《松声阁诗集序》:"夫人潘子江之母,孀居一阁二十余年,纂纫之暇,不废吟咏。于是以'松声'名其阁。松之为木,岁寒不凋,而四时有常声。吾邑闺媛之比节于松者,则纫兰、清芬、澄心,并松声而四之。"又《书松声阁集后》:"吾友潘子蜀藻吴太君,有《松声阁集》,余既为序之。今太君殁,蜀藻捧其集,悲泣不胜,属余更书数语于后……太君既善诗,又能于古今诗之体格、气韵,一一定其高下。尝以余诗在杜、白之间。余每入城,蜀藻辄延至所居石经斋,太君尽出笥中稿,属余为之点订……盖太君好苦吟,诗成,一字未稳,数自改易,经余订而后信以为稳,蜀藻不能赞一词也。太君之知余如此,是故太君殁,而余有知己之恸焉。"

张英《笃素堂文集》卷四《潘木厓诗集序》:"蜀藻母夫人,予姑之子也,高节博学,有《松声阁前后集》行于世。蜀藻少孤,奉母夫人教为多。今七十余矣,白华兰陔,蜀藻其以诗养乎?吾邑僻处江上,蜀藻与母夫人独以诗文名海内,四方文学之士莫不宗之。"又卷六《潘母吴夫人七十寿序》:"今海内无不知龙眠之有潘夫人者……夫人之母,又予姑也。予束发即从令子蜀藻游,母事夫人……夫人纯孝高节,博学懿教,古今所不多觏……十九归九茎公,稚布以秉家政,绝无闺阁铅华之习。九茎公捐馆后,茹蘖饮冰几三十年,夫人之节如此其高。幼而奇慧,太史宗一先生,其从祖也,授以书史,辄成诵,博通古今,通诗赋,所著《松声阁前后集》,掩映艺林,鼓吹风雅。自六经、子史,旁及《内典》、医卜、术数之书,无不探其奥而会其源,纂组文绣书画之属,皆奇妙绝伦。人之得其尺幅片纸者,宝若拱璧。尤习于掌故,娴于礼教,闺门之内肃然遵仪法焉。蜀藻奉夫人为严君,自幼至壮,所读书、所交友、所行事,一禀堂上之训。夫人之学如此其该,而教如此其肃,于延陵为女宗,于河阳为母仪……海内之士颂扬清风、流传懿范者恐后,而夫人之孝与节因之而益彰,夫人之学与教因之而益著。"

张英《松声阁三集序》:"庚戌六月,方趣装入都门,携之行笥。长江浩渺、黄淮奔流之中,辄扣船而歌姊夫人之诗以为乐,思欲为数语以报之而不能也。舟次淮浦,适阮亭王公以督榷清江来予舟。阮亭方有事于海内闺阁诗人之选,遂相与纵谈吾里清芬阁及家伯母纫兰阁已事。阮亭曰:'吾习见夫女子之为诗者矣,大约操柔翰,拈彤管,以写儿女子之态,其人多不足齿,如班姬、谢女之流,而其诗亦复不足备风人之采。独子之乡,所谓纫兰阁、清芬阁者,皆能明大义、炳大节之人。纫兰佐汝伯父登显仕,复以历城之死,使忠臣烈妇炳烁史册。清芬未二十而为未亡人,且未有子,清风高节,独居六十余年。故二夫人者,其为诗类皆清刚磅礴,绝无所谓靡曼女子之习,盖在天地为正气,在海内为女宗,在家庭为母仪。故其人足传,其诗传也。'予曰:'然。而更知吾里所谓松声阁者乎?'阮亭曰:'予习读夫松声阁之诗矣,愿于子闻其详。'予曰:'即吾子之所谓纫兰、清芬者,又其大概也。夫人出延陵,归九茎潘先生,为太史宗一先生之从女孙,为司马石乳先生之冢孙妇。幼娴于礼训,事姑、事祖姑皆能孝。九茎先生弗禄,饮冰茹荼以治其家。卒教其子蜀藻为海内闻人。内外孙数人,皆夫人提命而督诲之,以克有成。今且七十矣,吾里之姻娅族党皆奉夫人为阃内之则,与清芬阁相鼎峙者数十年。故其为诗皆敦尚孝友,以勉其子若孙。间亦咏歌其织纤纂组之勤苦,与夫室家荼蓼拮据之状。时或追念其舅姑、夫子,而发为醇仁感恻之吟,使闻者莫不肃然而起敬,悠然而长思,一如感发于《三百篇》之遗音者。间以其暇,绘大士罗汉像,则又与纫兰、清芬之所作,先后相仿佛。此吾里之啧啧于三夫人无异词,皆谓其大节卓有可观,可以风人伦而登国史,不等于女子之弄柔翰以自命为闺阁之才人也者。子知之乎?'阮亭肃然而起,索所谓《松声阁三集》者,卒读之,相与咏叹往复于篷窗之下,曰:'诚有如子之所云也。'予曰:'子欲表章闺阁之才人,孰有过于松声夫人者哉?'阮亭敬受之而去。"

吴坤元的诗题材不广,除了少数咏史诗外,大多写身边的人、事、物,特别是写儿孙,着墨染翰尤多。其对子孙尤为钟爱,但教之必严,"惟教子一念,耿耿历数十载如一日",重读书,轻富贵,慎取友。"尔固知爱鼎,予尤掌珠视"。"落笔成烟云,读书明理义"。"愿尔聆余言,声名从兹起"(《树孙二十志勉》)。希望子孙以英声骏誉显扬其亲,光耀门庭。而潘江亦不负母望,以诗文交游海内名彦,执诗坛之牛耳。吴坤元幼娴壶范,卓有内政,人情物理,率能察职,受人敬仰,视为女宗。由于她好学,牙签叠架,缃轶盈床,学识宏富,所为诗用典精当,词清句洁,气韵流畅。由于她人品高尚,诗格亦高雅,无媚语,无俗辞,无论长篇短章,读之都赏心悦目。其《松声阁》三集、《松声阁》续集刊行于世,为时人所鉴赏。诗誉甚隆,声名远播。著名诗人王士祯在书坊购得《松声阁集》,读后大为赞赏,后又与张英相遇于淮浦舟中,张英向他详细介绍了吴坤元,王士祯听了后十分敬佩她,专程来桐城拜访吴坤元。中国古人以子贵母荣,而潘江因母诗名甚著而结识王士祯,成为桐城诗坛的美谈。

  吴坤元认为自己写诗只是随意拈咏,自抒胸臆,聊以御心中痛楚、释烦闷而已。此言不无道理。诗者,情也。刻意雕琢,则索然无味;无病呻吟,则矫揉造作。随意拈咏,妙手偶得,则不着一字,尽显风流。吴坤元的诗妙在不刻意求工,信手拈来,而真情发自肺腑,亲切感人,声韵和谐。不妨读读她几首诗:

  《有感示江男》:"甲子倏云周,六十非期颐。眼昏与齿落,何以忽衰羸?所嗟膝下人,壮年数独奇。读书穷万卷,贫窭尚如斯。晚成亲不待,安用富贵为?以此长叹息,恐为燕雀嗤。菽水可承欢,藜藿可疗饥。庭闱有真乐,五鼎非所期。他日千钟粟,只合饱妻儿。但存喜惧意,毋令风树悲。"

  《树孙二十志勉》:"余有内外孙,二十二人矣。其中有女五,余则皆男子。长者能属文,少者亦媲美。三孙孙居长,二十今朝是。进退颇雍容,趋庭复唯唯。落笔成烟云,读书明义理。尔固知爱鼎,予尤掌珠视。岳母即姑母,珍惜如芳芷。阿翁有凤好,图史盈床几。勿但事皮毛,要知得其髓。请看一月前,三十乃尔姊。两亲虽壮年,余已当暮齿。岁月疾如流,书囊靡底止。骎骎若伏枥,蝼蚁过之耳。所期志千秋,非徒取青紫。愿尔聆余言,声名以兹起。"

《儿江应试金陵书此志勉》:"僻巷由来久寂寥,朱门未必尽人豪。三冬雪夜窥图史,八月秋风振羽毛。乱世穷愁惟我辈,半生辛苦属儿曹。从前铩荐非无意,努力前驱莫惮劳。"

《自讯》:"老较于人几事全,春风小阁日高眠。世间冷暖非吾事,身后诗篇或可传。故旧回头谁握手?孙甥满目渐齐肩。此生甲子如周历,犹且长吟六七年。"

《寄张敦复夫人》:"五云深处来芳讯,贻我名香翡翠枝。可记好风清昼永,小楼同看和梅诗?"

《即事感怀》:"四十六年事事乖,含悲掩涕向谁揩?横山幸剩一抔土,不用荷锄死便埋。"

第二节 方如耀诗书兼擅,气节高尚
方仲贤学贯经史,工诗善画
——方孟式与方维仪

方孟式,字如耀,明大理寺丞方大镇之女,张秉文之妻。方氏为桐城望族,翰墨世家,书香门第,人才辈出。方孟式及其妹方维仪就生长在唐音宋韵不绝于耳的氛围中,耳濡目染,吟诵歌咏习以为常。她们互相唱和,互相砥砺,其乐融融。方孟式在《维仪妹〈清芬阁集〉序》一文中,对此多有叙述,对其妹方维仪不幸的遭际亦有记述,对其妹高才硕学赞赏有加。她写道:

我辈嚅呢深闺,终日行不离咫尺,何足当弁简之赘。虽然,吾姊弟间子墨倡和,可得而更仆数也。忆吾姊弟稚屏时,从家侍御游天雄及燕,侍雪而咏,辄津津向林下风。岁月流易,分飞中落,备极断肠之叹。余幸托副笄车尘,女弟姚则已哀清台而号柏泛矣。生涯辛苦,赖有文史问难字,差足慰藉。乃吾女弟玉节冰壶,加慧益敏,而不炫其才。居恒仰天曰:"女子无仪,吾何仪哉?"离忧怨痛之词,草成多焚弃之,偶一绘施金相,竟炙庄严,即沈阁弗录,鄙为末伎。窥其学,不减女博士祭酒,下上古今,亹亹成章。偶示扇头,卫楷永真,咸捧如宝,常讳之为余艺。嗟乎!阿妹堕体黜聪之意,固已远矣!

方孟式对方维仪不幸的同情和才学的赏识,溢于言表。《清芬阁集》的付梓亦由她促成并审订。姊妹之情何其深笃。

方孔炤《纫兰阁诗集序》:"崇祯己卯正月二日,济南陷。大方伯张钟阳先生秉文,毕命于西门之上。我伯姊夫人率其如夫人投司署之后湖殉焉……先是,腊月□烽压济南,夫人告方伯曰:'□暴非常,中贵人监军,恐未能御,夫子之职是城,妾之职是室,无有二心,曷遣两男归,毕后患。'群从进曰:'夫人可亟行矣!'我伯姊正色谕其内曰:'室人尽行,人将谓大夫忠不固,万一去而□不来,外损忠,内捐义,殆且不可。吾弗忍夫子之孤立,妇之从夫,生死以之。'署中童仆俱戢志以俟。"

钱谦益《列朝诗集·闰集》卷四:"方孟式,字如耀,桐城人。父大理卿大镇,弟兵部侍郎孔炤,山东布政张秉文含之之妻也。志笃诗书,备有妇德。年二十余无子,为秉文置妾,举三丈夫子。崇祯庚辰,含之守济南,死于城上。如耀戒侍婢曰:'事急,则推我入池水中。'城陷,临池恸哭,趣呼侍婢曰:'推我!推我!'遂堕池而死。有《纫兰阁前后集》八卷。"

王士禄《宫闱氏籍艺文考略》卷之六:"方孟式,字如耀,桐城人。父大理卿大镇长女,张方伯秉文妻。从方伯官山东,死难。所著有《纫兰阁前后集》八卷。闽人孙昌裔妻郑、翁为枢妇吴为序。妹维仪称其为'诗不作花钿野语'。《玉镜阳秋》云:'夫人诗佳者秀好,有姿韵,近体合处得钱、刘音响,五绝间撮《乐府》之胜。'"

潘江《龙眠风雅》卷十五:"方氏孟式,字如耀,张奉常钟阳公之妻也。父大理卿大镇,弟兵部侍郎孔炤。幼娴女史,备有妇德。年二十余无子,为夫广置媵妾,举三丈夫子。崇祯己卯,济南失守,奉常殉节,与其妾扬州陈氏同赴大明湖死。事闻,赠一品夫人。所著有《纫兰阁集》十四卷行于世。其同年生孙昌裔妻郑、翁为枢妻吴、翁之女佩玖、妇蒋玉君,各有序跋。钱虞山以为庚戌榜下一美谈云。"

朱彝尊《静志居诗话》:"方氏三节:一为孟式,同夫殉国;一为维仪,年十七而寡,守节,寿八十有四;一为维则,年十六而寡,守节,寿八十有四。白圭无玷,苦节可贞,是以昭诸彤管矣。"

方孟式幼娴女史,妇德高尚,深明大义,与夫殉国,视死如归,有丈夫之气概。她的诗格调高雅,跌宕生姿,简洁鲜明,质朴无华。写景如画,情景交融。如"碧水环丛竹,幽崖立怪松"(《拟春深诗》)。"萋萋草色春闺怨,活活江声夜客愁"(《和外黄鹤楼作》)。"石上残棋一局,松间初试新茶"(《田家乐》)。有韵味,耐人深思,皆可诵佳句。读其诗如晤其人,再读几首,以见其风采。如:

《四牡夫子行役志思也二章章六句》:"翩翩者雏,肃肃其羽。王事靡盬,以风以雨。琴瑟在右,我心悲苦。""檀车啴啴,悲风四起。父母既远,维予与子。相隔千里,共饮江水。"

《破痴》:"灼灼桃李妍,飞向雏城边。东风无百日,残枝恋啼鹃。人生非草木,有时固绵缠。智障虫语冰,华悦马奔泉。生死七堪内,沉冥五浊前。千金聘碧玉,难买一心坚。宛转为情痴,如蛾投火然。守钱一毛吝,医贫半菽廉。富贵不可常,胡为膏自煎?流光如逝水,寿命匪山川。阶前看走肉,痴骨埋荒巅。"

《田家乐》:"松下柴扉静僻,篱边竹径清溪。菜花蝴蝶一色,野雀山鸡乱啼。"

方维仪,字仲贤,明大理寺少卿方大镇之女,姚孙棨之妻,年十七寡居,守节,因请大归。著有《清芬阁集》七卷。潘江《龙眠风雅》卷十六:"方氏维仪,廷尉公文孝之仲女,姚前甫公之妻也。年十八寡居,因请大归,守志清芬阁。与伯姊孟式、娣妇吴令仪以文史为织纴,教其侄以智,俨如人师。手定《古今宫闺诗史》,主于刊落淫哇,区明风烈。君子尚其志矣。著有《楚江吟》《归来叹》诸稿。与从妹茂松阁吴节妇俱守贞,至八十四而终。节妇之为吾母序《松声集》也,曰:'感时悼志,每见之于歌咏。'读其诗,可想见其托寄矣。"

吴德旋《闻见录》:"维仪年十七而寡,能诗,著有《楚江吟》《归来叹》《清芬阁稿》。尝与其从妹维则尚论古今列女之作,编为《宫闺诗史》,分正、邪二集。又善画人物,白描大士尤工。"

陈维崧《妇人集》:"桐城姚夫人（维仪）,无大师（方以智）姑母也,酷精禅藻,其白描大士,尤工。所著《清芬阁集》,文章宏赡,亚于曹大家矣。"

《明史艺文志》:"方维仪《清芬阁集》七卷。"

香祖《笔记》曰:"西樵兄尝撰古今闺阁诗文为《然脂集》,其《说部》内有《方维仪闺阁诗评》一卷、《尼说七惑》一卷。"

朱彝尊《静志居诗话》:"龙眠闺阁多才,方、吴二门称最盛。夫人尤杰出。其诗一洗铅华,归于质直。以文史当织纴,尚论古今列女之作,编为《宫闺诗史》,览者尚其志焉。《集》中句,若'白日不相照,何况他人心','高楼秋雨时,事事异畴昔',何其辞之竟近乎孟贞曜也！"

王士禄《神释堂脞语》曰:"近世闺秀多工近体小诗耳,能为古诗者什不二三,能为古文词者百不二三也。夫人独兼能之。古文词即未极镕锻,要之质素俪雅,不为其靡矣。诗古体《死别离》《共姜》诸篇,近体《拟刘生》《伯姊粤归》诸篇,《塞上曲》《高楼》诸篇,绝句《关山月》《田家行》《白纻辞》诸篇,并音格高娴,追踪作者。至如《秋怀诗》云:'长安辇毂下,贵□黄金钱。廉吏冒矢石,辛苦徒自怜。'尤沉着痛快,堪以砭俗。《与侄密之书》:'世风下矣,势位富厚,诚不可失。'亦非女子吞吐。余弟士禛《博弈录》云:'近日闺秀如方维仪之大士,不减吾乡马邢卿、倪仁吉山水、周禧道释人物,李因草虫花鸟,亦罕其匹。'"

方文《老姑行为姚姊夫人七十寿》:"吾家先世有老姑,髫年未嫁亡其夫。竟以处子终漆室,寿介八旬贞不渝。二百年间风未坠,姚吴二姊能相继。二姊十七守贞同,次第皆登七十岁。清芬才调更绝人,诗文秀洁无纤尘。书法直追王子敬,绘事不让李公麟。曾辑宫闺诗一帙,部分邪正义凛栗。大书碑碣表深山,预筑佳城待同穴。凡称妇职仰夫子,吾姊所仗不在此。寒帏寂寂老朱颜,苦节煌煌照青史。方今节义何浸淫,松柏衰颓萧艾深。世人虽不好松柏,果见虬龙谁不钦?譬如吾家老姑去已久,闾巷高名重山斗。中间簪绂岂不多?悉与草木同腐朽。吾姊操行复巉岏,三老姑名应不刊。浮荣奕叶等闲事,惟有斯人良独难。吁!惟有斯人良独难!"

方以智《清芬阁集跋》:"智仲姑母,适姚公前甫氏,再期不夭,乃请大归,守清芬阁中,此清芬阁之所以有集也。姑少好诗书,善白缋古先生,不事诸娣齧笑,有丈夫志,常自恨不为男子,得树事业于世,又不幸罹此穷苦,膺心居矜,又安敢以女子著书名哉!自丙午岁,与余母朝夕织纴以下俱共事。殷勤之余,时或倡咏,伯姑间归而和之。闺门之中,雍雍也。尔智未束发,梦梦不知所奉,暨稍长,离经小学,克共侍命,而吾母即世。茕茕馈块,莫适与归。问我诸姑,仲氏任之,盖抚余若子者,八历年所,无间色矣。尝曰:'吾不幸,不获从地下,长累父母,父母故罔极,吾姊妹皆安荣备福,月朔归宁,屡辱顾问,我何言哉!宜人知吾心,亦复早逝。嗟夫!家事大小一莫敢问。《礼》曰:内言不逾阃;《诗》曰:无非无仪,况寡妇乎?'自感宜人意,诸子女饮食当治,衣裳当浣,俱身先操作。间命婢必慰谕遣之,其淑慎如此。於乎!自智不得逮事吾母,以不得不子于姑。敢不母事吾姑,以不敢死其亲乎?其所著述,每从帷下,纪诸箧,至今已帙,积录存之。偶执吾母《皷佩居遗集》示余曰:'卬无若。'弗与言也已,所与言惟淑人,淑人又伤无子。女子慷慨而有所发奋,独非然耶?然所为辄弃,存者十半。以为女子不以才贵,故其删《宫闺诗史》也,断断乎必以邪正别之。嗟乎!女子能著书若吾姑者,岂非大丈夫哉?今年伯姑自任中选其生平篇什,以书嘱余寿诸木以不朽。余亦因以尽所逮事北堂之意,庶其妥而。"

方维仪是方以智姑母,更是慈母兼严师,方以智的成长与方维仪的教诲是分不开的。她对方以智操之以心,施之以爱,躬之以劳,教之以学。方以智思仲姑艰辛,仰仲姑之深恩,将伤感、怀恩、景仰之情注入笔端,全是由衷的情怀,感人肺腑。

自古才女多薄命,方维仪之谓也。她在孤独忧愁中度过了漫长的一生。

所幸她能以文史为伴，以诗文为侣，并以此抒发心中的忧伤悲苦。她在《死别离》诗中写道：

> 昔闻生别离，不言死别离。无论生与死，我独身当之。北风吹枯桑，日夜为我悲。上视苍浪天，下无黄口儿。人生不如死，父母泣相持。黄鸟各东西，秋草亦参差。余生何所为？余死何所为？白日有如此，我心自当知。

她在《伤怀》中叙自己悲苦，如诉如泣：

> 长年依父母，苦怀多感伤。奄忽发将变，空室独彷徨。此身何蹇劣，事事安可详？十七丧其夫，十八孤女殇。旧居在东郭，新柳暗河梁。萧条下霜雪，台阁起荒凉。人世何不齐？天命何不常？鹡鸰栖一枝，鲲鹏搏风翔。焉能忘故地？终朝泣断肠。孤身当自慰，乌用叹存亡？

明清时期桐城女诗人大多生活在墨韵飘香的环境中，她们在诗文学识上有深厚的修养，能文工诗大有人在。她们的不少作品，诗史交融，文情并茂，虽没有"气吞万里如虎""金戈铁马"之雄风气势，但却有伟丈夫之气概。桐城方、张、姚、马、吴、左诸名门望族之女的才华尤为耀眼，仅方氏一门就有三十人之多，而方维仪堪称代表。方以智说："嗟乎！女子能著书若吾姑者，岂非丈夫哉！"方士禄说："近世闺秀多工近体小诗耳，能为古诗者什不二三，能为古文词者百不二三也。夫人独兼能之。"方维仪虽身为女子，行履不广，但她胸怀宽广，视野开阔，通经贯史，晓古知今，"感时悼志，每想见其托寄矣"。她的诗没有女子柔弱之气，没有胭脂气味，一洗铅华，归于质直，伤时悼志，抒情咏史，或如诉如泣，或慷慨淋漓，皆情动于衷，发自肺腑。我们可以读她几首诗，以见其风采：

《春日同邓何二妹饮》："姊妹相逢老大哀，须教畅叙尽余怀。春风不管愁人恨，昨岁桃李今又开。"

《出塞》："辞家万里戍，关路隔风烟。赋重无余饷，边荒不种田。

小兵知有死,贪吏尚求钱。全赖君王福,何时唱凯旋?"

《读史》:"天空风暮吹,孤雁相与随。一声阴云下,莽莽千秋悲。李陵怅已矣,苏武堪称奇。颜色忽已衰,陵谷亦已夷。止为典属国,节旄谁能持?丈夫能如此,女子安所之。"

《塞上曲》:"马上干戈常苦饥,边城秋月照寒衣。风吹草木连山动,霜落旌旗带雪飞。永夜厉兵传五鼓,平明挥剑解重围。功成虽有封侯日,老将沙场安得归?"

《从军行》:"玉门关外雪霜寒,万里辞家马上看。昼夜沙场那解甲,报军直欲破楼兰。"

《老将行》:"绝漠烽烟起戍楼,胡笳吹彻海风秋。关西老将行无力,驻马闻之掩泪流。"

《田家行》:"桑妇辛勤二月天,星河未曙视蚕眠。堂前姑老贫无养,织就新丝直几钱?"

第三节 左信芳好学博览,诗有李清照之风,婉约韵美 潘副华妇德高尚,诗凄婉情深,贫而不怨,苦而不悲,读之催人泪下

——左如芬与潘翚

左如芬,字信芳,左光斗子、郡丞左国林之女,姚文熊之妻。崇祯至顺治间在世,早卒。著有《纕芷阁遗稿》。

姚文熊《纕芷阁遗稿序》:"纕芷阁者,予内子左信芳之读书处也……内子为少保忠毅公第三子鹤岩公之次女,母夫人则余之从姑也……内子少余三岁,甲午秋时,当从宦岭南,以余故特留之,随祖母归,盖不欲以跋涉累余也。十三即归于余,余两人相得甚欢,余妹视之,吾母女视之,内子亦以兄母事余及吾母。母夫人雅爱之,仍躬理家政,亦不欲以操作累弱息,所以报乃母乃翁也。以故,内子梳裹之外,益肆力于书史,从予学诗,一学即工,斯固其天资之

颖异，亦其渐渍陶淑之情深也……内子之著作，每不以示人，辄云此非女子事也，故余不令梓行以商凤志。今子女辈校订余稿，固请付剞劂以问世，且请余一言序之，夫缫芷阁之诗，非余谁能序？然余未搦管，早已泪下沾襟，咽不成声。"

左国棅《缫芷阁遗稿序》："维时张太君主家政，望侯闭户潜修举子业，女自定省问侍外，手持一卷不释。每归宁时，余谓之曰：'女好学博览，欲为女学士耶？'女应之曰：'亦何不可？'……望侯谒选得江山，以温衢贼乱，单骑之官，不能携家室儿女，盱望烽火，忧郁成疾，一旦朝露……余读集中诸什，强半思念望侯，次则珍惜儿女，又次则想与望侯同之官署，暂释家累也。"

毛奇龄《缫芷阁遗稿序》："余与吴子应辰、何子卓人、吴子征吉、陈子山堂，皆以文字知于非庵夫子……鸣琴一暇，尝以诗酒晨夕唱和，剧论今古，性酣时，往往称述夫人闺训，几至鸣咽，不能自胜。若夫《缫芷阁集》，因向所什袭，不屑为一二俗人道者耳。一夕，忽手是编，嘱余数人序跋，并谋得良劂工付梓……余因持稿以归，亟呼童子烧烛竟读，如遥山吐月，如秋水流云，如烟波泛艇，如萝薜裁衣，类似淡远处，使人把玩不尽。微论乍离乍合，或泣或歌，绝似须眉男子，搦管濡毫，曲曲写出，并能举须眉男子之所欲言与不能言者，一经夫人之口与手，无不豁然跃然。"

姚士在《缫芷阁遗稿评例》："余母苦多病，与药为缘。当家大人令江山时，以阻兵不赴，淹留湖上，遂不克之官而病益剧。家居时独处缫芷阁，较论古今书史，偶为诗，辄流涕，或得佳什，间亦自喜，窃叹曰：'余恨不能为女学士耳！'"

潘江《龙眠风雅》卷五十："左氏如芬，字信芳，郡丞鹤岩公之仲女，进士姚非庵之妻也。幼聪慧过人，读唐诗至千余首，背讽不忘。年十三归非庵，太夫人方操家秉，滫瀡之外，益得研求书史。因从非庵学诗，出口便有林下风味，兰闺倡和，几无虚日。迨非庵成进士，谒选得浙之江山，单骑之官，不能挈家累，忧郁成疾，甫及三十而殁。所著有《缫芷阁诗稿》。非庵为之授梓而属其世父眠樵先生序之。"

左如芬聪慧过人,好学不倦,博通书史,尤工诗歌,善于借诗言情。她的诗空灵秀美,飘逸如流云。夫妻二人情投意合,互相唱酬,几无虚日。她是一位多情才女,忠于爱情,她把对丈夫的深情和挚爱全都注入诗篇。如《秋夜夫子赴芸圃酌酣饮达旦》:"静掩纱窗避晚凉,挑灯独坐夜偏长。无情最是初生月,不待人归上短墙。"月去何早,人归何迟。情事蹉跎,足兴永叹。娓娓而叙,委婉而情深,全发自肺腑。丈夫外宦,朝思暮想,如《闲居》:"竹阴笼日映窗纱,袅罗炉烟一缕斜。蝴蝶不知春去久,双双飞上石榴花。"春去而石榴花开,已觉良辰匆匆矣。然蝴蝶犹双舞,而人则单栖。感时叹逝,情何能已。然而她正为情所困而忧郁成疾,不幸早逝。她对丈夫钟情有加,再读几首:

《菊月夫子北上诗以言别》:"强叠征裘泪暗垂,秋风瑟瑟又将离。晓天霜月常随马,晚岫烟霞尽入诗。野店闻砧惊客梦,荒庭落叶动人悲。欲知别后思君处,小阁残灯夜雨时。"

《夜坐怀夫子》:"闲坐翻书强自宽,孤窗寂寂泪空弹。风摇纸帐梅花落,月浸芦帘树影寒。短蜡无心和漏尽,疏钟有意报更阑。应知旅夜怀人处,宿酒微酣客梦残。"

《感怀寄夫子》:"廿年荆布效齐眉,中馈余闲学赋诗。花下弹棋春永日,尊前刻烛酒阑时。才惭谢女联吟早,情似高柔作宦迟。此日武林潮信近,好缄双鲤慰相思。"

《咏柳》:"带雨拖烟拂小楼,枝枝摇曳动人愁。柔条纵有丝千缕,不向江头挽客舟。"

潘翟,字副华,潘映娄之女,方以智之妻,著有《宜阁集》,毁于火。潘江《龙眠风雅续集》卷十九:"潘氏翟,从祖宪副次鲁府君之仲姬,方文忠公密之先生之元配,而江之从姑母也。母少与江同受经于张孝如先生,十七归文忠公,能屏去宛珠傅玑,有德耀少君之风。文忠公年方弱冠,文名籍甚,母鸡鸣虫飞,克执妇道。及释褐通籍,遽罹国变,母勉以大义,万死不屈。南都党祸起,文忠公避而之四方,爱挈少子中履,间关万里,由闽之粤。寻以江南初定,君舅疾笃，归而上事贞述公，下抚子女，死丧婚嫁之累，一身任之，以纾文忠公内顾之忧，成其大节。长斋奉佛，独居四十余年，年八十二而终。文忠公为完人，母为完人妇，可谓死者复作，生者不愧也已。《宜阁诗集》成帙，失于回禄，中德、中通为追所记忆，并绵缀时诀别诗十余首，以存崖略，惜未获全稿云。"

钱澄之《田间文集》卷十九《方太史夫人潘太君七十初度序》："吾里方曼公先生夫人潘太君，以今年阳月七十初度，旧从先生游者，檄征四方诗文，为夫人寿……夫人与太史结发为婚，膏火笔砚，相守者二十余载。自通籍以来，太史未尝有一日仕宦之乐，夫人亦未尝一日以鱼轩象服之荣耀其间里，惟是生平患难辄与共之，盖有不得共而必求与之共者矣。今太史往矣，门庭寂寞，夫人生长华贵，子婿姻党科名鼎盛，曾不少动于中，而诚励其子孙趋时以求荣也。田伯、位伯俱以笔墨游诸侯之幕，素伯称处士，著作为业。诸孙皆有俊才，或脱颖而出，虽不之禁，亦漫不为意。以诸子之才，岂不足以取高第，求禄养哉？而甘心于此者，夫各有其志也，即夫人之志、太史之志也。夫人亲睹太史辞卿相之尊，甘鼎镬之毒，躯命如土苴，而况此世界之功名富贵哉？"

张英《笃素堂文集》卷六《方母潘夫人七十寿序》："元配潘夫人本名家女，谨于《内则》《少仪》，尤炳然于忠孝之大义。先生少而天才卓荦，出则交天下贤俊，登坛坫，执牛耳，以与四方君子相酬酢。入则读今古书，穷搜极讨，所编摹纂述不啻汗牛。夫人为之治家事，庀酒浆以礼宾友，何有何无，黾勉从事，俾先生得以肆力于学。既而成进士，官禁林，海内翕然奉之。先生之为才人、为学人，而夫人成之者如此。遭时多艰，中丞公罹于厄，先生方号呼得请，国事不支，遂弃身世，披缁衣，遁空门，树奇男子节。夫人不以家室儿女子之累或挠乱之，为之孝养中丞公，教三子皆有闻当世，经理婚嫁咸中礼法，俾先生得遂其百折不屈之志，先生之为忠臣孝子，而夫人成之者又如此。《易》：'地道无成而代有终。'则夫人不待别有所表见，凡先生之所成皆夫人之代终也……夫人四十余年来，屏谢华腴，置身于冷松寒泉、冰岩雪壑之间，寻常绥嘏祝釐之词，不敢陈于前，敬举其重且大有关于家国者，为夫人勉进一觞焉。"

潘翟是一位奇女子，十七岁嫁方以智，主家政，相夫教子，使方以智无后顾之忧而全身心专于治学。方以智出走,交游四方贤俊,党祸起,方以智避而之四方,她居家忧心如焚,寝食难安,不得不携幼子方中履万里寻夫,途经五个省,征程万里,避烽烟,躲兵祸,风餐露宿,涉恶水,攀峻岭,跋涉在荒山野岭之羊肠小道,吃尽千辛万苦而百折不挠,毅然前行,这是何等的惊心动魄啊!她的壮举有胜于传说中的孟姜女为筑万里长城的丈夫范喜良送寒衣,其对爱情的忠贞感天动地。身为一位弱女子,她的万死不辞的勇气和勇往直前的刚毅令人敬佩。从粤返里,上事贞述公,下抚子女,死丧婚嫁之累一身任之,以纾方以智之忧而成其大节,真正是女子之中伟丈夫。巾帼不让须眉,潘翟之谓也。她的诗多写自己坎坷的人生和不幸的遭遇,和泪拌血写出自己内心深处的爱、恨、情、仇、孤、苦、贫、悲、忧愁、期盼,读之令人敬佩不已而又感慨万端。如:

《闻冯妹出家有感》:"万里寻夫惨,回思九断肠。归家儿女忆,不忍落他乡。"

《忆长子入粤》:"孤身千万里,跋涉受艰辛。白发他乡苦,伤心念汝贫。"

《叹仲子羁尊经阁》:"患难从来有,羁身只为亲。怜儿幽阁闭,不觉泪沾巾。"

《忆少子病》:"忽有家书至,行行洒泪看。念儿身体弱,何日报平安?"

《闻夫子讣音泣和二媳韵》:"寒冬苦雨正凄凉,闻信惊魂恸满堂。半世风波因善病,千秋道德属他乡。临危只入三更梦,旅榇徒教百结肠。那得庭前重序语,炉中空爇一枝香。"

《哭夫子》六首选三:"回忆分离出世外,吾携稚子返家园。全君名节甘贫苦,无限伤心不敢言。""伤心一别竟成真,万里还家只苦辛。追忆当年心已碎,还期速度未亡人。""一生大节已完全,两地伤心只问天。无限风波悲不尽,可能相见在重泉?"

第四节　姚含章家世鼎盛而愈谦让，堪称贤妻良母
张柔嘉经史子集无不披览，触事兴怀，赋之于长章短句
——姚含章与张令仪

姚含章，姚孙森之女，张英之妻，著有《含章阁诗钞》。张英《笃素堂文集》卷十一《诰封一品夫人亡室姚氏行实》："痛哉！忆夫人自结褵以来，归予家五十有六年。自幼恭诚醇笃，孝谨节俭……先君深识其贤淑，每见辄奖励之，事内外无闲言。予自二十染疾，经三年，簪珥尽行典鬻，手自调治饮食果饵之属。三年未尝一刻倦，予疾得稍起。庚子，予病愈，从事于帖括，伊吾之声，终夜不倦，家事悉听其料理，予绝不置问。暨癸卯登贤书，公车再上，生计益贫。丁未获隽授翰林，旋以忧去，扁舟南归，舟中至不能给朝夕，抵家益窘迫。夫人安之，从不肯向人言贫，间或亲友偶有馈问，辄面赤不肯受。庚戌，服阕入都。癸丑，时当会试。予资在词林前列，或有问津者，予正色拒之。夫人相谓曰：'贫士家，有人赠三金五金，则童仆欣相告，薪米皆充然盈庖廪，下至婴儿孺子皆知之，欢然有喜色。今入闱而忽有千金之获，后将何面目对家人孺子？'入闱后，家人经旬乏食，搜得家中有面数斗，遂举家食面汤将一月……时予客居虎坊桥，归子孝仪馆予家，家中典质几尽，将二郎项下银锁以质钱，命二郎解以与母。有间，二郎走告予曰：'已将项铃与母矣。'孝仪窃听闻之，予初不以告也。及入赐第，清苦日甚。岁时典质以供饔飧。既而长男官翰林，夫人教子惟谨，每逢乡、会试，夫人曰：'自予为汝家妇，见汝父于试事皆冰清玉洁，即内庭考教习，与静海励公信誓旦旦，虽得咎朋友，不敢屈挠，从来无一字闲言，况乡、会试乎！汝宜谨守之，不可以一字与人口实。'……盖其素性谦抑小心，慈爱及人，故所居皆敬爱之……宗族乡党惠爱周挚，虽予家居淡泊，不能多推解以济人，而以贫乏闻之，必拮据以及之，而此心恒恻然不宁……家世鼎盛而夫人愈自谦退。事母方太夫人至性纯孝，待昆弟子侄慈爱周浃，事予诸兄极恭谨，待诸弟诚爱笃至，训诸子女皆有规矩准绳，子女皆躬自鞠养，

恩勤劳勋,无所不至;待庶子女逾于所生。童仆、臧获,皆知其艰苦,恩恤周至,独至于自奉,则从来未有之俭约。居常茹斋之日甚多,一月尝及半月,而瓜菹蔬菜以为常……不事珠玉,不尚纨绮,常服之衣躬自补纫,至老不衰,不以为嫌。盖五十余年未尝有异,布衣蔬食终身,泊如也……平居不作诗,后因廷瓒远在塞外,作诗以寄,勉以忠贞敬慎。时或作诗,以训子孙。予家居重修家谱,数催予速成。生平于《毛诗》《通鉴》悉能淹贯,旁及医药、相卜之书,而尤好禅学。祭祖祀神,咸尽诚孝,古之所谓贤淑,能识大体,教子以严,训妇以俭,惠周三党,礼法不愆,夫人有焉。"

《清史稿》卷五百八十《列传》二百九十五《列女》一:"张英妻姚,桐城人。英官翰林,贫甚,或馈千金,英勿受也,故以语姚,姚曰:'贫家或馈十金五金,童仆皆喜相告。今无故得千金,人问所从来,能勿惭乎?'居恒质衣贳米。英禄稍丰,姚不改其俭,一青衫数年不易。英既相,弥自谦下。戚党或使婢起居,姚方补故衣,不识也。问:'夫人安在?'姚逡巡起应,婢大惭沮。英年六十,姚制棉衣贷寒者。子廷玉继入翰林,直南书房,圣祖尝顾左右曰:'张廷玉兄弟,母教有素,不独父训也。'卒年六十九,有《含章阁诗》。"

姚含章的诗清新脱俗,无胭脂味,不染铅尘而韵味悠长。如:

《辛未夫子思乡特甚诗以解嘲》:"高人天性爱烟霞,归计难成只自嗟。鸿雁每从乡国至,关心频问古梅花。"

《孟夏游玉蛛桥》:"夏日经过太液池,绕堤垂柳绿参差。波光一片明如镜,最是新荷出水时。"

《双溪看梅》:"层层琪树入云端,玉种蓝田十亩宽。最是深宵明月夜,数株疏影上栏干。"

张令仪,字柔嘉,张英、姚含章之女,诸生赠长芦运同姚士封之妻。聪慧好学,博古通今,善文工诗,著有《锦囊冰鉴》《蠹窗诗集》。吴咏《蠹窗诗集序》:"湘门以佳公子宿学隽才,声名藉甚。夫人为相国闺秀,蚕工咏柳,宾友相庄。其诗原本深厚,包含宏肆,而怀古论世,生面别开,得向来之所未有,至

于细推物理,旷识达观,夙慧再来,天真烂漫,自成一家,非复随人作计也。"(引自《桐旧集》卷四十一《张令仪》)

张英《笃素堂文集》卷五《蠹窗学诗题辞》:"余第三女未尝学诗,幼从余宦京华,随其母夫人授句读,能诵《论语》《毛诗》,粗解其大义。稍长,窃取唐人之诗读之。诗卷纷披,杂罗于针管彩绣之间,穷昼夜,寝食不辍。余不知之,而其母夫人亦不识也。继而稍出其所作诗以示兄弟,皆奕奕然老成,讲求声律,比偶、起结皆有法度。余在京师间见其一二,作诗贻之,所谓'蕉窗对镜图书满,纸阁拈针笔札随'。意深喜其不学而能,且论古有识,用典故精当,笔力清颖,时出新意,此盖其出于天性然也。余乞休园居,衰老谢宾客,与麋鹿渔樵为伍。每与子孙征引掌故,背诵古人诗篇以相娱乐,而三女辄能举其词与事,亦由其记诵之多而攻苦之力也。昔者谢道韫止传其'柳絮'之句,而余不多见。由今观之,岂得谓古今人不相及耶?由蠹窗学诗而益加精进,足以与彤管女史互相辉映矣。"

张廷玉《澄怀园文存》卷八《锦囊冰鉴序》:"先是吾乡杨古度有书,曰《龙文鞭影》,胪列古事,依韵属对,以便童观之学。今叔姊踵成是书,一准其义例,而征引繁富,绝不相蹈袭。余不禁喟然而心折也。盖叔姊天分颖敏,夙耽图籍,幼承先太夫人指授,沉潜训解,已而旁通淹洽,于经传、《史记》、百氏之说,靡不领其意趣,咀其精华,雅好吟诗,境之所触,心之所会,濡墨含毫,无拘一格,大类欧阳子所谓隐约深厚,守礼而不自放,有古幽闲淑女之风。先文端公殊怜爱之,形于长句,题其诗草,称许不置……姊庀治中馈,暇即歌咏唱和,一室中缃帙盈床,牙签列架,疏棂棐几,茗碗炉烟,探事征奇,参互扬榷。予因以论难析疑,若洪钟应叩,顿令心开意豁,率以为常……昔谢遏绝重其姊,然相传咏絮解围而外,其他不少概见。吾姊之博物清词,著作满家,殆有过之无不及矣。"又《蠹窗诗文集序》:"三姊生而聪慧,工织纤组纴,性嗜学,少侍太夫人,读书京邸,简帙盈案,无不披览。先公退食时,尝试以奥事,应对了然,所为诗文辄衷前人法度,论古有识,用典故精当。先公甚异之。及笄归吴兴,与姊夫湘门先生闺门相属和。湘门世家清宦,室靡长物,吾姊总持内政,湘门得以殚心于帖括之学。忆吾姊居棠花馆时,余与诸弟先后受室归里门,常与湘门阃题角艺。吾姊亦时时出其所为诗歌、古文辞。每酒阑灯炧,辨晰古今事不少休。弹指十数年内,吾姊裨益于诸弟者良多。及先公予告,偕太夫人南还,棠花咫尺,吾姊时亲色笑问起居,而先公暇日与子孙征引掌故,背诵古人诗篇,吾姊援笔缀词,动辄数十言,所以娱先公于衰年者,尤为曲至也。嗟乎!曾岁月之几何,两大人音容已不及见。予与三弟系官于朝,回念当时团聚之欢,邈不可得。而湘门中年多病,又永归道山矣。今幸两甥成立,家业不坠,吾姊犹得藉余闲刊定其生平未竟之业,迹其所得,虽惠姬、宣文君之属何以加于此哉!"

张廷璐《蠹窗二集序》:"叔姊既刻其二十年前之诗为《蠹窗一集》,已行于世矣。越数岁,次甥为通州判官,迎养潞河,往来京师,每寓居于澄怀园中。高馆、长廊、方亭、曲榭,水香莲开之旦,露华松籁之夕,明月入怀,好风披袖,目之所寓,耳之所受,意兴之所恬适,无不写之于诗。越岁,南归。长甥复之官楚中,叔姊独留里门秉家政,乃构城南别业,筑屋十数楹。堂庑、亭馆之属,靡不毕备。为小楼以观山,疏方池以纳泉,以至一花一木,皆出其胸中之丘壑,以经营而布置之。卜筑既成,署曰'南园'。向之寄畅于澄怀园者,一旦得之,于手构之余,以寝与食,息于其中。春朝秋夕,流连景光,侪侣鱼鸟,又无不于诗写之。楚南燕北,两甥皆恳请就养,叔姊坚不欲往。其视荣肮纷华之境泊如也。盖叔姊天资明慧,博览载籍,以高朗之襟,怀契山水之胜,概如闲云老鹤,超然于尘埃之外。故其晚年之诗,格律益细,风骨益坚;无雕琢之迹,而摛藻清华;无靡曼之音,而寄情深远。倾复寻其二十年来之诗共若干首,为《蠹窗二集》而授之梓。予谓《诗》三百篇尚矣,其间妇人女子感时睹物,皆能言其性情,以登采风之选。汉魏而降,所称班姬、谢女,与夫秦嘉之妻、孝仪之妹,见于简册者代有其人。而其诗或一二篇,多者或十数篇,已足名当时而传后世。而要未有如《蠹窗》之诗之多而愈工者。予知其必传于后无疑也。辉映艺林,鼓吹风雅,且将与古作者垺,又岂彤管香奁之盛事已哉!"

方正玉《蠹窗集序》:"夫人慧性,夙具读书内蕴,博洽充赡。其诗幽娴,词旨温厚。可异者,以金闺珍护之身,独能卸华缛,茹茶蓼,相夫训子,甘淡泊以自适,其殆擅班姬之学、谢女之才,而兼少君、孟光之德者乎?"(引自《桐旧集》卷四十一《张令仪》)

沈德潜《别裁集》评曰:"夫人工古文,不专韵语,端本殖学,比于韦逞母之授经。"

马源曰:"文端公以鸿章巨笔,鼓吹庙廊,退而用所得,甄陶诸公子,皆蔚为国器,而以其余施于女公子。而夫人才性之殊,适承其际,朝夕一堂之上,以谋篇拈韵为恒课,以佳思警句为承欢。其学之积久而工且富,以驰声艺林也,宜哉!"(引自《桐城集》卷四十一《张令仪》)

《蠹窗诗集自序》曰:"余自弱龄于归吴兴。先太傅、太夫人作宦京师,弟、兄皆随侍,而余独留故国,瞻望燕云,寄声北雁,情难当已,涕泪因之。先舅翁阶州公,为清白吏,壁立萧然。夫子湘门怀才不偶,糊其口于四方者,几四十年。余索居穷巷,形影相依,草曛风暖,夏簟冬缸,触事兴怀,间发之于长章短句,信口吟成,工拙难计,乃昊天不吊。继则夫子以屡踬锁闱,赍志而殁,儿子锄、鉴衣食于奔走,余寂寞孤帏。风雨之悲,门闾之望,无可抒发,或歌以当哭,或诗以代书,丛杂无章,不自修饰,岂得自附于风人之末哉……侄女仲芝怜余衰老多病,恐一旦溘然先草木湮没无闻,乃为收拾残篇,捐资付之梨枣,余愧不克当亦不能却也。览者略余之鄙陋,而传仲芝之高义焉,其可也。"

张令仪高才卓识,其诗抒情绘景,记事写人,无雕琢之迹如芙蓉出水,清新自然;无靡曼之音却寄情深远,回味无穷。其咏史诗尤见其卓识,足显其底蕴深厚,功力非凡,非一般女子所能为。吟诵佳句,兴味无穷。如"柴门独掩一灯昏,手把残书愁万斛"(《风雨夜闻歌吹声》)。"老树如人瘦,秋云似我闲"(《秋日登楼》)。"帝子伤离久,庸人得巧多"(《七夕》)。"清词畅处风生座,丽句吟成笔有花"(《惆怅吟》)。"青鸾吞噬几能全,世事真同螳捕蝉"(《读史杂诗》)。再读几首:

《不寐》:"天将降阴雨,病骨必先痛。辗转不能寐,常至霜钟动。老觉近年增,愁自三生种。万虑婴此心,疾苦非所重。逝者日以远,忧来谁与共？一岁又将除，五穷复难送。翻羡长眠人，不醒钧天梦。"

《赐金园雨后即事》："数峰微雨后，苍翠满柴门。归鸟冲残照，低云压远村。泉声搜涧合，树影冒烟昏。此际谁来往？松间牧笛喧。"

《数时食不继书此示子女》："拂砚惟临乞米书，炊烟不继盎常虚。因删口数先除鹤，痛节盘餐不食鱼。翠管懒添愁里黛，白头犹着嫁时衣。愿他儿女皆愚鲁，煮字劬书莫似予。"

《哭夫子》二十首选二："策献天人苦未收，几回肠断秣陵秋。可怜易箦无他语，犹恨生平志未酬。""正坐长贫入世难，读书万卷误儒冠。冥曹倘索修宫价，楮锭犹能博一官。"

第五节 诗格调清逸，情真景真，天籁绝响，有李易安之风
——张嗣谢

张嗣谢，字咏雪，张茂稷、姚宛子张廷玮之女，孙循绂之妻，著有《茧松阁遗稿》。

汪启淑《撷芳集》卷二十六："张嗣谢，字咏雪。安徽桐城人。张廷玮之女也。十岁能按声律从母读《毛诗》，了了能达。适孙循绂，年二十二岁卒。著有《茧松阁遗稿》。"

张廷玮《茧松阁遗稿序略》："呜呼！女嗣谢亡矣！女之生也以癸亥，十岁以上，能按声律工组纫。十五而笄，二十而字。以甲申年，二十有二而卒。呜呼！以女之年，益而倍之不为永。而况其间，余以敝车羸马，日走月步，惶惶道途之间，赋离思别恨者几何年！是女之生二十有二，而余之于女，天性之恩，骨肉之爱，且十余年不及也。方余之为秦游也，女始十四岁，念寻常儿女子，安知所谓山地险径、川地广平者，而女牵裾执袂，道劳人羁土雨雪风霜之苦，泪涔涔相向，余亦为之饮泣。呜呼！令早知女之生为长别离，虽一日弗忍

舍也。女生而端庄,寡言笑,少从母读《毛诗》,了了能达意。余居家,间以唐人五七字课儿读,女同受其义,解自是,遂工为诗。然其于诸姑伯姊之间,道家居琐屑外,绝口不及文墨。类愚无知者,人咸以为是女之他日,福德基也。女之生,余不能抚之尽爱;殁,不能抚之尽哀。惟兹笔床无恙,琴案依然,断简遗篇,累累犹在。女乃荒坟寂寞,孤冢迷离,月下啼鸣,风中山鬼。抚忆怀亲之什,竟成绝命之词。吁其戚矣,能不悲哉?胠其遗箧,得所吟咏若干首,益以往来邮致之作,摭次补缀,裒为一编,非惟希踪大雅,博身后之名,以重伤女之夙志,要不忍其销沉灭绝,与草亡木卒者等。呜呼!岂不痛哉!又闻女之甫亡也,家之人悯其情,愤其事,悉其素所玩弄服饰之物,取焚之而扬其灰,然则残膏剩馥之中,安知无零纨断墨随之灭也乎?呜呼!惨矣,酷矣,情苦矣,余其益悲也已矣。"

《见山楼诗话》:"桐城闺秀张嗣谢,诗格调清逸,无柔弱之志。如《立梅花树下》一联云:'写愁春破影,映水月分香。'又《病蝶》云:'初疑着雨衣香褪,渐觉迎风气力柔。'俱清新可诵。"

沈善宝《名媛诗话》卷七:"诗本天籁,情真景真,皆为佳作……张咏雪《游五亩园》云:'朱栏红芍药,翠幕紫兰丛。'……皆有味乎言之。"

张嗣谢是一位天才少女,诗格沉稳老道,抒情笃厚,写景清新,读之令人如沐春风。如:

《三婶母召游五亩园》:"花径小楼东,油车委巷通。朱栏红芍药,翠幕紫兰丛。席散鸟啼树,天高鹤唳风。晚烟隔秋水,人在碧纱中。"

《夜坐》:"露冷一床梦,起来闻雁过。空阶和月坐,落叶苦风多。不耐萧萧气,旋添薄薄罗。巡檐重惆怅,天际辨星河。"

《病蝶》:"莺莺燕燕一春愁,叶叶翻翻到早秋。小啜绿房藏叶底,细拖红粉上帘钩。初疑着雨衣香褪,渐觉迎风气力柔。料得海棠花睡去,梦中应忆旧庄周。"

《大龙清明》:"轻风斜日作清明,天淡云闲草树平。独有沙棠残照里,纸钱灰冷杜鹃声。"

《题二舅画扇》:"梨花庭院月黄昏,小立花阴映月痕。应是雾消梅落后,罗浮山下美人魂。"

《晚春闲居》:"琐窗春梦起,香阁罢炉烟。帘卷燕双语,花移日几砖。新蒲长似剑,榆叶小如钱。一夜东风雨,残泥葬柳绵。"

《拟闺情用花名》:"踯躅闲庭思悄然,合欢无计只高眠。夜残子午迷蝴蝶,花谢长春怨杜鹃。流水空传桃叶渡,归人何处木兰船?抽将碧玉簪头凤,卜当金钱问远天。"

张嗣谢的祖母姚宛,字修碧,亦是天才少女,年二十三而夭。自署所居曰"缄秋阁",有《缄秋阁诗稿》。幼读史书,好吟咏。端庄柔顺,不轻言笑。年十五归张茂稷,闺中唱和,如良友焉。其《病中呈子艺》诗:"强下匡床曳布裙,颓然一拜道殷勤。余生未必能偕老,有子须知不负君。好树着花花着雨,韶光如梦梦如云。哀鸣欲学辞巢鸟,先自悲凉不忍闻。"哀婉情笃,最为艺林传诵。

第六节　姚季羽幼博经史,诗成盈尺,多谢朓惊人之句　姚陆舟自奉清苦,夙工吟咏,具有风格,有女史之称
——姚凤翙与姚凝晖

姚凤翙,字季羽,姚孙棐之女,方孝标之子、州同知方云旅之妻。天资禀厚,幼博经史,善吟咏,分题梧阁,夫妻唱和,诗稿盈尺,有《梧阁赓噫集》。

潘江《龙眠风雅续集》卷二十:"姚氏凤翙,字季羽,光禄戊生公之少女,蛰存兄弟之妹,而方子复斋之元配也。方、姚为里中鼎族,世俪朱陈,而光禄公与乃祖宫詹公少同砚席,不异同怀,光禄晚生最小偏怜之女,念辈行中无幼子可为婚者,适宫詹公患难中投荒万里,复斋还谒光禄于其第,爱其近句,遽属意焉。母郭太夫人因力赞婚议。夫人幼从其伯母方太夫人受业,即世所称为清芬阁者。教之以《内则》《女训》琚瑀珩璜之节,以暨经史、诗赋、书画之学,

然深自韬晦,不欲以女子炫才华,间有吟咏,亦写其至性,弗矜藻缋。初入门,即迎君姑刘太夫人于毗陵返里就养,躬瀡瀡腆洗以娱晨昏,岁时伏腊,必迎郭太夫人与俱,其纯孝天性然也。复斋饥驱四方,恃夫人十指剪采为花,鬻以赡养,无内顾之忧,姑妇相依者二十四年。性善病,左图右史以代药裹。服御鲜綦组之华,簪珥屏珠玑之饰,与侪伍处,不苟言笑,人颇以简傲疑之,自若也。所为诗甚富,然雅不蓄稿,存者什之一二,清真婉秀,别出机杼,即置之唐才媛鲍君徽、张夫人诸集中,何多让焉。先太安人《松声阁集》中曾为诗赠之,有云'自是香闺多学士,青山闲杀老尚书',亦可见其倾倒者素矣。早生二子皆殇,晚生子世庚、世康。卒年四十九。复斋不忍其内行之泯没也,为梓其《梧阁赓噫集》而属余序之以行。余更为撷其崖略,附诸难兄之后,以效表章于万一云。"

徐树敏、钱岳《众香词·礼集》:"凤翱,字季羽,桐城人,赠尚书戊生公女,适学士楼冈方公第三子云旅。幼博经史,善吟咏……既归云旅,分题梧桐,此唱彼和,诗成盈尺。其诗如:'窗爱月明开不闭,帘因风急卷还垂。''催寄远书双去雁,惊回好梦一声蝉。''无钱可买归时卜,有恨难传别后书。''何处金樽花下饮,谁家玉笛月中吹。''近日鲤庭亲杖履,经年鸿案冷糟糠。''薄田收俭征呼急,病骨愁深经理难。''花月自饶诗酒兴,晨昏间课子孙书。''影摇红烛横窗起,香遂银饼入酒来。''强分栀子同心结,空写梧桐别怨诗。''柳颦翠黛愁难放,花抱芳心冻不开。''金钗半付舟车费,彩笔多题离别篇。''山前虚咏满头句,席上空吹落帽风。''难染丹霞千尺色,徒凝玉露五更寒。''有意长同人缱绻,多情不逐世炎凉。''露濯新妆临宝镜,风翻翠袖拂华筵。''流入冻云和梵呗,飞来寒雨杂松涛。'皆警句也。云旅常游吴越,离别句多。明月流黄,春风堤上,犹得曜视伯鸾,未及偕老,早逝,能不悲欤?云旅检其遗奁,无金珠纨绮之饰,惟日读书数十卷,及自制《赓噫集》,含英咀华,深得风人之旨。其淑德隽才,姻党称之,艺林诵之。云旅伉俪情笃,肝肠摧裂,并附《悼亡》十绝,聊代双珍。丁丑九日,小阮、世涛同登高平山,手授全集。读之,多谢朓惊人句,选其倚声,如秦少游艳逸,以志云雁之情。"

方云旅《悼亡诗》:"尚书小女掌珠怜,误认王郎缔好缘。薄命自伤如是了,半生期望总徒然。昵欢曾画晓妆眉,斗艳还联刻烛诗。只拟穷通偕白首,那知中道遂分离。岂独才华秉慧姿,胸中经济胜须眉。可怜郁郁何曾展,空剩香奁一卷诗。同气都为富贵人,绝无攀附自甘贫。岁时罗绮诸亲会,笑傲浑忘荆布身。几番分手约归时,最久无过岁越期。悔煞岭南三载别,到门已是骨支离。孤儿八载俨成人,香楮灵软奠夕晨。衰绖扶来还客拜,越知礼数越酸辛。梦中执手赠诗篇,觉后余音在枕边。应上情根能解脱,故得恩爱一齐捐。送别绸缪盼信频,归来剪烛话风尘。从今漂泊天涯路,若个关心念远人。那忍青山骨便埋,独留孤檠守魂来。晨昏上食呼难应,淅淅悲风扬纸灰。元相孙郎善写哀,哀情难尽写无才。吞声细向灵帷读,和泪摧烧寄夜台。"

姚凤翙是一位才女,品学兼优,诗画兼擅。她幼从伯姑方维仪受业,教之以《内则》《女训》,以暨经史、诗赋、书画之学,然深自韬晦,不炫才华。虽出身于名门,却能摈弃华靡。妇德高尚。丈夫方云旅饥驱四方,她以剪彩为花,鬻以赡养八口之家,何其艰难。她在《剪缯口号》序言中写道:"雨雪凄其,岁云暮矣。米珠薪桂,觍颜欲告何人;室罄囊悬,无策将谋卒岁。偶然剪采,戏尔为花,凭予蓬户金刀,艳彼朱楼云鬓,易甘羞而供菽水,换牲醴以备蒸尝。呵冻催成,遑恤寒侵病骨?挑灯勤作,宁知愁结回肠?口占四绝,非敢言诗,俾长女录存以志而母之苦心云尔。"录一首:"剪刀声里带春风,吹绽繁花顷刻中。八口三冬凭活计,敢夸巧手夺天工!"她虽为弱女子,但有丈夫之气概,"岂独才华秉慧姿,胸中经济胜须眉"。"同气都为富贵人,绝无攀附自甘贫"。性善病,诗史以代药裹,"全凭诗句写愁怀"(《病中感怀》),不废吟咏,写其至性。离愁别恨之苦,贫病交加之忧,一一寓之于诗。词温情切,清真婉秀。如:

《七夕》:"瓜果庭前设,焚香乞巧丝。晚风鸣乱木,新月带疏篱。天上已欢聚,人间尚别离。初秋无雁度,何处寄相思?"

《寄远》:"莫怅江天断雁鳞,愁多书到转愁人。寄难逢使梅空放,病懒登楼柳自新。落拓车穷怜阮籍,凄凉貂敝感苏秦。归来朗诵湖山句,金玉铿锵未是贫。"

《偶成》:"避愁愁转上双眉,作意娱亲强自支。借米暂供今日粥,挑灯且读古人诗。良医难疗伤心痛,浊酒谁赊拨闷卮。剥极天心应遇复,莫将闲恨负花时。"

《莫讶》:"莫讶众中常默默,应知语不合时宜。热中富贵从他羡,冷眼炎凉笑我痴。三月夭桃承露艳,九秋芳菊傲霜姿。荣枯自是循环理,何事哓哓较蚤迟?"

《吊蝼矶孙夫人》:"漫夸英武胜须眉,吴蜀兵戈有是非。拼得蝼江身一死,可知失计在东归?"

《题石门山房次耕壶九兄原韵》四首选二:"闻道名园胜,悠然天地殊。虬盘双桧古,云叽一亭孤。眼豁晴山爽,情怡野鸟呼。拟将宗炳笔,写作卧游图。""悬岩飞瀑势,风磴忽阴晴。花径通云径,溪声疑浪声。天开群壑秀,月照万山清。来往乘幽兴,琴书无俗情。"

姚凝晖,字陆舟,姚文然之长女,马之瑛子马方思之妻,著有《玉台新咏》一卷、《闺鉴》三卷、《凝晖斋集》二卷,《陆舟日记》别为四十三册,盖自三十岁后,每岁一帙,记日用言动,以逮子孙女妇课程、瓮酱瓶蔬造作之细皆具,而经传史事,旁及《九章》算法、六壬数术、子平星家诸说亦间有记载。女子能写日记,且坚持数十年不辍,属实难能可贵。年逾五十,邑人上其德,得旨旌表。

韩荚《凝晖斋集序》:"马君伯逢、仲昭母,节孝姚孺人,吾师端恪公长女,学行俱高,有名媛之则。先是,马正谊先生有才子六人,其幼江公最俊,端恪公器之。念正谊先生与赠光禄公同年交契,固父执也。先生闻孺人贤,乃以为请,而订姻盟焉。江公清才笃学,不幸早卒,孺人誓绝粒。众责以抚孤,乃缟衣素食,督课二子。师必名宿,友必端士,塾中日课,夕必复之,惰必予杖。伯逢兄弟未弱冠,已能文章,声誉藉甚,孺人不以为喜;既久困场屋,孺人不以为戚。且诫之曰:'汝曹学问宜求诸己,穷达宜听之天。'嗟乎!此非贤明而能若是乎?孺人夙工吟咏,具有风格。宗伯张公尝言龙眠闺阁之盛,明有《清芬阁集》,国朝有《凝晖斋集》,其眉目也。其生平仁厚好施予,自奉俭约,治产有法度,自纺织以至醯浆蔬菜,造作之细,具见于《陆舟日记》,而经史、传记、诗文,旁及《九章》算法、六壬数术,亦间见云。"

马其昶《桐城耆旧传》卷十二《马节母传第十》:"节母姚氏,端恪公女也。八岁知声韵,能为小诗。九岁,母夏夫人病目失明,为茹斋祈福,代治家事皆井井。先九世伯祖兵部公,于端恪为父执,闻女贤,为幼子方思字江公聘焉。年十七来归。江公有清才,体羸善病且剧。刲服救之不效,誓死殉夫。众责以抚孤为大,乃不复言死。缟衣蔬食,教督二子。日课必复,惰必予杖。长子源,号菱塘,少有检操,文誉藉甚,母不以为喜;既久困举场,母不以为戚,曰:'吾出入两家,见科第仕宦多矣。愿汝曹无忝祖考,行益修,学亦绩,至于穷达,非所宜计也。'其后菱塘为凤阳校官,母谓此席卑贫可居也,寄诗云:'勿因闲长惰,须以俭成廉。'见者传为至言。"

姚凝晖诗清新爽朗,格调高雅,无俗气,无胭脂味,读之令人赏心悦目。如:

《兹园》:"小筑何嫌近市阛,园林引兴共跻攀。卷帘楼阁千家雨,照席烟岚四面山。花径风来香冉冉,柳塘水漫碧潺潺。低徊常抱思亲恨,华表何时花鹤还?"

《植松》:"有弟黄山来,盆松远相贻。留待岁寒时,茅斋积苍翠。"

《种竹》:"直节既陵云,清阴似广厦。只此数十竿,伴我幽窗下。"

《苟荷》:"质不染淤泥,花宁畏炎热?亭亭复亭亭,自有真清节。"

《分菊》:"勿惜栽培力,毋忘灌溉时。看花到秋日,孰是傲霜枝?"

《倚岚轩》:"柴扉无事昼常关,西北诸山共往还。最爱一峰投子色,四时苍翠泼窗间。"

第七节　章玉筐之诗，孤猿寡鹄自写其忧伤哀怨之音，自抒悲苦贫病之情　陈玉佩之诗，清言娓娓，婉约可诵
——章有湘与陈舜英

章有湘，字玉筐，又字玉仪，号橘隐居士。上海人，崇祯至康熙间在世。章简之女，桐城孙中麟之妻。著有《澄心堂诗词》《望云草》《再生集》《诉天杂记》等。

陈维崧《妇人集》卷二："云间章玉筐，名有湘，龙眠孙进士名中麟妇也。工才调，尝作诗《寄姊》云：'忆昔同在翠微阁，飞文联句夸奇作。那知江海各天涯，青鸟无情双寂寞。苏合房中愁索居，尺素遥传锦鲤鱼。为问江淹五色笔，拟成团扇近何如？'此诗亦何减唐人韩君平也。玉筐著作有《澄心堂集》《望云集》，姊瑞麟、妹玉璜并擅诗名，妹回澜、妹掌珠，俱以文章显。"

荆隐君《序》曰："夫人之诗，其旖旎则月中杨柳，露下芙蓉；其沉郁则寒峰际霄，白云不动。琉璃锦匣，联翩刘氏之风流；翡翠笔床，掩映徐家之名胜。"

潘江《龙眠风雅》卷五十五："章氏有湘，字玉筐，又字令仪，号橘隐。华亭行取县令章公简之次女，进士孙振公之继妻也。女兄弟五人，咸通书史。幼时尝背诵《捣衣篇》《长恨歌》，一字无讹，父奇之。随宦游闽中，絮盐唱和，流传八闽。乙酉，父抗节殉城，玉筐始归振公，生子殇，又生女，亦殇。早夜佐读，刺绣其旁，相庄如宾。振公举南宫五日而殁，玉筐抢地呼天，绝而复苏。以有后，勉为抚之，扃居一室，长斋事佛，姻戚罕见其面。所著《澄心堂诗》《望云草》《再生集》《诉天杂记》，皆孤猿寡鹄，自写其忧伤哀怨之音，君子读而悲其志焉。"

章有湘有诗才，通书史，自幼喜吟咏，但命不由人。父亲章简官罗源知县，顺治初年，清兵破城，不屈而被杀，承受丧父之痛苦。与孙中麟结婚，"千里良缘合唱随"（《哭夫子》十首之二），"早夜佐读，刺绣其旁，相庄如宾"，堪称美满，然而生子殇，生女亦殇，承受丧子女之哀伤。丈夫中进士五日而殁，"岂料荣枯顷刻间"（《哭夫子》十首之一），"空闺形影那堪问"（《哭夫子》十首之三），承受丧夫之悲痛。父女相依，夫妻相爱，儿女相亲都荡然无存，而她又偏

偏是一位多情多意的女子,她怎能承受这三重沉重的打击?她的一生大都在悲伤、孤寂、贫苦中度过,所以她的诗大多和泪拌血写成,"自写其忧伤哀怨之音"。读之令人悲叹不已。如:

《病中》:"天涯只一身,百病日为邻。庭雪思诸妹,山云忆老亲。葛裘频换岁,药饵不知贫。薄命应惆怅,愁来泪满巾。"

《送外公车北上》:"雪夜殷勤奉酒卮,临岐何必泪如丝?一群鸿雁离家日,三月莺花得意时。咫尺燕台云路近,平明金殿漏声迟。相怜不尽回肠语,只在濒行几句诗。"

《哭夫子》十首之三:"日日伤心静掩门,每因春草忆王孙。空闺形影那堪问,满架图书今尚存。十六年前灵谷梦,夫子读书灵谷寺,梦谒帝,有'五日进士'之语。三千里外杜鹃魂。孤灯厌听梧桐雨,偏送愁声渍泪痕。"

《上清芬姚老夫人》:"前岁春王正月时,相逢邂逅称相知。促坐合尊浮绿蚁,赋诗往往同襟期。清芬一卷香拂纸,君家才藻世无比。谢韫休题柳絮诗,班昭漫续东观史。书法绝胜卫夫人,画像并传吴道子。堪叹孤灯五十年,湘灵哀怨托冰弦。此志争光惟日月,《柏舟》不数共姜坚。一生只在闺中老,铅华罕御曳素缟。可怜鹤发白如丝,膝边更少宜男草。我为君悲作短吟,愧无佳句比南金。相思未得常相见,怅望枫林白露深。"

陈舜英,字玉佩,江苏溧阳人,陈名夏之第三女,方以智次子方中通之妻。著有《文阁诗选》,刊附方中通《续陪》。

潘江《龙眠风雅续集》卷十七:"陈氏舜英,诸生方中通妻,溧阳相国名夏女。幼读书,明大义。年十七归通于金陵故第。时舅太史公遁迹岭表,姑万里追寻,陈弃母家所遗产业不受,鬻钗钏迎姑归桐,极孝养。通染重疾,陈吁天,刲股入药,乃苏。通矢殉父难,陈佩一刀与共生死。迨难平而家日落,通客游数十年,家政悉陈经纪,训子孙以学行承先志。通垂白病归,陈复刲股不效,哀泣终丧。年七十七卒。著有《文阁诗集》。"

方御《文阁诗选序》:"弟妇为溧阳陈芝山先生第三女,与老父为布衣交,重以文章,申以婚姻。及后先登第而交益笃,海内咸推为'陈方'云。当弟妇于归也,值芝山先生枚卜,弟妇曾不以宰相女有几微骄矜色。入门持巾帨,执妇道尽礼,又通诗书。每刺绣暇,辄与余拈题分韵,鼓琴较弈,闺中之乐,如吾两人亦无加焉。一旦念及吾亲远隔岭表不能侍奉,因辍食太息泣下,弃母家所遗产业在金陵者不受,立随弟归桐为迎养计。时大弟田伯先自浙归,两弟遣仆迎亲于苍梧郁林间,弟妇则脱簪珥,函衣裳,遥寄堂上……先是,大弟已娶司马孙公女,逮余母携三弟素北归,娶司马张公女,余亦归里门,此番故乡团圆,破涕为笑,十倍金陵矣。定省之余,得与诸弟妇暨马妹吟咏唱和,用是娱亲。当是时,姚祖姑居清芬阁中,余辈每就订正,争妍竞胜,不异举子态,悬甲乙于试官也,而一门雍睦,实为桐邑冠。至弟妇刲股救夫,鬻婢济难,尤不可及。余妹归马门在弟妇未归之先。一见弟妇,俨如同产,虽贵贤,不少变,盖弟妇之德令人敬,才令人服。故余与妹皆愿以女为弟妇也。三十年间,余归宁者四,篇什颇多,惜乎被灾,而弟妇之诗付之秦灰楚炬矣。今将复起文阁,而文阁中之诗记忆者十不二三。余检匣笥,凡所存弟妇诗尽录以寄,并为数语以志之。他日锓版,或即以此为序,亦不负吾两人金陵之遇为最初云耳。"

邓之诚《清诗纪事初编》:"陈舜英,字玉佩,溧阳人,名夏第三女,适方中通,在顺治八年。撰《文阁诗选》一卷,有中通姊方御序。清言娓娓,如叙家常,不作议论,才女也。舜英诗亦超脱,惟触事兴悲,盖境遇使然。附其女如环、如璧和章,婉约可诵。方氏闺门,多富文采。"

陈舜英虽出身于名门,大家闺秀,且饱读诗书,文采照人,却无骄矜之态。其诗脱俗超群,清新婉约,触事生悲,有感而发,故情真意切,悱恻感人。如:

《忆伯兄沈阳时老母寄居都门》:"自到龙眠归敝庐,辞家屈指四年余。鹡鸰有赋空伤别,鸿雁无情不寄书。万里关河人去后,一天星月梦来初。慈亲已觉燕山远,恐为辽阳更倚闾。"

《辛亥粤难作夫子被羁》:"世外犹遭难,人间敢惜生?便捐男子血,成就老亲名。君指天为誓,余怀刃是盟。一家知莫保,不用哭啼声。"

《夫子守梼万安遣儿琜易归就狱》:"羁栖未了复奔丧,寒入双江去路长。那许衰麻留血骨,更教累绁走冰霜。慈亲抱痛犹扶病,稚子含悲亦断肠。惶恐滩头今日泪,随流知已下浔阳。"

《寄夫子岭南》:"十年岭外总心酸,云度风高日影残。流不尽惟儿女泪,悲无穷是室家寒。病投烟瘴身原苦,老客江湖路更难。慈母日来思万里,天南鸿便报平安。"

第八节 张莹诗词洁情深,凄婉动人,多见道语,有须眉男子之气 张鸾宾涉猎书史,含宫咀商,晚景悲凄,以诗歌抒其悲苦之情

——张莹与张姒谊

张莹,张秉贞之女,方以智子方中履之妻,著有《友阁遗稿》一卷。清顺治、康熙间在世。潘江《龙眠风雅续集》卷十九:"张氏莹,大司马僖和坤安公之女,合山方子小愚之元配也。及笄适合山,即屏绝华靡,无姬姜纨绮之好。合山既绍家学,抗志林泉,夫人亦成夫志,躬甘藜藿,孝友婉嫕,极得予从姑太夫人之欢。性喜读书,从合山学诗,能明义理,识大体。当辛壬之际,方氏一门齑粉在漏刻,无怖容惧色,手书及合山,惟以大义相勖勉。其母孔太君与文忠公先后即世,丧祭皆尽礼无悔,夫人之力居多。合山嗣续稍晚,为解嫁衣,广觅人种,殁后始生子正瑗,宜合山追念《樛木》之德不忘也。所著有《友阁诗》,合山请邑侯阳信王公及其兄宗伯澡青公为之序以行世,而予为采其什五,以光管彤,不忍没其诗,不忍没其人也。"

张英《笃素堂文集》卷五《友阁遗稿序》:"吾妹幼适方子合山,其所居曰'友阁',有以哉!合山离世远俗,肩荷累世之学,以著述自任,世俗可欣可悦

之事,一无所介于中,高洁卓荦,自放于山巅水涯之际,故为合山之友者难。吾妹以贤且明者友之。其诗有曰:'桑麻能共隐,鱼鸟自相亲。'益知吾妹之友于合山者,以其德也,以其识也。然则,颜其所居曰'友阁',岂易易哉!合山探讨遗文,搜罗放矢,与古人为徒,其交游皆极一时贤隽。人知合山之友,在上下古今,安知合山于门内,又得良友如是也。吾妹为叔父大司马公女,少适合山,即屏弃纷华。耽嗜恬素,居室孝敬婉嬺,极得太夫人欢。内外姻娅皆称其贤,性慧,喜读书,从合山学诗,间为一篇以写其意,多见道语,绝不类世俗女子香奁彤管之音。予每探吾妹至友阁,斗室萧然,图史在侧,丹黄在几,焚香扫地,蔬食饮水,以相倡和,意独悠然自适。因思诗人所谓静好之风如及见之。以悯女子成疾早世,合山搜其遗诗刻为一帙,志友阁之恸于不忘也。予既重合山,益思吾妹有丝萝之托焉,故始终述诗人之言以序其诗,兼藉友阁以明伉俪之义,亦可以示风教也。"

张莹喜读诗书,《诗》曰:"琴瑟友人。"《传》曰:"以友辅仁。"张莹顾取其义。名其居室曰"友阁",其意深矣。人生结褵而得贤女子与之,相庄骄惜之意,不介于仪容燕僻之私,不形于动静,有善以相勖,有过以相规,有荣宠得意以相警诫,有贫贱失意以相宽譬。或落落寞寞,不见知于当时,而一室之内敬之法之,如对严师友焉。张莹以友于其夫,以佐其夫探讨遗文,搜罗放矢,以成其学,可谓贤女子也,令人感佩。

张莹的诗,叙事曲折有致,跌宕生姿;写景清词婉约,诗境如画;抒情如泣如诉,声泪俱下。晚年身体多病,精神萎靡,偶有吟咏,诗格低沉,凄凉悲伤。如《感怀》:"凄凄风雨夜,肠断有谁知?独对孤灯坐,追寻往事时。多愁偏是我,久病倍思儿。见汝应无日,三更梦可期。"爱子殇逝对她是一个致命打击。读其诗如晤其人,辑录几首如下:

《自题友阁》:"茗可烹泉香可焚,市嚣心远昼稀闻。松筠冉冉怀空谷,燕雀啾啾自一群。忧患难堪中学佛,利名不到处论文。高谈莫笑裙钗辈,烂熟人情付晓云。"

《呈合山夫子》:"家贫有日曝前轩,环堵萧然好避喧。邑狗虽伤吾道贱,牺牛谁似布衣尊?文章自足垂千秋,忠孝原来聚一门。但得饁耕还采药,何须更与世人言?"

《病中偶作》:"弱病无端不自由,泪痕流尽五更头。天涯若有还家梦,应见闺中近日愁。"

《遣愁》:"一念亡儿泪满巾,心酸未敢告慈亲。人间不信宽如许,无处能容薄命人。"

《尘网》:"年年尘网苦难逃,真视纷华一羽毛。得共铺麋何所慕?虽轻鷇佩敢云高?半生乐志余铅椠,满世机心任桔槔。早晚深山椎髻隐,东菑馌饷不辞劳。"

《闻合山述寒景》:"殊方物候异中州,日夜边风吹不休。野草欲青多是夏,严霜已白未经秋。平沙大漠随天尽,横笛清笳动地愁。南北往来将万里,何堪此处尚淹留?"

《夜泛菱湖》:"四望渺无际,连天水自明。星随渔火尽,橹带雁声鸣。夜色千林外,秋风一叶轻。草虫喧两岸,久听不知名。"

《和合山山居四时乐》四选一:"篱落飞蝴蝶,柴荆农圃家。鸠声千嶂雨,燕影满村花。樵带谷兰出,犊眠风柳斜。一溪流户外,新汲试园茶。"

张姒谊,字鸾宾,张秉贞之女,姚文燕之妻,清顺治、康熙间在世。诗作颇富,著有《保艾阁诗集》。

吴坤元《保艾阁诗钞序》:"吾里姚母张夫人与予有中表之谊⋯⋯犹记十年前,吾姑母过予小阁,语予曰:'吾有季女,年未及笄,颇夙慧,知畋渔诗篇,区明雅俗,又夙夜吟讽,敏而能勤。他日含宫咀商,其庶几步松声之后尘乎?'予唯唯谢不敢嗣是。绮阁斗柳絮之吟,画堂献椒花之颂。夫人诗日进,而与予音问亦少疏矣。甲寅春,偶晤其长爱,索予后先诸刻,兼以夫人《保艾阁初集》见贻,予爱而读之,益叹吾姑母之期许为不虚也⋯⋯予一再披阅,其追惟先烈,则风木之余悲也;其恪襄外政,则眉案之遗徽也;其笃爱同气,则冲芬之唱和也;其眷念弱女、告诫姬侍,则曹大家之《女诫》而宋宣文之《家学》也。猗与休哉!非濡染典故、规抚昔贤,原本于司马工部之教,而炉锤以纫兰、清芬之学,焉能诎拊搏升,令人一唱三叹而不能已耶!"

潘江《龙眠风雅续集》卷七:"张氏姒谊,字鸾宾,张大司马僖和公之季女,行取德安明府姚小山公之继配也。生而柔,筓而礼,能涉猎书史,贤明识大体。小山家居需铨次十年,夫人治酒浆、腆洗,龟勉以求,克承堂上欢。迨出宰花县,夫人偕行。蒲亭当雕瘵之余,至僦民舍以居,左琴右书,安之无怼色,惟以清白吏相勉。初,生子女皆凤慧而殇,夫人哀之,间摅为诗歌以寓其郁邑不平之感。已复解簪导、捐靧佩,为小山卜媵视寝,闺门以内肃肃雍雍,诗筒茗碗唱和之乐无间言。小山行取入都,殁于中州,夫人抚榇数千里,间关南还,茹荼如饴,训子女以报所天。卒年四十有六。其初刊《保艾阁集》,方四松为之序以行世,比诸"荇菜"、《樛木》之贤,今遴其未刻诸稿及南归嫠居之什,犹有黄鹄、孤燕之遗意焉。其已刊者不更载。"

张英《笃素堂文集》卷五《保艾阁诗序》:"保艾阁者,吾妹夫人之所居。吾妹为先叔父大司马僖和公第六女,十七归姚子小山。叔父以经济名当时,自公之暇,亦尝为吟咏以自适。弟芸圃,吾妹兄也,性尤耽诗,著作不下千首,古体宗陶、韦,今体类温、李,能入诗家阃阈。吾妹生长于风雅之林,得于性者既深,小山复工诗,相与唱和于闺门之内,故诗学日益邃。洎小山成进士,官蒲亭。蒲亭瘠邑也,又苦冲剧。所居或环堵不完,而吾妹意甚适,不为北门王事之伤,而鸡鸣昧旦以勖其夫子,可不谓贤矣哉。时欲为小山广嗣息,鬻簪珥,聘妾媵,既笃爱之,或且教之诗,以娱其夫子,绝异于寻常儿女子态。小山退署斋,则相敬庄庄然,相友怡怡然。今观其诗清和宛约,令淑之气见于楮墨间。以故小山治蒲亭五年,顿忘其为残小冲疲之邑,吏治大有声,以循良异等报政阙廷。噫!积和以敛福,所谓保艾尔后者,端在斯欤。"

方畿《保艾阁诗集序》:"小山治蒲亭,皇华往来如织,而能靖萑苻恤中,泽辟污莱,民无啼饥,国无逋赋。夫人安于俭素而不废咏歌,渊渊然如出金石。小山于退食之余,倚声唱和,如鼓琴瑟。"

张姒谊敏而好学,慧而能勤,才高学富,博古知今,涉猎书史,明识大义。其诗比肩于吴坤元、方维仪,读之令人一唱三叹而不能已,真才女也。她与姚文燕婚姻堪称完美,二人情投意合,相敬如宾。姚文燕生前,夫唱妻和,闺门之内其乐融融。"窗下分题花正放,楼头对饮月初圆"(《初度书怀》)。"烟霞何日成偕隐,对景分题足唱酬"(《江雨感怀》)。沉浸在欢悦气氛之中,爱情的甜蜜洋溢于诗句的字里行间,诗歌色彩鲜明,气韵流畅。不忍分离,"为数归期愁日永,懒咏新句任花残"(《寄夫子》)。"静对小梅如共语,挑灯为作忆君诗"(《雨夜有怀夫子》)。恩爱夫妻,一旦分离,便"暗添愁思入眉头"(《薄暮雨后携珠来登楼》)。"摊书无一语,幽恨尔难知"(《夫子夜饮友人宅余同珠来煮茗俟之》)。尽管姚文燕官微俸薄,且德安为贫瘠小县,战乱时有发生,但他们甘于贫素,并以清白吏相勉,相亲相爱,令人生慕。然而天不从人愿,姚文燕游中州,卒于旅次,年四十七。姚文燕英年早逝,她悲痛欲绝,在《哭夫子有序》中写道:"嗟乎!夫子见弃,悲愤难申。送别中州,尚有刀镮之约;惊闻凶问,忽传《薤露》之音。血泪千行,柔肠万断。捐躯就义,奈何稚女不离怀?敬守遗言,料得藐孤能继武。诗以当哭,笔不尽哀……追思往事,回首酸辛,漫赋诔章,聊代黄鹄悲鸣之至云尔。"诗曰:"惊闻讣信出中州,抢地呼天不自由。一息虽存魂已失,寸肠尽裂泪空流。廿年恩爱成长别,两月分离有便邮。触目伤心悲惨绝,泉台渺渺愿同游。"从此,她晚景凄凉,诗风为之一变,一改其诗清词婉约、令淑之气,而悲哀、贫苦、孤独、寂寞成为诗的主旋律,读之令人心生悲怜,叹惜不已。读她几首诗:

《自慰》:"未亡茹苦且随缘,忽忽离君已数年。残喘强安皆佛力,此身原不望人怜。翻因薄宦增逋负,剩有荒田纳税钱。冷暖世情都勿问,余生尚可乐诗篇。"

《中秋哭奠夫子是夕大风雨》:"每逢佳节意难忘,病骨那堪更断肠?无术可求怀梦草,痴情欲觅返魂香。清灯浊酒徒增恨,骤雨凄风总自伤。一滴椒浆亲作奠,哀哀血泪已千行。"

《春暮感怀》四首选一:"梅子青青护小窗,风来瑰蕊送余香。可怜春在愁中尽,满地残红总断肠。"

《长至日雨窗有感兼忆儿坝乡行》二首选一:"念汝犹童稚,连朝冒雨行。山深寒气重,野店朔风衰。啮指心能动,还家梦屡惊。倚间情最切,愁听雁悲鸣。"

《十一月念七日卜地麻山送夫子归窆诗以代哭》:"牛眠卜得费寻思,昼夜经营乏葬资。罄尽□簪呕尽血,独怜孀妇苦谁知?""自君弃妾历风霜,缟素茹荼岁月长。逆送自安能自慰,冰心片片对重苍。"

第九节 姚蕴素诗词婉约,清水芙蓉;兴学育才,堪称教育名家 吴紫英侠肝义胆,匡时济世,为女中豪杰;诗书兼擅,饮誉海内

——姚倚云与吴芝瑛

姚倚云,字蕴素,姚鼐之第五世侄孙女,姚莹之孙女,姚濬昌之女,姚永楷、姚永朴之妹,姚永概之姊,著名同光体诗人范当世之继室。生于同治三年(1864),卒于民国三十三年(1944),享年八十一岁,著有《蕴素轩诗集》十二卷、《沧海归来集》十卷。光绪三十二年(1906),姚倚云出任南通公立女子学校校长,还亲自授课,"讲授《四书》,学子由由然如婴儿之得亲慈母也"(徐昂《范姚太夫人家传》)。一讲而终,群学子罔不悦服而退,教学得法,成绩卓著。民国八年(1919),姚倚云应安徽女子职业学校之聘出任校长,业绩炳然,受人敬仰。她是我国近代著名的女教育家。抗日战争爆发后,她曾去马塘避难,后回通州,出任红十字会会长,积极参加抗日救亡活动。

姚倚云不仅是一位杰出的女教育家,她还是一位才女,诗才横溢,诗文俱佳,琴棋书画无所不精。她生长在书香墨韵的文学环境中,从小就酷爱诗歌,一生吟咏不辍,诗作繁富。她的道德操守、淡泊名利的思想品质都表现在她的诗歌作品中。她与范当世结婚,堪称完美。有《呈夫子》诗,她写道:"富贵

安所重,儒术惟可珍。文章增纸价,诗书未全贫。林泉堪养志,穷达任曲伸。"其思想境界由此可知。夫妇二人情投意合,联袂唱和,共同切磋诗文。她对自己的婚姻极为满意,为找到了理想的、志同道合的范当世而庆幸。不幸的是,范当世英年早逝,其悲伤痛绝可想而知。

姚永朴《蕴素轩诗稿序》:"同治甲戌,先考自安福引疾归,濒发而先妣卒,既返寓于皖两年。时科举未罢,延师督诸子为制艺,于女使学针黹而已。妹倚云顾好读书,日取经史古文诵之,遇有疑滞,就询父兄,为讲说,辄豁然。及先考卜宅邑之挂车山,以地僻罕人事之扰,时时为诗自娱。予兄弟因从事吟咏,妹亦与焉。吴挚甫先生尝见妹诗于戚姻家,为之惊喜。会通州范当世丧其室,乃自冀州遗先考书曰:'肯堂诗笔,海内罕与俪者,君为贤女责对,宜莫如斯人。'先考以道远难之。吴先生一岁中申言七八,妹由是字范氏。其后先考莅故任,肯堂来就婚,夫妇相得甚,闺中唱酬,如鼓琴瑟。肯堂寄妹诗归,厥考荫堂先生诧曰:'焉有女子能为此者?非假于若父兄,即吾儿润饰耳。'妹归觐,知实己出,又喜曰:'姚氏旧门,固当有此女。'时肯堂两亲咸在,前室遗二男一女,仰事俯育,勤劬备至。公姑既殁,佐肯堂治丧如礼,为子纳妇,而嫁女义宁陈氏。今二子以文学名于时,诸孙成立,且有曾孙矣……妹诗曰《蕴素轩稿》,初附印肯堂诗后,顾不多。迩年又裒前后所作,钞存之,为若干卷,属予题数语于首。予喜妹诗温厚尔雅,能协诗教,爰述平生之德行之无憾于两姓者,与为学始末,漫书而归之,冀慰其意云。岁丙寅冬仲兄姚永朴识。"

徐昂《范姚太夫人家传》曰:"伯子先生以穷诸生游四方,篇什传诵,声闻溢公卿,而漠于势利,不营生产,门以内屡空,太夫人质簪珥,不闻之夫子。自所天丧徂,迄今四十年,太夫人秉持礼法,力守清苦,代夫子之职而终前室之志,慈爱下及于孙曾,至衰病卧病,寄托吟咏,不怨不尤,以正其命,其于令妻贤母之道尽且久矣。而其生平复推其所怀,施之女子教育,旁逮他郡,冀蒙其教者异日为令妻为贤母,以相引翼。呜呼!世道陵夷极矣!国不可以无礼义廉耻。礼义廉耻之维系于人心者不可以无学,学必有所承,而后能知所守。太夫人之有造于范氏且有造于乡邑者,盖得名门家学之渊源,而蔚为巾帼者英,其涵濡诗礼教泽岂偶然也耶!"

顾公毅《蕴素轩诗集序》曰:"秋初……先生(姚倚云)正曝书于庭,检一小册示公毅,上署《蕴素轩少时诗稿》。稿蝇头小楷,谛视之,先生之手笔也,而评者为吴冀州(吴汝纶),就所识年月考之,则已越四十年。墨迹如新,粲然夺目……冀州于其《送别二兄》'黄鹂紫燕舞春风,水碧山青绕江村。长天杳杳看归鸿,短梦依依闻杜宇'句评曰:'顿开异境,飘洒不群,吾家梅村恐尚未到此。'于《初秋闲理小园寄仲兄》'蝉噪高林际,蚓鸣砌草根。秋风穿牖冷,疏雨扑帘繁。庭树纷残叶,壁苔长细痕'句评曰:'如此方谓之情景交融。'于《中秋月夜怀二兄三弟》'秋露凝花坠,凉风掠袖生。徘徊良夜永,游骑杂歌声'句评曰:'韵味悠永。'《雪夜忆仲兄》'佳日宜人增怅望,严寒萧瑟倍思乡'句评曰:'逸气横生。'《送三弟之江阴》'独念川途劳,勉慎风尘劣。儒生任穷达,励志追先哲'句评曰:'纵横如志。'《三弟以诗来索和答之》诗凡八章,章各有评。曰:'一往情深,言情之善则也。'曰:'疏宕。'曰:'奇幻不可思议。'曰:'琅琅有声。'曰:'沉痛。'曰:'韵态天成,不事雕琢。'曰:'此篇气势尤为奇纵。'曰:'情意深美'。而于卷端大书特书曰:'风格高秀,体裁淡雅。绝无闺阁之态。固由毓德名家,濡染有源,亦是天挺瑰姿,非复寻常所有也。'公毅披览再四,无任景慕。昔闻冀州评伯子先生诗,谓为海内无对。于先生诗,评又若此,其力任为介宜矣。先生之诗,老而益工。所历即艰苦,一视乎义命而安之。故其为言极舒远淡泊之致,世更有冀州其人,不知作何赞叹也。"

陈芸《小黛轩论诗》下:姚倚云,桐城人。通州范当世继室。著《蕴素轩诗稿》。《怀叶氏姊》:"昨宵一雨长池波,无那秋来感慨多。休问挂车山下事,当时颜鬓已消磨。"

雷瑨、雷瑊《闺秀词话》卷四:"通州范伯子先生,为吴挚甫弟子。诗文与张季直、朱曼君齐名,时人称为'三凤'。继妻桐城姚倚云,亦有清才,著《蕴素轩诗稿》,附伯子集以行。词不多作,见其《好事近》一首云:'供养水仙花,窈窕佩欹簪折。一片岁寒清思,共幽香双绝。　碧天云净雪初消,又见风吹叶。人意钟声俱远,有一轮冰月。'"

姚倚云妇德高尚，才情横溢，以其忠厚悱恻之意寓之于诗，其晚年多忧时之作，爱国之情洋溢于字里行间。无论长篇短章，皆格调高雅，无柔弱之态；五七言近体诗首首精美，情意悠永。写人如晤，记事如叙，言情如炽，绘景如画，诗情画意，清婉自然；词清字洁，韵味缠绵。如：

《山居思母》："曲折清溪映嫩晴，水车汨汨隔林声。难将今日人间景，以慰当时泉下情。两部乱蛙喧草堰，一双蛱蝶绕瓜棚。永留爱日椿庭茂，更喜重闱鹤发荣。"

《赠吴芝瑛》："每惜孤怀未易轻，空余热泪洒江城。他年或践西泠约，今日毋忘海上情。夹道电光能蔽月，层楼秋气倍迎晴。与君同抱伤时憾，谁使神州弊政清？"

《闻战感书》："妇子流亡哭窈旻，孤怀恻怆吊黎民。谁无骨肉伤心目？碧血横飞惨不仁。"

《校中避暑戏用杜少陵夏夜叹原韵》："惮暑盼日暝，炎蒸炙我肠。皓月渐东升，微风吹绨裳。池水旱欲涸，火云敛夕光。长廊独徘徊，荷华静含凉。四时有代谢，寒暑循其常。清辉本皎洁，乌鹊空翱翔。广厦犹畏热，念彼战边疆。豺虎扰秦晋，出入互相望。生灵苦涂炭，逃窜无宁方。幸我生南土，遨游全家乡。安得猛烈士，同心矢奋扬。扫清故国土，吾民寿且康。"

《校中读史有感》："寒雨潇潇不可听，徒悲家国几番更。谠言知遇犹遭忌，何独伤心是贾生！"

《舒畹苏黄庐隐二女士创办女子兴业社举余为名誉社长辞不获赋二绝以勉之》："豪迈英姿舒与黄，振兴女业勇提倡。须知教育相关处，分付君家仔细量。""自古前贤畏后生，但期来日胜于今。有恒譬彼春源草，滋长虽微日渐增。"

吴芝瑛，字紫英，吴汝纶兄吴康之女，无锡廉泉之妻。著有《帆影楼纪事》《剪淞留影集》《吴芝瑛夫人诗文集》，辑《小万柳堂丛刻五种》《吴芝瑛夫人遗著》等。

严复《廉夫人吴芝瑛传》:"廉夫人氏吴,名芝瑛,以字行,生四十有一年矣。以慈善爱国称中外女子间。父宝三,官山东州县数十年,有循绩。独生夫人,钟爱之。年十九,适江苏举人度支部郎中廉泉,称佳偶。生子一,女子三。郎中夙敦风义,有干略。光绪甲辰,主事王某,以党案牵连入刑部狱,郎中独力百方营救,卒力得脱,海内义之。仕不称意,一日携妻子家海上,然伉俪交勉,为义益力。于国群公益,朋友患难,赴之若不及者。光绪三十二年,夫人以庚子赔款为国大累,宜通国之民共起分任,则咄嗟可释巨负。乃倡女子国民捐,一时景从,召集甚巨。夙擅书法,为时所珍,则自制小万柳堂帖以售,得资悉充捐款。其忠于国家,自奋其力如此。既父母相续亡,又无兄弟,家有遗产将万金。夫人以为国弱种困,坐失教无学,且立学固先人意也,则以此于其乡创办小学堂,名以父字,曰'鞠隐'。其能述先事,为善知本如此。"

《桐城县志·人物传》:"光绪二十六年(1900)庚子之役后,清廷为满足侵略者要求赔偿的欲望,加捐各种税务,势家富户乘机高抬物价,国人饥寒交迫。吴芝瑛叠箱当桌、瓦片作砚,于街头挥毫卖字,募'爱国捐'。并上书清廷,提出'产多则多捐,产少则少捐,无产则不捐'的主张,因有损于达官显贵的利益,遭权贵们百般诋毁。吴芝瑛愤激而倾向革命,暗中与革命党联系,以其名望和身份,掩护遭清廷搜捕的革命党人吴稚晖等。吴芝瑛居京与女侠秋瑾为近邻,二人同有匡时济世之志,遂结为至交,互换兰谱。光绪二十年(1894)夏,她筹资助秋瑾赴日本留学。不久,吴芝瑛随夫南下,于上海曹家渡建小万柳堂归隐,自号'万柳夫人'。翌年,秋瑾归国筹办《中国女报》,她与女友徐自华解囊相助。光绪三十三年(1907),秋瑾在绍兴被害,芝瑛闻讯,悲恸欲绝,与徐自华营葬秋瑾遗体于杭州西泠桥畔,徐自华撰墓表,芝瑛书丹,题墓碑'呜呼鉴湖女侠秋瑾之墓'。世称其事、其书、其文为'三绝'。继而在小万柳堂筑'悲秋阁'以示纪念。同时还发表了《秋女士传》《秋女士遗事》等文章,并作《西泠吊秋》七绝四首。清廷对此恼羞成怒,欲加害吴芝瑛、徐自华,但慑于国内外舆论压力,未敢贸然行动。袁世凯专权称帝。袁氏之子袁克俊是吴芝瑛小女儿的未婚夫。在共和存亡的关键时刻,吴芝瑛毅然投入反袁斗争。其《致袁氏书》说:'总统者,为吾民服务之首领,文言之总统,质言之一服役之头耶,服役之头儿之位,何篡?''公朝去,而吾民早安;公夕去,而吾民晚息;公不去,而吾民永无宁日!'早年其父在桐城遗产有良田数百亩,她不顾族人反对,慨然捐作办学之用,在浮山创办'鞠隐学堂',使贫困子弟得以就读。"

陈谧《吴芝瑛传》:"吴芝瑛,字紫英,安徽桐城人。叔父汝纶,《清史》有传,学者曰挚父先生。芝瑛女子,课读比诸昆,通文史。年十九,归无锡廉泉。泉故有名,与湘潭王廷钧友,廷钧妻秋瑾与芝瑛善。戊戌变法,士民得奏封事,礼部主事王照上书论新政,擢四品卿,许专折言事。祸作,新党多诛戮,照避地东瀛,潜返津。而沈荩以党案被捕,为廷尉杖毙,照惧不免,赴刑部自首,事不测。芝瑛闻之,密劝泉营救,令得脱……泉尝游日本,娶日女为箑,携归,生一子,芝瑛视己出。家日落,久之,益不继,日女去,芝瑛竟食贫,不改其乐云。二十二年卒。"

姚倚云《蕴素轩诗集》卷八《赠吴芝瑛》:"每惜孤怀未易轻,空余热泪洒江城。他年或践西泠约,今日毋忘海上情。夹道电光能蔽月,层楼秋气倍迎晴。与君同抱伤时憾,谁使神州弊政清?"

吴芝瑛是才女,通文史,知古识今。尤善书法,作品为世所珍。她有爱国之心,有匡时济世之志,有侠义之心肠,重情谊,能慷慨任事,多扶危救困之义举,为世人所敬仰。诗言志,她的诗多抒写心志,正气浩然,义正词严,掷地有金石声,有伟丈夫之气概。如:

哀山阴

时将赴山阴为秋女士瑾营葬,浙人对于此狱,独无清议,是可异已。

一

爱书滴滴冤民血,能达君门死亦恩。今日盖棺论未定,轩亭谁与赋招魂?

二

天地苍茫百感身,为君收骨泪沾巾。秋风秋雨山阴道,太息难为后死人。

简寄尘

余与寄尘既葬鉴湖女侠于西泠岳王坟,戊申正月廿四日,寄尘集学界士女四百人于凤林寺,为女侠开追悼会,并谒墓致祭,行路感叹,有泣下者。余因病不能至,诗以哭之,即示寄尘并秋社同人。

一

昔日同游地,今朝来哭君。百年谁不死?三尺此孤坟。时事那堪道,英灵自有群。行人痛冤狱,掩泪话殷勤。

二

碧血千年事,悠悠那足论。此心天可卜,一死我何言?玄酒空山奠,孤亭落日昏。旧交三两在,谁与诉烦冤?注:寄尘,本名徐自华,号忏慧。浙江石门人。光绪三十二年,受聘主南浔浔溪女学校务。时秋瑾自日本归,至浔溪女学执教,遂相识,订生死交,资助秋瑾创办《中国女报》。秋瑾遇难后,买地西泠之营葬,又建"秋社",任社长。

戊申花朝西泠吊鉴湖

一

大樽放饮尔如何,回首江亭老泪多。今日西泠拼一恸,不堪重唱《宝刀歌》。注:往年鉴湖东游时,余集京师诸姊妹于城南陶然亭饯之,以壮其行,鉴湖有《宝刀歌》,传诵一时。

二

忍忆麻衣话别时,天涯游子泪如丝。独看落日下孤冢,别有伤心人未知。注:丁未正月,鉴湖以母丧归里,来吾小万柳堂话别,不知其遂成永诀也。

三

独荐寒泉证旧盟,可堪生死论交情。罪名莫更天涯问,党祸中原尚未平。

四

不幸传奇演碧血,居然埋骨有青山。南湖新筑悲秋阁,风雨英灵倘一还。

神州女报题词有序（选二）

为题七偈，借以告哀。即日将赴山阳为秋女士寻拾遗骸而改瘗之也。丁未大雪节后。

伟哉秋女士，抗心誓雪耻。振臂而疾呼，家庭革命是。演讲一何壮，平权此宗旨。无端横祸来，轩亭断头死。

轩亭断头死，神州女报始。神州女报始，断头心不死。我今题此偈，一泪凝一字。一泪凝一字，吁嗟我姑姊。